ハヤカワ文庫JA

〈JA1446〉

# それまでの明日

原　尞

JN092307

早川書房

8564

# それまでの明日

登場人物

沢崎……………………………………私立探偵
望月皓一………………………………金融会社の新宿支店長、依頼人
平岡静子………………………………料亭・業平の女将
嘉納淑子………………………………その妹、現在の女将
嘉納……………………………………その夫、料亭の板前
海津一樹………………………………就職・求人ネットの代表
河野……………………………………強盗の主犯
佐竹昭男………………………………強盗の従犯
松倉……………………………………金融会社の支店主任
大谷……………………………………金融会社の本社総務部長
小野田…………………………………金融会社の本社警備課員
進藤由香里……………………………不動産屋の事務員
秋吉章治………………………………写真家
久保田…………………………………マンションの管理人
磯村……………………………………料亭・こむらさきの支配人
和久井…………………………………同店長
佐伯直樹………………………………ルポ・ライター
村上芙佐枝……………………………貴金属店の経営者
多岐川幸子……………………………その知人
萩原……………………………………興信所の所員
坂上……………………………………興信所の主任
橋爪……………………………………暴力団・清和会の幹部
相良……………………………………暴力団・清和会の組員
渡辺賢吾………………………………沢崎の元パートナー
田島……………………………………新宿署の警部補
錦織……………………………………新宿署の捜査課長、警部

# 1

西新宿のうらぶれた通りにある〈渡辺《わたなべ》探偵事務所〉を訪ねてくるのは、依頼人だけではなかった。古びたドアをノックしさえすれば、記憶を失くした射撃選手も、性転換したゴースト・ライターも、探偵志願の不良少年もおかまいなしに入ってくることができた。一億円を奪われた暴力団員も、私を殺したい悪徳警官も現われた。もっとも、最後の警官だけは私の留守中に押し入っていたので、ドアをノックしたかどうかは不明である。事務所の入口に〝依頼人以外お断わり〟と貼り紙をしている同業者も多いのだが、それだけで彼らを撃退できるとは思えなかった。歓迎すべからざる人物の訪問はこの稼業の避けがたい一面であり、かりに聖人君子などがご入来したとしても、手ぶらでお引き取り願うしかないのだった。

私は一ッ橋《ひとつばし》の近くにある興信所の雇われ仕事での張り込みを交替したあと、三日ぶりに自分の事務所に立ち寄った。日増しに寒くなる十一月初旬の夕方のことだった。あしたの夜の張り込みに備えて、ロッカーからコートを取り出そうとしていると、ドアにノックの音がした。「どうぞ」と答えると、五十代半ばの男がドアを開けて、事務所に入ってきた。

驚いたことに、来訪者はまぎれもない紳士だった。そんなものはこの世ではとうに絶滅していると、私は思っていたのだ。紳士とはどういうことだと訊《き》かれても返答に窮《きゅう》しただろう。一つだけ言えるのは、ドアの前で静かにたたずんでいる人物が、なぜだかこちらの気持まで紳士的にさせる不思議な能力を持っているということだった。

私はロッカーから離れて自分のデスクにもどった。私の身ぶりで、来訪者は来客用の椅子に近づいた。かすかに左足を引きずるような歩き方には、ものなれた動きと落ち着きがそなわっていた。椅子に腰をおろして、まっすぐ私に注がれた眼には、ここを訪れる依頼人のほとんどが見せる不安げな様子はなかった。

〝彼は依頼人ではないな〟というのが、私の第一印象だった。私より年長であり、私より収入も多く、世の中のあらゆることに私より優れた能力を発揮できそうだった。探偵の仕事なら私のほうが上だと思うが、探偵に解決してもらわなければならないような問題が生じたとしても、たいていのことは自分で解決できる人間に見えた。

時候の挨拶などお定まりの会話をひとしきり交わしたあとで、来訪者はようやく用件を切り出した。私の推量はみごとにはずれていた。

「うちの社ですでに融資が内定している、赤坂《あかさか》の料亭の女将《おかみ》の私生活を調査していただきたい」

望月皓一《もちづきこういち》はよく知られている金融会社の新宿支店長だった。金融業にたずさわる人間が紳士に見えるようでは、私の観察眼もあまり当てにはならないようだった。だが、金銭を扱う人間は紳士ではないと決めつけるのは公平な態度とは言えなかった。

「探偵の沢崎《さわざき》です」と名乗ってから、私は言った。「少し問題があります。きょうは水曜日ですが、実は今週いっぱいはよその興信所から頼まれている仕事が残っているので、ご依頼の件に取りかかることができるのは、来週からということになります」

「それで結構です」望月は白いものがちらつきはじめたこめかみのあたりをなでた。「今月中に、調査の結果がうかがえれば十分です」

「興信所の話も出たので、言っておかなければならないことがあります。依頼されたような女性の身辺調査は、個人営業の私などより、人員に余裕のある興信所のほうが、調査の精度も効率も格段にあがるはずです」

正直な探偵なら、当然のすすめである。私は正直な探偵ではないが、この手の依頼はあまり気がすすまなかったのだ。

「そうですか」望月は私の意見を考慮していたが、やがて結論を下した。「やはり、あなたにできる限りの調査をお願いします。その調査次第では、もっと人員をかけた詳細な調査が必要になるかもしれませんが……あなたが今週まで仕事をされているという興信所は、優秀なところですか」

「調査費用がそれほど高くないわりには、確実なところだとは言えます」

「では参考までに、そちらの連絡先をうかがっておくことにします」

私は〈一ッ橋興信所〉の名前と電話番号を教えた。彼がそれを自分の手帳に書きとめたところで、私は自分の名刺を渡した。彼は名刺を手帳に挟《はさ》んで、コートのポケットにしまった。

「電話は職業別の電話帳にも載っています」

望月はそれから十五分ほどで、赤坂の料亭〈業平《なりひら》〉の女将の平岡静子《ひらおかしずこ》という女性の身辺調査に必要な事項を話し終えると、探偵料を前払いしてから、正式に私の依頼人となった。私が一日の探偵料を答えると、一週間分の料金と経費の一部にはなるでしょうと、会社の名前入りの封筒をデスク越しに渡した。

「失礼ですが、きょうのところは三十万円をお預けしておきます」

私の経験からすると、安くない探偵料を前払いしたがる依頼人は、あまり紳士的ではない注文を口にすることがしばしばだった。

「これが私の連絡先です」と、彼は名刺入れから名刺を一枚抜き取って、私に渡した。

〈ミレニアム・ファイナンス〉の新宿支店の支店長の名刺だった。表には代表電話の番号が印刷されていて、裏には本人の自宅マンションの電話番号が手書きされていた。

望月が私の手の中にある名刺に視線を注いだまま、考えをめぐらしていた。このあたりで飛び出す不当な注文のために、私はこれまでに助手の一人ぐらいなら雇えるほどの収入を棒に振ってきた。

「なにか？」と、私は訊いた。

「料亭の業平は赤坂でも指折りの老舗《しにせ》なのですが、うちからの融資話が外部に漏れると思わぬ差し支えが生じることもあると聞いていますので、その件だけはくれぐれも内密にお願いいたします」

「わかりました」

「来週の土曜日には、電話を差しあげるか、こちらにうかがって、それまでの調査結果を聞かせていただくつもりです……それで、あなたのほうからはなるべくなら電話しないでいただきたいのですが」

「無用の電話はもちろん控えるつもりですが、なにか特別の理由でも？」

「お恥ずかしい話ですが、少しばかり会社の事情があるのです」

望月は会社の事情なるものを、彼らしい穏やかな口調で説明した。会社の内情に属することなので、ためらいながらの話は遠まわりしがちだったが、私なりに要約すれば次のようなものだった。

ミレニアム・ファイナンスでは、経営能力に乏しい二代目社長を擁する専務派と、それに対抗して経営の健全化を図ろうとする常務派の二つが勢力争いをしていて、望月は後者に属しているのだという。今回の赤坂の料亭の増改築にともなう平岡静子への融資は、専務派が率先してすすめている案件で、一応取締役会での承認を得てはいるのだが、常務派としては彼らの絶対安全という保証を鵜呑みにしていいかどうか疑問の余地があった。とくに望月が支店長を務める新宿支店がそれを担当させられることになってからは、来月初めの最終判定までにできるだけ情報を収集し、専務派の融資計画に不正な意図が隠されていないかを、慎重に監視することになったのだという。

私への調査依頼の件も、常務派の選り抜きの者だけですすめている極秘事項であり、新宿支店内に専務派に通じている者がいないとは限らないので、私からの電話などで彼らに不審を抱かれるようなことは極力避けたい、ということだった。

「そういう事情で、通常の業務のあとも、常務たちとの打ち合わせや内密の会合がつづく毎日なのです。中野の自宅は夜遅く帰って、睡眠をとるだけの場所になっている始末ですから、よほどの緊急の用件でない限りは、連絡は控えていただけるとありがたいのですが」

「よくわかりました」と、私は言った。「ご希望にそうようにしましょう。来週の土曜日の連絡を待っています」

依頼人の望月は話し終えると、ようやくくつろいだ様子になった。コートの前を開けてから、来客用の椅子に少し楽な姿勢で坐りなおした。

「すでにおわかりでしょうが、おすすめの興信所のような大きいところを避けて、こちらにうかがったのも、そういう事情からでした」

「うちを選ばれたのは、電話帳からではなさそうですね」

「そうです。私はこちらの探偵事務所のことは……たぶん、二十年以上前ぐらいからよく存じていたんですよ」

私は望月の顔をもう一度よく見直した。見憶えのある顔ではなかった。

「いや、存じていたと言っても、それはあなたのうしろの窓ガラスに書かれている〈渡辺探偵事務所〉の看板のことなんです。ここから少し入った北新宿公園の近くに古い知人の住まいがあって、そこを訪ねるときに気づいて以来、とても気になる看板だったんです」

「おかしなものがあるなという？」

「最初に気づいたときは、あるいはそういう感想をもったかもしれません。しかし、五年経《た》っても、十年経っても、前の通りから見上げると、何事もなかったようにいつもちゃんとそこにある。夜分に通ったときに、窓に明かりが点《つ》いていることがありましたから、看板だけが残っているようなものではないこともわかりました。それに較べて、自分の勤め先がこの二十年間にいくつ場所を変えたかを考えると、それまでは常識だと思っていた自分の価値判断の基準が少しばかりあやしくなってきたのです」

「看板の内側をごらんになった感想はどうです？　常識がもどってきたのではありませんか」

望月は首を横に振った。「そんなことはありませんが、私が意外だったのは、お会いするのはもっと年配の探偵の方だろうと思っていました」

「ほう」

「こちらの看板に気づいてから、おそらく二度目か三度目に前の通りを歩いていたときのことだったと思います」望月の視線は遠くに懐かしいものを見つけたような感じだった。

「ちょっと一服したくなって、窓ガラスの文字を見上げながらタバコを喫《す》っていますと、急に窓ガラスの一枚が開いて、私より一まわりぐらい年配の方が、同じようにタバコを片手に顔を出されたんです。私が驚いて、タバコの火を消そうとあわてていると、「どうぞ、ごゆっくり」と声をかけられました」

「それは、たぶん私の元のパートナーで渡辺という者です。事務所の名前はそのままになっているのですが、その後、ここは私がひとりで引き継いでいます」

望月の顔は、渡辺の消息を聞きたがっているように見えた。

「渡辺が亡くなって、もう十七、八年が経ちました」

「そうでしたか」

私はデスクの上のタバコを手にとって、彼にすすめた。

「タバコは五年前にやめてしまいました。きょうはそれが少し残念です」彼は金融業者らしからぬ屈託のない笑みを見せた。残念なのは、タバコをやめたことのようでもあり、渡辺に会えなかったことのようでもあった。

元パートナーの渡辺賢吾《わたなべけんご》がらみの依頼は、探偵の仕事としてはこれまでさんざん苦労させられたものばかりだったが、こんどばかりはそうはならないようだった。結局のところ、望月皓一の依頼は実にありふれたものだった。私の失望は大きかったが、それを顔に出したりはしなかった。私はひとに指図される雇われ仕事から、一日も早く解放されたかったのだろう。あまり気がすすまない身辺調査の依頼を引き受けた理由は、それに尽きていた。私は依頼人に抱いた第一印象から、彼ほどの人間にも解決できないような、もっと深刻な依頼を期待していたのかもしれなかった。依頼人の中には、こういう当たり障りのない社用の調査などで探偵の能力や信用度を試してから、おもむろに自分自身の切実な用件を切り出す者が、これまでにも五本の指にあまるほどあったからだ。こんどの依頼人の場合も、その可能性が完全になくなったとは言いきれなかった。

私は語気を強めて訊いた。「ほかになにか話しておくべきことはありませんか」

「……ないと思います」依頼人の顔にそのとき初めて見るような表情が浮かんだが、それはすぐに消えた。「では、お手数をかけますが、よろしくお願いします」

望月は来客用の椅子から立ちあがった。期待しているような依頼を引き出すつもりで、私がもう一押ししていたら、状況は変わっていただろうか。それはわからなかった。

探偵を稼業にしてかれこれ三十年近くなるが、依頼人が友人になったことは一度もなかった。仕事が終わったあとで、私の仕事ぶりに満足しなかった依頼人はそんなにいなかったはずだ。友人にしたくなるような依頼人が一人もいなかったわけではない。だが、依頼人が友人になることはなかった。探偵の仕事とはそういうものだった。

「こういう経験は初めてなので、このビルの階段を上ってくるときは、緊張もしていたし、少し迷ってもいたのです。でも、こちらにうかがって良かったと思います」望月はコートの前を閉じて、ドアのほうへ向かった。

私も椅子を立ち、ドアのところで振り返った依頼人に向かって、ただ黙ってうなずいた。年長の人間に対して、私は敬意をはらうことにしていた。少なくとも、相手が年甲斐もない言動を取らない限りはそうしてきた。依頼人がもしも〝紳士〟でなかったら、私は彼の足を引き止めるために、敬意に欠けるような言葉を口にしていたかもしれなかった。

「来週の土曜日にまたお会いします」と言って、彼は私の事務所をあとにした。

依頼人の望月皓一に会ったのは、その日が最初だった。そして、それが最後になった。

# 2

木曜日の張り込みは何の成果もないまま、最近の映画のエンド・ロールのようにだらだらとつづいた。成果があったところで、誰のためになるのかわからないような張り込みだった。雇われ仕事もあと二日だけだと思えば、どうにか辛抱《しんぼう》することができた。

翌日の金曜日の朝、西新宿の事務所でタバコを喫《す》っていると、デスクの電話のベルが鳴った。出かけるつもりの午前九時にはまだ間がある。電話機の表示を確認すると、〈一ツ橋興信所〉の番号だったので、私は受話器を取った。

「沢崎さんですか。一ツ橋の萩原《はぎわら》です。まだ事務所にいたんですね」

「もうすぐ出るところだ」張り込みの交替時間には、それでも早すぎるくらいだった。

「交替時間が繰りあがったのか」

「いえ、その張り込みの必要がなくなったので、電話したんです。間に合ってよかった。われわれが調査していた慶應《けいおう》の学生の父親が、昨夜交通事故で亡くなりました」

「ほう、たしか選挙間近の都議会議員という話だったな。公示板のポスターがはがれているのが気になって、追突事故でも起こしたか」

「居眠り運転での一人相撲のようです」

興信所に調査を依頼したのは、その都議会議員の対抗馬の後援者だという話だった。ライバルの候補者が死んでしまったのだから、その息子の大学生を薬物犯罪などに結びつけるようなネガティブ・キャンペーンのネタを集める必要がなくなったのだろう。

「調査は打ち切りになるのか」

「けさの会議でそう決まりました。事故には不審なところはないらしいし、自然解約になるだろうという判断です」

「依頼人が後援している対抗馬は、労せずして優勢になったわけだ」

「そうでもないらしいですよ。第三の若い新人候補が、死んだ議員の票を取りこんで、当選確実になるだろうって噂です」

私にはどうでもいいことだったが、朝っぱらから不愉快な選挙屋たちの喜ぶ顔を想像しないですんだわけだ。

「所長が、調査打ち切りでは都合が悪ければ、ほかの仕事にまわってもらう、と言っていますが、どうしますか」

「どんな仕事だ？」

「残念ながら、もっと沢崎さん向きでない仕事ですね」

萩原は二十代半ばの若い興信所員だったが、このところ二人で組む機会が増えていたので、私がどんな性分かわかっているつもりでいた。

「来週まで継続する仕事だろうな」

「そうなります」

「所長によろしく言ってくれ」私はタバコの火を消しながら言った。「月末に助っ人の料金をもらいにいくよ」

「わかりました。ちょっと待ってください。坂上《さかがみ》主任が話があるそうです」

私はデスクの上の新聞に眼をやった。さっき眼を通した限りでは、都議会議員の交通事故死の記事はまだ載っていなかった。こういう結果になると、雇われ仕事だったお蔭で、面倒な折衝《せっしょう》をすることもなくすんだわけだ。何事にもプラスの側面があるということだった。

「おれだ」電話の相手が代わった。「いちおう断わっておくんだが、きのう、うちにあんたの信用調査の依頼があった」

ありうることなので、黙ってつづきを待った。

「新規にあんたの調査をしろというわけではないんだが、現在うちでわかっている範囲で、あんたの探偵としての信用度を知りたいということだった。どうしよう？」

「商売の邪魔はできないな」

「ま、そういうことになるか。では、いいんだな」

「良いも悪いもないね」

「では、依頼に応じることにする。あんたの大事な客になるかもしれないしな」

「嘘はつくな」

「もちろんさ」

「世辞にも、だ」

「そのつもりだ。世辞を言ってもらえるような身分だと思っているところが、かわいいよ」

「依頼人の名前を訊いておこう」

「本来なら、それはまずいと言うべきところだが……この場合は、やむをえないか。うちとしては、あくまで秘密厳守で処理したことにしてもらうがね。ちょっと待ってくれ」

書類に眼を通すような時間があった。

「たしか、望月だった……なにか心当たりがあるか」

同姓の別人は、この世にいくらでもいるはずだ。「ないようだ。どんな男だ？」

「男だとは言っていない。電話での問い合わせだそうだから、容姿まではわからないが、受付の話では、若そうなご婦人でしたということだった」

「女か……」坂上を相手に、これ以上しつこく問いただすのは避けることにした。

「でなければ、おれが担当しているはずがないだろ。女の望月なら、心当たりがあるのか」

「いや、ない」こんどは嘘発見器が相手でも大丈夫だった。

「ほかに訊きたいことはあるか」

「一ッ橋ではなく神田《かんだ》の神保町《じんぼうちょう》の一郭にあるのに、なぜ一ッ橋興信所なんだ？」

「そんなことか」坂上は鼻を鳴らした。「創立当時はちゃんと一ッ橋にあったそうだよ。五、六年前に手狭《てぜま》になって、こっちへ越してきたらしいが、誰かが〈神保町興信所〉では古雑誌を見つける仕事ぐらいが関の山とでも考えたんじゃないか。探偵は沢崎しかいないのに〈渡辺探偵事務所〉というが如し、さ」

坂上は口調をもどしてつづけた。「依頼人の職業欄には、金融会社勤務と書いてあるが……あんた、首のまわらなくなったような借金でもあるんじゃないだろうな」

「いまどき、おれたちにカネを貸すような金融会社があるのか」

ている男だった。

「カネは誰にでも貸すんだ」彼は溜《た》め息をついた。「だから始末に悪い」

借金があるのは坂上のほうらしかった。そう言えば、妙《みょう》にはぶりの良さとケチが同居し
「ほどほどにするんだな」と、私は忠告した。

「……わかっている。余計なことを言ってしまった。では、依頼人から支払いがあり次第、この件はおれが処理することにする」坂上は電話を切った。

一ヵ月近くも拘束されてきた雇われ仕事からの解放感が、ゆっくりと全身にひろがっていくようだった。椅子から立ちあがり、久しぶりに事務所の窓を開けると、秋の終りの冷たい外気を吸いこんだ。副都心から五百メートルの距離なのに、九時をまわっても誰も通らない表の通りは静かだった。老朽ビルの薄汚れた事務所はきのうまでと何の変わりもないのだが、まるで別の世界にある自分本来の居場所にもどってきたような気分だった。

窓ガラスの〈渡辺探偵事務所〉のペンキの文字の金色はすっかり褪色していた。金色と言えるのは二十年以上前の塗りたての頃を知っている私だけだろう。それでも依頼人一人を呼び止めるぐらいの効き目はあったわけだ。

長いあいだ、依頼人を観察していればわかることだが、彼らのほとんどが、探偵事務所を訪ねて調査を依頼したとたんに、なにがしかの後悔の念にかられるようだった。こんな

調査を探偵などに頼んでよかったのだろうか……。そもそもこの探偵は信用のおける人間なのだろうか……。

望月皓一もその例外ではなかったということか。一ッ橋興信所に私の信用調査を依頼した〝望月〟という女性が、望月皓一と関連のある人物であったとしても、私はいっこうにかまわなかった。慎重な依頼人は、探偵にとってむしろ歓迎すべき依頼人であるからだ。

肝腎《かんじん》なことは、望月皓一から依頼された調査への着手を、来週まで引き延ばす理由がすでになくなっているということだった。

# 3

赤坂三分坂《さんぷんざか》からほど近い交番の中年の巡査は、眼鏡の奥の眠そうな眼で、私の身体《からだ》を透視して、はるか彼方にある犯罪者のいない世界でもながめているように見えた。開け放したガラス戸の入口近くに置いた折りたたみ式の椅子にゆったりと腰をおろし、全身に晩秋の午後の陽射しを浴びているせいだろう。

「おたずねの住所でもわかりませんか」と、彼は私に声をかけた。「たしか、お宅がここを通るのは三度目だと思うが」

観察力のある警官だった。二度目だとわかっていながら一つ余分に言わずにはいられないのは、職業的な習癖だろう。眠そうな眼でながめていたはるか彼方の世界も、犯罪者だらけだったのかもしれない。私は歩みを止めざるをえなかった。日本の警察でもっとも有効に機能しているのは交番だという死んだ元パートナーの渡辺賢吾の口癖を思い出して、慎重な行動をとることにした。目当ての料亭〈業平〉はさっきその場所を確認したばかりだった。できることなら、その名前は出したくなかった。しかし、その近くにあった別の料亭の名前を思い出そうとしたが、うまくいかなかった。私は交番の入口に近づいた。

「業平という店を探しているんですが」

「それじゃ、方向が逆ですね」巡査は椅子から立ちあがった。「ここを引きかえして、えーと、二つ目の角を右に入って、そうだな、三十メートルも行けば、通りの右側に見つかりますよ」

「やはり、そうか……」私は彼に調子を合わせて、来た方角を振り返った。「助かりました。このあたりもだいぶ様子が変わってしまった」

「しかし、店はまだ開いていないはずですが」私への視線にはさっきまでの眠そうな気配は見当たらなかった。そんなものはもともとなかったような気がしてきた。

「私が料亭の客に見えますか。仕事で業平の女将《おかみ》にちょっと用があるんです」

「どんなご用ですか、お差し支えなければ」

「セールスです」

「ほう、なんのセールスです?」

巡査の質問に従順に答えすぎるのも、かえって弱みのある人間に見えそうだが、私はもう少し我慢することにした。

「焼き物です。陶器や磁器のことですがね。数年前に一度、あまり上客に出す食器類ではなく、という注文だったが、業平で購入してもらったことがあるので」

私の背後に誰かが近づくのが、巡査の視線と反応でわかった。振り返ると八十に手の届きそうな老人が杖をついて立っていた。

「ちょっと、よろしいか」

私は「どうぞ」と言って、少し脇に退いた。

「また猫の死骸がある」と、老人は巡査に言った。頑固そうな顔だが、眼つきにおかしいところはなかった。「うちの前で車に轢《ひ》かれて、半分ぺちゃんこになっている。六丁目にある月極め駐車場のすぐ南側だ。通りのあの場所は、どういうわけか、猫が災難に遭《あ》うようにできている。たぶん、猫の好きなお寺の墓地と月極め駐車場のあいだの近道なんだろう。たしか、今月になってからでも二度目のはずだ」

「えーっと、六丁目の氷川《ひかわ》駐車場の近くにお住まいの、大貫《おおぬき》さんでしたね」

「そうだ。あのあたりにはお上品ぶったお店が少なくないんだが、そのわりには猫の死骸なんかは見て見ぬふりだ。なにもわしみたいな年寄りを煩《わずら》わせることはないだろうに」

「わかりました。すぐ区役所の処理係に通報しておきます」

「そうか、いちいち区役所に頼まなきゃだめなのか。あんたが、さっさと片付けてくれれば、手っ取り早いのに」

「はあ、おっしゃる通りですが。猫の死体を、管轄内のどこかに……そう、お宅のゴミ箱へでも棄てさせてもらえればいいんだが、管轄区域をほうっておいて、自分が港区の処分場まで運ぶわけにもいきませんから」

「フン、交番にもゴミ箱があるだろうが、わしがいやなことは、あんたもいやだろうな。とにかく、なるべく早く片付けてくれるように頼む」

老人は杖に二、三度素振《すぶ》りをくれると、さっさと歩み去った。

「話はどこまででしたかな」と、巡査が苦笑したままの顔で私に訊いた。

「焼き物のセールスで、業平の女将を訪ねるところだと」

「そうでしたな。業平の女将というと、たしか……」

巡査は私の答を待っていた。

「平岡さん、平岡静子さんです」

巡査の態度から疑ぐるような様子が薄らいだ。「ははあ、あなた、前回セールスに来たのは数年前とおっしゃいましたか」

「ええ、たぶんそのくらいだったと思うが」

「ちょっと遅かったですな。残念ですが、平岡静子さんは今年の夏の初めにお亡くなりになりましたよ」

「えッ!?」私は非常に驚いたので、非常に驚いた顔をしたにちがいない。

「春先に急に体調を崩されたんです。お店のほうは、以前から経営を手伝っておられた妹さんの嘉納淑子《かのうよしこ》さん夫婦に——ご主人の嘉納さんはあの店の板前さんですが——すっかり任されて、四谷のほうの病院に入院されたんだが……たしか、膵臓癌《すいぞうがん》だったとかで。まだ六十三歳だったそうですが、評判の上品できれいな女将さんでしたよ」

「まったく知りませんでした」私は少し考えてから、つづけた。「そうするとこれは、まずお悔やみに行くべきだな……一度会社にもどって、社長に相談してから、出直すことにしよう」

「妹さんの淑子さんのほうはご存じではない?」

「ええ、たぶん。前回のときにお会いしているかもしれないが」

「いや、会っていればわかるはずですよ。とにかくお姉さんによく似た妹さんだから。そうか、妹さんがお店に出られるようになって、まだ一年くらいなのかな」

「とにかく助かりました。あの女将さんが亡くなられたことも知らずに、のこのこ出かけていたりしたら、とんだ失礼をしたうえに、商売どころじゃなくなっていた」

「お役に立ったら、結構ですよ」

「正直に言うと、あなたに呼び止められたときは、面倒だなあと思ったりしたんですが、まさかこんなにあの店のことに詳しいとは――」

「いや、自分が業平のことをよく知っているのは、昨年のうちに、業平の隣りの家に二度も空き巣が入ったからなんですよ。二軒のあいだにある狭い袋小路から侵入した形跡があったので、その取調べやなにかで業平にもずいぶんとご協力願ったんですよ。その後も警《けい》邏《ら》のついでに立ち寄ったりするようになったのでね」

「それで、私にも警戒したわけだ」

「いや、そういうわけではないのだが……残念ながら、その件もまだ未解決のままなので、どうかあしからず」

いつの間にか、さっき杖の老人が立っていたところに、二十歳前後の若者が立っていた。眼の前に捧げるように持った携帯電話の画面にじっと見入っている。

「おたずねの住所でもわかりませんか」巡査が私のときと同じことを訊いた。

「〈ポスター・アカサカ〉っていう、映画のポスターやパンフを売っている店を探しているんですけど」若者はまるで携帯電話と話しているようだった。

「所番地はわかっている？」

「赤坂と六本木の、ちょうど境い目のあたりだって聞いたんですが……」

「その店が入ってるビルの名前はわかるかな」

若者は携帯電話を操作した。「……〈南部坂《なんぶざか》第一ビル〉だと思います」

「そう。じゃ、ちょっと中に入んなさい。すぐに調べてあげるから」

若者は携帯電話から眼を離さずに、巡査の脇をすり抜けると、入口の段差にもつまずかず、ガラス戸にもぶつからず、交番の中に入っていった。巡査は呆《あき》れ顔で見ていた。新手の機器の使用がもたらした新しい視覚能力かもしれないが、ほかにあまり使い途《みち》はなさそうだった。

「なんだったら、名刺を置いていきましょうか」私は視線をもどした巡査に言った。こういうときのために、どこかの商事会社の営業マンの名刺が上衣《うわぎ》の内ポケットに入っていた。

「それには及ばんでしょう」と、巡査は答えた。関心はすでに携帯電話の若者に移ったようである。

私は礼を言って、ゆっくりと交番をあとにした。赤坂通りに出てからは、少し足を速めた。きょうのうちに業平の下見と、平岡静子の住まいが料亭とは別にあるのかどうか、そのあたりの調査をすませておくつもりだった。それがこのなりゆきである。

赤坂通りの人ごみで、行き交う通行人にぶつからないように用心しながら、私は予測もしていなかった展開に考えをめぐらした。

望月皓一は平岡静子の死を知らなくて、すでに身辺調査の必要はないのかもしれなかった。あるいは、現在の女将であるらしい、姉によく似ているという嘉納淑子の身辺調査をする必要があるのかもしれなかった。融資しようという相手の名前を間違えることはないはずだが、料亭の名義変更がすんでいないための混乱がないとは限らなかった。

この状況では、出口どころか入口もはっきりしないような調査をやみくもにすすめるよりも、その前に依頼人とコンタクトを取るのが妥当《だとう》だという結論に達した。私は西新宿の事務所にもどるために、車を停めている駐車場に向かった。

# 4

私は事務所にもどると、デスクの鍵をかけた引き出しを開けて、望月皓一が渡していった名刺を取り出した。〈ミレニアム・ファイナンス〉の新宿支店の支店長の名刺である。
《よほどの緊急の用件でない限りは、連絡は控えていただきたい》
調査の対象である平岡静子がすでに死んでいるということは、よほどの緊急の用件と言えるはずだった。私は望月の名刺をいったんデスクの上にもどした。そして、上衣のポケットからタバコを取り出して、ゆっくりと火を点《つ》けながら考えた――依頼人の意向を大事にする探偵の考え方で。
私がこの件に着手するのは、来週になってからの約束だった。そうしていれば、私が平岡静子の死亡を知るのは、来週になってからのことだったわけである。しかも、赤坂の交番の巡査に運良く声をかけられていなかったら、平岡静子の死を知るまでに数日かかっていた可能性もある。事情に通じている警官の情報だから、まず間違いはないはずだが、依頼人への報告のためには、さらに時間を使って、平岡静子の死亡の確認を取っておく必要がある。それから、おもむろに来週の土曜日の依頼人からの連絡を待つ――これが依頼人の意向を大事にする探偵の、順当な仕事ぶりというものだろう。抜け目のない探偵なら、調査対象の死を知ったのは、きょうではなくて、来週の金曜日だったことにするかもしれない。しかし、私は依頼人の意向を大事にする探偵ではなかった。

気になることがもう一つあった。望月皓一の依頼は、私の探偵としての信用度を試すためのもので、そのあとにもっと切実な問題についての依頼をしようとしている可能性があることに、私は期待していたはずだ。〈一ツ橋興信所〉への私の信用調査の件が、依頼人の望月に関わりがあるとすれば、その可能性をさらに大きくしている。もしも、〈業平〉の女将の平岡静子が死亡していることを、依頼人は最初から承知の上だったとしたら、どういうことになるか。わかりきった話だ。その報告が遅くなればなるほど、私の探偵としての信用度は低下し、かりに次なる依頼があったとしても、それは私の手に委ねられることはない、ということだ。

私はタバコの煙りを吐き出すと、早めにタバコの火を消し、もう一度望月の名刺を手に取り、電話のほうへ手を伸ばした。だが、受話器に手をかけたとき、先ほどから聞こえていた廊下の足音が、私の事務所の前で止まって、ドアにノックの音がした。

「どうぞ」と応《こた》えて、私は受話器から手を離した。

ドアが開いて、若い女が顔を出した。

「こちらのビルのオーナーの伊志井《いしい》さんの代理でうかがったのですが、少しお時間をいただけるでしょうか」

私がうなずくと、二十代後半の女が事務所の中に入ってきた。デスクの向こうの来客用の椅子を指差すと、彼女は大きめのショルダー・バッグを膝の上に置いて、椅子に腰をおろした。

「〈新宿西口不動産〉の進藤《しんどう》と申します」彼女は、黒のビジネス・スーツの内ポケットから名刺入れを出すと、一枚抜き取ってデスク越しに渡した。「新宿西口不動産はご存じでしょうか」

「下の駐車場の私のスペースに、そう書いた車が停まっていたから、知っている」

「あ、それは申し訳ありませんでした。初めてこちらにうかがったので、どこに停めていいかわからずに……」

「空いているところはどこに停めてもかまわない。西口不動産の看板は、ここから新宿駅へ行く途中の、たしか小滝橋《おたきばし》通りで見かけたようだ」

「そうです」不動産屋の進藤由香里《ゆかり》は緊張していた顔を少し緩《ゆる》めた。女にしては大柄な体格だが、顔立ちはいくらか童顔のほうで、三十近い年齢からも、なんとなくアンバランスな感じが漂っていた。それさえ気にならなければ、なかなかの美人だった。

「きょうはご挨拶のつもりでうかがいましたが、オーナーの伊志井さんのご要望はすでにお聞きおよびのことだと思います」

「電話が一度あり、文書での通告も受け取っている」

　このビルの所有者の伊志井という老人は、一年おきの契約更新日に賃貸料の値上げのためにかならず現われたのだが、今年の春はとうとう顔を見せなかった。去年の十一月の勤労感謝の日に急死していたからだが、生来の不労所得者にしては気の利かない日を選んだものである。そのことを知ったのは、先月の半ば頃にかかってきた電話でだった。はじめは当の本人が自分の死んだことを話しているのかと思って、私は少しばかり驚いたのだった。明らかな隔世遺伝の声で、故人の孫だと名乗った相続人は、祖父の死を知らせるためにわざわざ電話をかけてきたのではなかった。ご多分《たぶん》にもれず、ビルを取り壊して土地を売ってしまいたいので、年内には立ち退きの話し合いをしたいということだった。

「テナントの皆さんとの具体的な交渉については、わたくしどもが伊志井さんの代理として、お話をすすめさせていただくことになりました。伊志井さんとのお電話では、沢崎さんは、ここを立ち退くことには、反対でも賛成でもないと、おっしゃっておられるとか」

私はうなずいた。

「確認させていただきます。つまり、沢崎さんは立ち退きについてはどちらでもかまわない、ということでしょうか」

私は首を横に振った。「立ち退きに賛成ではないが、もし私を除《のぞ》いた四軒の借り主が、すべて立ち退きに賛成するのであれば、私も立ち退く、ということだ。だから私との交渉は後まわしにして、ほかとの交渉を先に片付けてしまうほうが、時間の節約じゃないのか」

「では、もしも、四軒のテナントのうち、どなたか一人でも反対される方があった場合は？」

「立ち退きに反対ではないが、誰かが反対して立ち退かないのであれば、私が立ち退く必要もないわけだ。反対でも賛成でもないと言ったのは、そういうことだ」

進藤由香里の表情が曇って、一つ溜め息をついた。「すると、沢崎さんは最後の一人になってから、立ち退きの条件を交渉なさろうというお考えなのでしょうか」

十年ほど前にも一度、このビルを取り壊して新しく建て替えるから、立ち退いてくれという話が持ちあがったことを思い出した。反対運動を起こすほどの事務所でもなければ、新天地に期待をかけるほどの職業でもないので、私としてはどちらでもよかったのだが、そのときはいつの間にか沙汰《さた》やみになってしまったのだ。

「私の話をちゃんと聴いてもらっているかな。私以外の四軒の借り主がすべて立ち退きに同意したら、私に連絡すればいい。私はなるべく早く、なるべくこの近くで、なるべくこと同程度の事務所の代わりを見つけて、そこへ移る。それにかかる費用を負担してもらえば、それでこの件についての私との交渉は終りだ」

不動産屋の顔から困惑した表情が消えた。「そういうことでしたら、まったく問題はございません。いますぐにこちらで、おっしゃったような代わりの物件をお世話いたしますし、その費用についてはなんのご心配もないだけの十分な補償金を用意させていただきます」

不動産屋の女は膝の上に置いた鞄から、書類のようなものを取り出しながらつづけた。

「ここのところは、ぜひ立ち退きに賛成ということで――」

「立ち退きには賛成でも反対でもないと、あらかじめ言ってある。立ち退くための二つの条件もすでに伝えた」

「そんなむずかしいことはおっしゃらずに、ぜひ――」

「むずかしい？　それはつまり、すでに誰か反対している者がいるということか」

進藤由香里が取り出した書類が行き場をなくして、デスクと鞄のあいだで途方に暮れているようだった。「いえ、そういうことではないのですが……」

「商売柄、駆け引きをしないではすまないというのであれば、それも結構だが、それが邪魔になることもあるんじゃないのか。どうやら、私以外の四軒すべての立ち退きの承諾は取れていない、ということのようだな」

書類を鞄にもどしながら、彼女は大きな吐息を漏らした。ベテランの不動産屋に見えるようなそれまでの努力はやめたようだった。

「四軒のテナントとおっしゃいましたが、実は一階の〈戸田《とだ》事務機器〉の倉庫は、むしろ先方からの話で年内に立ち退くことが決定しているのです」

「そうか」

戸田事務機器は元パートナーの渡辺がいる頃からの借り主で、当時は十数人の社員が勤務する商事会社だった。十年ほど前に手狭になったために、青梅《おうめ》街道に面した大きなビルに移転したが、そのあとも、引きつづき商品などを保管する〝倉庫〟として借りているのだった。

「このビルはそのほかに、二階と三階にそれぞれ三軒ずつのテナントがあるわけですが、どちらもこの二、三年は一軒ずつが空き室のままになっています」

「そうだな」

「それに加えて、一階までが空くということになりますと、伊志井さんにとっては家賃収入よりも固定資産税のほうが上まわるという事態になってしまいます。ま、それが今回のテナントの皆さんへの要請の第一の理由なのですが、第二はこのビルの老朽化です。区の建築審査会の調査では、震度五クラスの地震が発生した場合には、はなはだ危険という査定があります」

「その話も聞いている。それで、私以外の三軒の回答は？」

「ご存じかと思いますが、三階の二軒については、かなり高齢の方がお借りになっておられます。私どもとの交渉では、これを機会に事務所をたたんで廃業してもよいということで、補償金の金額の話になっています。こちらにおうかがいする前に、実は三階の二軒にお邪魔してご要望をうかがってきたところでした」

「ということは、あとは隣りを借りている、たしか写真家の——」

「秋吉章治《あきよししようじ》さんです」

「彼が立ち退きに反対しているということか」

「そうではないのです。実は、この件をうちが引き受けて以来、まだ秋吉さんとは連絡が取れていないのです」

「そういうことか。秋吉という写真家が、隣りを借りたのは、一年ぐらい前だったと思うが」

「ええ、去年の九月からだと聞いています」

「越してきたときに、挨拶にきたし、その後の半年くらいは、ときどきは顔を合わせた憶えがある。しかし、たぶんこの半年ぐらいは一度も見かけたことがないはずだ」

私自身もこの事務所にいる時間よりも、外出している時間のほうがはるかに多いので、擦れ違ってばかりなのかと思ったことがある。秋吉は隣りを〝現像場〟として使うのだと言っていたので、明かりが点いていなくても不在とは限らないわけだと思ったこともあった。

「正直なところを言うと、こっちの知らないあいだに引っ越してしまったのではないかという気がしていたんだ」

「お隣りの沢崎さんがそんな状況だったとすると、秋吉さんと連絡を取るのはちょっと手間がかかりそうですわね」

「ここは仕事場として使っていると聞いた憶えがあるから、当然どこかほかに住んでいる所があるだろう?」

「ええ、賃貸契約書に記載されている住所と電話に何度も連絡を取っているのですが、どちらも返事がありません。電話は固定電話だけしか記載されていないんです。高円寺《こうえんじ》のマンションですが、そちらもずっとお留守のようなんです」

「連絡は取れないが、家賃はちゃんと払っているということだな。そうでなければ、話はもっと簡単なはずだから」

進藤由香里はうなずいた。困惑した顔つきは、仕事を離れた若い女性の素顔に近かった。そして、立ち直るのも早かった。彼女はちょっと肩をすくめると、書類を鞄にもどした。

自分のペースではなくても、ここへきた用件が一歩前進していることはよく理解していた。

「沢崎さんの立ち退きの条件はきちんと理解できたと思いますので、ご意向にそえるように努力します」

「そうしてもらいたい。不動産屋の仕事もいろいろだな。派手な看板やテレビの宣伝などを観ていると、高層ビルのマンションやカタログから出てきたような一戸建ての住宅を売りまくっているのかと思っていたが、こんな老朽マンションの後始末もやっているわけだ」

「わたしは入社してまだ十四ヵ月なんです。大学の先輩の係長から、三年間がんばればそういう営業にまわれるという話を聞きましたが、わたしはどちらかというと、いまやっているような仕事のほうが向いてるみたいです。こちらのオーナーの伊志井さんは、わたしとあまり年齢も違わない方なんですが、大学の講師をされていて、アパートの管理とか資産価値など何もご存じないので、わたしみたいな新米不動産屋に頼りっきりなんです。まるで投資の対象みたいにマンションを売り買いするような人たちにおべんちゃらを言わなきゃならないような仕事より、こっちのほうがいろんな人たちに出会えるので楽しみなんです」

「行方不明の謎の写真家や、補償金の吊り上げを狙っている探偵にも会えるからね」

「それはもう言わないでください」進藤由香里は掌を合わせて謝った。「わたしの眼鏡違いですから」

「いや、立ち退きの相手が補償金の吊り上げを狙っているのではないかと疑うのは当然だ。それをすぐに口にしたり態度に表したりしないで、よく見極めてから対処するのがきみたちの仕事だと思うがね。おれのこともまだ見極めが足りないかもしれないぞ」

「あんまり脅かさないでください」

「そろそろ仕事にもどりたいのだが」と、私は腕時計を見ながら言った。

彼女は時間を割《さ》いてもらった礼を言うと、椅子から立ちあがった。ドアのほうへ向かい、ドアの把手《とって》に手をかけてから、振り返った。

「もしも、秋吉さんとお会いになるか、連絡が取れるようなことがあった場合は、現在の状況をお伝えいただけるとありがたいのですが」

「それは隣人としてだな」と、私は言った。

進藤由香里はちょっと怪訝《けげん》な表情を浮かべたが、それを職業的な笑みに切り換えて、事務所をあとにした。だが、閉まったドアが、またすぐに開いた。

「すいません。沢崎さんのお仕事は探偵さんでしたわね。入口の看板を見て思い出しました。この件はまだ時間的に余裕がありますので、もう少しわたくしどもで秋吉さんとのコンタクトをはかってみるつもりですが――」彼女は少し考えてから、言葉をつづけた。「手に負えない場合は、上司と相談の上で、沢崎さんにお仕事をお願いすることになるかもしれませんが、よろしいでしょうか」

「待っている」と、私は答えた。

# 5

私は外の廊下を遠ざかるヒールの音を聴きながら、電話の受話器を取った。まずこちらの電話番号を〝非通知〟にする184を押してから、望月皓一の名刺の表に印刷されている電話番号をつづけた。どちらかと言えば、料亭の女将の身辺調査より、事務所の隣りを借りている写真家に連絡をつける仕事のほうが私には向いているが、仕事の選り好みをするつもりはなかった。

「〈ミレニアム・ファイナンス〉新宿支店です」

「支店長の望月さんをお願いします」

「店長はいま外出しておりますが、閉店時間までにはもどる予定です」

「閉店時間は何時でしょうか」

「六時です。失礼ですが、どちらさまでしょうか」

私は電話を切った。腕時計で時間を確かめると、四時三十分を過ぎていた。望月の名刺を裏返して、もう一度非通知の番号を押してから、手書きの自宅の番号を押した。こんな時間ではあっても、支店長の外出先に自宅が含まれないとは限らなかった。

電話の呼び出し音が十三回鳴りつづけたところで、受話器が取られた。

「もしもし?」大人の男の声だったが、すぐには望月皓一かどうか見極めがつかなかった。私は望月の家族らしき女や子供が出た場合は、電話を切るつもりだった。

「望月さんはいらっしゃいますか」

ちょっと沈黙があった。「どちらさんです?」

望月の声ではなさそうだった。かすかに関西方面の訛《なま》りがあるような気がした。

「望月皓一さんはいらっしゃいますか」私は重ねて訊いた。

「留守です。あんた、どなたです?」

私は電話を切った。電話は二つとも空振りだった。

望月皓一は携帯電話のことは何も言わなかった。彼に聞かされた会社の事情からすると、携帯電話に着信記録が残るようなことは避けたかったのかもしれない。私は自分が携帯電話を使わないので、あのときはなにも気にしなかったのだ。こういう状況になると、携帯電話は確かに有効だが、いまとなっては後の祭りだった。

私は少し考えてから、使い慣れた時代遅れの固定電話の受話器をもう一度取って、こんどは使い慣れた番号にかけた。

「もしもし、こちらは電話サービスの〈T・A・S〉です」男のオペレーターだった。

「渡辺探偵事務所の沢崎だ。なにか伝言はあるか」

「いいえ、現在のところはなにもございません」

「〝特定番号案内〟を頼む」

「お待ちください」〝特定番号案内〟とは、あまりおおっぴらにはできないが、電話帳に記載されていない電話番号を、割高な料金で教えるのを業務としている窓口だった。守備範囲は東京都内に限り、知りたい答えが返ってくる確率はざっと三分の一といったところだった。

「お電話代わりました」

私は望月の名刺の裏の電話番号を告げてから、言った。「登録者の名前は望月皓一のはずだが、電話のある住所が知りたいのだ。中野のマンションとまではわかっている」

「しばらくお待ちください」十秒と待たされなかった。「残念ですが、こちらの㊙リストには該当する番号はありません。というのも、その電話は東京二十三区の電話帳に望月皓一の名前で記載されているからですが」

「おやまァ。では住所も記載されているな。そいつを教えてくれ」

オペレーターはその所番地を読みあげ、私はメモを取った。

「号数までで、マンションの名前までは記載がありませんので、その号数のうちにマンションが何棟も建っていないことをお祈りします」

「そうしてくれ、高い料金をお賽銭《さいせん》代わりにして」私は電話を切った。

普通の会社幹部の自宅電話なら、普通に電話帳に記載されていてもおかしくなかった。私は火のないところに煙りを立てるようなことをしている気がしてきた。火の気はなくても、自分が宙ぶらりんの状態におかれていることに変わりはなかった。

私はデスクの引き出しを開け、望月皓一が残していった、料亭〈業平〉の住所と電話番号のメモを取り出すと、こんども非通知で電話をかけた。

「赤坂、業平です」

「平岡静子さんはいらっしゃいますか」

一瞬の間があった。「いいえ、姉の平岡静子は今年の六月に亡くなっておりますけれど」

「そうでしたか。存じあげずに大変失礼しました。心よりお悔やみ申しあげます」

「ごていねいに、ありがとうございます」

「来月のことになりますが、お宅の予約をお願いするところでしたが、上役と相談の上で、あらためてご挨拶させていただきます」

「そうですか……あの、大変申しにくいことですが、うちでは五名様以上のご人数でのお客様はお引き受けできませんし、会社のお名前や団体のお名前でのご予約もご遠慮いただいておりますので、どうかよろしくお願い申しあげます」

「なるほど。よくわかりました。後学のためにうかがいますが、子供連れの客はどうでしょうか」

「はァ、とくにお断わりしているわけではありませんが、これまでにお子様をお連れになったお客様はいらっしゃらなかったと思います」

「そうですか。大変感服しました」

私は電話を切った。依頼人の調査対象の死亡はこれで確実なものになった。赤坂の料亭〈業平〉の営業方針には感心させられたが、私はそんなものに感心している場合ではなかった。もはや電話でとれる方策は何もなくなっていた。

事ここに至っては、望月とコンタクトを取るには、固定電話よりもさらに時代遅れの手段を使うしか方法がなくなった。距離も近くて、会える可能性もいちばんありそうな〝新宿〟を手はじめにするのが妥当《だとう》なところだった。望月の名刺の表に印刷されたミレニアム・ファイナンスの新宿支店の所番地を確認してから、引き出しにもどした。私はロッカーを開けると、料亭に出入りする営業マン向きに締めたネクタイをはずしたあと、コートを金融会社向きの薄手の古ぼけたものと取り替えた。

五時になるのを待って、私は事務所を出た。

# 6

〈ミレニアム・ファイナンス〉の新宿支店は、新宿東口の新宿二丁目の一郭にあった。伊《い》勢《せ》丹《たん》や丸井のある三丁目交差点の東側の区域である。さらに御苑《ぎょえん》大通りを渡ると、どこかで再開発の波と近年の不況の波が鉢合わせになり、にぎわったらいいのかさびれたらいいのか、街並みそのものが思案投げ首といった恰好《かっこう》だった。派手な黄緑色の外装と、控えめな四階建の〈第二森川《もりかわ》ビル〉は、そんな街の空気を代弁しているようなテナント・ビルだった。私は正面の入口からビルの中に入った。一階ロビーの左手の壁に掲げたステンレス製の案内板を調べると、目当ての金融会社の新宿支店は三階にあることがわかった。

私は視線を一巡させた。ロビーの左手には、入口のガラスの扉に大きな禁煙マークのステッカーを貼ったセルフ・サービスの喫茶店があった。正面には、床面積が喫茶店の半分くらいのタバコや小物の雑貨を売っている店があり、右手には、喫茶店とほぼ同じスペースの花屋があった。うしろを振り返ると、入口の左側にエレベーターがあった。

その脇に円筒形の大きな灰皿が置かれていた。近頃ではビルのなかではあまり見かけなくなった灰皿だが、禁煙の喫茶店とタバコ店の仲介役のつもりか、ここではちょっとデカい顔をしているように見えた。腕時計で時間を確かめると、五時二十八分になっていた。

私は上衣のポケットからタバコを出した。閉店時間までにもどるという望月支店長にここで会うことができれば、会社の誰の眼にもふれずに、調査の対象が死んでいるという予想外の事態を伝えられるはずだった。ガラス張りの喫茶店からも、ビルの出入口とエレベーターの前の見通しはききそうだったが、相手の動きが早ければ、喫茶店に腰をすえている暇はないと判断した。私は灰皿のそばで人待ち顔な様子をしながら、タバコに火を点《つ》けるまでに三分を費やし、さらに五分かけてタバコを喫うことにした。

予想していたよりも、ビルを出入りする者やエレベーターを乗り降りする者が多かった。タバコを出して口にくわえたとき、四十がらみの派手な身なりの女が、タバコ店で買ったタバコの封を切りながら、近づいてきた。

「あたしたちには、せちがらい世の中になったわね」視線の先はたぶん喫茶店の入口の禁煙マークだろう。彼女はパックから抜き取った長いタバコを指にはさんだまま、私に火を点けてもらうのを待っていた。映画の中なら、これはマレーネ・ディートリッヒのお得意のポーズである。彼女にはディートリッヒのような抗しがたい魅力も優雅さもそなわっていなかったが、私はせっかくの機会を利用することにした。

「このビルに勤めているのか」私は古コートのポケットから使い捨てのライターを取り出して、彼女のタバコに火を点けると、自分のタバコにも火を点けた。

「いいえ、そうじゃないわ」

「行く先を当てようか。三階の貴金属店だろう」ステンレス製の案内板にあったのを憶えていたのだ。

「はずれ、三階は当たりだけど。嘘にでも、そんな身分だと言ってくれるのはうれしいわね」

そうだとすると、私と行く先が同じである可能性があるが、それ以上は詮索しないことにした。その場合、彼女と連れになることがプラスになるかマイナスになるか、にわかには判断できなかったからだ。

またエレベーターが一階にもどってきそうになり、彼女は半分も喫っていないタバコを、灰皿で消した。彼女が何か訊く前に、私は言った。「ひとを待っているんだ。お先に」

彼女はエレベーターに乗って去った。それまでに、三十人前後の男女がエレベーターを乗ったり降りたりした。女性や若者は対象外なので顔を見るまでもなく、十人ほどいた同年代の男は一人も見逃さなかった。しかし、望月皓一に会うことはできなかった。

私がこのロビーに到着する前に、彼はミレニアム・ファイナンスの新宿支店にもどっているのかもしれないし、このエレベーター以外にも三階へ上がる手段があるのかもしれなかった。階段や別のエレベーターがあるとすれば、タバコ店と花屋のあいだの、建物の裏手に通じる通路の奥のどこかだろうが、それを確認している余裕はなかった。

五時四十分を過ぎたところで、私はタバコの火を消して灰皿に捨てると、エレベーターに乗りこんだ。三階で降りると、正面の左側にガラス張りの貴金属店〈美《み》き邑《むら》〉の店舗があった。左手に〈東京仲人会本部〉という看板があるのは、おそらく結婚相談所かそれに類《るい》するものの出入口だろう。タバコに火を点けてやった女の行く先はそこかもしれなかった。ミレニアム・ファイナンスの新宿支店は右手にあって、三階のフロアのおよそ半分を占めているようだった。

ガラス張りのウィンドーの中の特大のポスターで、テレビのコマーシャルに登場する若い女性タレントが満面の笑顔で歓迎の意を表していた。少女の底なしの明るさで、いずれは支払わなければならない利息のことを利用客に忘れさせようという狙いかもしれないが、効き目のほどはおぼつかなかった。その笑顔の先に、MとFのロゴ・マークと会社名を大書した手動のガラス扉があった。

そこを入ると、さらに一間《けん》ほど奥に、自動開閉のガラス扉があった。こっちは擦りガラスなので、内部の様子は見ることができなかった。二つの扉のあいだのスペースには、ウチワのように大きい葉とネクタイのように長い葉をつけた二種類の観葉植物の鉢が左右に置いてあり、そのあいだに金融会社の宣伝や営業内容の各種のパンフレット類を並べたラックがあった。私は利用客に見えるように、適当にパンフレットを選んで手に取ると、タッチ式の自動扉を開けて店内に入った。

支店の内部は予想していたよりも狭かった。私は漠然と、普通の銀行の新宿支店に近いものを予想していたのだが、その半分程度の広さだった。一階の花屋の床面積に、一階のロビーが三階では大きめの廊下ぐらいに狭くなっている分を付け足したぐらいのスペースだった。

私はすばやく店内を見渡した。中央の接客のためのカウンター越しに、三人の女性社員がパソコンをあいだに置いて、三人の利用客に応対していた。カウンターの左側に、腰の高さの仕切りのドアがあって、奥への通路があり、そのドアを挟んで四十歳前後の男の店員が、こちらに背を向けた背の高い若者と立ち話をしていた。若者は厚手のグレーのブレザーの下はジーンズというカジュアルな身なりで、ズックのショルダー・バッグを肩にかけていた。この支店の従業員ではなさそうだった。

右手の壁際に、模造革の丸い座部が三つずつ造りつけてある木製のベンチが二つ並んでいたので、私はそっちへ向かった。閉店時間が近いせいか、ベンチで待っている客はいなかった。三人の利用客のうちの二人が女性だった。奥のほうに坐っている女性は一階ロビーでタバコに火を点けてやった相手であることがわかった。向こうも私に気づいて、口許にかすかな笑みを浮かべたが、それ以上の反応は示さなかった。

《いまさら気取ってもしょうがないけど、おたがいに借金の必要があるってことだわね》

私は店内の様子をうかがうのに都合の良さそうなベンチの、いちばん左端の模造革の座部を選んで腰をおろした。入口で手に取ったパンフレットに眼を通しているようなふりをして、パンフレット越しに店内の様子を観察できるような姿勢をとったとき、予想外の騒音が店内に響いた。

事件はいきなり起こった。二人組のニットの眼出し帽の男たちが、私と同じ経路で支店のなかに飛びこんできたのだ。

「誰もその場を動くな」先頭にいた大柄の黒ずくめの男が、右手に持っている大型の自動拳銃を振りかざして怒鳴った。

店内の女性たちがいっせいに悲鳴に近い声をあげた。

「騒ぐな！」と、黒ずくめの男が一喝した。「こちらの言う通りにすれば、誰にも危害は加えない。警報装置やパソコンには一切触るんじゃないぞ」

あとから来た濃緑色のフィールド・ジャケットを着た男は中背で、左脇に銃身の長いライフル銃か猟銃のようなものを抱えているのがわかった。彼は右手で運んできたポリタンクを接客用のカウンターの上に置くと、左脇の銃を持ち直して、いつでもポリタンクが撃てるように構えた。ふたを開けっぱなしにしたポリタンクから発するガソリンの匂いが店内に漂った。

女性たちの何人かが小さな悲鳴をあげたが、そのほかの者はむしろ恐怖で声が出ない状態になっているように見えた。

「いまこの瞬間から、おまえたちは、おれたちがある目的を果たすための人質になった。おれたちの指示に従わなければ、このガソリンをぶちまけて火を点けることになる。わかったか」

黒ずくめの男は自分の言葉の意味するところが店内に十分浸透するのを待った。「ガソリンをぶちまけたり、火を点けたりする前に、どうにかしようと考えたやつはいないか。おれがおまえたちの立場ならそう考えるところだ。そのときは、おれの仲間がガソリン・タンクに一発お見舞いする手筈になっている。そうなったらどういうことが起こるのか――実はおれたちも知らないんだ。ガソリン・タンクに散弾銃の弾をブッ放したらどうなるか、誰か知っているか」

答える者は誰もいなかった。

「そんな物騒な実験をおれたちにさせるんじゃないぞ。いいか、すべておれたちの指示通りにしていれば、おまえたちには何一つ危害は加えない。わかったな」

異議をとなえる者は一人もいなかった。十数年前に、私は銀行強盗の現場に遭遇したことを思い出した。そのときは銃弾が二発も発射された。驚いたことに、一発目は銀行の支店長が強盗の主犯を射殺して、二発目は強盗の共犯が支店長を撃って重傷を負わせたのだった。思い出しても気分が悪くなるような事件の現場で、どんなことがあっても発砲沙汰《ざた》になるような事態は避けるべきだった。

「よし。では最初の指示だ。全員、自分の携帯電話を出して、電源を切ったら、カウンターの上のポリタンクのそばに置くんだ」

店内の人質の半分ぐらいはすみやかにその指示に従ったが、残りの半分は逡巡《しゅんじゅん》していた。〝命のつぎに大切なものは何か〟という質問に、十代の少女の一人が〝命よりも携帯電話のほうが大事だ〟と臆面《おくめん》もなく答えるのを、最近のテレビで聴いたばかりだが、ここで携帯電話を出すのをしぶっている四、五人もその同類なのだろうか。

「ぐずぐずするな」と、黒ずくめの男が声を荒だて、また拳銃を振りかざした。「携帯を出すのが嫌なやつは、永久に携帯が必要でなくなるような目に遭《あ》わせてやってもいいぞ」

この一言を聞くと、人質全員が携帯電話をポリタンクのそばに並べることになった。もちろん、携帯電話を持っていない私を除《のぞ》いてだ。

# 7

二人組の覆面強盗が侵入したときから、店内では日常の時間が止まってしまったかのようだった。女性社員たちの背後の壁にかけられた八角形の時計では、すでに十数分が経過していた。

「では、二つ目の指示だ」黒ずくめの男が落ち着いた口調にもどって言った。「この店の責任者は返事をしろ」

「ちょっと待ってくれ」と、濃緑色のジャケットの男が初めて口をきいた。彼は私を指差していた。「携帯電話を出していないやつがいる」

黒ずくめの男は眼出し帽の中の鋭い眼で私を見つめた。私の存在に気づいていなかったようで、そのことに腹を立てていた。

「おまえは、そんなところに隠れて、何をしているんだ」

「きみたちが登場する前からここに坐っていて、動くなと言われたから、ここにじっと坐っているだけだ」

「嘘をつけ！　携帯を使って、どこかに通報しようというつもりだったな」

私は首を横に振った。「携帯電話はもっていないのだ」

「何だと⁉」黒ずくめの男の拳銃の銃口がまっすぐ私に向けられた。拳銃はいつの間にか左手に持ち替えられていた。「おいおい、いい年をして、世話を焼かせるなよ。いまどき携帯を持っていないやつなんかいるか。新宿中央公園にたむろしているホームレスだって、携帯は持っているぞ」

私はベンチから立ちあがった。「持っていないものは仕方がない。身体検査をしてもらったほうが良さそうだな」

「よし、おまえはその位置から動くな。そこにいる赤いマフラーの男、こっちへ出てくるんだ」

三人の利用客のなかに一人だけいた男のことだった。

「おまえがあの男の身体検査をしてこい。ただし、持っている携帯電話をわざと見逃したりしたら、二人ともどういう目に遭うか、わかっているな」

立ちかけた赤いマフラーの四十代の男はあわてて椅子にもどった。「そんなことは困る。ひとのポケットなんか一度も探ったことはないんだから、見過ごしたといって、ひどい目に遭わされるなんて、絶対に困るよ」

「指示に従わなければ、このガソリンをどうすると言ったか、忘れたのか」

濃緑色のジャケットの男が、銃身の長い銃の先をポリタンクのほうに数センチ近づけた。それでも、赤いマフラーの男はうつむいて、身体《からだ》を硬くしているだけだった。

「ちょっと待ってください」ジーンズの若者が手を上げて合図をした。「ぼくが代わりに身体検査をしてもいいですか」

黒ずくめの男は若者をじっと見つめた。「なんでだ？」

「ガソリンをぶちまけられたり、火を点けられたりしたら大変だからです。ぼくたちは、この状況では、あなたたちに協力するしかないんですから」

「それを忘れるなよ」と、黒ずくめの男は言った。「それに志願者はなかなかのハンサム・ボーイだな。いいだろう、おまえが身体検査をしろ。だが、手を抜いたり、余計なことをしたら、ハンサムだからといって容赦はしないぞ」

若者はショルダー・バッグを足許の床に置いてから、私のほうへ歩いてきた。初めて若者の顔が見えたが、黒ずくめの男の言葉は的を射ていた。美男子や二枚目という感じではなかった。当世風の〝イケメン〟とはもっと違っていた。ハンサムと形容するのがぴったりの若者だった。こんな状況でこんな行動にでることができることにも、私は感心していた。もっとも、それはこの若者がこの場に偶然にいあわせた被害者の一人にすぎないという条件つきだった。私は彼に面倒をかけるのが申し訳ないというように、思わず二、三歩前に迎えに出た。

若者はすばやく、私のコートの内側のブレザーのポケットを上から探った。次は腕を伸ばしてズボンのポケットを探った。それから私の背後にまわって、ズボンの尻のポケットを探った。そのまま背後から、コートのポケットに手を入れて探った。ふたたび私の前にまわると、コートの胸の内ポケットを探った。手抜きはしなかった。

「携帯電話はありません」

「よし、わかった。携帯も持っていないくらいだから、金を借りにくるような体たらくなんだよ。この会社では携帯も持っていないようなやつに、金を貸すのか」

社員の誰もその質問には答えなかった。

「おまえたち二人はうしろにさがって、ベンチにおとなしく坐っていろ」

私はベンチにもどりながら、コートの右側のポケットに、さっきまでなかったものが入っているのに気づいた。たぶん、若者が持っていた二台目の携帯電話を押しこんだのだろう。

「おれは携帯は使えないぞ」と、私は若者にしか聞こえない小声で言った。

「すきを見て、返してください」若者が私にしか聞こえない小声で応《こた》えた。

「おまえたち、こそこそ話をするのはやめろ。ベンチの両端に坐って、口をきくな」

若者と私は、黒ずくめの男の指示に従った。

「まったく余計な手数をかけやがるぜ。では、あらためて二つ目の指示だ。この店の責任者は誰だ、どこにいる？」

奥への通路の前のドアのところで、若者と話していた四十歳前後の男の店員が手を上げた。

「おまえが？　おまえがここの支店長なのか」

「いや、私は主任ですが、責任者と言われると、私がいちばん上役になります。いま支店長は外出中ですから」

「なに⁉　支店長は留守だというのか。嘘をつくな！」

「いいえ、嘘なんかついてません。閉店までにもどる予定ですが、まだもどっていないのです」

「閉店は六時だったな」黒ずくめの男は、壁の八角形の時計を左手で指差した。拳銃はまた右手にもどっていた。「六時を三分も過ぎているぞ」

「支店長が閉店時間までにもどらないなんて、めったにないことですが」

「どこへ行ったかはわかっているんだろう？」

「いいえ、三時過ぎに「ちょっと外出する」と言って出られたままなので」

「それでも連絡は取れるはずだ。まさか、支店長も携帯電話を持っていないなんて言うなよ。連絡は取ったのか」

「えーっと、五時過ぎに一度、それから五時半過ぎにもう一度連絡しました。最初のときは〝ただいま電話に出ることはできません〟ということだったので、こちらに一報してもらうように伝言を残しています」

「二回目のときは？」

「……それが、〝この電話はつながらない〟と――」

「くそッ。よりによって、おれたちが相手にしているのは、職場放棄のさぼり屋の支店長か。支店長室はどこだ？」

「この通路の先です」

黒ずくめの男は、腰までのドアを開けてなかに入ると、通路の奥が見える位置に立った。

「閉まっているあのドアだな」

「そうです」

「こっちは頼んだぞ」黒ずくめの男が仲間に言った。

濃緑色のジャケットの男が、黒ずくめの男の立っていたところに移動して、人質全員を見渡した。銃はガソリンのタンクに向けられたままだった。黒ずくめの男は、主任と名乗った店員を先導させて、通路の奥に向かった。私が坐っていたベンチからは、二人が見えなくなった。黒ずくめの男が通路の奥のあちこちを調べまわっているような物音と気配が、しばらくつづいた。向こうで何が進行しているのかわからない状況に、こちらにいる全員がじっと神経を集中させられていると、さらに時間の感覚が麻痺してくるようだった。

私はコートのポケットに手を入れると、入っている携帯電話をつかんだ。

「支店長室のドアをノックしろ」という声が聞こえた。ドアをノックする音が聞こえた。だが、返事はないようだった。

ジャケットの男の注意は通路の奥に向かいがちだったが、こちらの監視を命じられているので、視線が双方を行き来していた。

「ドアを開けろ」

「支店長が出かける前に鍵をかけているはずです」ドアの把手をまわす音が聞こえた。

「金庫もこの中だな」

「そうです」

「ドアをぶち破ってやる！」

「えっ⁉　ちょっと待ってください。ここの金庫は時間ロック式で、六時から七時のあいだに、支店長のキーと、本店の警備室のキーとが連動して開錠しなければ、開かない仕組みになっています。ですから、店を閉めるために、支店長は七時までには絶対にもどるはずです。それ以外の方法では、金庫は開きませんから、どうか無茶はしないでください」

私はポケットから携帯電話を取り出して、若者のほうを見た。若者のほうも、私と考えは同じで、私の手許を見て、軽くうなずいた。

「金庫にはいくら入っているんだ？」

「正確なことは支店長でなければわかりませんが、たぶん一千万円ぐらいだと思います」

濃緑色のジャケットの男の視線が、通路の奥に向けられたままで止まった。その方向のどこかに設置されているはずの金庫やその中身を透視しようとしているのかもしれなかった。

私は携帯電話を若者にほうりなげ、若者がキャッチした。キャッチしたとき、音がしたのかしなかったのか、私には判断がつかなかった。私の耳には自分の心臓の鼓動の音しか聞こえなかったからだ。

「店頭にある現金はどれくらいだ？」

ジャケットの男の視線がこっちにもどってきたが、特別な反応はなかった。若者の手から携帯電話は消えていた。

「きょうの朝、営業のために準備したのが、八百万円でしたから、残額は――たぶん百万円あるかないかだと思います」

黒ずくめの男と主任が店内の見えるところへもどってきた。

「支店長がもどるのは、表の入口からか」

「いいえ、奥の従業員用の裏口からのはずです」

「では、表の入口は閉めてもらおう」

「表の入口は、六時ジャストに、自動的にシャッターが下りているはずです。六時以降は、お客様も従業員専用の裏口からでなければ出られません」

「自動で？　そんな音は全然聞こえなかったぞ」

「ええ、相当静かなシャッターですが、それでも音はします。しかし、こういう状況でしたから、気づかれなかったんだと思います」

「では、あとは支店長の帰りを待つしか方法はないと言うんだな」

「そういうことになります」

「いいか、腹を据えて、よく考えろよ。いままでの説明に、これっぽっちでも嘘があって、おれたちが金庫の中身を頂戴するのを邪魔していたことがわかったら、ただではすまないことは、わかっているだろうな」

「……もちろんです。嘘なんか一つも言ってません」

「支店長の帰りを待っているあいだに、店頭にある現金を——紙幣だけでいい、残らず集めてもらおうか。ほかの者は誰も動くなよ」

主任はカウンターの内側の三人の女性社員のそばをすばやく一周すると、集めた紙幣の束を持ってもどってきた。黒ずくめの男は、紙幣の束を濃緑色のジャケットの男に渡すように指示した。ジャケットの男は札束を受け取ると、ジャケットの脇のポケットに押しこんだ。

黒ずくめの男が支店長室への通路の壁にもたれて動かなくなると、店内で動いているものは何もなくなった。黒ずくめの男が黙りこんでしまうと、店内には息の詰まるような静寂が流れた。黒ずくめの男が何を考えているのかは、まったくわからなかった。しかし、何かを考えているはずだった。

パソコンが出す電気的な稼動ノイズに混じって、何かを刻むようなかすかな音が耳に聞こえてきた。八角形の時計の秒針が動く音だった。時間は六時二十一分になっていた。

六時五十一分になっても、支店長の望月皓一は帰ってこなかった。

こんな閉塞状況での三十分間は、店内にいる人間の心理状態に大きな影響をおよぼしていた。二人組の強盗は、彼らの計画では、支店長室の金庫の中身を奪って、すでにどこかへ逃走しているはずの時間だから、ひどくいらだっていた。主任と三人の女性社員は、自分の会社が多大な損害をこうむろうとしている瀬戸際だから、不安を募らせていた。三人の利用客は借りる予定だった金は、おそらく借りられないことになるだろうと心配していた。あるいはこの事件によって、自分たちが借金をしようとしていたことが世間に知れてしまうのではないかという不安もかかえているはずだった。二人組の強盗以外の九人は、銃器やガソリンで命にかかわるような被害をこうむる危険がまだあることに怯えていた。

ジーンズの若者もその九人のうちの一人なのだが、若者の様子にはこの状況をそれほど負担に感じているところは見あたらなかった。彼の関心事は、私から取りもどしたポケットのなかの携帯電話をどういう方法で活用するかということだったかもしれない。あるいはそれ以外にこの状況を打開する方法が何かあるだろうかということだったかもしれない。

私はといえば、支店長の望月皓一に会わなければ、ここへきた目的は何も果たせないわけだから、彼の帰りを待つこと以外には何もすることがなかった。それは二人の強盗もまったく同じ状況なのだが、むこうが一千万円前後の大金を手に入れられるかどうか、警察に捕まるかどうかという大問題がかかっているのに対して、こちらは探偵仕事がうまくいくかどうかというだけの小さな問題にすぎないのだった。強盗たちがうらやましいとは少しも思わなかった。

六時五十三分に電話のベルが鳴った。店内の電話の一つだった。主任と女性社員たちは、電話に出ないで、黒ずくめの男の指示を待っていた。

「先方の声を外に出して、通話ができるはずだな？」黒ずくめの男が冷静な声で主任に訊いた。

「できます」主任はいちばん近い女性社員のデスクの電話に向かった。

黒ずくめの男もそこへ移動しながら、言った。「しゃべっていいことと、いけないことの区別はわかっているな。支店長からだったら、よく考えて、彼が一秒でも早くここへもどるような対応をしろよ。いいな……わかったら、電話に出ろ」

主任は電話機の二つのボタンを押してから、受話器を取った。「〈ミレニアム・ファイナンス〉の新宿支店です」

「こちらは本店警備室です。いつもの業務連絡があんまり遅いので、こちらから連絡しました。何か異常はありませんか」

「いいえ、異常はありません。ただ、支店長が外出されたまま、まだもどっておられないので、閉店の業務ができないでいるところなんです」

「支店長の帰社予定は？」

「閉店時間の六時までにはもどられるとのことでしたが、いまだに連絡が取れないままです」

「そうですか。そうなると、金庫の開閉は七時までで、あとは明朝——いや、来週の月曜の朝になりますから、残金の保管などはマニュアル通りでお願いします」

「あの、念のために確認しますが、金庫の開閉時間を延長してもらうことはまったく不可能なんですよね」

「そうです。そのようにプログラムされた金庫ですからね。それを解除するためには、金庫会社と警察の立会いが必要になります」

「そうですよね。では、私はこのまま居残って、規定の十時まで、支店長の帰りを待つことにします」

「ご苦労様です。なにか状況に進展がありましたら、連絡をお願いします。ほかに何かありますか」

主任は黒ずくめの男の意向を確かめた。黒ずくめの男は首を横に振って、受話器を置くように指示した。主任は電話口に「いいえ」と答えて、指示に従った。

「あと五分のあいだに、支店長が帰ってこなければ、ここで二晩徹夜しろってことなんだな？」

店内を悲鳴に近いような溜め息が支配した。

「おれのせいじゃないぞ。恨みたければ、こちらのご大層な仕掛けの金庫を恨むんだな。七時までに支店長が帰ってこなかったら……食い物や飲み物をどうするか、トイレの順番をどうするか、ひとつゆっくりと相談することにしようぜ」

黒ずくめの男は濃緑色のジャケットの仲間に、「ちょっと、ここを頼む」と声をかけると、支店長室のある通路のほうへ向かった。

# 8

濃緑色のジャケットの男の忍耐はものの五分とつづかなかった。何がどうなっているのかわからない店頭の空気はそれに反比例するように大きくなっていった。黒ずくめの男が支店長室のある通路の奥に姿を消してしばらくは、彼が動きまわる物音がこっちの耳にも届いていた。やがてそれが間遠《まどお》になり、そのうちに男がたてる音なのか、〈ミレニアム・ファイナンス〉の新宿支店の外から聞こえてくる音なのか区別がつかなくなっていた。

五分が経過すると、ジャケットの男はほとんど落ち着きをなくしていた。

「おい」と、ジャケットの男が相棒を呼んだ。返事はなかった。

「おーい、河野《こうの》さん！」ジャケットの男は一段と大きい甲高《かんだか》い声を出した。しかし、こんども返事はなかった。

ジャケットの男が顔に掻いている汗を眼出し帽の上から拭うと、濃緑色のジャケットの袖が濡れて黒くなった。

「置いてきぼりをくったようだな」と、私が言った。

「何だと⁉　そんな馬鹿なことがあるか」彼の持っている散弾銃の銃口が私に向けられた。

ジーンズの若者がすばやく立ちあがって、なだめるように手をかざしながら、私とジャケットの男のあいだに入ってきた。

「ちょっと待ってください。どうか落ち着いて」若者は私のほうを振り返って、ジャケットの男を怒らせるなとでも言うように、目顔で制した。それからジャケットの男に向き直った。

「でも、あなたの仲間の行動は……やはり、少しおかしいような気がしますが」

「何がおかしいんだ」ジャケットの男の口調が平静になり、銃口はポリタンクのほうにもどっていた。

ジーンズの若者には、なぜかひとを安心させるようなところがあるようだった。

「それを説明します。その前に、この店の主任の松倉《まつくら》さんと話をさせてもらっていいですか」

ジャケットの男は少し考えてから、うなずいた。

「松倉さん、さっきこのひとの仲間が言っていたことだけど、ここで二晩徹夜するとか、そんなことはできないはずですよね」

松倉と呼ばれた主任は、急にそんな話を向けられて驚いていた。

「もう、このひとにはそのへんの事情を話したほうがいいんじゃないですか」若者は松倉からジャケットの男に視線をもどした。「ぼくは仕事の関係で——学生専門のハローワークのような仕事をしているんですが、その宣伝チラシをこういう場所に置かせてもらっている関係で、こちらにもときどき顔を出しているんです。それで、少しだけ事情に通じているつもりなんですが、さっき松倉さんが、支店長が帰社しなければ、規定の十時まで待つとおっしゃっていたでしょう。しかし本当のところは、支店長がどこにも連絡を取らない状態で、閉店時間の六時になっても支店にいないというのは、それだけで本社としては大問題というか、非常事態のはずなんですよ」若者は松倉に向きを変えた。「そうですよね？」

松倉は答えるのをためらっていた。

「そうなのか」と、ジャケットの男が訊いた。銃口が松倉のほうに移動した。

「そういうことだと思います。さっきはそこまで訊かれなかったので……」

「言い訳はしなくていい。それで、本社はいまどんな対応をしているんだ？」

「たぶん、今頃は本社の責任者と警備課の者が、こちらに向かっていると思います」

「それだけか」

「ここからは対応の仕方がわかれます」松倉はハンカチを出して、首筋の汗を拭った。

「いずれにしても、時間外に金庫を開けるためには、金庫会社と警察署にある警報装置の連動スイッチを切ってもらわないと、あの金庫はこのフロア全体に響くような大きな警報が鳴ってしまいますから、その二カ所への通報を、本社の責任者たちがここの状況を把握してからするつもりか、それともすでに通報しているかは、私にはわかりません」

ジャケットの男は眼に見えて肩を落とした。黒ずくめの相棒の所在などより、自分の行動は自分で早急に決定しなければならない状況になっているのだった。ジャケットの男の気力は萎《な》えてしまう寸前まできていた。この店に侵入するときには、自分がこんな状況に追いこまれることになるとは、想像もしていなかったのだろう。

「ただ、うちの支店長は有能で、会社の信頼も厚いひとなので、通報はまだではないかと思いますが」

私は急にここへきた目的を思い出した。支店長の望月皓一に会いにきたのだが、その目的は何も果たせていなかった。〝支店長は有能で、会社の信頼も厚い〟という部下の評価は、〝職場放棄のさぼり屋〟という強盗の蔭口よりはましだが、大した慰めにはならなかった。

ジーンズの若者がジャケットの男のすぐ正面に立った。「あなたの仲間はそのへんの事情を知っていたんじゃないですか。だから、金庫の中身には手が届かないと判断して、逃走した……ぼくたちがこんな話をしていても、いっこうに姿を見せないのだから、もうこの店内にはいないことは間違いないと思いますが」

「……そういうことらしいな」

「あなたも逃げるつもりなら、一刻を争うはずですよ」

「たった百万円ぽっちのために、こんなことを仕出かすつもりじゃなかったんだ」

「逃げた相棒のいくらの稼ぎになると言う口車に乗せられたんだ？」と、私は訊いた。

ジーンズの若者がすばやく私を抑えようとしたが、間に合わなかった。店内にいる誰もが、私を睨《にら》みつけているようだった。

「おまえは黙ってろ」と、ジャケットの男が私に言った。「こんどおまえが余計な口をきいたら、かならず引き金を引くからな。ポリタンクを狙ったほうがいいか、おまえを狙ったほうがいいか、いまのうちに選んでおけ」

私は少し考えて、答えた。「自分で自分の頭を吹っ飛ばすのが、いちばん良くはないか」

「何だと……⁉」ジャケットの男は急に声をあげて笑いだした。そして、また急に笑うのをやめた。

「……そうか、そういう選択肢もあるか」

「だめです」と、若者が強い口調で言った。「そんなことをするぐらいだったら、あなたは自首したほうがいいんだ。主犯は逃げてしまった仲間のほうなんでしょう？　ぼくたちは最初からそうだとわかっていましたよ。でも、いいですか。彼が逃走したあとのことは、すべてあなた一人の責任になってしまうんです。だから、彼の挑発に乗って、脅迫めいた言動をとったりしないほうがいいと思います」挑発する彼とは、私のことらしかった。

若者はジャケットの男に歩み寄り、声を低めて言った。「こんなことを言うのはなんですが、ニットの帽子で顔が見えないせいだと思いますが、あなたは背恰好や体型が、ぼくの親爺にそっくりなんですよ。だから他人事だとは思えない」

ジャケットの男は鋭い眼でジーンズの若者の顔を見つめた。身体がこわばって、怒っているように見えた。若者もひるまずに、ジャケットの男に対していた。だが、ジャケットの男の怒りの矛先をつねに代弁していた銃口が、若者に向けられることはなかった。

やがて、ジャケットの男はゆっくりと若者に背を向けると、持っていた銃をカウンターのポリタンクのそばに置き、眼出し帽を脱いだ。それから、ポケットに入れていた札束を取り出すと、それもカウンターの銃の隣りに置いた。強盗のための装備を取ってしまうと、姿を現わしたのはどこにでもいるような、五十代のくたびれた男だった。

「銃やガソリンはこのままで安全ですか」と、若者がジャケットの男に訊いた。

「大丈夫だ。銃には、空包が一発だけ入っている。場合によっては、脅しに一発撃つだけだと、河野が言っていたが、そんなことにならなくて良かった。ポリタンクだろうと自分の頭だろうと、吹っ飛ばすことなんてできやしないんだ。ポリタンクの中身はほとんどが水で、ガソリンはうわずみに少し入っているだけだ。ガソリンはむしろタンクの外側にぬりつけて、よく臭うようにしたと、河野がすべて準備して、そう言っただけなので、確かなことはわからないのだが……そのままにして触らなければ、おそらく大丈夫だと思う」

「どうしますか」と、若者が訊いた。「自首するのと、ここから逃げて捕まるのでは、大変な違いだと思いますが」

「とにかく、ひどく疲れたよ」彼はいちばん近い客用の椅子に腰をおろした。両手で頭を抱えこむようにして、うつむいた。「誰でもいいから、警察に電話して、強盗の犯人が自首すると言っていると伝えてくれ」

ジーンズの若者が合図をすると、松倉はしばらくためらっていたが、店内のほとんどの人間の催促するような視線には抵抗できず、女性社員のデスクの電話の受話器を取った。

壁の八角形の時計は七時十五分を指していた。

# 9

新宿署の警官四名が到着したのは七時三十分だった。いちばん年長の警官が、濃緑色のジャケットの男が自首することを確認して、両手に手錠をかけたあと、佐竹昭男《さたけあきお》という名前と、年齢や住所を問いただした。年齢は五十二歳だった。それから、すでに逃走している河野という主犯の男に対する緊急手配も要請された。

警官の到着から約十五分ほど遅れて、〈ミレニアム・ファイナンス〉本社の総務部長の大谷《おおたに》という小柄な男と、警備課の小野田《おのだ》という大柄な男が到着した。〝名は体をあらわさず〟だった。彼らは到着するとすぐに、支店の松倉主任を呼びつけて、店内の現状を把握し、すべてを取り仕切ろうと試みた。だが、警官たちに制止されて、松倉や三人の女性社員と挨拶程度の言葉を交わす以外は、ほとんど何もできなかった。

「捜査班がまもなく到着しますので、それまでは何もしないでください。何かに手を触れたり、動かしたりしないように、お願いします」年長の警官がそう通告した。

近くにいたジーンズの若者が、私の坐っているベンチに近づいてきて、隣りに腰をおろした。自首した佐竹昭男がカウンターの向こう側に移動して、警官の一人から聴取を受けているのを確認してから、私に話しかけてきた。

「あなたが犯人たちを怒らせる役割をやってくださったんで、ぼくのなだめ役も少しは効果があったようです」

「そうかな。佐竹という男が話の通じる人間で良かった」

「そうでしたね。ちょっと危ない場面もありました。今頃になって冷や汗を掻いています。ぼくの仕事はさっき申しあげた通りですが、海津《かいづ》といいます」

彼はブレザーのポケットから手帳と財布がいっしょになったようなものを取り出すと、名刺を一枚抜き取って、私に渡した。〈バンズ・イン・ビズ〉という会社名と、海津一樹《かずき》という名前が印刷されていた。

「私の名は沢崎」

「失礼ですが、お仕事は？」

「それはこんど会ったときの楽しみということにしておこう」と、私は答えて、渡された名刺を上衣のポケットに入れた。

「ぜひ連絡してください。ぼくも楽しみにしています。それで、ここへは？」

「もちろん借金だ。正確には、借金のための下見というところかな。逃走した河野という男も言っていたが、携帯電話がなくても、金を貸してくれるのか、そのあたりの研究だ」

海津は微笑した。「大丈夫ですよ。証明書や書類などの提出とか、携帯があれば省略できるところが、できなくなるぐらいのことです。でも、本当に携帯電話なしで生活してらっしゃるんですか」

「なに、ただ要《い》らないだけだ。きみは二台も持っていたんだな」

「それでも、結局は何の役にも立ちませんでしたね。カウンターに出したほうは友達の忘れ物を届けるところだったんです」

私たちが話しているのを見て、一階ロビーでタバコに火を点けてやった派手な身なりの女が近づいてきた。海津は座席を一つ移動して、彼女の席を空けた。

「あなたたちのお蔭で、強盗事件もうまくおさまってほっとしたわ」彼女は私たち二人のあいだに坐った。「でも、お金を借りるほうはどうなっちゃうのかしら。あたしたちは三人とも、まだお金を受け取る前だったのよ。あたしは出直したってかまわないんだけど、あとの二人の男性と女性は、このまま借りられないことになると困るって言ってたわよ。あなたはどうなの？」

「おれも出直しというところだな」

「じゃあ、いいわね……そんなことより、タバコ喫いたくない？　あたしはもう我慢の限界よ」

私は立ちあがって、年長の警官に言った。「タバコを喫わせてもらいたい」

「どうぞ」と、警官は答えた。

「それはだめです」と、松倉が横から言った。「店内は禁煙になっていますから」

「そうか。それでは、一階のロビーで喫ってこよう」

「それはだめです」こんどは警官が言った。「ここからは出ないようにしてください」

「われわれは強盗事件の被害者だ。足止めされるのは仕方がないが、店内からの出入りまで禁じられる謂《いわ》れはない」

警官は松倉に言った。「灰皿か、灰皿がなければ代用になるものを出してあげてください」

松倉は不満げな顔をしたが、警察にそう言われては仕方がないと思ったのか、女性社員の一人を呼んで、何か言いつけた。女性社員は、支店長室のある通路の奥に姿を消し、まもなくもどってきた。手にはスティール製の灰皿を持っていた。私が受け取って、いままで坐っていた座席に置いた。

派手な身なりの女はタバコをくわえると、こんどは自分の高価そうなライターで火を点けた。店内にタバコの煙りが漂った。

しばらくすると、赤いマフラーの男の客と、女性社員のうちの一人が、タバコの煙りに誘われるように近づいてくると、灰皿を取り囲んでタバコを喫いはじめた。

「ぼくはタバコは喫いませんから、どうぞ」海津が立ちあがって、男の客に席を譲った。

私もしばらくタバコは遠慮することにして、海津ともう一つのベンチのほうへ移動した。

そのとき、支店長室のある通路の奥のほうが騒がしくなり、新宿署の捜査班が到着したことがわかった。


捜査班の指揮は支店長室で執《と》られることになったようで、本社の大谷という総務部長が、松倉に「至急、支店長室を開けてくれたまえ」と命じた。松倉はポケットから鍵束を出しながら、通路の奥に向かい、支店長室のドアの鍵を開けている様子だった。支店長が鍵をかけているので開けられないと言った松倉の言葉は、嘘だったわけだ。当然と言えば当然の嘘なのだろうが、世の中にはそんなつまらない律儀さで命を落とす人間もいた。大谷総務部長と警備課の小野田は、支店長室に移った。

自首した佐竹昭男は警官の聴取が終わると、裏口から新宿署に連行されたようだった。入れ替わりに入ってきた鑑識課員たちによって、店内の捜査が行われた。事件の結果があのようなものだったので、カウンターの上のポリタンク、銃、札束を調べて記録を取ったうえで、搬出するくらいの簡単なものだった。

店頭に残っていた私たち――九人の元人質は、それから約一時間にわたって、強盗事件の綿密な調書を取られた。

# 10

自分の調書に署名をすると、ベンチの臨時喫煙所にもどって、タバコに火を点けた。自慢にはならないが、これまでに警察の調書は数えきれないほど取られていたので、誰よりも早く終わらせることができた。まもなく九時になろうとする壁時計をながめていると、捜査班の私服の若い刑事が近づいてきた。

「沢崎さんでしたね。これでお帰りいただけると思います。こちらへどうぞ」

刑事のあとをついて、カウンターの左端にある腰までのドアを通ると、初めてカウンターの奥に入った。店内を振り返ると、まだ調書を取られている派手な身なりの女と海津一樹が私のほうを見ていたので、手を上げて合図をした。

奥の通路を向こうから、〈ミレニアム・ファイナンス〉の大谷という総務部長と警備課の小野田が歩いてきて、擦れ違った。彼らは私に新宿支店の客だろうという程度の会釈をして、店頭のほうへ向かった。

「大至急、本社で待機中の専務とコンタクトを取ってくれたまえ」と、大谷が小野田に言うのが聞こえた。私の事務所で、望月皓一が社内の勢力争いの構図を説明したのはずいぶん昔のような気がした。望月は専務派ではなく常務派だったのではなかったか、あるいはその反対だったか……。

私が裏口のあるほうへと通路を進んでいると、刑事が立ち止まって声をかけた。「ちょっとお待ちください」

刑事は〝支店長室〟のプレートのあるドアを二回ノックしてから、ドアを開け、私に中に入るように促した。

「そういうことか」私は苦笑しながら、支店長室に入った。背後でドアが閉まる音がした。左手の奥にある支店長のデスクの端に腰をかけて、新宿署の錦織《にしごり》がタバコを喫っていた。ほかには誰もいなかった。

「そこへ坐れ」錦織は部屋のほぼ中央にある応接セットのソファを指差した。

店頭よりもこの部屋のほうが室温が高かったので、私はコートを脱いで、手前のソファに腰をおろした。

「なんでおまえがこんなところにいる？」

「なんであんたがこんなところにいるんだ？」

「おれがこの強盗事件の捜査の指揮を執ることになった。いや、強盗未遂事件か。いや、やっぱり強盗事件だな。犯人は金を奪えなかったが、強盗は強盗に違いないからな」

「こんなところで何をしていると思うんだ。金を借りにきた」

「嘘をつけ！」

「逃げた強盗にもそう言われたが、彼はすぐにおれが嘘をついていないことを認めてくれた」

錦織は聞こえなかったような顔で言った。「借金のために、おまえがこんな事件の現場に偶然いあわせたなどというデタラメを誰が信じられるか」

「別に驚きはしないよ。あんたはおれの言うことを信じたことなど一度もないだろう」

錦織はタバコの灰をデスクの上の灰皿にはたき落とした。私たちが借りたのと同じスティール製の灰皿だった。灰皿の近くにあったB5サイズほどの写真立てを手に取った。

「依頼人はここの支店長の望月皓一か」

「そんなことには答えられない――と言えば、依頼人はその支店長に違いないと思いこむのが警官だったな。そんな勘違いで捜査を誤っても、おれの責任ではないからな」

錦織はデスクから立ちあがり、写真立てを私に渡した。デスクの灰皿を取って、私の向かいのソファに腰をおろした。

私は写真立てに入っている写真を時間をかけて見た。よく見もしないで即答するのは、嘘をつくときにとりがちな言動だからだ。四人家族の写真だった。右側に夫、左側に妻、あいだに二人の娘が写っていた。娘は二十歳前後の姉と高校生ぐらいの妹のようにみえた。たぶんマンションのベランダの明るい陽射しのなかで撮《と》られた一家団欒《だんらん》の写真だった。

「この男がここの支店長か……どこかで会ったことがあるような顔だが」

「そうだろう、そのはずだ」

もう一度写真をよく見た。見たのは、四人家族の背景に写っている見憶えのある大きな白い建物だった。

「……いや、よく似ているが、おれの知っている男は金貸し業などではなく、もっと紳士と呼ぶにふさわしい人物だった。それに、たしかその男は今年の夏に膵臓癌で死んでしまったと聞いた」

錦織はタバコを手荒く灰皿で消すと、写真立てを私の手から取りあげて、デスクの上にもどした。

「では、依頼人は誰なんだ？」

「依頼人などいない。少なくとも、このビルの中にはいない。おれはここには――」

「黙れ。おまえの経済状態も知らないおれだと思っているのか」

「知っているのか。おれたちの血税を無駄に使って、つまらないことを調べるな」

「望月皓一が依頼人でないとしたら、誰かの依頼で、望月を調べている、そうだろう？

その依頼人の名前を言え」

私は呆《あき》れ顔で頭を左右に振った。そのとき、入口のドアをノックする音がして、ドアが開き、見憶えのある顔の刑事が入ってきた。新宿署の田島《たじま》という刑事だった。

田島は錦織の近くまで歩いてきて、何か報告をしようとした。錦織が顎の先を使って、部外者の私がいることを知らせた。

「おや、なんであんたがこんなところにいるんだ？」聞きなれた嗄《しやが》れ声だった。

「そういうのがいま流行《はやり》の挨拶なのか。あんたの上司に答えたばかりだが、例によって信用はしてもらえない。ところで、あんたは相変わらずの万年警部補か」

「そうだよ」

「では、あんたの上司も相変わらずの万年警部だな」

「警部のままで、新宿署の捜査課の課長を務めるのは、異例中の異例のことなんだ」

「ほめているのか、けなしているのか、よくわからんが、警部の捜査課長に敬意を表して、きょうはおれも本当のことを言おう。おれの事務所の隣りを借りている秋吉という写真家が所在不明で、あのビルの大家が大変困っているという相談を、不動産屋から受けたんだ」

　私は脇に置いたコートのポケットから、〈ミレニアム・ファイナンス〉のパンフレットを取り出して、応接テーブルの上にほうった。田島が手にとって、錦織に見せた。

「夕方、事務所から帰るとき、一階の郵便受けを調べたら、秋吉の郵便受けにそれが入っていた。それで、何か秋吉についての手掛りでもあるかと、ここへ足を運んでみたんだ。しかし、秋吉が金を借りにきた客だったら、プライバシーの問題だから何を訊いても答えは返ってこないはずだ。もしかして、写真家としての仕事でもしていないかと店内を見まわしていたが、すぐにはそんなことはわからないものだな」

　われながら気分が悪くなってきた。錦織や田島と話していると、いつの間にか嘘ばかりつくことになってしまうようだった。「ついでだから、将来のために、こういうところで借金をするためにはどういう手順が必要なのか、それを知っておくのも無駄ではないと考えているところに、あの二人組が飛びこんできた。これが本当のところだ」

　錦織はフンと鼻を鳴らして言った。「それもみんな嘘に決まっている」

「沢崎の聴取はすみましたか」と、田島が訊いた。

「ところで、おまえの用は何だ？」

「大谷という本社の総務部長が、金庫を開ける準備ができたと言っていますが」

　錦織は私を見て考えていた。私をこの部屋から追い払う算段をである。だが、ここでバタバタするのはあまり上策ではないと判断したのか、私が強盗事件の現場にいあわせた理由がわかるまでは解放しないつもりなのか、もっとほかに何か魂胆《こんたん》があるのか——ひとまず、私を追い払うのはやめておくことにした。

「よし、すぐにその男をこっちへ通せ」彼は支店長のデスクとは反対の隅に置かれたロッカーのほうを指差した。「沢崎、おまえは、あっちの隅でおとなしくしてろ」

　私はコートをつかむと、ソファから立ちあがって、ロッカーのところへ移動した。ロッカーの脇に立てかけてあった折りたたみ椅子の一つを取り、ロッカーの横に置いて腰をおろした。

　田島警部補が、入口のドアを開けて、どうぞと声をかけると、大谷と小野田と松倉の三人が支店長室に入ってきた。そのうしろから、私服の若い刑事と年長の制服警官と鑑識課員が入ってきた。

　大谷はまっすぐに正面の壁面のそばまで直行し、そこで錦織を振り返った。

「最後にもう一度だけ、わが社の意向を申しあげておきます。当支店は強盗事件の被害に遭ったわけですが、ご承知のように、幸いにもこの支店長室兼金庫室には、二人組の犯人たちは一歩たりとも侵入できてはおりません。にもかかわらず、一方的に金庫の開示を強制されるのは、少し捜査に行き過ぎがあるのではないか、というのが本社の意見です」

「それはさっきもうかがった。しかし、調書を詳細に検討すると、逃走中の犯人の河野という男は、店頭からは誰にも眼の届かない状況で、相当時間この部屋の周辺を動きまわっていた、ということです。ということは、彼がなんらかの方法で入口のドアの鍵を開け、ここに侵入することはさほど困難なことではないでしょう？」

「かりにこの部屋に侵入できたとしても、金庫を開けることは絶対に不可能なのだから——」

「絶対ですか？　それを確かめてみましょう」

「要するに、あなたがたはわが社の内部に強盗の犯人に通じている共犯者がいるとか、あるいは共犯ではなくても、この金庫の中身に手をつけた犯罪者がいるのではないかと疑っておられるようだ。それはわが社に対する不当な——」

「お待ちなさい。われわれはそんな予断をもって捜査をしてはいない。予断をもっているのはむしろあなたがたのほうではないですか。はっきり申しあげるが、いまだに支店長の望月皓一氏の所在が不明だということは、彼の潔白を証明するためにも、すすんで金庫を開けたほうがいいのでは？」

「わが社は支店長の望月を全面的に信頼しているので、そういうご懸念は無用です」

二人の話は杓子定規でいつまでも果てしがないので、私が横から口を出した。「行方不明の望月支店長が金庫の中から出てくるという可能性はないか」

室内にいるすべての人間が私のほうを振り返ったような気配だった。私はタバコの箱に印刷されている金色の鳩の小さな眼の玉をのぞきこんでいたので、本当のところはわからなかった。錦織警部がどんな顔で私を睨《にら》んでいるかは、見ないでもわかっていた。

「金庫の隠しドアを開けなさい」と、大谷が憮然《ぶぜん》とした顔つきで小野田に言った。支店長のデスクのそばにいた小野田が、デスクの上の電話の隣りにある操作パネルのどこかを押すと、大谷の背後の壁板の一部が音もなく横にスライドして、金庫が姿を現わした。かなり大型の金庫だった。

「警報のスイッチは切れているね」と、大谷が小野田に確認を取った。

「ええ、金庫前面の右上の二つのランプが緑色に変わっていますから、警報のスイッチはオフです」

「左上の赤ランプは？」

「あれは時間ロックがオンになっていることを示しています」

「では時間ロックを解除してもらいたい」

「わかりました」小野田は上衣の胸ポケットから携帯電話を取り出して、操作した。「あ、もしもし、警備課ですか。こちらは新宿支店にいる小野田です。いまから新宿支店の金庫の時間ロックを解除します。そちらの準備はいいですか。オーケーですね」

小野田は携帯電話を切って、大谷に言った。「本店からお持ちになった解除キーを、金庫中央のナンバー・パネルの右側にある鍵穴に差しこんでください。一分以内にお願いします」

大谷は準備していた鍵を小野田の指示通りに差しこんで、まわした。金庫の左上の赤ランプが三度点滅して、緑色に変わった。

「時間ロックは解除されました。あとはナンバー・パネルに金庫のナンバーを入れていただくだけです」

大谷が準備していたカードのようなものを見ながら、ナンバー・パネルのプッシュ・ボタンを押していった。十二桁か十六桁もあろうかと思われるほど長い番号だった。

「入れた」と、大谷が言った。

すぐそばに移動していた小野田が、ナンバー・パネルの下にある直径三十センチほどの金属製のハンドルを重そうにまわしはじめ、まわし終えた。「これで開きます」

「開けてくれ」と、大谷が言った。

小野田がハンドルを手前に引くと、ちょうど入口のドアと同じぐらいの、ほぼ床面からの高さ百八十センチ、幅九十センチの金庫の分厚い扉がゆっくりと開いていった。扉が九〇度の角度に開いたとき、自動的に金庫内に明かりが点いた。

「全開にしなさい」と大谷が言った。

小野田は扉を壁面と平行になるまで全開にした。

「刑事さん、金庫の中に納まっているべき、一千二百万円と少々の現金はちゃんと納まっているようですな」声に勝ち誇ったような響きがあった。

「少し前を開けてくれませんか」と、錦織が言った。「鑑識の者が写真を撮りますから」

「どうぞ、どうぞ」大谷と小野田は金庫の右と左の脇に退いた。

鑑識のカメラのフラッシュがしばらくつづいたあと、錦織がソファから立ちあがり、金庫の前に近づいた。私も立ちあがって、金庫の内部に眼をやった。

「この中段にあるのが現金ですね」

「そうです」

「上段にあるのは？」

「この店の帳簿や書類でしょう」

「下段にある観音開きの扉を開けますよ」

「どうぞ。そこに支店長が隠れているとでも？」

錦織が合図をすると、白手袋をはめた田島警部補が、木製の観音扉を開けた。

「かなり大型のジュラルミン・ケースが二つあるな……これは？」

「さあ、たぶん前年度までの書類とか、そんなものではないかと……」大谷の声に落ち着きがなくなった。「きみ、松倉君だったね？　このケースは何かね？」

「いいえ、私は存じません。支店長の手伝いで、金庫の中を見ることはありますが、この下の扉の中を見るのは初めてですので……」

錦織が語気を強めて、言った。「そいつを引っ張り出して、中身を確認しろ」

田島と若い私服刑事と年長の制服警官と鑑識課員が、二つのジュラルミン・ケースを金庫から出して、それぞれ支店長のデスクと応接テーブルの上に重たそうに運んだ。

「鍵はかかっているか」

「いいえ」と、田島が言った。「この通り、折り返しのフックが上りますから」

「こちらも同じです」と、年長の警官が言った。

「開けろ」

田島と警官がジュラルミン・ケースのふたを開けた。ケースの中身はびっしりと詰まった一万円札の札束だった。

「ざっといくらある？」錦織が田島に訊いた。

「一つのケースに、少なくとも二億、というところですか」

「合わせて、四億か五億に近いな……」錦織が大谷のほうを振り返って、訊いた。「ここにこんな金があることを知っていたのか。知っていたとすれば、さっきまでの言動はこれを隠匿しようとしていたことになるが」

大谷は首を横に振った。錦織が小野田を見ると、小野田も首を横に振った。錦織が松倉を見ると、松倉も首を横に振った。

錦織は大きな吐息を漏らした。「強盗に入られたのに、金庫の有り金が増えるというのは、いったいどういうことだ」

「考えられるのは……これは望月支店長の私物だとか――」

「あんたに考えてくれとは頼んでいない。いい加減なことは言わないほうがいい」

錦織は大谷には眼もくれず、田島のほうへつかつかと歩みよると、彼の耳もとで二言、三言ささやいた。

田島が私に入口のドアを指差して、そっちへ向かった。私もあとを追った。

「あんたはもう帰ったほうがいい」と、田島はドアを開けながら言った。「ここで見聞《みき》きしたことはすべて〝部外秘〟だ。いいな。あした、午後いちばんに新宿署に出頭してくれ」

「なかなか面白かったよ」

私は支店長室を出ると、店内にはすでに警察の人間だけしか残っていないことを確認して、〈ミレニアム・ファイナンス〉をあとにした。

支店長の望月皓一はいったいどこへ行ったのだ。


西新宿の事務所にもどったときは、すでに十時三十分をまわっていた。デスクの引き出しから望月の名刺を取り出すと、受話器を取り、非通知の番号を押してから、名刺の裏に手書きされている自宅の番号を押した。呼び出し音を一分以上聞きつづけていたが、誰も出る様子がなかった。電話に誰も出ないということは、夕方の四時三十分に電話をかけたときの関西訛りの男も、望月皓一もこのマンションにはいないということだろう。

あるいは、警察はすでに支店長の望月皓一の身柄を確保したのだろうか。そうでなければ、当然このマンションには警察の手配が及んでいるはずだった。私がマンションの電話の呼び出し音を聞いているあいだ、電話の向こうでは、新宿署の張り込みの警官が同じ音を聞いていたのだろうか。そうだとすれば、こちらの声が録音できる状態にセットしたあとで、受話器は警官のがさつな手で取られるはずだった。私は諦《あきら》めて、電話を切った。

マンションには誰もいないと考えるのが妥当だった。少なくとも、私が電話に出てほしいと思っている人間がそこにいないことは確かだった。

# 11

翌日、私は西新宿の事務所に出かけると、デスクの椅子に坐りつづけたままで午前中を過ごした。そのあいだずっと、デスクの上の電話を睨んでいた。電話というやつは睨まれていてはなかなか鳴らないものだった。依頼人の望月皓一からの電話はかかってこなかった。

その朝、アパートの近くの食堂で観たテレビのニュースでは、〈ミレニアム・ファイナンス〉の新宿支店の強盗事件を衝動的で無計画な犯罪だと報じていた。二人組の犯人のうち一人は何も盗らずに逃走し、もう一人はその場で逮捕されたが、幸い誰にも怪我はなかったと、前髪を撫でつけたアナウンサーがニュース原稿を棒読みしていた。支店長の動向や金庫の中身について何のコメントもなかったのは、捜査本部が公開していないからだろう。ニュースは、中国漁船と海上保安庁の船の衝突映像がネットに流出した問題に変わり、民主党の官房長官がアナウンサーよりもっと気のない調子で意見を述べていた。

私は十二時ちょうどに事務所をあとにした。車でいったん小滝橋《おたきばし》通りに出ると、新宿大ガードを経由して、青梅《おうめ》街道に出た。新宿署は左手に見ただけで素通りすると、そのまま青梅街道を西へ走った。杉山《すぎやま》公園の交差点から右折して中野通りに入り、二十五分後に中野区の新井《あらい》に到着した。適当な駐車場に車を停めると、電話サービスの〝特定番号案内〟の男が教えてくれたマンションの住所に向かった。彼の祈りもむなしく、同じ号数の敷地に、六階建と七階建のマンションが二棟建っていた。だが、幸いなことに二棟のマンションは直角の鉤形《かぎがた》の配置で建っていた。

私はマンションの裏手にまわって、ベランダの特徴とその位置を確認し、さらに望月皓一の家族写真に写っていた〈中野サンプラザ〉が建っている方角を確認した。すると、早《わ》稲《せ》田《だ》通りに面している七階建のマンションのほうが、目当てのマンションに間違いなさそうだった。

私は七階建のマンションの正面に引き返した。マンションの名前は〈プラザコート新井〉であることがわかった。私は正面の入口からマンションの玄関に入った。三メートルほど先にもう一つ、内部の見えない濃い茶色のガラス張りのドアがあった。意外にも普通の自動ドアで、住人を呼び出して内側から開けてもらわなければ入れない警戒厳重な入口ではなかった。その代わり、入ってすぐの左手に管理人室が控えていた。管理人室の監視用の小さな窓は閉まったままだった。昼休みの時間にきたのが正解だったかもしれない。

その先に、住人の郵便・新聞用のロッカーが壁面いっぱいにずらりと並んでいた。家族写真のベランダの位置から見当をつけて、可能性の高そうな三階からはじめて、ロッカーのネーム・プレートをすばやく調べた。部屋番号の数字だけで、ネーム・プレートに名前のないものが半分ぐらいあったので、少し不安になりかけていると、四階の四〇七号室のネーム・プレートで望月皓一の名前が見つかった。電話帳に電話を公開しているぐらいだから、マンションのネーム・プレートに名前を表示していてもおかしくはないと思っていたのだ。

私はロッカーのある壁の向かい側にあるエレベーターのほうへ向かった。

「もしもし、どなたをお訪ねですか」

急に背後から声をかけられたので、私は驚いて振り返った。管理人室のドアが開いていて、管理人らしい男が私のほうを見ていた。前がダブルになった厚手のベージュ色のカーディガンを着た六十歳前後の男だった。入口が自由に出入りできるうえに、管理人もいないとなると、それはあまりにも無用心だった。私はゆっくりと管理人室のほうへ引き返した。

「四〇七号室の望月皓一さんを訪ねるところなんだが」

管理人の顔に得心しているような表情が浮かんだ。「すると、やはりきのうの事件のことか何かですか」

私は周囲を見まわし、誰もいないことを確かめるふりをしたあと、管理人室を指差して、低めた声で訊いた。「ほかに誰かいるかな」

「いえ、私だけですが」

彼が私を刑事と間違えているなら、しばらくそのままにしておくことにした。

「では、ちょっとお邪魔しよう」

「どうぞ」と、管理人は答えて、私を管理人室の中に通した。

どこのマンションにでもあるような殺風景な管理人室だった。六畳くらいのスペースの中央に、デスクが一つ、その上に電話が一つ、接客用のテーブルが一つ、ソファが一つ、壁際に戸棚が一つ、その上の壁に時計が一つ、別の壁の高い位置につけられたエアコンが一つという部屋だった。テーブルの上に置かれた、花の活《い》けられていない花瓶だけはなぜか二つあった。管理人は私にソファに坐るようにすすめ、自分はデスクの椅子を接客用のテーブルのほうに向けて腰をおろした。

「いま現在、望月皓一さんが、四〇七号室にいるかどうか、わかるかな」

「たぶん、いないと思います。きのうの夜のニュースで事件を聞いて、心配になったもんですから、けさの八時前に電話を入れたんですが、返事はありませんでした。それから小一時間ほど前に、四階でほかの用事があったついでに、望月さんのお宅の呼《よ》び鈴《りん》を押してみましたが、そのときも返事はなかったので」

私はうなずいた。

「きのうの事件で、望月さんに何かあったんじゃないでしょうね」

「ちょっと待って。あなたに協力してもらいたいことがあるし、うかがいたいこともある。それがすめば、あなたの質問に答えられることは答えるつもりだが……その前にちょっと電話を貸してもらえるかな」

「どうぞ」と言って、管理人は椅子から立ちあがった。「こちらで使ってください」

私たちは坐っている場所を交替した。私は上衣のポケットから手帳を取り出して、ページを繰った。久しぶりにかける番号ではあったが、すぐに見つかった。

「先に外線のボタンを押してください」と、管理人が言った。

私は外線に切り替えて、番号をつづけた。

「新宿警察署です」男の声だった。

「捜査課を」

「捜査課の誰をですか」

「錦織課長を」

「あなたのお名前をおうかがいします」

「沢崎です」

十数秒待った。

「おれだ。着いたか」

「いや、いま中野にいる」

錦織の不服そうな鼻息が聞こえた。「午後いちばんで出頭しろと言っておいたはずだ」

「ミレニアム・ファイナンスの望月支店長とコンタクトは取れたのか」

「おまえにそんなことを答える必要はない」

「そうか。おれがいまいるところは、望月皓一の中野にあるマンションの管理人室なんだが」

「中野のマンションだと!?　本当か、それは」

「支店長とのコンタクトはまだ取れていないということだな。では、午後いちばんに出かけたほうがいいのは、そっちだということになる」

「望月の中野のマンションをおまえがどうして知っているんだ?　つまりは望月はおまえの依頼人だということだな」

「違う。同じことを何度言わせれば気がすむんだ」

「何の関係もない者が、どうして中野のマンションなんか知っているんだ?」

「そこが警官の悪いところだ。コンタクトを取りたい人間はみんな警察から逃げ隠れしている人間のように思いこんでいる。ミレニアム・ファイナンスぐらいの会社の支店長だったら、電話帳に名前が載っているだろうと素直に考えるのが、おれたち一般市民の感覚だ」

「載っているのか」

「自分で調べてみるんだな」

錦織が急に黙った。何か考えているようだった。「電話帳で調べたと言ったな。二十三区ごとにいちいちページをめくってか。それは嘘だ。おまえは最初から望月皓一のマンションが中野にあることを知っていたんだ」

「警察の捜査に協力しようという、おれの親切を疑うのか」

錦織のせせら笑う声が聞こえた。「そんなことが信じられるか」

「警官のくせに注意力が足りないな。支店長室でおれにつきつけた望月の家族写真だが、奥さんの後方に中野の〈サンプラザ〉が写っていなかったか。それがヒントになって、中野区の電話帳で望月皓一を調べてみただけのことだ。そこに中野区新井二丁目の住所が併記されている。同姓同名の望月皓一ということもあるから、マンションを訪ねて、管理人に確認すると、勤務先はミレニアム・ファイナンスということだった。納得がいったら、二十分以内にここへきてくれ。二十分を過ぎたら、おれだけで望月の四〇七号室に入ることになるぞ」

「待て！　すぐに田島警部補を急行させるから、新井二丁目のあとの所番地を言え」

私は番地と号数とマンションの名前を告げた。

「おれもすぐに田島の後を追う。いいか、勝手な真似はするなよ」

「田島警部補にパトカーのサイレンは鳴らすなと伝えてくれ」

錦織は返事もせずに電話を切った。私も受話器をもどして、立ちあがった。

「という次第で、二十分後には新宿署の刑事たちがここへ現われることになったが、いいですね？」

私たちはもう一度坐る場所を取り替えた。

「ええ、それは仕方がありませんが、望月さんはいったいどういうことになっているんですか」

「彼とはかなり親しいようだが？」

「それは、望月さんの下のお嬢さんとうちの娘が、たまたま同じ中野の女子高校のブラスバンド部の一年生と三年生だったことで、ほかの住人の方たちよりは、親しくさせてもらいました」

「私にわかっている範囲で教えると、きのうの強盗事件のとき、望月支店長は支店にいなかったんだ。そして、事件が収束した段階でも、支店長とはまだ連絡が取れない状態だった……これから話すことは、決して外部には漏らさないようにしてもらいたいのだが、いいね？」

「どうぞ、ご心配なく」管理人の好奇心が増したように見えた。「住民のあいだのプライバシーも、マンション内のプライバシーも絶対に漏らしてはいけないのが、私の仕事ですから」

「警察は、支店長が失踪している状況は強盗事件に何らかの関与をしているからではないかと疑っているようだ。ミレニアム・ファイナンスのほうでは、支店長を信頼しているので、そんなことはありえないと反論している。かりに強盗事件に関係があるとしても、彼は被害者であるとしか考えられないと。ただ、結果的に望月さんが支店にいなかったことで、強盗は金庫の中の金を奪えなかったそうだから、いまのところはまだ微妙な立場におかれているようだ」

「そういうことですか……しかし、私には、望月さんが警察に疑われるようなことをする人だとは思えませんがね」

「ところで、ここは賃貸マンションかな」

「いいえ、分譲マンションですから、四〇七号室は望月さんの所有ですよ」

「一つ気になっていることがあるんだ。四〇七号室はきょうの朝から電話も呼び鈴も返事がないと言ったね。望月支店長の妻子はいったいどうしているんだ？」

「そのことですか。それは心配ないですよ。望月さんがご家族でここに住んでいたのは、うーん、あれはたしか一昨年《おととし》の三月まででしたかね」

「ほう？」

「望月さんは一昨年の四月から、単身で名古屋に転勤されたんですよ。そのとき、奥さんと二人のお嬢さんは、奥さんの実家のある茨城の土浦《つちうら》へ引っ越されました。上のお嬢さんは筑波《つくば》大学の学生さんだったので、かえって都合が良かったようです。でも、下のお嬢さんは田舎に転校するのはいやだと反対だったらしいのですが、向こうにブラスバンドの全国ベスト4クラスの高校があって、そこに転校できることがわかってからすっかり気が変わったそうですよ。これは私の娘から聞いた話ですけどね」

「ここは禁煙だろうね？」

「そういうことになっていますが、かまいませんよ。私もときどきこっそりやりますから」

管理人はデスクの引き出しの奥から小さな灰皿を出して、テーブルの上に置いた。私がタバコを出してすすめると、彼は自分のタバコをカーディガンのポケットから出した。私たちはタバコに火を点けた。

「望月支店長が名古屋からもどったのはいつのことだろう？」

「昨年の四月でしたよ。もともと名古屋は望月さんの出身地で、彼の実家は神社の神主さんが多く出ている旧家の家系らしくて、親類も多く、名古屋支店の開店の準備と――これは本人の口から聞いたので間違いないと思いますが、新しくできるサッカーのチームのスポンサー集めの世話役の仕事も会社公認で兼任するのだと言ってましたよ。なにしろ親類は多いし、顔は広いでしょう。それに小学校から高校までの友達や慶應《けいおう》出身のＵ《ユー》ターン組が、名古屋の主な企業のほとんどで相当のポストについているので、サッカー・チームのクラブとのパイプ役として週に三社ずつまわっても、たった一年ではまわりきれなかったということでしたね」

「つまり、名古屋勤務は一年で終りということかな」

「そうです。どちらの仕事も十分な成果をあげたことで、新宿支店長に栄転できたとうかがっています」

「金融業には通じていても、サッカーのことに詳しくなければ、スポンサー集めもそう簡単ではなさそうだが」

「いや、私も意外だったんですが、彼は高校ではサッカー部に所属していたそうですよ。二年生の終り頃に、このまま上達できればレギュラーに手が届くかもしれないと思った矢先に、膝の関節の病気にかかって、それ以来スポーツのほうは断念したと言ってました」

「いまでも足は悪いのかな」

「歩くのにはほとんど支障はないそうですが、持病だから寒い季節に少し痛みが出るのはしょうがないと、嘆いていましたね」

「すると、名古屋勤めの一年間、ここは空き家になっていたわけか」

「いいえ、ここの管理をしている〈中野パレス不動産〉が、望月さんの要望を受けて、そのあいだは賃貸マンションとして貸し出しの業務を担当していたので、たしか一年のうち八カ月以上の賃貸料を望月さんに支払っているはずです」

「どういう人が借りていたのかわかるだろうか」

「たしか、月曜日から金曜日まで、関西の日本舞踊のお師匠さんが、こちらでの教室のために借りられていて、それは望月さんがこっちにもどられた現在もつづいているはずです」

「こっちにもどってからも、家族は土浦に越したままの別居状態ということだね」

「奥さんはともかく、お嬢さんたちが土浦を離れるつもりがないそうで」

「関西の日本舞踊のお師匠さんというのは、まさか――」

「いやいや、女性ではありませんよ。れっきとした男性です」管理人はタバコの火を消してからつづけた。「日本舞踊の先生にしては、小太りでちょっと武骨な感じのする方ですが、腰の低いなかなかのジェントルマンですよ」

「なるほど」と、私は言ったが、本当は〝武骨なジェントルマン〟という形容がちょっと引っかかった。しかし、それ以上の詮索はしなかった。私はタバコの煙りを吐き出しながら、きのうこのマンションの望月の番号に電話したとき、電話口に出た関西訛りの男のことを思い出していた。

「望月さんの話では、もうどちらもいい加減な年齢だし、部屋は広いから、緊急の場合はおたがいに諒解を取って、こちらが土・日の週末に、向こうが月曜から金曜日のあいだに共同で部屋を使うこともあるということでした。向こうは芸術家で、こちらは金融の世界の人間だから、水と油だけど話していてもかえって飽きないと言ってましたよ」

「月曜日から金曜日が、日本舞踊の先生の使用日だとすると、平日は望月さんはどこで寝泊りしているんだ。土浦から通勤はできないだろう」

「もちろんですよ。平日は、新宿に会社が社宅代わりに購入しているマンションを使っているそうです。若い人向けのワン・ルームなので手狭だが、新宿支店まで歩いて一〇分とかからないのが取り柄だそうです」

私はタバコの火を消してから訊いた。「家族はそれで苦情を言わないのかな」

「奥さんとの約束では、土・日は土浦へ帰ることになっているのですが、最近のように忙しいと、なかなかそうはいかなくなったと……しかし、本当の我が家はここなんだから、月に二、三度はここで過ごさないと落ち着かないということでした。とんだ三重生活だと、苦笑されていましたよ」

望月支店長の三重生活のうち、新宿署の錦織たちが彼の立ちまわり先として把握していたのは、社宅である新宿のマンションと、土浦の妻の実家の二つだけだったようだ。管理人の話からすると、三つ目の中野のマンションがどこかで抜け落ちた可能性もあった。〈ミレニアム・ファイナンス〉の人事課あたりが情報源であれば、望月皓一の住所は中野から名古屋に変更され、名古屋からもどったあとは新宿と土浦に変更されていたのかもしれなかった。

私の事務所を訪ねてきたとき、依頼人の望月皓一が中野のマンションへの電話を控えるように頼んだ理由はすでに明らかになっていた。

# 12

管理人室の監視用の小さな窓を叩く音がして、田島警部補が顔をのぞかせた。私が管理人室への入口を指差すと、田島はドアを開けて中へ入ってきた。

「新宿署の――」と、私が紹介した。

「田島警部補です」彼は、コートの胸のポケットからバッジ付きの警官証を出して、管理人に見せた。

「管理人の――」と、私がつづけた。

「久保田《くぼた》です。どうもご苦労様です」

「早速ですが、望月皓一さんのお宅の合鍵を拝借できますか」

久保田と名乗った管理人は、金属製の戸棚のところへ行くと、ポケットからキー・ホルダーを出し、その中の鍵の一つを使って、戸棚の上部にある扉の錠を開けた。中にはマンションの合鍵がずらりと並んでいた。慣れた手つきで四〇七号室の鍵を選び出して、扉を元の状態にもどした。

「ではご案内しましょう」

「いや、ちょっとお待ちください。これは昨夜の強盗事件の捜査本部の責任者からの指示をお伝えするんですが、まず四〇七号室の安全を確認するまでは、どなたも現場に近づけてはならないということです。安全が確認でき次第、こちらの電話に連絡を入れます。それから室内の捜索に立ち会ってください」

久保田は私のほうを見て、どうしたものかという顔をしていた。

「強盗の逃走犯人は拳銃を所持していたので、当然の措置だろうね。よし、私が鍵を預かろう。警察に行き過ぎた行動がないように監視しているから、安心してもらっていい」

私は久保田から合鍵を受け取ると、管理人室を出た。エレベーターのところに直行すると、ドア脇の昇降ボタンを押した。すぐに田島が追ってきた。

「相変わらず強引なやつだ。課長の指示は、とくにあんたを望月の部屋に入れるなということだったのに」

「口先だけのことだ。錦織は、おれとあんたでそんなふうにことが運ぶとは思ってもいないよ」

最上階で止まっていたエレベーターが、ようやく下に降りはじめた。

「あんたの勝手な思いこみには呆《あき》れるが、雷を落とされるおれの身にもなってもらいたい」

「ここへは一人できたのか」

「若い刑事がいっしょだ」

「なぜここにいない」

「パトカーを駐車場に入れたあと、玄関の外で課長を待つように指示した」

「そんな指示に黙って従うような刑事がいるのか」

「署を出るときに、きょうはすべて田島の指示に従えと、課長が厳命していた」

エレベーターは三階で停止したまま、なかなか動かなかった。

「錦織は、結局こういう展開になることを想定しているということさ」

「それは違う。課長は相手があんただからといって、取るべき措置を加減するような警官ではない」

「そんなことにこだわっているような場合ではないだろう。拳銃を持った犯人の片割れがまだ逃走中だというのに」

「少なくとも、昨夜の拳銃はもう持っていないはずだ」

「……そうなのか。では、さっき管理人を脅かしたのは嘘だったのか」

「嘘をついたことになるのは、あんただろう」

エレベーターがようやく動き出した。「拳銃の説明をしてくれ」

「きのうのうちに〈ミレニアム・ファイナンス〉のトイレで見つかっていて、松倉という社員が、犯人の持っていた拳銃だと思うと証言している。素人《しろうと》の証言だから断定はできないが」

「そういうことか。ひょっとするとモデル・ガンか」

「いや、拳銃は本物だ。だが弾は空包が二発装塡されているだけだった。犯行時には実包が装塡されていた可能性もないとは言えないがね」

「拳銃から指紋は？」

田島は残念そうに首を横に振った。「はっきりしたものは出ないようだ。〝科捜研〟でさらに精密な検査をすることになっているが、望み薄だと聞いている」

ようやくエレベーターが一階に降りてきて、ドアが開いた。二人連れの三十代の女性が出てくると、私たちには眼もくれず玄関のほうへ向かった。着飾った身なりで、土曜日の買物か食事にでも出かけるような足取りだった。私たちはエレベーターに乗りこみ、田島が四階のボタンを押した。ドアが閉まって、エレベーターが昇りはじめた。

「案外、非暴力主義の強盗たちだったわけだ。自首した佐竹昭男を追及すれば、逃走した河野という主犯もすぐに割れるという見こみか」

「それが、そうはいかないようだ。佐竹は自分の共犯者については、河野という名前以外はほとんど何も知らないのだ。しかも、人相を確認すると、かなり昔の映画俳優の河野《こうの》秋《あき》武《たけ》に似ていると証言した」

「そんな名前の脇役がいたな。たしか、あんたと同じような嗄《しゃが》れ声だった」

「河野秋武に似ている河野だなんて、ふざけた話だ」

「つまり、唯一の手掛りである名前も偽名だというわけか」

「そういうことになりそうだな」

エレベーターが三階で止まって、ドアが開いた。だが、乗りこんでくる者はなかった。田島が外に誰もいないことを確かめた。ドアが閉まって、エレベーターが動きはじめた。

「それでも、人相の手掛りとしては有力だろう」

「そう願いたいものだが、河野秋武の顔写真を数枚そろえて、佐竹に見せると、「こんなに眼を剝《む》いているような顔じゃない、こんなに口を歪めて怒っているような顔じゃない」という始末さ。映画のスチールだから、そんな芝居がかったシーンのものばかりだ。苦労して普通の正面写真を探し出して見せると、少しは似ているという返事だった」

エレベーターが四階で止まり、ドアが開いたので、私たちは外へ出た。

「ところが、その写真を捜査課の連中に見せてみると、年配の刑事で河野秋武を知っている者にも彼だとはわからなかった。四十歳以下の刑事たちはそもそも河野秋武という俳優を知らなかったよ」

エレベーターに近い部屋の番号は四〇一号室だった。私たちは四〇七号室に向かった。マンションの四階の外廊は、秋の終りの冷たい風が吹いていた。

「錦織がおれの依頼人か調査対象者にしたがっている望月支店長は、まだ見つかっていないということだな。手掛り一つないのか」

「残念ながら」田島はうなずいてから、訊いた。「依頼人なのか、調査対象者なのか、どっちなんだ？」

「またそれか。どっちでもないよ。あんたには嘘はつかない」

田島は柄にもなく悲しそうな表情をみせた。「おれのことはともかく、課長には嘘をつかないほうがいい。あんたたちのあいだにどういう経緯《いきさつ》があるのか知らないが……署の先輩たちに訊いても、誰もそれを知っている者はいないようだ。こうまでこじれた間柄になるような、いったいどんな経緯があるんだ？」

「それを聞いたところで、おれたちの大人げない態度に納得はしない」

「だったら、なんでそんな態度をやめようとしないんだ？」

「〝習い、性となる〟というやつだ」

「はた迷惑な話だ」

「ほうっておくか、むしろ面白がるべきだな」

「あんたたちは面白がっているのか」

私は考えてみた。「そんなことはないな」

私たちは四〇七号室の前に着いた。田島警部補が前に出て、上衣の胸ポケットからボールペンを取り出すと、その先端を使ってドアの呼び鈴を押した。部屋の内部でブザー音が鳴った。いったん切ってから、こんどはかなり長いあいだ押しつづけた。また切って、しばらく待ちつづけたが、何の変化もなかった。田島が私の顔を見て、ドアをノックする仕種をしてみせた。私はうなずいた。田島がこんどは実際にドアを二、三回ノックした。やはり返事はなかった。

田島がドアの前から一歩退がって、私に鍵を開けるように指示した。私は管理人の久保田から預かってきた合鍵を鍵穴に近づけた。差しこむ寸前で、私は思いとどまった。

「ドアの把手《とって》をまわしてみてくれ」

田島は私の意図をすぐに察した。コートのポケットから使い古した大きめのハンカチを取り出して、把手をおおい、ゆっくりとまわすと、把手は何の抵抗もなくまわった。田島が手前に引くと、ドアは音も立てずに開いた。

# 13

田島警部補はコートの前を開けて、上衣の左脇に手を入れると、銃身の短い回転式の拳銃を取り出した。すばやく点検してから、拳銃をもとにもどした。数秒とかからなかった。とりたてて緊張しているようには見えなかったが、銃を手にしたあとに何の変化も見せないというのは、緊張している証《あか》しだった。

「あんたは、ここで待機してくれ」

「そう指示されたと書いて、署名しておこうか」

「馬鹿な。そんなものは課長の怒りを倍にするだけだ」

田島が先にマンションの中に入った。私も彼につづいた。室内が薄暗いので、入口のドアは大きく開けたままにしておいた。

「警察の者です」と、田島が嗄《しやが》れ声を精一杯大きくして言った。「望月さんはいますか」

返事はなかった。田島が横手の壁で、明かりのスイッチを見つけた。数秒考えたあと、あるだけ全部点けた。スイッチは四つあった。玄関と、その先の廊下と、廊下の先のリビングらしいスペースが明るくなった。四つ目はどこの明かりかわからなかった。私は入口のドアを閉めた。私たちは玄関を横断し、靴を脱いで、マンションの中に上がりこんだ。

五分もかけずに、リビングと四つの部屋に誰もいないことはわかった。四つの部屋とは、望月の書斎らしき部屋、夫婦の寝室、娘たち姉妹の部屋、それに応接間だろうと推測できた。どこもあまり生活感のない部屋ばかりだった。望月の書斎は机の上に書類のようなものが散らかっているほかは、きちんと整頓されていた。夫婦の寝室は二つあるベッドの片方しか使われている形跡がなかった。姉妹の部屋はそれとわかるだけで、長いあいだ使われていないことがわかるくらいきれいに片付いていた。

私たちは応接間にもどった。ソファやテーブルなどが隅のほうに押しやられて、その代わりに部屋にやや不釣合いで簡素なベッドが置かれていた。あるいは関西の踊りの師匠が使っている部屋なのかもしれなかった。リビングとそのつづきのダイニング・キッチンも片付いていて、キッチンの流しのそばに置かれた水切りのカゴのなかに、昨夜以前のいつか使ったと思われるグラスや皿が洗って並べられていた。二人の男がここに住んでいる理由の大半が、寝泊りすることであるとすれば、この生活感の希薄さはむしろ当然かもしれなかった。

　田島警部補も同感らしく首をかしげた。「人が住んでいるような、住んでいないような……妙《みょう》に落ち着かないマンションだな」

「管理人から話を聞けば、そのへんの事情がわかる。望月支店長の家族の住まいがここでないことは知っているな」

　田島はうなずいた。

「ここを使っているのは、望月ともう一人、関西の男だけらしい」

「関西の男？　何者だ、そいつは」

「管理人の話では、日本舞踊の先生ということだ。月曜日から金曜日に上京して、こっちで教室を開いていると言っていた」

「空いている部屋は無駄にほうっておかないということか。さすがは金貸し業の支店長だな」

「金貸し業か……」

〈ミレニアム・ファイナンス〉に対する私のイメージは、銀行、金融会社、消費者金融、サラ金、金貸し業と少しずつ変化して、この分ではいずれは高利貸しや暴力金融に行きつきかねない勢いだった。一連のイメージの源は、三日前の夕刻に私の事務所を訪ねてきた依頼人の望月皓一の紳士ぶりにあった。私は望月支店長を見つけるまでは、当てにならない予断は持たないことにした。

「何をぼんやりしてるんだ？」田島はキッチンの奥を指差した。「おれは向こうのトイレや風呂場を見てくる。わかっているだろうが、ここにあるものには絶対に手を触れないように」彼はキッチンのところで立ちどまって、付け加えた。「あんたはベランダのほうを調べてくれ」

私はうなずいて、リビングの南側を占めている青緑色のカーテンのほうへ向かった。真ん中にあるカーテンの境目を開けると、床まである大きなサッシのガラス戸が四枚あることがわかった。カーテンをもう少し開けて、左側の二枚をロックしている錠を見つけてはずし、ガラス戸を開けた。風は強くなかったが、冷たい外気が流れこむので、自分の身体が通るぐらいの隙間からベランダに出た。サンダルが二つあるのはわかっていたが、使わなかった。

まず、ベランダの手すりのところへ行って、きのうミレニアム・ファイナンスの新宿支店の支店長室で見た家族写真が撮られた場所かどうかを確認した。中野の〈サンプラザ〉がきのうの写真の方角の、ほぼ同じ位置に見えた。期待していたのは、少し位置や角度が違っていれば、あの写真がこのマンションのどこか別のベランダで撮影された可能性も出てくるからだ。あの写真を撮影した人間がいるとすればそれは誰なのか。自動シャッターで撮られた写真という場合もあった。もっとも、近頃は写真はカメラでは撮らない場合もあることを思い出した。

私は家族写真のことは忘れることにして、ベランダを見まわした。かなり広いベランダだったが、中央に木製のテーブルと組みになっている木製の椅子が二つあるだけだった。隅のほうに、折りたたみ式の物干しが折りたたんだまま立てかけてあり、その脇に使わなくなった空のプランターや植木鉢が積み重ねて片付けてあった。望月の妻や娘たちが引っ越した一昨年から、たぶんこの状態になっているのではないだろうか。

木製のテーブルの真ん中にやや大きめのガラス製の灰皿と金属製の小箱が置いてあった。ガラス製の灰皿には、十本前後のタバコの吸殻が入っていた。すべてフィルター付きで、フィルターの紺色のデザインと〝KENT《ケント》〟の文字が見えた。半分ぐらい残した喫い方や、ケントの文字をきれいにそろえて灰皿に並べる癖を見ると、ここでタバコを喫っているのは一人だけということになるだろう。

チョコレートが入っていたような金属製の小箱のふたを開けると、使い捨てのライターが数本と、小さい箱型のマッチが一つだけ入っていた。使い捨てのライターには目立った表示は何もなかった。最近はマッチ自体があまり見かけなくなったのに、これはほとんど絶滅したかと思われる宣伝用のマッチだった。かなり古びているようで、もとの紫色がかなり色褪せているように見えた。しかも赤坂の料亭の宣伝マッチだった。ただし、〈業《なり》平《ひら》〉のマッチではなく、〈こむらさき〉という料亭の名前が読みとれた。マッチは使用されていて、中のマッチ棒は半分程度に減っていた。

マンションの中から、田島が私を呼んでいるような声が聞こえた。私はマッチをポケットに入れて、ベランダから室内にもどった。リビングには、田島の姿は見えなかった。キッチンの奥のトイレのあたりから声が聞こえてきた。私はそっちへ向かった。トイレではなく、その奥にあるドアが開いていた。中に入ると、右手に洗面所があり、その奥に洗濯機や乾燥機が置かれているのが見えた。左手の開いているドアから田島が険しい顔を出した。

「バスタブの中に人が浮いている」

私は反射的に訊いていた。「望月皓一か」

「それがいちばんの気がかりか」田島の眼が細くなった。「おれは、きのうの支店長室にあった家族写真と、きょう渡された手配写真——あまり写りの良くない数年前の写真なんだが、それしか望月の顔を見ていないから、はっきりと断言はできない。しかし、まず別人のようだな」

私は田島と入れ替わって、浴室の中に入った。バスタブの中の裸身の男は、浮いているというよりは、水面すれすれのところに沈んでいた。管理人が関西の日本舞踊の先生を形容するときに使った、〝小太りで武骨な感じ〟といえる体型だった。しかも頭部に毛髪がなかった。禿《は》げているのか、剃《そ》っているのか即断はできないが。武骨な感じは体型だけでなく、毛髪のない頭からの印象でもあった。人相が変わるほどではないが、苦しそうな表情を浮かべていた。

死体は望月皓一ではなかった。

「このホトケが誰か知っているか」と、田島が訊いた。

私は首を横に振ってから、言った。「さっき管理人から聞いた、関西の男の外見によく似ているようだ」

「そうか……死因は解剖してみなければわからんな。バスタブのお湯は、ほとんど水だが、冷たいというほどではない。風呂のスイッチはいつ、誰が切ったのか」

私は窓の下の壁のパネル・リモコンのスイッチが消えているのを確認した。そばにある小棚にのっているブランデーの空になった瓶や呑みかけのグラスや、タバコの吸殻が一本だけ入った灰皿や、薬局の処方らしいラベルが貼られた白い円筒形のプラスチックの容器に眼をやった。「酒と睡眠薬のようだが、風呂に入って口にするには、危険な代物ばかりだな」

「自分で口にしたのであればな。肩口と脇腹の傷痕は、かなりの古傷といったところだ。右腕と左胸の上のところが少し赤くなっているのが見えるか」

「ああ、だが打撲傷というほどではない」

「自殺か他殺か、それとも事故か、この様子では見分けがつかん。解剖すれば、おそらくはっきりするだろう」

田島がこちらへ乗り出していた身体を急にまっすぐにすると、上衣の内ポケットから携帯電話を取り出した。

「もしもし……あ、課長ですか」

田島は風呂場の入口から離れた。しかし、私から完全に眼を離すことはできずに、洗面所の前で電話での会話をつづけた。

「ちょっと厄介なことが……マンションの中には誰もいないと思っていたのですが、浴室のバスタブの中で男の死体を発見しました……そうです。いえ、望月支店長ではないと思われます……ええ、そばにいます……それはわかっています。大丈夫です……」しばらく沈黙がつづき、田島は錦織の指示を聞いていた。

私はもう一度、浴室のあちこちに視線を走らせた。灰皿に残っている吸殻のフィルターにも紺色のデザインがあり、銘柄はベランダのものと同じだった。ほかに役に立ちそうなものは何も見当たらなかった。バスタブの死体は、私たちが動くたびに水の中でかすかに揺れていた。眼を閉じているので、心配事を抱えたまま、ただ眠っているだけのようにも見えた。

「ええ、わかりました……そのように伝えます」田島が電話を切って、ドアロにもどってきた。「課長の電話は下の管理人室からだ。ここの状況から、所轄の野方《のがた》署に連絡を取るべきだと判断したようだ。早ければ、一〇分後には彼らといっしょにここへ上ってくるだろう。まさか、あんたを新宿署の刑事に仕立てるわけにはいかん。課長が言うには、野方署の連中に、連行されたり、興味を持たれたくなかったら、五分以内にここから消えろ、ということだ」

「錦織らしい気のまわしようだな。伝言はそれだけではあるまい」

「あしたはかならず午後いちばんに新宿署に出頭しろ、と言っている」

「そう伝言されたと書いて、署名しておこうか――いや、たぶん、あしたかあさってには、こっちから出頭して訊きたくなることができそうだな。そう伝えておいてくれ」

私は管理人から預かったマンションの鍵を田島に渡してから、出口へ向かった。

「伝言はもう一つある」と、田島が背後で言った。

私は玄関の手前で立ち止まって、振り返った。

「裏口を使えと言っていた」田島が洗面所の入口のところに立っていた。「管理人室とは反対側のいちばん奥に非常口があって、ドアのロックをはずせば、外へ出られるそうだ」

「困った性分だ。顔を合わせても、捜査に協力してくれてありがとうと言えない自分が、よほど恥ずかしいのだろう」

私が呆《あき》れ顔で首を横に振ってみせると、田島も鏡に映したように同じことをしていた。

# 14

玄関を入ったときに抱いていた期待はすっかり消えてなくなり、私は裏口からマンションの外へ出てきた。ゴム紐を売りに行って、タワシを買わされた押し売りのような気分だった。玄関口の外見や造りに較べると、不動産価値は数段低く見積もられそうな裏口だったが、その逆のマンションにお眼にかかったことはなかった。三時を過ぎていたので、灰色の雲に隠れた太陽は傾きはじめているはずだった。

私のいる場所は、出てきたばかりのマンションの東端と、もう一棟のマンションの北端が、たがいに直角で隣接しているスペースだった。見上げると、六階建と七階建の二つのマンションが相手を脅迫するように聳《そび》え立っていた。脅されているのは私かもしれなかった。むこうは北に面したコンクリートの壁が黒々とした影に覆われ、こっちは南に面したベージュがかった白い壁が少しは温かみを見せていた。浴槽に死体が浮いているのは明るい建物のほうだった。

こっちのマンションの一階のベランダの真下にある天井の低い通路は、マンションの玄関のある表通りのほうまでつづいていた。通路のすぐ外側を流れている暗渠《あんきょ》との境には高い金網のフェンスが張られていたので、私は表通りへ向かうことにした。

表通りが近くなったところで、管理人室の部分が外側に張り出していた。フェンスと建物とのあいだの通路は、身体《からだ》を横にしなければ通れないくらい狭かった。遠くで鳴っていたパトカーのサイレンの音が、近づいてくるのがわかった。狭い通路の先に、三十センチ幅ぐらいの縦長のアルミ製のドアがあった。マンションの裏口と同じで、内側からボタン・ロックされている把手があったので、ロックがもどるようにして、私は表通りに出た。通りを走ってきたパトカーと二台の覆面車が、ちょうどマンションの地下駐車場への出入口のスロープに消えていくところだった。

サイレンの音を聞きつけた人やパトカーに気づいた人が、マンションの玄関を目指して集まりかけていた。土曜日の午後の白昼のパトカー騒ぎとくれば、それも当然だった。私がマンションの玄関の前までもどったときは、すでに二十人ほどの野次馬たちが、何があったのかという顔つきでマンションのほうをながめていた。うしろのほうに立っている長身の若い男に背後から近づいて、私は声をかけた。

「どうしてこんなところにいるんだ？」

男は驚いたように振り返った。海津一樹だった。

「あッ、あなたはきのうの——」すぐには名前が出てこないようだった。

「沢崎だ」私は首を傾けて、野次馬の列から離れるように合図した。「海津君だったな」

私たちはマンションの前の通りにある横断歩道のところまで後退し、信号機の支柱の脇にある電話ボックスのそばへ移動した。電話ボックスのドアには〝故障中〟の貼り紙があった。

「あなたこそ、どうしてここにいらっしゃるんですか」

彼はきのうと同じグレーのブレザーの下はジーンズという身なりだったが、戸外なので首のまわりに臙脂《えんじ》色の薄手のマフラーを巻いていた。

「望月支店長のマンションがここだってことを、ご存じだったんですか」

「きみはそれを知っていたということだな」

「そうなんです。〈ミレニアム〉での用事がすんで帰ろうとしているときに、支店長もちょうど退社時間だったりすると、何度かタクシーに同乗させてもらったことがあるんです。ぼくの住まいはこの先の阿佐ヶ谷《あさがや》ですから」

「なるほど。彼の部屋まで行ったことは？」

「いいえ、それはありません。一度だけ寄っていかないかと誘っていただいたことがありましたが、そのときはぼくのほうの都合が悪かったので、失礼しました」

マンションのほうで少し動きがあったようだが、管理人室やエレベーター付近は濃い茶色のガラス張りのドアの奥でよく見えなかった。野方署の刑事たちはもうすでに管理人室の錦織と合流しているはずだった。おそらくそこで何か指令を受けたのだろう、二名の制服警官が色ガラスの自動ドアから出てきて、玄関のスペースで警備の任務についた。それを見た野次馬たちがちょっとざわついた。こそ泥程度の事件ではないと、感じているようだった。

海津の顔にも同じような変化があった。

「きょうの昼前のことですが、望月支店長のことが心配だったので、ミレニアムの松倉主任に電話して訊ねると、まだもどっていないということでした。それから、ミレニアムの本社に電話して、半年ばかり前に、新宿支店から異動した女性社員で、ＢＩＢ――あ、うちの〈バンズ・イン・ビズ〉のことですが、その斡旋で就職している者に話を聞いてみたんですが、答えは同じでした。きょうは土曜日なのに、ミレニアムは休んでいるどころの騒ぎじゃないようでしたね」

海津は、私の顔から最初の疑念が消えていないことに気づいていて、話の先をつづけた。

「ところが、あとで二人との電話の内容を考えてみると、どちらも、支店長は新宿の支店にも、新宿の社宅にも、土浦の奥さんの実家にももどっていない、ということだったんです。望月支店長から、土浦に帰らない週末はこのマンションを使っているとうかがっていましたから、このマンションのことが、どちらの話にも出なかったのは、ひょっとすると、この住まいのことは会社にも警察にもまだ知られていないのかもしれないと考えて、駆けつけてみたんです。すると、マンションの玄関が見えるところまで来たところで、このパトカー騒ぎです」

「そういうことか……途中の経緯《けいい》は少し違うが、おれも似たような結論に達したので、ここへ来てみたのだ」

私は上衣の内ポケットから、自分の名刺を取り出して、海津に渡した。状況によっては、マンションの管理人室あたりで必要になるかもしれないと思って準備していたものだ。

「きのう言った、こんど会ったときの楽しみが、早くも実現だ」

「沢崎さんは、探偵なんですか」

「その通り」

「では、きのう〈ミレニアム・ファイナンス〉の新宿支店にいらっしゃったのも、その探偵の仕事だったんですね」

私は少し考えた。「その質問への返事は保留ということにしてもらおうか。さらに言えば、仕事の性質上、私はきみの質問に答えられないことがあるということも、知っていてもらわなければならない。とくに、私の依頼人および依頼された調査の内容については、何も口外できないのだ」

「そういうことですか。わかりました。いいえ、本当のところはあまりよくわかっていないと思いますが、とにかく、あなたがいま言われたことは理解できたつもりです」

「それを前提に、望月支店長のマンションについて、きみが知りたいだろうということを教えよう。残念だが、彼はこのマンションにもいなかった」

「……そうでしたか」

「それから、きのうの新宿署の捜査班が、さっき到着した野方署の連中といっしょに、マンションの捜査を開始したので、ここが盲点になっているのではないかという心配もする必要がなくなったということだ」

「しかし、望月支店長はいぜんとして行方不明のままなんですね。いちばん心配しているのは、支店長の家族の方たちだろうな」

私はうなずいた。「支店長の家族に会ったことはあるのか」

「いいえ。ただ、上のお嬢さんが大学生だった頃に、望月支店長に頼まれて、彼女の夏休みのアルバイトをうちのバンズ・イン・ビズでお世話したことはありますが、直接会ったことはないんです」

私は腕時計をのぞいた。「おれは横断歩道の向こうにある駐車場から車を出して、新宿へもどるつもりだが、きみはどうする？」

「ぼくも新宿へ行くつもりでした。中へ入れてはもらえないかもしれませんが、〈ミレニアム〉の新宿支店に顔を出してみようと思っていたんです」

「それなら、いっしょに来たまえ。もう少しきみに話したいことがあるし、きみに訊きたいこともある」

「ではお願いします」と、海津が言った。

私たちはマンションの出入口のほうに眼を向けたが、警官が玄関の警備に立ったあとは何の変化もないようだった。どんな事件が起こったのかもわからないのに、野次馬の数は増えつづけていた。

信号が青に変わるのを待って、私たちは新井の駐車場へ向かった。

# 15

駐車場で海津を車に乗せてから、外でタバコを喫うあいだ待つように頼むと、彼はタバコの煙りは気にしないので、車の中でどうぞと言った。私はエンジンをスタートさせてから、タバコに火を点けると、駐車場をあとにした。

「望月支店長のマンションのベランダにあった灰皿に、フィルター付きのケントという銘柄の吸殻がたくさん残っていた。タバコを喫わないきみに訊くのもなんだが、彼の周辺でケントを喫う人物に心当たりはないか」

「いや、ぼくにはわかりませんね」海津は少し考えてから、つづけた。「でも、望月さんでないことは確かだと思います。彼は何年も前に、〈ミレニアム〉の店内が全面禁煙になったのを機会にタバコをやめたと聞いたことがあります。彼がタバコを喫うのを見たことは、一度もないと思います」

「すると、やはりあのタバコは同居人のものだということになるな」

「同居人ですか？」海津が首をかしげているのがわかった。

「マンションに同居人がいたことは知らなかったのか」と、私は訊いた。「支店長の家族ではなくて、同居人というよりは、間借りをしている感じだが」

「いいえ、知りません。少なくとも望月さんからそんな話をうかがったことはありません」

私は運転席のウィンドーを少しだけおろして、外気を入れた。「なんでも関西から通ってくる日本舞踊の先生ということだ。お師匠さんと言うのかな」

海津の顔が少し曇った。「そういう方面の話ですか……ぼくは仕事のことで、望月さんにお世話になっていますが、彼の個人的な私生活については何も聞いたことはないです。いや、土浦のほうに別居されているご家族のことは、折に触れてお話をされましたよ。奥さんや二人のお嬢さんのこともうかがっています。望月さんには男のお子さんがなくて、それだけが少し残念だという気持をもらされたこともあります。仕事上の付き合いですから、あまり目立たないように注意してはいますが、ぼくはできるだけ父親に対するような気持で、望月さんには接しているんです。ぼくみたいな若者を相手に好意的に応対していただけるのは、そういうこともあるかもしれません。だから……いまの同居人の話なんか、あまり聞きたくなかった」

「いや、すまん。引っかけたようで悪いが、その同居人は男なんだ」

「えっ、そうなんですか……人が悪いなァ」海津は苦笑した。「望月さんのそんな方面のことなど、何も知らないで良かった。知っていたら、ついしゃべらされてしまったかもしれないじゃないですか」

「こんな仕事をしていると、人間が少々下劣になるのだ」

車は中野通りを南に走っていたが、中野の五差路を直進して、青梅街道方面へ向かった。

「探偵さんに会うのは、ぼくはこれが――」と、海津が言った。耳にタコができるほど聞いたセリフかと思ったら、あとが違った。「二回目なんです」

「そうなのか。最初に会った探偵もきっとろくな人間ではなかったろう」

「そんなことはありませんが、ちょっと風変わりな三十代半ばの男でした……半年ほど前に、うちのほうへ女性秘書を雇いたいという連絡があって、要望を確認したうえで、然《しか》るべき人材を斡旋したのですが、ひと月ともたずに辞めてしまったんです。それから、二人つづけて交代の人材を斡旋したのですが、いずれも長続きしないんですよ」

私は灰皿でタバコを消して、運転席のウィンドーを閉めた。

「給料も悪くないし、せっかくの勤め口ではあるので、辞めた三人の登録者から聴き取り調査をすることにしたんです。探偵事務所は神宮前《じんぐうまえ》の高級なビルの一室にあるのですが、とにかくたいていの〝依頼〟は断わってしまうんだそうです。浮気調査、素行調査などは扱わないとはっきり公言しているんです。だから仕事はほとんどなくて、秘書室との境のドアの鍵穴からのぞいてみた登録者の話によると、だいたい一日中本を読んでいるか、好きなロック・ミュージックを聴いているだけらしい。そして、気が向くと秘書室に現われて、探偵とはかくあるべしというようなご高説を開陳するそうですが、これがはじまると、まずその日の終業時間の五時までは熱弁が止まらないのだそうです」

「終業時間が五時ということだけでも、あやかりたいものだ」

「それから、雇用者の資格調査ということで、ぼく自身が面会したのですが、とくに異常なところのある人物でもなさそうだし、気軽な態度でいろんなことを話してくれました。そもそも、神宮前のビルそのものが祖母の所有ということだそうで、彼自身にも相当な財産があるので、生活にも、秘書の給料の支払いにも問題はないということがわかりました。念のために調べた警察関係の前歴もありませんでした。親類に近いひとからの情報では、探偵になる前に夢中になっていた、F1のチームづくりだとか、ロック・フェスティバルの興行だとかに較べれば、現在の出費は十分の一、百分の一に減っているので、身内はこんどの探偵事務所の開業を大変歓迎しているということでした」

「その探偵事務所の秘書の給料がいくらなのかは、絶対に口にしないでくれ」

海津は笑ってうなずいた。「四人目の秘書には、そういう事情をすべて説明し、納得してもらったうえで斡旋したので、就職してから三カ月以上が過ぎましたが、いまのところはまだつづいているようです」

土曜日の午後なので、東京以外のナンバー・プレートをつけた車が目立った。杉山公園の交差点の手前で左に折れる近道に入ったが、平日に較べると混んでいなかった。

「ところで、きみの仕事だが、きのう名刺をもらったときはピンときていなかった。ミレニアム・ファイナンスと付き合いがありそうだったので、金融に関係のある仕事だろうと早合点していたようだ。でも、こうしてきみと話しているうちに、名刺の裏に印刷されていた業務内容を思い出して、少しはピントが合ってきたような気がする。どんな仕事なのか、おれにもわかるように説明してもらえるか」

「いいですよ。簡単に言いますと、学生による学生のための、会員制の就職斡旋ネットワークだということです。ちょうど五年前にスタートしたのですが、当時は、ぼくはまだ早稲田の学生でしたからね。フリーターという言葉が蔓延《まんえん》した時代のあとで、こんどは就職氷河期と言われるようになった頃でした。ぼくも卒業まで一年足らずになった時期ですが、誰一人としてまともな就職ができるとは思っていなかった。そんなとき、ぼくは二人の友人と話しているうちに、学生たちの就職口を探す仕事のほうが、案外仕事として成立するのではないかと、急に思いついたんです。友人の一人はコンピューターやインターネットが専門の男でした。もう一人は大学の社会学科で学生の就職状況についての研究をしていて、就職口がなければ大学院へ進もうかと考えていた女子学生でした」

地下鉄の新中野駅の出入口付近で、車は青梅街道に入った。

「その三人で、会員制の就職斡旋ネットワークを立ち上げたわけです。会員になるための会費を月額千円にしたのが最大の成功のポイントでした。現在では、求人と求職、つまり募集と応募の双方で八千件に近い会員を擁するネットワークに拡大しています」

「つまり、月々八百万円の会費が集まってくるわけか。大したものだな」

「そのうちのほぼ半額は、税金とネットワークの維持と更新のための経費で消えてなくなります」

「それでも四百万円の収益じゃないか。それを三人で分配するのか」

「いやいや、三人だけで間に合ったのは、会員が三千件未満だった二年前までの話で、三千件を突破したときにそれぞれが助手を雇わなければ手に余るようになり、現在では六人体制でなんとか運営しています」

「それでも相当なものだ。会員の就職が決まれば、斡旋料も入るだろう?」

「よく訊いてくれましたね」と、海津ははずんだ声で言った。「斡旋料は一万円ですが、まだ就職が内定したばかりの時期にそんな負担を強いても、未回収になる比率を高くするだけです。そこで、就職が内定したあとも会員契約を一年間延長すれば、斡旋料は免除という規定を設けました」

「即金で一万円払うか、分割で一万二千円払うかの違いだな。また収入が二千円増えた」

「それもあります」海津は苦笑しながら言った。「もっと大きな違いは、就職が決まれば斡旋の窓口にはそれでサヨナラというような、従来の一過性の契約関係ではなく、〈バンズ・イン・ビズ〉の会員には就職状態になっても、つねにネット上で、もっと自分に向いた仕事や、より良い環境の仕事を探しつづけてもらいたいのです」

「会員八千人という数字を聞いたときは、正直眉唾《まゆつば》だろうと思わないでもなかったが、そういう仕掛けというか、工夫があるわけか」

「重要なポイントがもう一つあったんです」海津の口調が熱を帯びてきた。「就職氷河期などという言葉が出てくる所以《ゆえん》でもありますが、若者はすべて上昇志向が強く、より有名で、より大きな会社、より給料の高い、狭き門の就職口を求めているという、この社会の間違った認識です。そんなことはないんです。若者だろうと誰だろうと、本当は好きな仕事ができる就職がしたいんです。いや、質問の仕方が乱暴だと、回答も粗雑になり、上昇志向があるような回答しか返ってきませんよ。でないと負け犬のようにみなされるからでしょう。しかし、本心は違うんですよ。ぼくらはそこに注目したんです。まず第一に、就職先の案内のリストには、決して会社のランク付けや給料の高低による順列を設けないようにしました。登録をした求職会員にこちらからする質問は、何よりもまず〝あなたはどんな仕事がしたいのか〟ということなんです」

「自分で自分がどんな仕事がしたいのかわからない若者が増えている、というような話を最近耳にしたばかりだが」

海津は残念そうに頭を振った。「こう言ってはなんですが、そのときの〝どんな仕事がしたいのか〟という質問に問題があるんだと思います。その質問者の〝どんな仕事〟と訊くときの仕事の範疇《はんちゅう》に、自分のやりたい仕事が含まれていないことを直感すると、もうその若者は「わからない」としか答えないと思います。この質問者にまじめに答えたところで、どうせ「そんな仕事があるものか」とか、「そんな仕事で食っていけるはずがない」とか、あるいは「おまえにそんな仕事ができるのか」とか、まァそういう類《たぐ》いの反応しか返ってこないのがわかっているからではないでしょうか」

車は中野警察署の前を過ぎて、少し混みはじめた道路を中野《なかの》坂上《さかうえ》の交差点へ向かっていた。

「そうかもしれん。きみたちと同じ年頃にどんなことを考えていたのか――そんなことはすっかり忘れてしまっている。おれもきっとその質問者の同類だろう」

「あ、つい夢中になってしまって……あなたのような年配の人には、青臭いだけの若造の理屈を並べたててしまいました。こんな話はうんざりですよね？」

「そんなことはない。話は面白かったのだが、きみの仕事とミレニアム・ファイナンスや望月支店長との関係がまだよくわからないのだ」

「そうでした。ぼくは馬鹿だな」海津は自分の頭を軽く殴《なぐ》った。「車に乗せてもらっている理由も忘れて、自分の言いたいことばかりしゃべってるなんて」

中野坂上の交差点の赤信号で、私は車を停止しかけたが、ちょうど信号が青に変わったので、車はどうにか交差点を通り抜けた。

海津は落ち着きを取りもどしていた。「ミレニアムとの仕事は、おもに女性社員の求人への斡旋でした。うちがスタートして二年近く経った頃、ミレニアムの本社の人事部から女性社員の採用のことでコンタクトがあったのです。ミレニアムのような金融会社には、どうしてもサラ金や高利貸しのイメージが付きまとっていますから、社員の確保がなかなかむずかしいのです。とくに窓口の若い女性社員をそろえるのには苦労されていたようです。当時の本社の人事部長が早稲田卒だったので、それでうちに連絡があったのだと思いました。会ってみると、この人事部長というのが学閥《がくばつ》を金科玉条のように考えているタイプで、上には平身低頭ですが、下には威張りちらして自分の子分のような扱いをする最低の人だったんです。とにかく、彼の理不尽な要望や非常識な言動は話にも何もなりませんでした」

「きのう、強盗たちをあしらったようなわけにはいかなかったんだな」

「当時のぼくはまだ学生気分だったんでしょう。それに、人間的に問題のあるインテリは、きのうの強盗たちより始末が悪いと思いませんか。とにかく、喧嘩をするのも馬鹿らしいほどの相手なので、検討させていただくと答えて帰ろうとしていると、近くの総務部のデスクにいた望月さんが部屋の外まで追ってこられたんです。そして、「きみたちの就職ネットワークには大変興味があるし、部課長会議できみのところと接触するように提案したのは私だ」ということでした。「あの人事部長はいろいろ問題があって、来月はここにはいなくなっているはずだから、申し訳ないがもう一度出直してもらいたい」というのです。そのときまでに、「うちのような業種でも、女性社員の確保が安心してできるようなプランを考えてもらいたい」ということでした。それが望月支店長とのお付き合いのはじまりです」

車は新宿署の手前で左折して、ようやく西新宿に入った。

「ちょうどその頃、うちのコンピューター担当者の二人の女友達が事務所に遊びにきて、とても良いヒントをくれたんです。友達の一人は冬山とスキーが大好きで、もう一人は夏に沖縄でサーフィンやダイビング三昧で暮らせたら天国だという、アウトドア趣味の女性たちでした。彼女たちが言うには、それぞれ冬と夏のシーズンを好きなことをして過ごせるなら、あとの半年はどんな嫌な仕事でも、どんな条件の悪い仕事でも我慢できるのに――というわけです。この二人を組み合わせて、年間を通して空きが生じないような雇用プランを作成してすすめてみると、ミレニアムでは最初のうちは難色をしめしていました。しかし、雇っては辞める、そのたびに求人をかけて、空きが生じる弊害を繰り返すより、よっぽど無駄がないことがわかってもらえたんです。ほかにも、午前中と午後の勤務の組み合わせや、週の前半と後半の組み合わせなども試して、一時はミレニアムの窓口の女性社員のほぼ三割までが、そういう二人や、なかには三人のチームで働いている状況でした」

「事件のときに、新宿支店の窓口にいた彼女たちもそうだったのか」

「いや、そうではなかったと思います。というのが、ミレニアムの新人社員がすぐに辞めてしまう根本的な原因がもっと別のところにあることを突きとめたんです。本当は人事課の新人研修や教育に問題があったんです。銀行出身の研修担当者が、コンプレックスの裏返しなのか、銀行よりもはるかに厳しい研修や教育を実施していることがわかったんです。

それでは、サラ金や高利貸しのイメージのせいで入社したことを後悔しかけている新人たちに、辞める口実を与えているようなものです。その点を改善してもらい、一日も早く窓口の事務にも慣れて、利用客との応対のノウハウなども身につくような工夫を導入してもらったら、雇用状況は驚くように好転したんです。それからは、ミレニアムの窓口従業員の雇用と補充については、ぼくたちに全面的に任せてもらうほどの信頼をいただくようになりました」

平日のこの時間なら、近くの小学校の子供たちが車道を歩いているので、車のスピードを落とさなければならないのだが、きょうはその必要はなさそうだった。

「それだけでなく、望月支店長から貴重なアドバイスをもらったこともあるんです。「きみたちの仕事の内容から考えると、これからは早稲田の学閥的なものだけに頼るのは考え直す時期ではないか」と言われました。彼の経験では、学閥の功罪はプラスよりもマイナスのほうが大きいというのです。愛校精神にあふれていて、母校のためならマイナスもいとわないというなら話は別だが、ビジネスとしてはもっと視野を広げるべきだと……ぼくたちも同感だったので、それからネットワーク全体に、早稲田に偏向・限定しない新方針を採用することにしたんです。結果的には、それが〈バンズ・イン・ビズ〉に三年目の飛躍的な成長をもたらすことになりました」

「きのう、新宿支店にいたのも、望月支店長との約束があったのか」

「いいえ……」海津は話すのを少しためらったように見えた。「ミレニアムの全店舗には、うちのチラシを置かせていただいているんです。あそこの利用客はもちろん借金をするのが目的ですが、真面目に良い仕事を見つけたいという人たちも来ていますから、チラシの効果はあるんです。お恥ずかしい話ですが、経営者兼チラシ配りですよ。会員の拡充はちょっとでも手を抜けば、すぐに減少につながることは、これまでの経験で身にしみているからです。きのうはたまたま新宿へ来たついでに、チラシの補充のつもりで立ち寄ってみたんです。それが、あんなことになってしまって……」

「そういうことか」

私は車を停車させると、窓越しに見える老朽ビルの二階を指差した。「あれが私の事務所だ。さっき渡した名刺に、電話番号と住所も記載されているから、興味があれば、いつでも訪ねてくれ。きみに用があるときは、おれのほうから連絡してもかまわないか」

「もちろんです。きのうの名刺に携帯の番号がありますから、いつでもどうぞ」

「では、新宿駅のそばまで送ろう」

海津はフロント・ガラスの前方を指差して、言った。「新宿駅はこの先を右に曲がればいいんですよね」

とした。

「では、ぼくはここで降ります。どうもありがとうございました」海津はドアを開けようとした。

「そうだ」

「ちょっと待ってくれ。きのうミレニアムの新宿支店で、あの事件の調書を取られたときのことだが、彼らは新宿署のほうへ出頭するようなことは要請しなかったか」

「再聴取の必要があれば、そういう要請をすることがあるとは言われました。それから、裁判になれば証人として呼ばれるはずだと言われました」

私はうなずいて、少し考えてから言った。「一つだけ確認しておきたいことがある。きみはさっき、望月支店長のマンションへ駆けつけたときのことを話してくれたが、マンションの玄関に近づいたときにパトカー騒ぎになったと言ったが、それに間違いないか」

「ええ、そうですが」

「騒ぎになる前に、マンションの玄関に近づいたり、あるいはマンションのドアに近づいたりはしていないな？」

「いいえ、さっきお話しした通りです」

「それならいい。当分はあのマンションには近づかないほうがいいだろう」

海津が訝《いぶか》しげに表情を曇らせた。

「あのマンションでの警官たちの警備の様子を見て、どう思った？」

「ものものしい感じでしたね……居住者の行方がわからないだけにしては」

「そういうことだ。あのマンションでは、きのうの強盗事件に関連のある、別の事件が起きている可能性があるようだ。それ以上のことをきみに話すことはできないのだが……それから、マンションにいた捜査班は、マンションの出入りを監視する防犯カメラがあるなら、その映像を詳細に調べるはずだ」

海津の表情にとくに変化はなかった。

「きみは写っていないな？」

「写っていません」

「捜査班が、あのマンションの前にいるきみに気づいたら、黙って見過ごすことはない」

「そうなりますね。でも、ぼくはあなたに話したことを、彼らにも話すだけです」

「彼らはおれと同じ反応ですませてくれると思うか」

「いいえ」と言って、海津はかすかに微笑《ほほえ》んだ。

「話はそれだけだ。また会おう」

海津は車のドアを開けて外へ出ると、考え事をしているような歩き方で新宿駅のほうへ向かった。望月皓一のマンションの浴室に死体があったことを彼に話さなかったのは、別に他意《たい》があってのことではなかった。浴槽で死んでいた男がこの世で最後に言葉を交わした相手は、きのうの夕方電話をかけた私ではないだろうかと思った。ふと頭にうかんだことだった。

海津一樹は曲がり角のところで振り返ると、ちょっと頭を下げた。私はクラクションを軽く叩いて、事務所のビルの前の駐車場に車を入れた。

# 16

依頼人に会うことさえできない探偵が事務所に持ち帰ってきたのは、消費期限の切れた炭酸飲料のあぶくのような徒労感だけだった。腕に自信のない人間なら、失敗は他人のせいにするという調法な才能で切りぬけようとするだろうが、私の履歴のどこにもそんな才能があるとは書かれていなかった。私は電話サービスの〈T・A・S〉に電話をかけた。

「渡辺探偵事務所の沢崎だ。なにか伝言はあるか」

「田島さんから一件だけです」男のオペレーターだった。「〝あしたは日曜日だが、午後に来てくれ。いまのところ進展は何もない〟以上です」

「ほかには」

「現在のところは、ありません」

「望月という男からの電話はないか」

「……いいえ、ありません」

私は電話を切ると、ポケットから赤坂の料亭〈こむらさき〉のマッチを取り出した。和紙ふうの濃い紫色の地に草書体の白い文字で店の名前を縦書きした、ありふれたマッチだった。裏面に住所と電話番号があった。しかし、電話をかけたのは料亭〈業平〉のほうだった。

「嘉納淑子さんをお願いいたします」

「女将《おかみ》は午前中から関西のほうへ出かけておりますが」年配の女性ではあるが、きのうの嘉納淑子の声とは違った。

「そうですか。では、ご主人はいらっしゃいますか」

「関西へ、ごいっしょしておられます……あのう、失礼ですが、どちらさまでしょうか」

「ちょっと、ご融資の件でお電話を差しあげたのですが――」声色までは使えないから、望月と名乗るのはやめておいた。

「そうでしたか。では、京都の〈桂月楼《けいげつろう》〉の方ですね」

正直に違うと答えたところで、誰もほめてくれるとは思えなかった。「そうです」

「大変お世話になっております。先ほど申しあげましたように、十一時の新幹線でこちらを発ちましたので、まもなくお宅のほうへおうかがいするか、連絡を差しあげると思いますが」

「わかりました。どうもありがとうございます」

「どうぞ、よろしくお願いいたします」

「こちらこそ。失礼のないように、念のためにおうかがいしておきたいのですが、東京へおもどりになる予定はお聞きになっておられますか」

「ええ。あすは午前中の新幹線で帰るように、申しておりました」

「わかりました」私は電話を切った。

業平には〈ミレニアム・ファイナンス〉との増改築のための融資だけでなく、〝京都の桂月楼〟とのあいだにも融資の話があるということか。

デスクの上の〈こむらさき〉のマッチに手を伸ばそうとすると、電話が鳴ったので、私はすぐに受話器を取った。

「沢崎さんですか」

私は、そうだと答えた。

「佐伯直樹《さえきなおき》ですが、きのう電話をいただいたそうで。ご無沙汰しました」

「ああ、こちらこそだ」

かなり古い話になるが、〝都知事狙撃事件〟のときに知り合ったスポーツ関係のルポ・ライターだった。

「きのうは奥さんと少し話をしたが、まもなく本が出るので忙しくしていると聞いたよ」

「そうなんです。〝なぜスポーツマンはつまらないことをしゃべるようになったか〟というような、まァ、だいたいそんな本です」

「つまらないことをしゃべるのか」

「あなたはテレビなど観ないでしょう。テレビ、スポーツ紙、スポーツ雑誌、どれを見てもひどいもんです」

「敗けて、言い訳でもするのか」

「それもあります。いや、敗けたときの言い訳はまだましなほうかもしれません。勝ったときのコメントのほうが、どうしてこんなにつまらないことをしゃべるのかと耳を疑うほどです。どれもこれも、画一的で、紋切り型で、相手が聞きたがっていることに合わせているのか、誰かがしゃべったことの口真似ばかりで、はるかにひどいですよ。それ以上に聞き苦しいのが試合前のコメントです。判で押したような大口をたたくだけで、聞くに堪えないものがあります。オリンピックに出そうな選手はみんな金メダルを取ると言うし、プロ野球の選手はみんな優勝するとしか言いません」

「黙って試合に臨むのは、競走馬ぐらいか」

「そうですよね。そもそもスポーツマンが——実力も実績もあるスポーツマンが、なぜそんなつまらないおしゃべりをする必要があるのか。そのへんに最近の日本のスポーツの問題点や本質がありはしないか。それは同時に、そんな取材と報道に膨大な時間を消費しているスポーツ・ジャーナリズムに問題点や本質がありはしないかという、まァ、そんなようなことです」

「そう言えば、昔のスポーツ選手は無口だったな」

「でしょう。スポーツマンがしゃべるのを聞いたぼくの原体験は、ジャイアンツの長嶋が、引退試合で初めてあの甲高《かんだか》い声で挨拶するのを聞いて、この人はこんな声を出すのかとびっくりしたことでしたよ……ところで、お電話をいただいた用件はなんでしょう？」

「忙しそうなので、気がひけるのだが」

「いや、時間はあります。どういうことか聞かせてください」

「きみの専門ではないと思うが、ある写真家の所在が知りたいのだ」

「なるほど。その方面はあまり詳しいほうではないですが、その方面に詳しい者に調べさせることはできます。それはまずいですか」

「いや、そんなことはない。その写真家はおれの事務所のあるビルの一室を借りているんだが、おれももう半年ぐらい会っていないし、不動産屋も連絡がつかなくて困っているんだ。それだけのことで、何か事件がらみということではないのだ。少なくともいまのところは」

「写真家の名前は？」

「秋吉章治」私は漢字のつづりを教えた。「たぶん三十歳前後の男だと思う」

佐伯はメモを取りながら言った。「秋吉章治ですか……なんだか聞き憶えがあるような気もするんだが――いや、そうでもないか。たぶん、写真や写真家に詳しい者に調べさせれば、少なくとも連絡をつける方法ぐらいはわかるんじゃないかと思います」

「それで十分だ」

「あなたの事務所がある西新宿とは別の住まいか連絡先ということですよね？」

「そういうことになる」

佐伯直樹が携帯電話の番号を教えてから、言った。「あしたのこの時間以降なら、何時でも結構ですから、電話してみてください」

私たちは、佐伯の奥さんが昨夜の電話で話してくれたことを少し話題にした。新聞記者だった義父が亡くなったことや、二人のあいだにできた男の子が中学生になったことなどである。

「月日の経つのは早いものだな」

「亡くなる前の義父が、口癖のようにそう言ってました」

「そうか、きみたちの年齢ではまだそんなことはないんだな」

もしも月日の経つのが遅く感じられるようになったら、そのほうがよほどつらい毎日になるかもしれなかった。退屈で死ぬ人間が、忙しすぎて死ぬ人間より多くなれば、高齢化社会の問題緩和にはなるかもしれなかった。

「先輩たちからは、子供ができるとなかなか大きくなってくれないように思うものだが、いったん中学に入ると、あっと言う間に、大学を卒業したり、大人になってしまうもんだぞと脅されていますがね」

「おれにはわからないが、それも子供を育てる楽しみのうちだろう」

「楽しみでもあり、心配でもあり……父親にとってあれは理解の限度を超えたものですよ」

「何か心配なことがあるのか」

「いや、そんなことはないですが、こんどお会いしたときにでも、話を聞いてください」

私たちは電話を切った。私は窓を開けるつもりで、立ちあがったが、途中でやめた。タバコに手を伸ばしかけたが、それも途中でやめた。〈こむらさき〉のマッチを手に取って、しばらく考えた。それから、ようやく電話をかけた。

「料亭〈こむらさき〉です」受付の女性のような若い声だった。

「来週の後半に予約をお願いするつもりなのだが、初めてなので、できればこれからうかがって、お宅の様子を拝見してからにしたいのですが」

「どうぞ、お待ちしております。何時頃にお見えになりますか」

腕時計を見ると、四時半になるところだった。

「遅くとも、六時までには」

「失礼ですが、お客様のお名前を」

私はありそうな会社の名前を適当に答えた。相手はそれを書きとめたようだった。

「お見えになりましたら、支配人の磯村《いそむら》がお話をうかがいます」

私は電話を切った。どんな些《さ》細《さい》な手掛りであろうと、取るべき方策がすべてなくならない限り、探偵は仕事をつづけるしかないのだった。私は料亭〈こむらさき〉のマッチをポケットにしまって、事務所をあとにした。

# 17

私は地下鉄の新宿駅のホームで電車に乗るときに、尾行されていることに気づいた。土曜日の午後も遅い時間になっていたので、電車の中はあまり混んではいなかった。尾行されていることに気づいたのは、私の観察眼が鋭かったからではなかった。相手が尾行していることに気づいてもらいたがっていたからだった。私は電車の中を移動して、男のそばに近づいた。〈一ッ橋興信所〉の坂上主任だった。

私たちは並んで吊り革につかまった。私たちの眼の前の座席に坐っている二人の乗客は携帯電話の画面に集中していた。

「辛抱《しんぼう》のないやつだな」と、私は言った。

坂上がどう対応したらいいのか迷っているうちに、電車は新宿三丁目に停止して、出発した。

「おれがどうしたって?」坂上はしらばっくれるつもりのようだった。

「デスク・ワーク専門になると、当てもなく人を尾《つ》けるのが、そんなにつらくなるものなのか」

「おれが、あんたを？　どうしてそんなことをしなきゃならないんだ？」

「余計な手間をかけさせるな。言いたいことがあるなら、訊こう」

「……どこへ行くんだ？」

私は坂上にまっすぐ向かって立った。「もう一度言う。余計な手間をかけさせずに、正直に目論《もくろ》んでいることを話せ」

坂上は私の視線を避けるように、車窓に流れこんできた新宿御苑前の構内を見ながら、黙りこんでいた。つかんだ吊り革をねじるような仕草は、彼が思案にあまっていることを表しているようだった。電車は停車すると、すぐに新宿御苑前をあとにした。

坂上は電車のスピードが増すのに急き立てられたように口を開いた。「きのう強盗事件のあった新宿の金融会社に勤務している人物から、おまえの信用調査の依頼があったことを、警察に通報してもいいのか」

私は苦笑した。どうしていいかわからないときは、強気な態度に出ることにしている男だった。

「無駄をはぶいてやるよ」と、私は親切ごかしで言った。「その事件を担当しているのは、新宿署捜査課の錦織という刑事だ。おれはあしたの午後に新宿署に出頭することになっている。三十分もあれば解放されるつもりだったが、おまえの通報があると、その二倍か三倍の時間は足止めをくうだろうな。でも、それだけのことだ。あの事件には無関係であることを証明する手立てが、おれにはある」

そんなものがあるかどうかわからなかったが、あの事件と関係があるという証明は誰にもできないはずだった。少なくとも、信用調査のネタだけでは、坂上にできることは何もないことがわかっていた。

「それに引き換え、おまえは二度と興信所の仕事はできなくなるぞ。少なくとも、〈一ッ橋〉のような、違法行為に手を出さなくても経営が成り立つような興信所の仕事からは、お払い箱になる」

「その刑事は、おまえと望月のことはすでに知っているのか」

私はうなずいた。「これ以上おれの邪魔はするな」

坂上はしばらく考えこんでいた。電車は四谷《よつや》三丁目に停止して、出発した。

「おれの経済状態のことはもう察しがついているだろう」坂上の態度が急に変わった。「頼むから、何か儲《もう》け仕事があるんだったら、おれにも一口乗せてくれよ。いや、何の得もないのに、あんたがあんな事件に首を突っこんでいるはずがないじゃないか。その代わり、おれに手伝えることがあったら何でもする」

坂上の様子では、よほど返済期限の差し迫った借金か、あるいはよほど金額のかさんだ借金がありそうに見えた。こういう手合いは無理に突き放してしまうと、どんな行動に出るか予測がつかないことになりそうだった。私は〝慎重に処理すべし〟という結論に達した。

「考えてみるから、少し黙っていろ」

私は坂上のそばを離れて、近くのドアのそばに移動した。そこで、坂上を振り返り、思案にふけっているようなそぶりを見せた。まもなく、電車が地上に出て、四ツ谷の駅に着いた。私の背後を、乗降客が擦れ違っていった。坂上は私が彼を置いたまま開いたドアから出て行くのではないかという不安に駆られて、こちらに数歩近づいた。電車のドアが閉まって、四ツ谷の駅を出発した。私は手招きして坂上を呼んだ。

「これから、ある料亭まで付き合ってもらう」

坂上の眼に希望の色が混じった。「いいよ」

「言っとくが、飯を食いにいくわけではない」

「わかってるよ」

「〈一ツ橋〉のほうは差し支えないのか」

「もちろん、大丈夫だ。あそこでのおれの仕事ぶりは知っているだろう。興信所員すべての勤務割はおれの手の内にあるんだ。「きょうはお早いですね」と、若い女の事務員にからかわれただけだ」

「手伝ってもらうのは、赤坂の料亭だけだ。いいな」

「わかった」

「それから」私は少し声をひそめた。「おれがこの件で、何らかの利益を得ることがあったら、おまえと山分けにしよう。しかし、それはおまえが当てにしているような大金ではないと思う」

「いったいいくらぐらいになるんだ？」

私は無言で坂上を見つめてから、彼の肩越しの遠くにゆっくりと視線を移した。

「いや、すまん。すべてあんたに任せるよ」

「謝ることはない。おれにもまったく見当がつかないだけだ」

電車が停車して、ドアが開いた。

「ここで降りる」

私たちは赤坂見附《みつけ》のホームに降りて、改札口のほうへ向かった。

赤坂の料亭〈こむらさき〉までは二十分ほどの距離があった。坂上が息を切らしながら、次の国会議事堂前まで乗車し、千代田線に乗り換えて、赤坂まで行ったほうが楽だったと苦情を言った。ある目的地に行くのに、所要時間にあまり差のない二つの方法があるときは、不測の事故で動かなくなることがある交通手段を避けて、自分の足を使うべきだという探偵業のイロハなど忘れてしまっているようだった。あるいは、デスク・ワークだけの興信所勤めしかしたことがないのかもしれなかった。マッチの住所で〈こむらさき〉の門前に着いたときは、坂上はすっかり汗を搔いていた。時間を確かめると、五時三十分になるところで、夕暮れが迫っていた。

赤坂三分坂からほど近い交番の前は通らないことにした。きのうの中年の巡査と顔を合わせるのは避けたかったからだ。〈こむらさき〉のある通りは、料亭〈業平〉のある通りの一筋東側にあって、二つの料亭はちょうど背中合わせの位置にあるようだった。背中を接しているかどうかはわからなかった。

〈こむらさき〉の門構えは、きのう場所を確認したときに見た業平のそれに比較すると、新しくて現代風だが、あまり風情《ふぜい》のあるものではなかった。利用客が車から降りるとすぐに、小屋根つきの張り出しの歩廊が十メートルほど先の玄関までつづいているので、雨が降っていても濡れる心配はなかった。私と坂上はその歩廊の石畳を通って、玄関のガラス扉へ向かった。自動開閉の扉から入ると、内部の床には濃い紫色の絨毯が敷かれていて、土足のままで案内係のいるカウンターまで行くことができた。三十代の和服の女性が待ち受けていたので、やっと赤坂の料亭にきたのだという実感が涌いた。

「支配人の磯村《いそむら》さんをお願いします」と、私は言った。

案内係の女性は、すぐに内線電話の受話器を取った。「磯村さんにお客様ですが……はい、わかりました」

彼女は受話器をもどした。「支配人はすぐに参ります。どうぞ、そちらのソファでお待ちになってください」

カウンターの向かい側に、薄紫色のソファがあった。坂上に坐って待つように指示すると、坂上が移動するよりも早くカウンターの脇のドアが開いて、黒のタキシードを着た四十代の痩身《そうしん》の男が現われた。愛想の良い顔つきは、私たちを顧客と思っているようだった。私がかけた電話の見学希望の相手がきたのだと推測しているのかもしれなかった。世の中はそんなに都合良くは運ばないことになっていた。

「こちらは――」と、私は坂上のほうに手をまわした。「神田署の坂上警部補です。いや、現在は一ツ橋署でしたか」

坂上の顔色が変わった。それは一瞬のことだった。彼はすばやく足許に視線を落とし、ふたたび顔をあげたときには自分でもすっかり刑事のつもりになっているようだった。

「念のために、身分を証明するものを」と、私は坂上に言った。

坂上は軽く咳払いをしてから、コートの内ポケットに手を入れ、黒い革表紙の手帳のようなものを取り出した。手帳を上下に開くと、金属製のバッジのようなものが見えた。すばやく閉じると、コートの内側に消えた。慣れた手つきだった。一ッ橋興信所では、所員のみならず女性事務員にいたるまで知らない者はいないと言われている、〝坂上の偽の警官証〟である。私は噂に聞いていただけで、実際に眼にするのは初めてだった。

「古い話になりますが、この店のお客さんのことで、お訊ねしたいことがあるというので、警部補をお連れしたのです。常連客と言えるかどうかわからないが、少なくとも数回はこちらに来ているはずです」

「そういうご用件でしたら、こちらへどうぞ」

支配人の磯村は愛想の良さを三分の一ぐらい残したまま、出てきたばかりのドアをすばやく開けると、私たちをその中に誘導した。接客業の玄関口でうろうろされたくない訪問者だった。

ドアの内部には通廊があり、左側には仕切りの向こうに六畳ぐらいの広さの事務所があるようだった。仕切りの上部は磨りガラスだったので内部は見えなかったが、人が仕事をしているような気配があった。支配人は通廊の突き当たりまで進むと、そこにあるドアを開けて、私たちをその中へ案内した。

そこは六畳ぐらいの広さの応接室だった。中央にテーブルとやや古ぼけた四つのソファがあった。入口の近くの壁際にコーヒー・メイカーやカップ類が設置してあるところをみると、従業員の休憩所のようでもあり、部屋の隅に段ボール箱が重ねられているのをみると、物置もかねているような部屋だった。支配人のすすめで、私たちはソファに腰をおろした。

「これは、お宅で提供されているものですね」私は上衣のポケットから出した〈こむらさき〉の宣伝マッチを、テーブル越しに支配人の磯村に渡した。

「おや、これはこれは、とても懐かしいマッチですね。お眼にかかるのは何年ぶりだろうかなァ。このマッチは、ちょうど私が転職してこの店に勤めるようになったその年限りで、完全に廃止になったものですよ。えーっと、ですから平成十七年のことです。ご承知のように、タバコを喫《す》う方が年々減少するようになって、お客様でマッチを所望される方も少なくなり、その宣伝効果も疑わしくなってまいりましたのでね。私がこちらに勤める数年前に、すでにマッチの追加注文はしなくなっておりまして、残った在庫を大事に、とくに常連のお得意様で喫煙される方だけに差しあげておりました。いまでも、最後の一つを差しあげた年配の女性客の方のお顔を憶えていますよ。それからは、マッチを所望されることがあっても、うちではサービスのマッチは廃止してしまいましたのでとお詫《わ》びしなければなりませんでした」

「では、このマッチを客に渡していた頃の、あなたのここでの勤めは短期間だったわけですね」

「そうです。たぶん半年も経たないうちになくなったと思いますが」

「それでは、望月という名前の男性客に心当たりはないですか。その人がこのマッチを持ち帰ったと思われるのだが」

「望月様……ですか」支配人は記憶をたどって思い出そうとした。「いえ、ちょっと憶えのない方のようですが」

「望月皓一というのだが」

フルネームを聞いても、支配人の顔には思い当たることがないようだった。「私もあの当時は、まだあまり責任のある仕事はしておりませんでしたから」

「失礼だが、あなたが支配人になられたのは？」

「四年、いやまもなく五年になると思いますが。少なくとも、私が支配人になってからのお客様で、望月皓一というお客様がおられないことは断言できると思います。お客様のお名前を憶えておくことは、私どもの仕事ではいちばん大事なことで、私のたった一つの得意技だと思っているんですがね。正直に打ち明けますと、私が名前を憶えるためにやっていることは、一度お見えになったお客様がもう一度お見えになったときに、そのお名前とお顔の記憶のスイッチがカチリと入るらしくて、それが二度、三度とつづくうちにだんだん確実なものになっていくようです。それに対して、一度しかお見えにならなかった方はもちろんですが、何度かお見えになっても、やがてお見えにならなくなった方の名前はすみやかに忘れるように心がけているんです。お客様の名前を憶える秘訣《ひけつ》は、不用な名前を忘れることのようです」

「そうだな」と、坂上が初めて口をきいた。「人間の頭の容量なんて、だいたい決まっているようなものだからね」

「刑事さんでもそうですか」

「いや、私のことはともかく、事件の目撃者や証人たちにそういう記憶力が備わっていたら、われわれの仕事も楽だろうなと思ったんだよ」

私は話を元にもどした。「では、このマッチがよく使われていた頃の、つまりあなたがこちらに転職される前の支配人がどなただったか、ご存じですか」

「わかりますよ」磯村は確認するように少し考えてからつづけた。「うちのいまの店長の和久井《わくい》が、当時の支配人だったはずです」

「その和久井さんは、いまこちらにいらっしゃいますか」

支配人の磯村は腕時計で時間を確かめた。「たぶん、いると思います。ちょっと失礼——」テーブルの上の電話の受話器を取って、並んだボタンの一つを押した。「あ、支配人だが、店長はまだいる？……そうか、では至急つないでもらいたい……もしもし、店長ですか。実はいま警察の方がこちらにお見えになっているんですが、私がこちらに勤めるようになる以前の、うちのお客様のことでうかがいたいことがあるとおっしゃっているんです……ええ、そうです……わかりました。では、よろしくお願いいたします」

支配人は受話器をもどした。「店長はいまちょうど来客中なのですが、五分後にはこちらに参るそうです。それから、お話の途中で大変申し訳ありませんが、私はまもなく外人さんばかりの予約客の応対に出なければなりませんので、店長と交替させていただいてかまいませんか」

私が坂上に合図すると、坂上がどうぞと答えた。磯村は〈こむらさき〉のマッチを私に返して、ソファから立ちあがると、ドアのほうへ向かった。

「ここは禁煙かな」と、坂上が訊いた。

「従業員は禁煙ということになっているんですが——」磯村はコーヒー・メイカーの設置

されたキャビネットの前の扉を開けて、ガラス製の灰皿を見つけると、テーブルの私たちの前に置いて、部屋をあとにした。

坂上はコートのポケットから、タバコと黒いタバコ・フォルダーとジッポのライターを取り出して、タバコを喫いはじめた。

入口のドアをノックする音がして、案内係とは別の和服の女性が入ってきた。テーブルの私たちの前に、お茶の入った湯飲みを置いて、部屋を出ていった。

坂上が煙りの向こうから言った。「打ち合わせもなくいきなり坂上警部補だなどと紹介するから、あわてるじゃないか」

私は坂上の言い分は無視することにして、テーブルの湯飲みを取り、お茶を一口飲んだ。ハーブ茶というのか石鹸みたいな味のするお茶だった。たぶん、この〈こむらさき〉という料亭が、新式の洒落《しゃれ》た店だと思える客にも、老舗ではないやや通俗的な店だと思う客にも、いかにもぴったりしたお茶の味だった。紫色の地に、銀色の揚《あ》げ羽《は》蝶《ちょう》が二匹向かい合って飛んでいる湯飲みの図柄もそういう感じだった。なるべく多種多様の人間に好まれるように腐心しているのだろうが、功を奏しているかどうかはわからなかった。

「ところで、〈一ツ橋〉にあんたの身上調査の依頼の電話をかけてきた若そうな女は、望月皓一の秘書かなにかだろう。奥さんという感じではなかったからな」

「そうか」

「あの日の午前中に調査料金はモチヅキ・コウイチの名前で入金があり、電話がかかってきたのは午後の四時前後だった」

「なにか不審なことでもあったのか」

「いや、あんたの身上に関するやりとりはいたって普通のものだった。ただ、電話の様子では、ときどきちょっと待ってくれと中断がはいるので、おそらく、望月本人はそばにいて、秘書か誰かに電話をさせているのだろうという気がしていたんだ。偉いさんにはよくあるじゃないか、目上の者への電話は自分でかけるが、目下の者への電話は部下にやらせるってタイプが」

私の事務所で直接に会ったときの依頼人の印象からは、坂上の批判的な評定《ひょうてい》は想像しにくいことだった。だが、私への調査依頼の件は〝常務派の選り抜きの者だけですすめている極秘事項〟だと言っていたことを考えると、その選り抜きの者のうちの誰かが、私の身上調査をすべきだと主張した可能性はあると思った。

「沢崎、あんたは以前に関西方面で探偵をしていたことがあるのか」

「ない」

「そうだよな。そんな話は聞いたことがないからな」

「電話の女がそんなことを言ったのか」

「身上調査の件がすんで、電話の切り際だったが、彼女いわく、だいぶ以前のことだが、自分の叔母が関西で沢崎さんという探偵の方に大変お世話になったことがあるのだが、その沢崎さんではないのだろうか、というのだ」

「ほう……それで何と答えた？」

「まさか高い料金を取って、そんなことは知らないとは言えないからな。うちと沢崎との業務関係はこの五年間のものですから、それ以前のプライバシーに関することは一切お答えできません、と言ったよ」

「いささか苦しい返事だな。だいぶ以前のこと、とはいつのことだ？」

「だいぶ以前は、だいぶ以前だよ。それ以上は聞いていない」

坂上はタバコを消して、テーブルの湯飲みを取り、お茶を一気に飲み干した。この男が自信にあふれたような言動をとるのは、いつも彼の自信のなさが原因だった。

# 18

料亭〈こむらさき〉の応接室のドアをノックする音が聞こえた。すぐにドアが開いて、店内の遠いざわめきの音といっしょに五十代後半の中肉中背の男が入ってきた。禿げあがった額の半分から下に日焼けの痕がくっきりとついた健康そうな丸顔は、料亭の店長というより常連の客に見えた。支配人のタキシードと違って、ゴルフ・ウェアの上に紺色のブレザーを着たラフな恰好のせいかもしれなかった。私たちが立ちあがろうとすると、「そのまま」と声をかけて、支配人の磯村が坐っていたソファに腰をおろした。

「お待たせしました。店長の和久井です。〈ミレニアム・ファイナンス〉の望月さんのことでお見えになったとうかがいましたが、やはり……きのうの新宿の強盗事件に関係のあることでしょうか」

「それは新宿署の担当です」と、私が答えた。「向こうの捜査本部の方針では、行方がわからなくなっている望月皓一支店長の身柄の確保を最優先にすべきだと考えているようです。その要請を受けて、われわれも望月氏の捜索に協力しているところです。彼の自宅の遺留品のなかにお宅の広告マッチが見つかったので、彼の行動範囲について何か参考になる話がうかがえるかもしれないと、こちらにうかがったわけです」

「わかりました。しかし、支配人が説明したそうですが、あの広告マッチを使っていた時期ということでもわかるように、望月さんたちがうちを頻繁に利用しておられたのは、かれこれ十数年前のことですよ。たしか、ミレニアム・ファイナンスが共同出資で設立される直前の、数カ月のあいだのことだったと思いますが」

「古い話や些細なことが、捜索の有効な手掛りになることがあるのです。ミレニアムは共同出資で設立されたとおっしゃいましたか」

「そうです。手短かに申しあげると、八〇年代から九〇年代にかけて、銀行の統廃合が盛んな頃でしたが、所謂《いわゆる》〝高利貸し〟の世界もサマ変わりというか、すでに大手の高利貸しは単独あるいは複数で、名前をハイカラなものに変えた会社組織の企業として生まれ変わっていました。それに対して、関東一円の中規模の高利貸し二十数名が集合して設立されたのがミレニアムなんです。まとめ役には、銀行や先行するファイナンス会社から引き抜いた人材を起用して、今世紀になる直前に誕生した金融会社というわけです。銀行から出向してきたまとめ役のうちで、いちばん若かったのが望月さんでしたよ。なかなか決まらなかった新会社の名称が〈ミレニアム〉だとうかがったときに、憶えにくい名前だなと思ったりしましたが、年末というか、二十世紀の終りが近づくにつれて、あっと言う間にミレニアムという言葉が流行しましたよね。たしか千年の単位を表すような言葉だそうですね」

「その手の談合はもっと内密に行われそうだが、あなたは相当お詳しいようですね」

「そうなんです」と、和久井は屈託のない顔で言った。「はっきり言いますと、情報源はすべて望月さんですよ。ミレニアムの場合ですが、銀行マンと高利貸しは金融業としては似たようなものですが、見方によっては水と油を混合するようなものですから、設立の合意に至るまではいろいろと難航しましたからね。望月さんは、〝頑固〟の見本のような年寄りの高利貸しと、〝慎重〟が背広を着ているような年長の銀行マンを相手に、かなり消耗していましたよ。そんなこともあって、年齢的には同世代の私に親近感があったのか、折りを見ては談合の場を抜け出してきて、そう、まさにこの部屋で、この時計の鐘の音を聞きながら、よく二人で話しましたよ」

応接室の壁に掛けられている振り子時計が六時の鐘を鳴らしはじめたところだった。和久井は鐘が鳴りおわるのを待ってから、話をつづけた。「私のほうも、商事会社勤めから、傘下の不動産会社が買い取ったこの店に出向させられて二、三年目でしたから、おたがいによく愚痴《ぐち》を言い合ったものです。当然のことですが、望月さんも企業秘密に属するようなことまで話したりはしませんでしたよ。ですから、私の話の半分は、のちにミレニアム・ファイナンス設立に関する新聞や雑誌の記事などで補ったものです」

「なるほど。では、こちらに集まってミレニアムの設立に関わったメンバーの、名前や住所はわかりますか」

「いいえ、こちらにはそういうものはありません。会合のメンバーを招集するための連絡は、望月さんの役目でしたからね。望月さんの連絡先だけは、きっとどこかに残っているはずですが……」

和久井はしばらくためらっていたが、やがて改まった口調で言った。「もしも、招集メンバーのそういうリストがあったとして、それは望月さんの捜索のお役に立ちますか」

「おそらく。少なくとも邪魔にはなりません。その取り扱いは慎重にするつもりですよ」

「では、私が気づいていて隠し立てしたと思われるのは本意ではありませんから、申しあげます。ミレニアム設立が正式に決定して、創立メンバーに記念品を贈ることになったと、望月さんから相談されたときのことです。私の出向元の商事会社で扱っている輸入品の中には、大量に仕入れ過ぎてダブついたものなど、相当に安価にお分けできるものがあるはずだと、昔の同僚を紹介しました。うまい具合に商談が成立して、望月さんに大変感謝されましたよ。品物が何だったかはもう忘れましたが、かなり嵩張《かさば》るものだったので、すべて宅配することになったはずです」

「その商事会社に訊ねれば、配送のリストが残っている可能性があるわけだ」

「そういうことです」

私はその商事会社の名前と所在地を訊ねた。和久井がテーブルの下にある小棚から、葉書大の小冊子のようなものを取り出して、私たちにそれぞれ一枚ずつ手渡した。「料亭〈こむらさき〉の宣伝パンフですが、最終ページに関連企業の名前が列記してあります。その筆頭がうちの親会社です」

「念のためにうかがいますが、その設立メンバーの中に、望月さんやあなたと同世代の人物で、関西訛りがあり、和服を着用することが多く、小太りで頭は禿げているか剃っている――というような人物の心当たりはありませんか」

「高利貸しの人たちは、そう言えば和服姿の方もおられたし、頭が禿げている方もあったようですが、年齢はかなり上の方ばかりだったと思います。関西訛りというのも、関東の高利貸しの集合でしたから、当時の記憶にはないようですが、しかし――」和久井が思い出すような顔つきをした。

「どうしました？」

「あとで話そうと思っていたんですが、実は新宿の寿司屋の入口で、十数年ぶりに望月さんとばったり会ったことがあるんですよ」

「ほう」

「二人とも懐かしさのあまり、手を取り合って再会の喜びの声を上げたんです」

「いつのことですか」

「今年の、たぶん夏の終り頃です。ところが、向こうはいまあなたがおっしゃったのにそっくりの人物が連れだったんです。こちらは、実は女房連れだったんですが、お恥ずかしい話、この女房というのが、女房だと紹介しても誰も信じないような、派手づくりで歳の離れた女房でしてね。おたがいに、連れを紹介したものかどうか迷っているうちに、望月さんが「まだ〈こむらさき〉にお勤めですか」と訊いたので、私が「店長になりました」と答えると、「近いうちにかならずうかがいます」、「ぜひどうぞ」と言葉を交わしたところで、おたがいにちょっと心残りでしたが、別れてしまいました。たぶん、そのときの彼の連れがあなたのお訊ねの人物そのままなのですが、私は初対面の人でした。せめて名前だけでも訊いていれば良かったですね」

「確かに。でも、大いに参考になりました」

和久井が上衣のポケットからタバコを取り出して、ダンヒルのライターで火を点けた。

坂上もタバコを取り出すと、和久井が自分のライターで火を点けてやった。

「話は変わりますが、こちらのお店とちょうど背中合わせぐらいの位置にある〈業平〉という料亭をご存じですか」

「もちろん、知っていますよ。赤坂の案内図で見ると、向こうの北側の角がうちの南側の角と接している程度ですがね。残念ながら、同じ赤坂の料亭とは言っても、業平さんとうちとでは格が違います」

「お宅も相当な構えのように思ったが」

和久井は首を横に振った。「いやいや、うちなどは会社経営の近代的な和食の店というだけで、基本的には町なかの食事処や牛丼屋さんと何の変わりもありません。ただ提供する食事に多少の差があって、こちらのほうが料金が高いというだけです。椅子一つか、間仕切り一つか、うちのように一間《ひとま》を占領できるかの違いがあるだけですよ。赤坂には、〈業平〉をはじめ、まだ十軒ほどの本格的な料亭が残っていますが、あとはみんなうちのような会社経営の料亭に変わりました。もちろん、双方の店同士は仲良く、赤坂の飲食店組合にも入って共存共栄でやっておりますがね」

「その違いがどうもよくわからないのだが」と、坂上が私より先に訊いた。

「いちばんの違いは、うちのトップは店長のこの私ですが、業平のような店を切りまわしているのは女将《おかみ》です」和久井はかすかに自嘲気味の笑みをもらした。「もちろんうちにも女将と呼ばれる女の従業員がおりますよ。昼夜交代、週に三日勤務で都合四名の女将がいて、会社のなかでは、まァ、なんの決定権ももっていない課長クラスの待遇ってとこかな。この店を切りまわしているのは、表は先刻お会いになった支配人の磯村、裏は以前なら板前の板長と言いましたが、うちではいまはシェフ長と呼ばれていますよ。この二人が部長クラスというところかな。それに対して業平のような店はすべて女将の腕一つです」

「女将にも二種類あるということか」と、坂上が得心《とくしん》したように言った。

「もう一つ大きな違いがあるのは、受け入れるお客様の人数かな。うちの場合は一組のお客様の人数の上限は二十四名になっています。それ以上の場合は、関連会社の経営するホテルなどをおすすめすることになっているんです。業平などの料亭は、別に公表しているわけではないが四名が上限になっているはずです。それ以上の場合は、予約がいっぱいなどの口実を使ってお断わりし、うちのような料亭をすすめてくれることになっています。うちゃ業平は、そういう人数のお客さんを五組前後収容するキャパシティがあります。うちの食事料金は一名様につき一万円が最低料金ですが、業平の場合は四名様でおそらく二十万円ほどになると思いますよ。ただし一名様でお出かけになるなら、少なくとも十万円は準備しておかれたほうがよろしいでしょうね」

「なるほど……」坂上は頭の中で売上金の概算をしているようだった。「どちらの料亭もそれぞれにさすがなものだな。料金と人数制限のお話をうかがってから、料亭にもいろいろあるという話がぐっと腑《ふ》に落ちましたよ。それがつまり、赤坂の料亭でおいしいものを食べて、おいしい酒を呑んで、一晩楽しむということか」

「ちょっと待ってください、お酒と食事はそれで結構だと思いますが、それ以外の、たとえば芸者さんや芸人さんを呼んで楽しむということになると、それはすべて別途料金になりますよ」

「そうか……それはそうだろうな」坂上はうかない手つきでタバコの火を消した。彼の赤坂の料亭での豪遊の夢もはかなく消えたようだった。

「お宅と〈業平〉では客筋も違うということですか」と、私が訊いた。

「その通りです」和久井もタバコの火を消した。「ここ数年のうちのお客様のタイプは、先ほどのミレニアム・ファイナンスのような商談がいちばん多く、ついで急増しているのが商用の外国人の接待や、外国からの観光客の団体がツアーでお見えになることですか。それから、富裕層の結婚の披露宴や誕生会などもありますね。最後のやつは食事が和食のみというのがネックになって、問い合わせの約三割はお断わりすることになりますがね」

「〈業平〉の客筋は違うわけですか」

「老舗《しにせ》の料亭は、決して客を選んだりはしません。支払いさえちゃんとしていれば、常連客だろうと、一見《いちげん》の客だろうと、まったく同じように分け隔てなく接待してもらえると聞いています。お得意様だからといって、ペコペコするのは、女将としての矜持が許さないのでしょう。とくに業平の先代の女将の静子さんはすごい方でしたよ」

「ほう」私は自分のタバコをポケットから出して、火を点けた。

「私は業平に客としてうかがったことはないですが、飲食店組合の会合で何度もお会いしました。六十歳を過ぎても実に美しい方で、物腰がやわらかく、誰に対しても同じように誠実な態度でお話をされる方でしたね」

和久井は鼻の頭を軽くなでてから、話をつづけた。「これは赤坂のこの業界の伝説ですから、話半分に聞いてもらったほうがいいかもしれませんが、一度業平に凶器を持った強盗が逃げこんだことがあったんです。そのときの応対というか、接待ぶりは実にみごとだったそうですよ。とにかく強盗が飲み食いした料金を払って出ようとしたら、こんどは自分のお金を持っておいでなさいと言われたそうですよ。強盗は何を思ったか知らないが、警察を呼んでくれと頼んで、自首したという話です。それから、ボロボロの服を身にまとった浮浪者が客として上がったときも、従業員のすべてが眉一つひそめたりしない完璧な接客だったと、もう一つの伝説になっています。この客が勘定はいくらだと訊くと、「あなたには払えないのでどうぞそのままお帰りください」という返事です。百万円でも二百万円でも払ってやると怒鳴っても、平然と「そんなお代で足りると思ったら大間違いです、どうぞそのままお帰りください」の一点張りだったとか。この浮浪者は本当はかなりの大金持だったらしくて、そんな恰好で店に上がったことを大いに恥じて、その後はおとなしく常連客になっているという噂です」

坂上は感心したような面持ちで聞き入っていたが、話好きの和久井店長にはそろそろ舵《かじ》の向きを変えさせるタイミングだった。

「ミレニアムの望月さんは、業平の客でしたか」

「いや、たぶんそれはないと思います。ミレニアムの設立までに、よく愚痴を言い合ったと話しましたが、その頃も、彼は料亭などでの飲食は本当はあまり好きではないのだと言っていましたからね。話の様子では、大変な愛妻家のようで、二人のお嬢さんの写真を拝見したこともありますし、仕事でなければ、〈こむらさき〉に来ることはなかっただろうと話していましたからね。ミレニアム創立の直後に、二度ばかり忘年会でお見えになった程度で、それからはすっかり足が遠のいた感じでしたよ」

「最近のことですが、業平がお店の増改築をするような話は聞いていませんか」

「いいえ。少なくとも休業をしなければならないほどの改築だったら、飲食店組合が関知しないことはないと思いますが……それよりも、先ほど話した先代の女将の静子さんが、今年の六月に亡くなられたのですが、それはきっと業平の経営状態に影響をおよぼしたに違いないと思います。とにかく、あれほどの女将でしたから」

「関西方面の老舗との共同経営の道を探っておられるような噂を耳にしましたが」

「それもご存じでしたか。残念な話ですよね。そういう共同経営は、はっきり申しあげて、双方にとっての成功というのは大変むずかしいことですから……私などが勝手に口出ししても仕方がありませんが、店舗の増改築のための借財であれ何であれ、自力で乗り切っていただけるものなら、飲食店組合だろうと、私どもの親会社だろうと、それこそミレニアム・ファイナンスだろうと、決して助力は惜しまないと思います。〈業平〉はそれほどの由緒ある老舗だということです」

　私はタバコの火を消すと、坂上に眼で合図してから言った。「いろいろ参考になりました。詳しくお話をうかがえたので、あなたと望月さんの付き合いについても大変よくわかりました。このあとも、望月さんのことでお話をうかがう必要があるかもしれませんので、よろしかったら――」

　和久井は上衣のポケットから名刺入れを出すと、抜き取った名刺を一枚ずつ私たちに渡した。私は坂上といっしょに〈こむらさき〉をあとにした。

地下鉄千代田線の赤坂駅へ向かう道は、まもなく日暮れどきになろうとしていた。土曜日ではあったが、駅の構内は少し混んでいた。坂上が売店でタバコを買ったあと、ボトル飲料の自動販売機の脇のゴミ箱の前で、私たちは足を止めた。

「〈ナリヒラ〉という料亭の話が出ていたが、こんどの事件に何か関わりがあるのか」

「いや、それはまだわからない」

「それで、おれはこれから何をすればいいんだ?」

私は首を横に振った。「何もするな」

「おいおい、そんな水臭いことを言わなくても――」

「おまえに言っておかなければならないことが、一つある。男が一人、マンションの浴槽に浮かんで死んでいたんだ」

「何だって!? どういうことだ、それは」坂上の声の最後はかすれていた。

「きのうの強盗事件に関係のある人物のマンションの浴槽でだ」

「……それは、殺人ってことか」

「殺人か、自殺か、事故か、いまのところははっきりしていない」

「死んでいたのは誰なんだ」

「身許不明だ」

「おまえは、そんなことにおれを引きずりこんだのか」

「そっちが勝手に跳びこんできたような気がするが」

「しかし、ひどいじゃないか。そんなことなら、なんでおれに警官を詐称《さしょう》させたりしたんだ!?」

「〈こむらさき〉での聞き込みは、お蔭でうまくいった。だが、二度とあのあたりをうろうろしないほうが賢明だと思う。あのマッチは、その死体から十メートルぐらいの距離のベランダのテーブルの上にあったものだ。〈こむらさき〉のマッチや手掛りが、あのマンションにはほかに何も残っていないという保証はない。それを捜査班が見つけて興味を持てば、こんどは本物の刑事が店長の和久井たちから話を聞くことになるな」

坂上が私の顔を睨んだ。「ひどいやつだな、おまえは」

「興信所にきた身上調査をネタに脅迫するのと、いい勝負だろう。おれは電車の中で、この件で何らかの利益を得たら山分けにする、と言ったな。その約束は間違いなく守るから、おまえはおとなしく〈一ツ橋〉の主任の仕事をしているんだ。いいな」

「……そうしよう」いまのこの男には、金の話が何よりの気付け薬になるらしかった。

「あの偽の警官バッジをさっさと処分する以外には、何もするな」

坂上は反射的にコートの内ポケットに手を伸ばした。眼の前のゴミ箱に警官バッジを棄てたいような顔つきだったが、思いとどまった。「……わかったよ」

私は出札所の自動券売機で、新宿までの切符を購入した。坂上はカードを使って改札を通り、私たちは千代田線の電車に乗りこんだ。私は一つめの国会議事堂前で降りた。

「ちょっと待ってくれ」と言って、坂上もいっしょに降りてきた。乗降客の邪魔にならないように、私たちはホームの中央のゴミ箱の近くへ移動した。ゴミ箱が似合っている間柄なのだ。

「何だ」と、私が訊いても、坂上はしばらく答えるのをためらっていた。

「おまえは、ほかにも何か馬鹿なことをしているな」

「そんなつもりはなかったんだ……うちの興信所員の萩原は知っているな。実は、あいつにあんたのことをしばらく監視するように言いつけたんだ」

「余計なことを」私は首を横に振った。「まさか、タダ働きをさせるつもりじゃないだろうな」

「そんなことはしない。勤務表を作成するのはおれの仕事だ。何かほかの調査を担当しているようにみせかけることぐらい、おれにはどうにでも調整がつけられる」

「おれの監視はいつからだ」

「来週の月曜から水曜までの三日間の予定にしていた。あしたからのつもりだったが、あいつは入所以来、日曜日は絶対に働かないことになっているのを忘れていた」

「クリスチャンでもあるのか」

「あんたはそれを知っていたのか」

「知らんよ。冗談のつもりだった」

「〈一ツ橋〉にもどれば、萩原のケータイの番号がわかるから、きょうのうちに萩原に連絡して、あんたの監視は中止させるよ」

「いや、待て。萩原の予定は三日間そのままにしておいてくれ。勤務表を書き直すのもかえって面倒だろう。おれにも萩原の携帯電話の番号を教えておいてもらおう」

坂上はちょっと考えてから、私の提案に納得したようだった。

「彼に何か手伝わせるつもりか」

「いまのところは何とも言えないが、そういうことがあれば、おまえの代わりに手伝ってもらうことにしよう」

「わかった。萩原のケータイ番号はすぐに電話する」

「おれがいないときは、電話サービスに切り替わる。そっちに伝えておいてくれ」

坂上はホームに入ってきた電車に乗りこみ、閉まったドアのガラス窓越しに軽く手を挙げた。私は丸ノ内線のホームへ向かった。味方にしても役に立たないのに、敵にまわすと意外な能力を発揮する人間がいるものだが、そんなことにはならずにすみそうだった。

# 19

西新宿の事務所にもどったのは午後七時過ぎで、あたりはすっかり暗くなっていた。電話サービスの〈T・A・S〉に電話をかけた。それが習慣になろうとしていた。

「渡辺探偵事務所の沢崎だ。なにか伝言はあるか」

「佐伯直樹さんから――」女性のオペレーターで、一人だけ声の区別がつくハスキーな声の持ち主だった。「〝ご依頼の写真家の連絡先がわかりました。いつでも電話してください〟。以上です」

「わかった。久しぶりだな」

「そうですね。お元気ですか」

「なんとか。ほかに何か伝言はないか」

「ほかにはありません」

「実は、望月皓一という男からの電話を当てにしているのだが、なかなかかかってこないので困惑しているのだ。気にかけておいてもらえるとありがたい」

「モチヅキ・コウイチ様ですね。わかりました」

「ところで、新しい亭主は元気かな」

「ハハハ、いなくなっちゃいました」

「それはそれは。探偵の出番はあるのかな」

「とんでもない。いなくなってせいせいしているんですから……ただ、忘れ物がいくつか残っているのが、気分が悪いんです。届けようにも、連絡がつかなくて困っています」

「近頃は連絡のつかない男が急増しているようだな」私は少し考えてから言った。「こっちの用事をすませてから……また電話をしてみよう。勤務は何時までだ?」

彼女も少し考えてから答えた。「十時までです。わたしにつながらなかったときは、7番のオペレーターに代わるように言ってください」

「わかった。ところで、そんなことをしてもいいのかな」

「それはいいんです。でも、そんなことをしてもらって、いいんですか」

「いいことにしよう」

「ハハハ」と、彼女がまた笑った。

私は受話器を持ったまま電話を切って、佐伯直樹の電話番号にかけた。

「沢崎だが」

「ああ、どうも。秋吉章治の連絡先がわかりました。聞き憶えのあるような、ないような写真家だと思っていたのは、仕事上の名前がカタカナ書きで〝ジョージ・アキヨシ〟と名乗っていたからでした」

「なるほど。電話で聴くと、どっちが名字か名前かわからないような名前だな」

「そうなんですよ。山岳関係の写真ではかなり名前の知れた写真家でした。最近はアーティストや芸人などにカタカナ表記の名前が増えているようですね。彼の現在の連絡先は、〈劇団無限座《むげんざ》〉ということでした」

私はメモを取り、さらにその住所と電話番号も聞き取った。

「無限座の永岡佐恵子《ながおかさえこ》という女優を知っていますか」

「だいぶ昔の女優ではないか」

「ええ、たぶん六十代の半ばだと思います。その女優さんが、この五年近く一人芝居というんですか、要するに出演するのは彼女一人だけという芝居をつづけていて、それこそ日本全国を北から南まで、興行でまわっているらしいです。去年の夏に、秋吉のほうは山の写真を撮りに行って、ちょっとした事故に遭い、腰を痛めて地元の病院に運ばれたんですが、そこで、やはり急病になった永岡と出会ったらしい。以来、二人は意気投合したようで、それをきっかけにショージ・アキヨシは永岡佐恵子の一人芝居の写真を撮りつづけているそうです。今年になってからは、彼女の芝居以外の日常も含めて、ほとんど二人は行動を共にしているらしくて、来年の春には、かなり大部の写真集を刊行する予定があると聞きました」

「うちのビルにある仕事場が留守なのはそういうことか」

「ですから、秋吉章治と連絡を取りたければ、無限座の事務所にその旨を告げれば、折り返し秋吉本人から連絡をもらえるはずだ、ということでした」

「わかった。こんなに早く調べがつくとは思っていなかった。すぐに先方に知らせることにしよう。お礼はいずれ」

「そんなことはやめてください。それより、こちらの仕事が片付いたら、一度お会いしましょう」

「わかった」

電話を切って、タバコに火を点けようとしたら、電話のベルが鳴った。

「〈一ツ橋〉の坂上だ。萩原には事情が変わったことは話した。萩原のケータイ電話の番号を知らせる」

私は番号のメモを取った。

「例のバッジは跡形もないように処分したよ」

「いい子だ」

私は電話を切って、タバコに火を点けた。それから、〈新宿西口不動産〉に電話をかけた。

「進藤由香里さんはいらっしゃいますか」

「内線を切り替えますので、そのままお待ちください」電話の声が変わった。「進藤ですが」

「渡辺探偵事務所の沢崎だ。秋吉章治の連絡先はわかったか」

「あ、いえ、まだなんですが」

私は佐伯直樹が調べてくれた秋吉章治との連絡方法を話し、相手は必要なメモを取った。

「どうもありがとうございました。きょうも丸一日何の手掛りもつかめないままでしたので、つい先ほど上司と相談の上で、沢崎さんにお願いする許可をもらったばかりでした。謝礼というよりは、沢崎さんのお仕事の調査費ということになると思いますが、いかほどになるのか教えていただけますでしょうか」

私は友人が仕事のあいまに調べてくれた経緯を手短かに話した。「そんなわけで、うまく話さないと彼は謝礼を断わるかもしれないよ。そのときは、私から「かならず受け取ってもらえ」と言われているので困りますと言うんだ。礼金の額はそちらで、彼の助力がなかったらロスしたであろう時間と労力を概算してくれ」

「わかりました。粗《そ》相《そう》のないように気をつけてやらせてもらいます」

「その気持があれば十分だ。万一彼に謝礼を受け取ってもらえなくても、おれがとやかく言う筋合いではないから、気にしなくてもいい」

私は佐伯直樹の連絡先を彼女に教えてから、電話を切った。灰皿のふちで、喫わないうちに半分になってしまったタバコを手に取った。

腕時計を見ると、きのうの新宿の強盗事件の発生から丸一日が過ぎていた。事件が公表されてからでも、すでに十二時間以上が経っているだろう。支店長の望月皓一は、たとえ私に電話をかける気があったとしても、電話をかけることができない状況に置かれているとみるべきだった。

# 20

便所で用を足して廊下に出ると、電話が鳴っているのが聞こえた。このビルの二階で電話が鳴るのは、私の事務所だけだとわかっていた。私は急いで事務所にもどり、受話器を取った。

「沢崎さんですか」

「そうだ」

「海津です。夕方お別れしたばかりなのに、申し訳ありません」

「そんなことはない。あれから何か進展でもあったのか」

「いいえ、進展と言えるほどのことではないのですが……少しお話したいことがあって、事務所の近くまで来ているんです」

「そうか。待っている。二階に上がって、真ん中のドアだ」

「五分ほどで行きます」海津は電話を切った。

私は電話機のフックを押してから、電話サービスの〈T・A・S〉にかけた。

「7番のオペレーターに代わってもらいたい」

「いま、ほかの電話に応答中ですが」

「このまま待ってもいいか」

「どうぞ」

二分くらい待っていると、電話が切り替わる音がした。「わたしです」

「沢崎だ。きょうの仕事はまもなく終了のつもりだったが、そうはいかないようだ。十時までに電話できるかどうかわからなくなったんだ。さっき話した望月という男の電話を待つのにうんざりさせられたので、人のふりみてわがふり直そうってわけだ」

「ハハハ。では、またこんどということにしてください。元亭主の忘れ物の始末は急ぐわけではありませんから」

「次の勤務は？」

「来週の水曜日で、きょうと同じ夜勤です」

「わかった」

受話器をもどして、タバコを手に取ると、ビルの階段を上がってくる足音が聞こえた。タバコに火を点けて、ドアのところへ行き、ドアを開けると、海津一樹が立っていた。

「入ってくれ」私はデスクにもどって、腰をおろした。

海津はドアを閉めて、事務所の中に入ると、私が坐るように指差した依頼人用の椅子に近づいた。腰をおろしながら、事務所の中を控えめにながめていた。

私はタバコを持っていない右手を空中で一まわりさせた。「探偵に会うのは二度目だと言っていたが、探偵事務所を訪ねるのは初めてかな。ゆっくり観察するといい。時間はほとんどかからないはずだ」

海津の顔から少しかしこまっていた様子が消えた。

「渡辺探偵事務所なのに、渡辺のデスクがないので、不思議に思っているな」

「いえ、そういうわけではないですが……そうなんですか」

「ここは、おれひとりしかいない探偵事務所なんだ。そんなこともいずれ話す機会があるかもしれないが、きょうのところは――」私は腕時計に眼をやった。すでに八時半を過ぎていることはわかっていた。「わざわざここへ寄ってみることにした理由を聞かせてくれ」

海津はうなずくと、落ち着いた口調で話しはじめた。「あれから、まっすぐ〈ミレニアム〉の新宿支店へ行ってみました。表の入口は土曜日なので閉まっていましたが、電話をかけると松倉主任が出て、裏の従業員専用の入口から入れてくれたんです。午前中から午後の二時頃までは、支店の中は警察の捜査員や本社の上役たちでごった返していたらしいのですが、ぼくが行ったときはすでに、松倉さんと本社から出向いている社員の二人が残っているだけでした。本社の幹部の意向も、警察からの要請も同じらしくて、支店長の望月さんからの連絡があったり、本人が現われたりした場合の対処の仕方を厳重に言い渡されていると言ってました。ということは、いまだに望月支店長とのコンタクトは取れていない状態なんでしょう」

「警察はいなかったのか」

「支店の中にはいませんでしたが、あのビルの内にも外にも相当数の張り込みの捜査員が配備されているのだということです」

「電話は？」

「すべて傍受され、録音をとられていると、松倉さんが言っていました」

私はタバコを灰皿で消した。「きみの電話も傍受されたということだな」

「そうだと思います。ぼくが支店に入ってから一〇分も経たないうちに、二人の刑事が支店に現われましたから。しばらくは、ぼくのことを観察しているような感じでしたが、そのうちに年配のほうの刑事が質問をはじめました。ぼくは〈バンズ・イン・ビズ〉と〈ミレニアム〉との関係を説明して、きのうの事件にも居合わせたことを話しました。すると刑事さんは、いろいろとうかがいたいことがあるので、自分たちに同行して捜査に協力してもらいたいと言うんです。きのうミレニアムで調書を取られたときに、再聴取の必要があれば出頭しなければならないと言われていましたが、それがきょうのうちにすむのであれば、むしろありがたいと思って、すぐに承諾しました」

「新宿署へ行ったのか」

「パトカーに乗せられて、十数分後には新宿署です。そこでまた、制服を着た婦警さんを相手に、ぼくとミレニアムとの関係を話さなければなりませんでした。事件の直後に調書を取られたときから数えると、三回目です」

私はうなずいてから言った。「嘘をついていれば、話のどこかに矛盾することが出てくると考えているのだろう。彼らの狙いは、きみがきのうの強盗未遂事件に関わりがあるかどうか、ということだ。あるいは関わりはなくても、事件について何か知っていることがあるかどうか、ということだ」

海津は新宿署での体験を反芻《はんすう》しているような面持ちだった。

「そうだったようですね……ミレニアムや望月さんとの関係を訊かれたあとは、きのうのあの時間にミレニアムに行ったのはなぜだと、かなり執拗に訊かれました。だんだん腹が立ってきたので、月に二、三度は立ち寄ることがあるんだし、そんな個人的なことをどうして話さなければならないのかと答えると、ミレニアムから同行した年配の刑事さんが、ミレニアムへ行った理由さえはっきりすれば、強盗事件とは何の関わりもないことが、私たちにも納得できるわけだからと……」

「いかにも田島らしいな」

「ご存じの刑事なんですか」海津は上衣の内ポケットから取り出した名刺を調べた。「そうです、田島という警部補でした」

「ミレニアムへ行く〝個人的な理由〟が、何かあったのか」

「ありました。その理由を田島という刑事に話しているうちに、これはあなたにも話しておかなければならない、というか、話しておいたほうが良かったんだと気づいたんです。こんな時間にまたあなたに会いにきたのは、それを話しておきたかったからなんです」

「車の中では、たしか〝経営者兼チラシ配り〟で、ミレニアムへ行ったと聞いたようだが」

「それも本当です」海津の表情が曇った。「恥ずかしい話ですが、きのうの強盗事件で、置いてきぼりになった強盗を説得して自首させたことは、自分でも結構自慢できることだと思っていたんです。いい気なものですね。だから新宿署で訊問されるまでは、自分が強盗と関わりのある人間だと疑われるなんて夢にも思っていませんでした。あなたの車の中でも、〝チラシ配り〟のほかにもあった〝個人的な理由〟を話さなければならなくなるとは考えもしなかったんです」

海津は田島警部補の名刺をポケットにもどしながら、硬い口調で言った。「沢崎さん、本当はあなたも、ぼくがきのうの事件に何か関わりがあるかもしれないと疑っておられたんじゃないですか」

「おれはきみが関わっていないという確証は何も持ってはいない――それだけのことだ。きみだって、おれがあの強盗事件に関わっていないという確証は何も持っていない。それとおなじことだ。まァ、おたがいさまだな」

「いいえ、ぼくはあなたがあんな事件に関わりがないことをはっきりと確信しています」

「根拠のないことを断言したり、確信していいのは、女学生だけの特権だ」

海津が反論しようと口を開くのを制して、私は言った。「おいおい、おれが怒らせ役専門なのを忘れたのか」

海津は私の顔を見つめていたが、急に表情を崩して、照れくさそうに頭を掻いた。笑顔が明るくなっていた。

「では、ミレニアムに行った個人的な理由というのを聞いておこうか」

「わかりました」と、彼は答えた。それから十秒ほどためらって、言った。「ぼくは来年の三月いっぱいで、バンズ・イン・ビズを辞めることにしているんです」

「……そうなのか」

「まわりくどい話になりそうですが、いいですか」

私はうなずいてから、言った。「思うように話すがいい」

「あなたの車に同乗させてもらったとき、あんなに熱心に自分の仕事のことを説明していたのにおかしいと思われるかもしれませんね。自分のこれまでの仕事への情熱や自信に嘘はなかったんです。頭の片隅で、「おまえは三月で辞めることになっているくせに」という声が聞こえていましたが、あのときはそんな個人的なことまで話すような状況ではないと思っていました」

「わかった。それで、辞める理由は何だ？」

「かれこれ一年ぐらい前から、自分の仕事に対する満足感とは別に、自分はこの仕事を一生つづけていく覚悟があるのかどうか、漠然とした不安に襲われるようになりました。その不安とか疑問のようなものはだんだん膨らんでいくような気がしていたんです。それは、簡単には説明できないような複雑な気持なので、くどくどとお話するのは控えます。ただ、一つだけはっきりしているのは、いまの〈バンズ・イン・ビズ〉は、すでに自分がいなくても何も支障のない組織になっているということです。創立のあとは、ぼくと創立当時の仲間で、いろいろな難関を、無い知恵をしぼって一つずつ解決したり、失敗したり、改善したり、方向転換したりしてきたんです。その中心にいたのが自分だという自負もあります。でも、年を追うごとに障害や問題は減少して、この一年以上はほとんど波風の立つ気配もないほど順調な運営状況になっています。それに反比例するように、ここはぼくがいつまでも居つづける場所ではないのではないかという気持が大きくなっていったのです……こんな話は、青臭い若者の感傷的な人生観にすぎませんか」

「そういうことを批評するのはおれの任ではないな。きみが仕事の上で大きな岐路に立っていることは理解したつもりだが、それでいいか」

「その通りです」

「話の先をつづけてくれ」

「わかりました。今年の五月に、ぼくに新しい恋人ができたんです」

私は思わず笑ってしまった。「いや、すまん。きみは面白い男だな」

「まじめに話を聞いてください」と、海津は不服そうな顔で言った。

「おれはいままできみを少し見損なっていたようだ。いまがいちばんまじめに話を聞いている」

「本当ですか」

「もう一度あやまるから、機嫌をなおして、その先を話すんだ」

「その恋人ができる前のことですが――」こんどは海津のほうが笑いながら、言った。

「ぼくの話はほんとにまわりくどいな……バンズ・イン・ビズが軌道に乗ってからの一年半ぐらいのあいだに、ぼくは三人の女性と付き合いがあったんです。最初は少し年上の女性で、次は一つ年下のひと、最後は五つ年下の二十歳前の若い子でした。みんな半年ももちませんでした。わざわざそういうふうに年齢で選んだわけではないんですが、前の失敗の反省から、少し違うタイプの女性をと考えたのかもしれません。結局のところは、ぼくが年齢の割りには――二十二歳から二十三歳のときでしたが、経済力がありすぎるというのが問題なんです。あからさまに言えば、それが三人の彼女たちの人間性を変えてしまい、性格を歪めてしまうんです……従属的になり、個性がなくなり、そのうえ、浪費家になり、理由もなく人を見下すような態度が目立ちはじめるんです。極端な言い方をすると、彼女たちはぼくと付き合っているというより、ぼくの懐具合と付き合っているだけのような気がしてくるんです……それはおそらく、ぼく自身になんの魅力もないからそうなるのかもしれませんが、あの三人はみるみるうちにまったく同じような言動をとるようになり、いやな表現ですが、あっと言う間に不愉快な女になってしまったような感じでした。それでなんとかしようと、話し合いをはじめると、口うるさい人だと言われ、ケチな男だと呆れられ、最後は大した金持でもないくせにと罵られて、三人とも判で押したような別れ方をしてしまいました」

「おれにはそういう懐具合だった経験がないから知らないが、それでは女に懲《こ》りてしまうだろう」

「懲りました。もう女性とは付き合うまいと思いました。少なくとも、三十歳を過ぎるまでは、恋人なんかつくらないぞと、一大決心をしました。それが去年の暮れのことです……ところが、今年の五月に彼女に出会ったんです。これればかりは、決心なんかまるで通用しないんですね」

「それが話の最初の、新しい恋人のことだな」

「ええ、とにかくすばらしい女性だと思います。あの三人に較べる気にもならないような、まったく別の存在です。あの三人はそれぞれ大学卒と短大卒と女子大生でしたが、いまどきのどこにでもいる女性たちで、周囲のみんなと同じ色に染まっていることが何よりも大事で、安心で、価値あることだと思っているようなふしがありました。彼女はといえば、母親が病気になったときに高校を中退して働きはじめているという境遇の違いはありますが、それだけの差とは思えません。なんというか、彼女には女性としての美質が自然に備わっているという感じがするんです」

「年はいくつだ？」と、私は訊いた。

「ぼくより、一つ年上です。それも、ぼくを穏やかな気持にさせてくれる理由かもしれません。実を言うと、ぼくは父親を知らない母子家庭に生まれ、その母が中学のときに交通事故で死んでからは、祖父と祖母のうちで育てられたんです」

「ちょっと待て。すると、〈ミレニアム〉で強盗の片割れを説得するときに、背恰好や体型が自分の父親にそっくりだから、他人事とは思えないと言っていたのは？」

「すいません。口から出まかせでした」

私は苦笑した。「彼女の話のつづきを聞こう」

「ぼくと違って、彼女のほうはお母さんは病気でも、お父さんは健在ですから、そういう生い立ちからくる共感でもないと思います。ぼくは彼女の容貌にも大変好感をもっていますが、たぶん彼女をきれいだとか美人だと言う人はいないかもしれません。でも、ぼくにとってはかけがえのない女性なんです。彼女といっしょにいるとき、ぼくはいちばん自分に素直な人間になれる……はずだった」

海津は急に話をつづけられなくなり、私から視線をそらすと、事務所の空中の一点をじっと見つめていた。やがて大きな溜め息をついてから、言った。「それなのに、ぼくはひどい間違いを犯してしまったんです」

私は話のつづきを待っていた。しかし、彼は助け船を頼むような顔つきで、いつまでも私を見ているだけだった。しばらく沈黙の時間が流れた。

「自分が高所得者であることを偽ったのか」

海津は大きく何度もうなずいた。「仕方がなかったんです。彼女に会った最初から、ぼくは彼女が特別な存在になることが予感できたんです。そして、あの三人との悲惨な経過を思い浮かべると、二度と同じ轍《てつ》は踏みたくないと思ったんです」

「彼女なら大丈夫だとは考えなかったのか」

「そう思ったときは、もう遅かったんです」

私は急に眼の前に坐っている若者に腹が立ってきた――まるで彼の父親であるかのように。だが、父親ではなかった。だから、言いたい意見を呑みこもうとしたが、言葉のほうが勝手に飛び出した。

「いまからでも遅くはないはずだ」

「嘘をついていたことがバレるんですよ。半年間も彼女を信用していなかったことがわかってしまうんですよ。それだけでも許してもらえるはずがない……かりに、許してもらえたとしても、それを打ち明けたあと、彼女があの三人とは絶対同じにならないと、あなたは保証できますか」

「おれの保証などに何の意味がある。彼女を特別な存在と思うきみ自身の保証があれば、それで十分ではないのか」

海津は自分の頭を両手の掌で抱えこんでしまった。「彼女のすばらしさを知れば知るほど、自分のついた嘘のいやらしさと浅はかさに嫌悪をおぼえる毎日だったんです」

最後のほうは消え入りそうな声だった。

「きみは本当に面白い男だ」私はタバコに火をつけてから言った。「そこで考えついたのは、嘘をついていたことを打ち明けるよりは、その嘘の通りの人間になってしまおうというわけか」

海津は頭を抱えたままでうなずいた。

「来年の三月で、いまの仕事を辞める理由はわかった。それが、なぜきのうの夕方のミレニアム訪問になるのだ？」

海津はようやく顔を上げた。背筋を伸ばして、落ち着くまでしばらく間をおいた。

「彼女の仕事は看護婦なんですが、最近、ぼくと会える時間がもっと増えて、収入も増えるような転職先があればいいのに、というような話をするようになったんです。ぼくのことを貧乏だと信じていますからね。いまのところはインターネットのサイトなどを調べるような様子はないのですが、もしそんなことがあって、偶然にも〈バンズ・イン・ビズ〉

の公式サイトを見るようなことがあれば、トップの会社の概要のところに、ぼくの名前が経営者として明記されていますからね」

私はタバコの煙りを吐きながら、言った。「そういうことなのか」

「それで先週の会議のときに、退社は三月だが、ぼくの名前だけは一日も早く削除してもらいたいと要求したんです。反対もありましたが説得に成功して、来週からぼくの名前はなくなります。ただそれにともなって、創立以来お世話になっている大学の教授をはじめ、創立時の出資者などに、今週の初めから、三月で退職するという挨拶まわりをしているんです。ミレニアムの望月さんは、車に同乗させてもらったときにもお話したように、バンズ・イン・ビズの成長の恩人ですし、個人的にも親しくさせてもらっていたので、サイトから私の名前が削除される前に報告すべきだと思って、きのうはその話と今後の相談などもしてみようと思って訪問したんです」

「わかった」私はタバコの火を灰皿で消してから、訊いた。「新宿署では、田島警部補たちにもこれだけの話をしたのか」

「いいえ、バンズ・イン・ビズを三月で辞めることと、来週からサイトの名前を削除することになったので、その前にお世話になった方たちに挨拶まわりをすることになり、きのうの望月支店長への挨拶が最後のつもりだったと」

「その話だけでは、きみが強盗事件に関わりがあるかもしれないという疑いを解消することはできなかっただろう」

「かもしれませんが、彼らは挨拶まわりをした人たちの氏名と連絡先を控えて、確認を取ると言っていました」

「そうか……だとすると、これは希望的観測だが、きみに関するよほどの新たな疑惑が発生しない限り、これ以上追及されることはないかもしれないな」

海津は少し考えてから、きっぱりと言った。「そんな疑惑が発生することはないと思います」

「新宿署では、そのあとで何か質問されたりしたのではないか。たぶん、男の顔写真のようなものを見せられて」

「そうだ、それを話すのを忘れるところでした。〈ミレニアム〉か、あるいは望月支店長の周辺で、こんな男に見憶えはないかと、写真を二枚見せられました」

「見憶えのある男たちだったか」

「いや、二人ともまったく見憶えはありませんでした。一枚は本人の写真ではないが、これに似ている男で、河野と呼ばれることもある人物に心当たりはないか、と訊かれました。河野と言えば、きのうの強盗たちの逃走したほうを、置き去りにされたほうがそう呼んでいたと思いますが」

「河野という名前は偽名らしい。本人の写真もないということは、まだ人物の特定はできていないということか……もう一枚は？」

「なんだか死んでいるような顔の写真と、同じ男の似顔絵のようなものをいっしょに見せられました」

「名前は？」

「いえ、名前は聞かなかったと思います」

「まだ身許の確認が取れていないわけだな」

「ひょっとしたら、この男が望月さんのマンションに同居していたという人物じゃないんですか」

「いい勘だ」

「車から降ろしてもらったときの話で、望月さんのマンションでは、きのうの強盗事件に関連のある別の事件が起きている可能性があるかもしれないということでしたね」

「おのずと結論は出るな」

「その同居人が、望月さんのマンションで死んでいたということですか」

私はうなずいてから言った。「他殺か、自殺か、事故かはわかっていない」

「ということは――」海津の顔が暗くなった。「きのうまでは、おかしな強盗未遂事件と、望月支店長の失踪事件と思っていましたが、何かもっと奥があるということになるんでしょうか」

そのとき、ビルの駐車場に車が入って停車する音が聞こえた。私は椅子を立って、窓に近寄り、ブラインドの隙間と、換気のために数センチだけ開けていた窓の隙間から、駐車場を見おろした。薄暗い駐車場だが、黒っぽい大型の車であることはわかった。助手席のドアが開いて、夜目《よめ》にもかなり大柄な男が降り立つのが見えた。私は窓のそばを離れた。

「来客ですか」と、海津が訊いた。

「そうらしい」私はすばやく考えをめぐらした。「何も言わずに、おれの指示に従ってもらいたい」

私は机の引き出しの一つから小型の懐中電灯を取り出して、電池が切れていないことを確かめた。

「まず、ここを静かに出よう」

私たちは事務所を出て、入口の階段とは逆方向に廊下を移動した。便所を通りすぎて、左に迂回したところにある非常ドアのボタン式のロックをはずしてから、ドアを開けた。非常階段もビルの裏の周辺も薄暗かった。ざっと見まわしてみたが、人影はなく、いつもと変わった様子もないようだった。

「この非常階段をなるべく足音を立てないように下りて、外に出たら、まっすぐ新宿駅へ向かい、引き揚げてくれ」懐中電灯を渡してから、言った。「なるべくなら、こいつは点けずにすましたほうがいいだろう」

「わかりました。でも――」

「余計な心配も、詮索もせず、うちへ帰るんだ。一時間後に、きみの携帯電話に連絡する」

「わかりました」海津は非常階段に出た。

「今夜、恋人に会うか」

「いいえ、その予定はありません」

「それがいい……もう一度言うが、彼女に本当のことを話すのは、いまからでも遅くはないはずだ」

振り返った海津の顔の前で、私はドアを閉め、ロックをかけた。しばらくすると、古びた鉄製の非常階段のきしむ音がドアの向こうから聞こえてきた。

私は急いで非常口を離れると、事務所に引き返した。そこで私を待っているはずの不快な一幕にどう対処すべきかを胸の内で算段しながら。

# 21

　事務所のドアを開けたとき、私の腹の虫はおさまらなくなっていた。二人の男が私を待っていた。デスクの私の椅子に我がもの顔で坐っているのは、暴力団〈清和会《せいわかい》〉の幹部の橋爪《はしづめ》だった。最後に会ったのはずいぶん前のことだが、この男に対する嫌悪感は毛ほどもなくなってはいなかった。二十年以上も昔、私の元パートナーだった渡辺賢吾が起こした事件以来、橋爪とのあいだには不快きわまる折衝しかなかった。

　ドアの脇の壁の前に、黒革のジャンパーを着た三十歳前後の大柄な男が立っていた。初めて見る顔だった。左手にだけドライヴ用の赤い革手袋をはめていた。私が事務所の中に二、三歩入ると、彼がすばやく事務所のドアを閉めた。

　意外なことに、この新参の男が私の腹の虫を少しばかりしずめることになった。橋爪はいつもかならずバケモノのような巨漢の手下を従えていた。その〝連れ〟をきょうも同行させているにちがいないと、私は思っていたのだ。巨漢のバケモノがいないことで、なぜ私の怒りが半減することになったのか、そのとき私はまだ理解できなかった。

「こんなみすぼらしいところでよく生きていられるな」と、橋爪が憐れむような顔で言った。

「おまえなどに用はない。帰れ」私は事務所のドアを指差して言った。

背後で大柄な男が動く気配がしたが、橋爪がすばやく手を挙げて制止した。「余計な真似はするな。おまえの手に負えるような相手じゃない」

橋爪は私に視線をもどした。「用はこっちにあるんだよ」

「どんな用だろうとお断わりだ」

「沢崎、おまえのためを思って言うんだが――」橋爪が急に息を止めた。そして、ゆっくりと吐き出すまでに、考えを変えたように見えた。「話によっては、おれはおまえを雇うつもりで、わざわざこうして出かけてきたんだぜ。あれは何というんだ、探偵料か。おまえの探偵料はいくらだ？」

「おまえに雇われるつもりはない」私の腹の底の怒りはすでに基準値以下にまで低減していた。

きょうの橋爪は辛抱強かった。「……風の噂では、おまえがどっかの〝サラ金〟だか金融会社にのこと入って行くのを見たというんだが、もし金に困っているようだったら、おれとおまえの仲だ。いつでも相談に乗ってやるぜ」

私は笑いをこらえた。橋爪がこの事務所に現われた理由はそういうことだったのか。

「風の噂は、やっぱり当てにはならねえか。おれもすぐに言い返してやったんだ。沢崎がそんなところへ出かけるとしたら、強盗でもやらかそうってときぐらいだろうってな」

「何を企んでいるのか知らんが……いますぐにここを出て行かないなら、おまえの坐る椅子はこっちだ」私はデスクの向かいにある依頼人用の椅子を指差した。

「面倒くさいやつだな」橋爪は苦笑しながら立ちあがると、デスクをまわって、依頼人用の椅子に腰をおろした。ブランド品で固めたような黒っぽい服装は相変わらずだが、まもなく五十歳になるはずで、かつてのショー・ウィンドーから抜け出してきたような派手さは影を潜《ひそ》めていた。

私はデスクを反対にまわって自分の椅子に腰をおろした。

「忘れてはいまいな。おまえがおれを雇おうとしたのは、これが初めてではない」

橋爪はどこかのチンピラに銃撃されて、二発の銃弾を喰らったとき、自分を殺そうとした本当の黒幕は、清和会の身内の誰かではないかと疑っていた。銃傷の虫の息で私を呼ぶと、札束を餌にその真相を調べてくれと頼んだのだった。

橋爪の目付きが鋭くなり、声を低くして口早やに言った。「その話はやめておけ」

「そこにいる手下に聞かれたくないからか。おまえが気にしているのはただの見栄からだが、おれが気にしているのは仕事上のれっきとした理由があるからだ。探偵の仕事は、見物のいるようなところで依頼人と話したりはしないのだ。本気でおれに仕事を頼むつもりなら、そこにいる目障りな雁首を追っ払ってからにしろ」

「おまえがおれの話を聞くつもりがあるんだったら、おれは最初からそのつもりだ」橋爪は手下の男に言った。「下の車で待っていろ」

「えッ？……そんなことをして、いいんですか」

「同じことを二度言われなければわからないのか」橋爪の声のトーンが上がった。

「わかりました」手下はあわててドアのほうに向かった。

「ちょっと待て」と、私は赤い革手袋の男に声をかけた。「そこのロッカーの中に金属バットが一本入っている。そいつを持って出ていけ。でないと、これ以上この男に腹が立ったら、そいつでブン殴ってしまうかもしれん。そんな値打ちはない相手だということを忘れてしまったら、あとで迷惑するのはおれのほうだからな」

ドアの前で男の足がとまった。橋爪と私の顔を交互に見て、困惑しているようだった。急に何か思いついたらしく、ジャンパーの懐に手を入れながら、橋爪のほうに近づいてきた。

ていけ」

「馬鹿野郎！」と、橋爪が怒鳴った。「余計な真似はするなと言ったはずだ。さっさと出ていけ」

赤い手袋の手下は銃刀法違反のシロモノでも渡すつもりだったようだが、橋爪の剣幕に驚いてそそくさと事務所から出ていった。

「あんまり若い者をからかうなよ。近頃の若い連中のなかには、恥をかかされたと思うと、おれたちにも抑えのきかないような馬鹿がいるからな」

手下の足音が階段を降りていくのが聴こえてきた。

「おまえはそうじゃなかったような口ぶりだな」

橋爪が肩をすくめた。「昔のことは忘れたよ」

「ほう……おれにどんなことをしたのかも忘れたのか」

「執念深いのも、神経が鈍いのも、相変わらずだな」

「神経が鈍いのは、おまえほどではない。おれを雇って、探偵の仕事をさせられるなどと、そんな考えがいったいどこから出てくるんだ？」

「いや、探偵の仕事をさせようというわけじゃないんだ。おまえの知っていることをちょっと聞きたいだけだ。それに見合う報酬はちゃんと払ってやる」

「おれが何を知っているというんだ？」

「きのうの夕方、おまえはどこにいた？」

私の事務所に橋爪が現われた理由は、それではっきりした。私はデスクの上のタバコを取って、火を点けた。

「沢崎、おまえはまだそんなものを喫っているのか。おれは禁煙してもう二カ月になるぞ」

「おれはタバコをやめることができた者には敬意を表することにしているが、たった二カ月のくせにおまえは偉そうな顔をしすぎだ」私はデスクからタバコのパッケージを取って、橋爪の胸元にほうった。

「くそッ、おまえは本当に嫌な野郎だな」

橋爪はつかみそこなったパッケージを足許から拾うと、タバコを一本抜き取って口にくわえた。上衣の内ポケットから金のデュポンのライターを取り出して、火を点け、煙りを喫いこんで、吐き出した。

「タバコはやめても、ライターは持っているのか……そうか、暴力団の兄貴分がタバコを喫うときは、そのライターで火を点けるのがおまえの役目だろう」

「うるせえ。おれが火を点けるのは会長のタバコだけだ」

「清和会のナンバー2になるにはまだ早いな」私はデスクの上の灰皿を、橋爪の手の届く位置へずらした。「……いや、おまえはそこまではなれない」

「時間を稼ぐのは、それくらいにしておけ。きのうの夕方、おまえはどこにいたか答えろ」

「残念ながら、それには答えられない。それは、おれの仕事では守らなければならない秘密に関わることだからだ。どこにいたかは答えられないが、おれの知っている限りでは、そこはおまえや清和会には何の関係もないところだった――はずだがな。それとも、おれの知らないことが何かあるのか」

橋爪は私を睨みつけたまま、タバコの煙りを大きく喫いこんだ。そして、激しく咳《せ》きこんだ。

「二カ月ぶりにそんな喫い方をすれば、そうなる」

橋爪はタバコを灰皿に押し付けて消した。フィルターのない吸い口が唾液でぐちゃぐちゃになっていた。

「おまえはきのうの夕方おれがどこにいたのか、本当は知っているはずだ。なぜそれを知っているのか、その理由《わけ》を言え」

「おれたちがここへ来る前に、この事務所には学生みたいな若い男がいたはずだ」

私は黙ってうなずいた。

「あの男は、新宿署を出てから、まっすぐここへきたことがわかっている」

私は黙ったままうなずいた。

「あの男は、新宿署へは、新宿二丁目のあるビルから刑事たちに連行されたこともわかっている」

私はもう一度うなずいた。

「新宿二丁目のそのビルでは、きのうの夕方強盗事件が起こっている」

「強盗未遂事件だ、公表されているニュースによれば」

「公表されてはいないが、ある筋から得た情報によると、強盗未遂事件の人質のなかに、新宿の私立探偵がいたということだ」

「ある筋とは、どんな筋だ?」

「さあな」

私はタバコの火を消してから、言った。「いいか。おまえの言った通り、その探偵が人質だったとすれば、事件の最中はただじっとおとなしくしていたはずだ。おれのパートナーだった渡辺がおまえたちの一億円を持ち逃げしたとき、おまえとおまえの手下たちは、この事務所でおれを五日間も人質にした。おまえなら人質がどんなものか熟知しているはずだ」

「また、その話か。いい加減にしろよ。二人組の強盗は相当なウスノロだったそうじゃないか。おまえがじっとおとなしくしていたはずがない。しかも、事件後に駆けつけてきたのは新宿署のおまえのオトモダチだろう。事件や事件現場のことで、いろいろ見聞きしたことがあるはずだ。そいつを細大漏らさず聞かせろ――というのが、おれがここへ足を運んできた唯一無二の理由だ」

「あしたの午後、おれは新宿署の捜査課に出頭するように言われている。そこでおまえがここに現われたことを話したら、課長の錦織が興味を持つだろう」

「あのゲジゲジが捜査課の課長なのか……いや、まだ捜査課長にしかならないのか。あいつが興味を持っても、おれはここには来なかったことになっている。組の連中が荻窪のさるところでおれがずーっと遊んでいたというアリバイをこしらえているところだ」

「わざわざそんな手数のかかることをしてまで、なぜあの事件のことが知りたいのだ」

橋爪はしばらく思案した。「最近はおれたちもいろいろと苦労が多いってことだ。ま、それ以上は訊くな」

「笑わせるよ。暴力団にいったいどんな苦労があると言うんだ？」

「そんなことが本当に聞きたいのか」

「聞かせてもらおう」

橋爪は事務所を見まわしてから、声をひそめて言った。「ここには盗聴器は仕掛けられてないだろうな」

「こんなみすぼらしい事務所に誰がそんなものを仕掛ける」

「そうだよな。おまえは録音機などまわしていないだろうな」

「いい加減にしろ。暴力団の苦労話などに誰も興味はない……どうやら清和会にもどって、おれに会うように命じた兄貴分のタバコに火を点けながら、探偵には会えませんでしたと報告するしかないようだな」

橋爪は苦笑した。「おまえの口の減らないのにはまったく感心するぜ。そんなに聞きたければ話してやるが、これから話すことはすぐに忘れたほうがおまえの身のためだと忠告しておくぜ」

「忠告は聞いた」

「これは――そうだ、うちとは違う〝ある組織〟の現状の話だと思って聞きな。とにかく、麻薬や覚醒剤はリスクばかりが大きくなって実績は下降線だし、暴力的な恐喝は時代遅れときている。時代の波に合わせた電話詐欺や災害寄付金の横領などは若い連中の担当で、おれたち幹部が手を出すようなしのぎじゃねえ。おれの出番は――いや、その組織のおれくらいの幹部の出番は、もっぱら金融機関や公共機関の不正をネタに喝アゲすることなんだ。それがおれたちも驚くような成果をあげている。こいつは言ってみれば、一種の〝世直し〟みたいなもんで、世間の奴らに感謝されてもいいんじゃないか。そういう不正のネタ探しのアミが、あの事件の金融会社にも張ってあったってことさ」

「それだけか」

「ほかに何がある？　いいか。いまどきの日本の会社で、悪いことはやっていないというのは嘘をついているだけのことだ。それが嘘でないとしたら、それ以外のところで、もっと大きな悪事を働いていると思って間違いねえ」

「不正や悪事の上前をはねるのが世直しか」

橋爪は依頼人用の椅子から立ちあがって、言った。「いいか、三日の猶予をやるから、おれたちの世直しに協力できるネタがあるかどうか、よく考えて返事をしろ」

「おれの質問に答えるのが先だ」

「……いいだろう。何が聞きたいんだ？」

「望月皓一を監禁しているのは〈清和会〉か」

「望月？　それはいったいどこの誰のことだ？」橋爪は事務所のドアのほうへ向かった。

「河野という偽名を使っている男は、おまえたちの組員か」

「うちにはそんな組員はいねえ」

彼は急に方向を変えてロッカーに近づくと、ロッカーの扉を開けた。そこに金属バットがあるのを見つけると、呆れ顔に嘲笑が加わった。「おまえというやつは、どこまで馬鹿なのか、ほどが知れねえな」

「禿げているか頭を剃っていて、小太りで、関西の日本舞踊の師匠と称していつも和服を着ている男はどうだ？」

「何だ、そいつは？」橋爪の表情が少し変わったような気がしたが、すぐに背を向けてドアのほうへ向かった。「思った通り、おまえはいろんなことを知っているようだな。三日後を楽しみにしているぜ」

橋爪はドアを開けてから言った。「ほかに何か訊きたいことがあるか」

「いつもの〝連れ〟の、あのバケモノはどうしたんだ？　たしか、相良《さがら》と言ったな。いっしょではないところをみると、おまえより偉くなったんじゃないのか。おまえはロッカーを開けてみないではいられないチンピラだが、相良はそんな真似はしない」

橋爪は私を睨みつけ、無言で外へ出ると、ドアを叩きつけて、足早やに歩み去った。相良が橋爪といっしょに来なかったことを、私はなぜか喜んでいた。そういう自分の心理に当惑しながら、私はひとりで苦笑した。しばらくすると、駐車場から大型車が出て行く音が聞こえた。

十時半になるのを待ってから、私は海津一樹の名刺を見つけて、電話をかけた。彼が無事に帰ったことを確認できると、私は不意の来客がどういう素性の連中だったのかを手短かに説明した。そして、私のほうから連絡があるまでは、絶対に私の事務所に近づかないように念を押した。

「沢崎さんは、大丈夫なんですか」

「おれのことは心配しなくていい。正直に言えば、きみを盾に取られたりするのがいちばん困るのだ」

「そうですね。わかりました」

「……ではな」ほかに言うことがなくなったことにして、私は電話を切った。

《彼女に本当のことを話すのは、いまからでも遅くはないはずだ》

# 22

翌日の午後、戦力外通告を受けたスポーツ選手のように覇気《はき》のない薄曇りの陽射しの中を、私は新宿署へ出かけた。地下駐車場に車を停めて、一階の受付で来意を告げると、中年の警官が内線電話で問い合わせてから、三階の捜査課の課長室に行くように指示した。日曜日なので、署内はふだんの半数程度の警察官しか勤務についていないようだった。部外者はあまり見当たらなかった。

エレベーターで三階に上がり、捜査課の奥にある課長室に入ると、デスクの向こうに錦織が坐っていた。何かの書類に眼を通していたが、老眼鏡のフレームの上から私を確認すると、すばやく眼鏡をはずした。

「そこに坐れ」錦織は窓際にある接客用の四つの椅子とテーブルのほうを指差した。

私は入口のドアからいちばん近い椅子に腰をおろした。

「おとといの強盗事件――強盗未遂事件はあれは何だ?」と、錦織が訊いた。

「何だとは？」

「あれは本気の強盗だったのか、それともただの茶番か」

「防犯カメラの映像を見ただろう？」

錦織は答えるのをためらっていたが、答えることにした。「防犯カメラは、事件当日の午前十一時を過ぎたところで、スイッチが切られていた」

「そういうことか……強盗の一部始終を見ることができないのは、大事な証拠と手掛りをなくしたようなものだな」

「おまえたちから取った調書のすべてに眼を通したので、何が起きたのかはわかっている」

「では、あれは本気の強盗か、ただの茶番か、どっちだ」

「本気の強盗のようだった――おまえの調書以外はな」

「冗談が言えるくらいには、捜査は順調らしいな。防犯カメラの映像という証拠と手掛りはなくなったが、その代わり――」

「防犯カメラのスイッチが切られていること自体が、大事な証拠と手掛りになる」

「いったい誰が切ったんだ？　支店長の望月か」

「主任のあの男は――」錦織は書類に眼をやってから言った。「松倉といったか。支店長だと思うが、はっきりしたことはわからないと言っている」

「どういうことだ？」

「事件当日の朝、支店長から本社のお偉方一名と社外の人間が二名来訪するので、支店長室には近づかないようにと言われていたそうだ。緊急の連絡があるときは内線電話を使うように、そして、十二時には彼らといっしょに食事に出るので、接客の必要もないと言われていたようだ」

「来客は〈ミレニアム・ファイナンス〉の店舗のほうからではなく、奥の裏口からだな」

「そうだろう」

「防犯カメラのスイッチはどこにあるんだ」

「裏口の近くにある小部屋だ。配電盤と並んで、録画機とモニターなどが設置されている」

「防犯カメラの設置場所は？」

「店舗と支店長室に一台ずつある。部屋の隅々までとはいかないが、たいていの様子はわかる」

「防犯カメラのスイッチが切られたとき、望月支店長はその小部屋にいたわけだな」

「いや、支店長室のデスクで本を読んでいるときに、スイッチが切られている。刑事の一人が本の表紙に見憶えがあるそうで、司馬遼太郎の何とかいう経営者必読の小説だそうだ」

「ほう。強盗に襲われる寸前の金融会社の支店長にしては悠長なものだな。すると、スイッチを切ったのは来客のうちの誰かということか。社外の人間よりは、本社のお偉方のほうが怪しいな」

「おまえとの無駄話はここまでだ」錦織の顔つきが変わった。「そいつらが誰なのか、おまえは知っているだろう」

「知らんよ」

「では、あの茶番強盗について、おまえの知っていることを全部吐いてしまえ」

「防犯カメラの映像がなくても、事件の調書のすべてに眼を通しているなら、おれはあの現場にいあわせただけだということがわかるはずだ」

錦織が鋭い眼で私を睨んだ。「それが嘘だとわかったら、後悔することになるぞ」

「望月支店長のマンションにあった死体の身許は割れたのか」

「いや、まだだが……たとえ割れたとしても、おまえに話すつもりはない」

「まだだが、何だ?」

錦織はそれ以上は話すつもりがないようだった。

「あの男は日本舞踊の師匠とかいう触れ込みだったな」私は話の角度を変えた。「そう言われれば、そう見えないこともないが、マンションの浴室で死体を見たときのおれの印象は少しばかり違うものだった」

「日本舞踊の師匠でなければ、何だと言うんだ?」

「暴力団だろう」

「やっぱり、おまえは何か知っているな」錦織の眼が細くなった。

強盗事件の前に、事務所からの電話で〈ミレニアム・ファイナンス〉の新宿支店には望月支店長が不在であることがわかったあと、望月のマンションにかけた電話に出た男のことを錦織に話すわけにはいかなかった。私はもう一つの根拠を話すことにした。

「きのうの夜、おれの事務所に〈清和会〉の橋爪が現われた」

「フン、そういうことか。あいつらがミレニアムの新宿支店や、この署の周辺をうろちょろしているのはわかっている」

「ここは禁煙なのか」私は上衣のポケットからタバコを出した。

錦織はデスクの引き出しを開けて、絶滅したかと思っていたブリキの灰皿を取り出すと、デスクを離れた。私の向かいの椅子に腰をおろすと、接客用のテーブルに灰皿を置いた。

私はタバコに火を点けた。

「金融会社と暴力団――仲が良かったのは昔話じゃないのか」

「夕方の本部長の会見で発表されることになっているから、これは話してもかまわんのだが、自首した強盗犯の佐竹昭男は、十年ほど前に、一人娘が暴力団の借金の取立てに責められたあげく、自殺している。数年後には、妻も病死して一人暮らしになったんだが、娘の借金の返済や妻の病気の治療で、蓄えもなくし、妻の看病で仕事もなくしたらしい。主犯の自称河野はその辺の事情を詳しく知っていて、恨みを抱いている金融会社から大金を奪う強盗の仲間に、佐竹を引き入れたようだな。二人は競馬場で知り合ったということだ。もっとも、娘が借金した相手は〈ミレニアム〉ではなかったそうだが」

「そういうことか。百万円足らずの金を奪って逃走したりせずに、あの若者の説得に応じて自首したのがせめてもの慰めだな」

「その分別を、自称河野から強盗の仲間に誘われたときに示すべきだったんだ」

「娘が自殺して、妻が病死して、一人きりになってしまった男は、刑事や探偵の分別など糞喰らえだろう」

「暴力団の分別なら糞喰らえだ。橋爪がおまえにいったい何の用があるんだ？」

「新宿の強盗未遂事件のことで、見聞きしたことを細大漏らさず聞かせろ、と言っていた」私はタバコの灰を灰皿に落としてから、付け加えた。「あいつがいまやっていることはもっぱら金融機関や公共機関の不正をネタに恐喝することだそうだ」

「それを信用したのか」錦織も上衣のポケットからタバコを出して、火を点けた。

私は首を横に振った。「あいつがおれに会いにきたのは、清和会にとって何かもっと差し迫った事情があるからにちがいない」

「……だろうな」

「マンションにあった死体の身許について、さっきは何を言おうとしたんだ?」

「〝四課〟の刑事で、関西の暴力団に詳しい男が、五年ほど前に、関西の山口組系の暴力団を破門になったとかで、こっちへ流れてきた男と容貌が似ていると言っている。現在大阪府警に照会しているところだ」

「そうだとすると、死因は単なる溺死とは思えないな。自殺か、それ以上に他殺の可能性もあるな。検死の結果は出たのか」

「そんなことまで、おまえに話す義理はない」

私はタバコの火を消してから訊いた。「では、主犯の自称河野の行方は?」

「まだわからん」

「身許もか」

錦織は首を横に振った。「いずれにしても、この事件には四課も協力して当たることが決まっているので、捜査の進展は早くなる」

「望月支店長の行方もまだわからないんだな？」

「あんまり図に乗るなよ、探偵。おれはまだ、おまえがこの事件にまったく無関係だなどと、人の好い結論を出したわけじゃないからな」

デスクの内線電話のベルが鳴った。錦織は私を睨みつけたまま立ちあがると、デスクにもどって受話器を取った。

「おれだ」錦織はしばらく無言で相手の話を聞いていた。「……わかった。では、十五分ほど待ってもらってから――」急に私の顔から視線をそらして、つづけた。「いや、ちょっと待て。すぐにこっちへ同行してくれ……そういうことだ」

電話を切った錦織の顔に、きょう初めて見る表情が浮かんでいた。相手を不安な気持にさせるための刑事《デカ》にしかできない表情だった。

# 23

捜査課の課長室のドアが開いて、田島警部補が四十代半ばの女を案内して入ってきた。私はすぐには誰だかわからなかった。強盗未遂事件の直後、支店長室のデスクの上にあった望月皓一の家族写真を私に見せたのは錦織だった。そこに写っていた望月夫人は、いま課長室に入ってきた女よりも若いだけでなく、髪が長くて、もっと細身の体型だったからだ。

錦織が立ちあがって、来訪者を迎えながら言った。「奥さん、きのうも長時間お付き合い願ったのに、またお出でいただいて恐縮です。それもこれもご主人の身柄を一刻も早く安全に確保するためですので、どうかご協力をお願いします」

望月夫人は夫の行方がわからなくなっている妻にしては、気丈で落ち着いているように見えた。

「こちらこそ、よろしくお願いいたします」彼女の視線が、錦織から私に移動した。そして、そのまま動かなくなった。

「あなたはたしか……新宿で探偵事務所をなさっている、渡辺さんでしたわね」

錦織の顔にさっきの表情が倍増してもどってきた。それに〝わが意を得たり〟という表情も加わっていた。

家族写真の幸せそうな笑顔を見たときは気づかなかったが、少し歳をとって、短髪で、以前よりふくよかな体型になっている眼前の望月夫人には、確かに見憶えがあった。私は自分のうかつさに悪態をつきそうになったが、そんなことをしている場合ではなかった。

「渡辺探偵事務所の沢崎です」

「ああ、そうでした」

「あなたには、二年ほど前にお会いしていますね」

「奥さんは彼をご存じでしたか」と、錦織が割って入った。「それはなんとも奇遇《きぐう》ですな。どうぞ、おかけください」

錦織が望月夫人を接客用の椅子の奥の窓際に坐るように案内して、自分はもとの椅子にもどった。錦織の指示で、私が望月夫人の向かいに移動し、田島警部補は私が坐っていた椅子に腰をおろした。

「奥さんは、彼とはどういうお知り合いなのか、お聞かせ願いますか」

「ええ、それはかまいませんけど……たぶん二年前の夏だったと思います。わたしの女子大以来のいちばんの親友が、ご主人の浮気を疑っていたんです。こちらの探偵事務所に電話をして、調査を依頼することを決めたんですが、いざ出かけるときになって、一人ではこころもとないというので、わたしも同行するように頼まれたんです」

「なるほど」

「ところが、新宿の探偵事務所に同行はしたんですが、わたしが沢崎さんに会っていたのは一〇分間でしたっけ。それとも五分くらい？」

私は五分のほうにうなずいた。

「だって、依頼人は一人でなければ不都合だとおっしゃって、わたしはすぐに事務所を追い出されたんですから」

「そんなことをしたのか」と、錦織が私に訊いた。

「追い出したというわけではないが――」

「どういうことだ。わかるように説明しろ」

「浮気の調査は依頼人に諒承を取らなければならないことが、十項目以上ある。依頼人と同伴者から二つのＯＫをもらうのがいかに煩わしいか。いや、煩わしさもそうだが、それが浮気調査の精度にも影響を与えてしまう。例をあげると、浮気調査は調査対象を二十四時間監視下に置かなければ完全な調査とは言えないので、探偵は三人、最低でも二人必要になる。それだけで依頼人の支払いは二、三倍に増える。依頼人は必死だからそれでも諒承するが、同伴者はそんな法外な料金はないと言い出す——万事がそういう経過になるので、私の事務所の方針としては、同伴者や付き添いは遠慮してもらうことにしている」

「それだけではないだろう？」錦織は私が言わないですまそうとしたことに気づいたようだった。

「そうだな。もう一つある。究極の不都合は、調査対象のご主人の浮気相手が、その同伴者である場合だな」

「まあ、そんな疑いを持っていらっしゃったんですか」

「いや、あなたを疑ったわけではないのだが、実はそういう調査結果になることが少なくないのです」

「それにしても、そんな短い時間しか顔を合わせていなかったのに、よく沢崎のことを憶えておられましたね」

「それはきっと、たった五分で事務所から追い出されたからだと思います。それはほんとに思い出すだけでも腹が立つくらいの気分でしたよ。でも、それから半月ぐらいのあいだ、依頼人になった親友から毎日のように沢崎さんの調査の経過を聞かされましたし、幸い親友のご主人の潔白も証明されたので、すべてめでたしで終わりましたからね。いまでも親友と会えば、かならずあのときの話になるんです」

「あなたのお友達が調査を沢崎に依頼したのは、あなたのすすめだったのではありませんか」

「いえいえ、親友が自分で電話帳で探したと言っていました」

「浮気調査のことや、探偵の沢崎のことは、あなたのご主人の望月さんにも話されたんじゃありませんか」

「いいえ、それはありませんね。二年前は、望月は単身赴任で、四月から名古屋のほうに転勤しておりましたから、話す機会も少なかったですし……それに、浮気調査のことなどあまり主人に話したくなるような話題でもありませんからね」

「では、ご主人は沢崎のことは知らないということですか」

「そうです。少なくともわたしの口から沢崎さんのことを聞いたことはないはずです」

錦織はいつもの不機嫌さを取りもどしていた。

「では、かなり時間も経ちましたので、きのうにつづいて恐縮ですが、ご主人の行動範囲など、きのうはうかがえなかったことを思い出しておられたら、お訊ねすることにしましょうか。田島君には、沢崎を送ってもらおう」

田島警部補と私は、望月夫人に挨拶して、課長室をあとにした。

エレベーターで新宿署の地下の駐車場へ降りて、私の車を駐車したところへ行くあいだ、田島警部補は私にいくつか質問をして、私は彼にいくつか質問をした。どれも新宿の強盗未遂事件に関する質問だったが、どちらもまともな返答はしなかった。返答はしなくても質問そのものが、この事件の要点がどこにあるかということをおたがいによくわからせることになった。

田島は私の車を見ると、怪訝な顔で訊いた。「ブルーバードじゃないのか」

「とうの昔に乗らなくなっている」

「これはなんという車だ？」

「知らんよ」

「自分の車の名前もわからないのか」

「これはおれの車ではない」

「レンタカーなのか。まさか、盗んだ車ってことはないよな」

「言うことが、錦織に似てきた。十年ばかり前のことだが、いつもの修理工場にブルーバードを持っていったら、そこの経営者が、これを譲ってくれるなら、適当な代車を提供すると言うんだ——おれが探偵をやっていて、彼が修理工場をやっているあいだはずっとだ。そのほうがおれにとっても都合がいいので、そういうことにした」

「その男があんたのブルーバードに乗っているわけか」

「いや、彼の周囲にはブルーバードの愛好者が多いらしく、もらった車をバラバラにして、故障のある五、六台のブルーバードを動くようにした、と言っていた」

「へえ、臓器の提供みたいな話だな」

「支店長夫人は夫が行方不明だというのに、あまり取り乱した様子も見せないな」

「かねてから、支店長に仕事の性質上こういうこともあると言い聞かされていたそうだ」

「そういうものか」

田島は誰かを待っているような様子で、駐車場を見渡していた。私が名前も知らない自分の車のドアに近づこうとしたとき、田島が呼び止めた。

「あんたは横浜の〈鏑木《かぶらぎ》興業〉のことは知っているな。暴力団の鏑木組と言ったほうが適切だが。この地下駐車場で〝四課〟の若い刑事が撃たれた事件は——あんたも関わりのあった例の事件のことだが、当初は鏑木組の組長が狙撃されたことへの報復だとみなされていた」

「そうだったかな」

「鏑木組は、関西の山口組系の組織だとみられていて、彼らが関東へ進出するための拠点の一つである可能性が高い」

「関東連合の〈清和会〉や〈安積組《あさか》〉とは、真っ向から対立する暴力団だな」

田島はうなずいた。「うちの四課のベテラン刑事が、神奈川県警にいた頃に、強盗未遂事件の主犯の河野秋武に似ているという男を、その鏑木組の周辺で見た憶えがあると言うんだ。十年以上も前のことで記憶は定かではないが、組員の誰かと親しい競馬狂の男だったと」

「自首した佐竹昭男が自称河野と知り合ったのも、競馬場ということだったな」

「その四課の刑事を同道させて、これから桜木町にある鏑木組の事務所を表敬訪問するところだ」

「逃亡中の自称河野に関する手掛りが、ようやくつかめたというところか」

「それらしい男の横浜方面での目撃情報もある。それから、主犯の男が〈ミレニアム〉の新宿支店のトイレに置いていった拳銃からは何も出なかったが、空包の一つの底の部分から不鮮明な指紋が見つかったんだ。これは〝科捜研〟からの不確定な情報だが、その指紋が十年以上前に拳銃密売容疑で逮捕された、鏑木組の槙野《まきの》という男の指紋にかなり似ているらしい」

「主犯の自称河野がわざわざ拳銃を残していった理由は、あの強盗事件に鏑木組が関与していることをそれとなく知らせようという魂胆だったのか」

「そこでだが――」田島は少し声をひそめてつづけた。「まさかあんたをパトカーに同乗させるわけにはいかんが……自分の車で勝手についてくるのは、止めようがないな」

「眼出し帽をかぶっていたので、おれが自称河野の顔をまともに見ていないことは知っているはずだ」

「しかし、河野秋武という俳優の顔も知っているようだし、主犯の身体つきも知っているし、声も聞いている。われわれよりははるかにあの男を特定できるはずだ」

私は苦笑した。「そうではなくて、向こうがおれの顔を知っているから、それらしい反応をする可能性があるというわけだ。錦織の考えそうなことだ」

「いや、それは違う。これは課長の指示ではない。おれの一存であんたにもちかけたことだ」

「あんたはそういう刑事だったか」

「おれをどういう刑事だと思っているのかは、またの機会にゆっくりと拝聴しよう。そんなことよりも、こんどの強盗未遂事件には腑《ふ》に落ちないことがいろいろ多すぎるとは思わんか」

「どんな事件もおれには腑に落ちたことなどない」私は田島にカマをかけてみることにした。「錦織から、中野のマンションのバス・ルームの死体の検死の結果が出たことを聞いたよ」

「死因は心臓発作だった。他殺や自殺の可能性は低くなった」

「殺されかけて、心臓発作を起こしたとも考えられるだろう？」

「……それはある」

「バス・ルームの死体を発見したとき、おれたちが中野の望月の部屋に入ろうとしたら、入口には鍵が掛かっていなかった。そのせいで、必要以上に事件の匂いを嗅ぎつけようとしたきらいがあるようだな」

「それもある。女性が入口の鍵も掛けず、風呂に入るとは考えにくいが、相手は男だからな。それから――」田島が言いよどんだ。

「それから、何だ？」

「課長から、携帯電話のことは聞いたか」

「聞いてはいないが、そこまで話したら言ってしまえ。あの男の携帯電話が見つかったということか」

「そうなんだが、証拠として使い物になるかどうかはあまり当てにできない」

「見つかったのは、浴槽の中か」

「浴槽の死体の背中にくっつくような恰好で隠れていたんだ」

「そうか」

「鑑識の調べではデータは消えているらしい。スイッチが入ったまま長時間お湯の中に浸っていたとすると、データは完全に壊れてしまうこともあるそうだ。そのほうの専門家にもっと詳しく調べさせているらしいが、どうも望み薄だと言っている。つまり、浴槽の男は携帯電話をかけていて、心臓発作を起こしたことになるわけだ」

「言いたいことはわかるが、電話で誰かと楽しい会話を交わしていたのに、長風呂のせいで発作が起きただけかもしれん」

田島と私がおたがいの肚《はら》を探るような会話を交わしていると、一台の黒い車が近づいてきて、私の車の前で停車した。助手席の三十代半ばの男が、ウィンドーをおろして顔を出した。

「田島さん、横浜へ行く準備ができました」

運転席にいる四十代後半の体格のいい短髪の男が四課のベテラン刑事のようだった。

「来るか」と、田島が私に訊いた。

「いや、おれには別に行くところがある。どうしてもおれの顔を誰かに見せる必要があれば、そのときに役に立とう」

「わかった」

「そうだ、急に思い出したことがある。逃亡中の自称河野はミレニアムの強盗のあいだは、ずっと拳銃を右手で持っていた。ところが、一度だけおれに腹を立てて銃口を突きつけたときは、拳銃を左手に持ち替えていた」

「事件の調書では、そんなことは供述していなかったぞ」

「調書を取った警官が訊かなかったから、あのときは思い出さなかった。あんたが自称河野に出くわすところを想像したら、こっちに向けられた拳銃を持つ手がぱっと頭に浮かんだんだ」

「やつは左利きだということか」

「断言はできない。両手利きということもあるな」

私は自分の車の運転席に乗りこんだ。黒い警察車は、田島警部補が後部座席に乗りこむと、駐車場の出口のほうへ向かった。私は腕時計で午後三時が近いことを確認してから、車のエンジンをスタートさせた。

# 24

日曜日の午後なので、赤坂までの道路も二日前に使った駐車場もがらがらだった。三分坂近くの交番の前を通るのは避けて、料亭〈業平〉の玄関に着いたときは、三時半を少し過ぎていた。おとといは場所を確認するのが目的だったから、目立たない門柱に掛けられた目立たない表札を横目にながめただけで、こっちも目立たないように素通りした。退色したベンガラ塗りの門を入ると、左右にセンリョウとマンリョウの生垣のある五、六メートルの路地が玄関までつづいていた。予想していたのとは違って、華美なところの少しもない二階建の古めかしい日本家屋だった。玄関の脇に墨書の立て札があり、〃日曜日はご予約のお客様以外はお断わり致します。営業は午后七時閉店となります〃と書かれていた。落ち着いた風情《ふぜい》の玄関を入ると、鉄筋コンクリートのビルの暖房とは別物のぬくもりがあった。受付の三十代半ばの和服の女性の前に立ったとき、私はすでにどんな手を使うか決めていた。

「京都の〈桂月楼〉とのお話し合いではたいそうお世話になりました。そのことで、こちらの女将《おかみ》の嘉納さんとご主人にご挨拶に参った者ですが――」

受付の女性はすぐに内線電話の受話器を取って、私の来意を電話の相手に伝えた。私を京都の桂月楼に関係のある人間だと思ってくれたようだった。彼女は受話器をもどすと、女将夫婦はすぐに応対に出ますと言った。

「どうぞ、お上がりください。応接室のほうへご案内いたします」

私は彼女の指示に従って、玄関の大きな式台から畳敷きの間《ま》に上がると、料亭の客たちが向かう正面ではなく、すぐ左に折れてすすむ廊下のほうへ案内された。右手の硝子戸の向こうには閑静なおもむきの坪庭が設《しつら》えてあった。その先を突き当たりまで行くと、左右に板戸があった。

「失礼ですが、おタバコはお喫《す》いになりますか」

「喫ってよければ」と、私は答えた。

「では」と言って、彼女は右の板戸を開けた。「こちらで、どうぞお待ちください」

私は応接室の中に入り、着ていたコートを脱いで、板の間の中央にある応接セットのソファの一つに腰をおろした。テーブルの真ん中に磁器製の大きな灰皿が置かれていた。廊下から見えた坪庭が、腰の高さのはめこみの硝子窓を通して、この部屋からも観賞できるようになっていた。

部屋の造作も応接セットも、もちろん粗末ではないが、決して贅沢な感じはしなかった。そう言えば、業平の敷地に入ってからは何もかもが、贅沢であるとか粗末であるとは裁定できないような中庸の感覚で選ばれているようだった。私は料亭に馴染みなどないので、知ったかぶりをするつもりはないが、少なくともきのう料亭〈こむらさき〉で眼にしたものは、この料亭の閑寂《かんじゃく》な風格に較べると、ずいぶんカネを掛けているようだが安っぽく見えた。

奥の砂壁の真ん中に、二人の女を描いた肖像画が額に入って掛けられていた。三十代の小柄な女が椅子に坐っていて、それより少し若くてすらりとした女がその脇に立っていた。坐っている女は田中絹代に似ていて、立っている女は山田五十鈴に似ていた。あるいは似ているだけではないのかもしれなかった。

「失礼します」という女性の声がして、板戸が開くと、五十代後半の男女が応接室に入ってきた。どちらも和服姿で、女将の嘉納淑子《かのうよしこ》と板前のその夫だと思われた。

私がソファから立ちあがって、二人を迎えると、予想した通りの自己紹介をした。

「沢崎です。よろしくお願いします」と、私も名乗った。

私は元のソファに、二人は私の向かいのソファに並んで腰をおろした。

「京都での桂月楼とのお話し合いはいかがでしたか」と、私は私にできるいちばんにこやかで明るい顔で訊ねた。「ご希望にそうように運びましたか」

それから一〇分ばかり、おもに女将が商談が上首尾であったことを嬉しそうに話し、随所で板前の夫が自分たちの要望を、先方が十分に理解し受け容れてもらったことを満足そうに話した。嘉納夫妻の話で初めてわかったのは、彼らが桂月楼と話し合ったのは、建物の増改築の融資などではなくて、料亭そのものを売却することだった。その結果、夫妻は業平が消滅して、京風・京料理の桂月楼の東京支店となることも辞さない覚悟だったようだ。むしろ桂月楼の経営者のほうが、料亭の名目も〈桂月楼　業平〉と合名にして、業平の料亭としての評判や店の歴史をそのまま遺し、継続したい意向を持っていたらしい。さらには、売却の金額も夫妻の希望に十分適《かな》ったものになったこともわかった。夫妻は話し合いの結果がよほど嬉しかったのだろう、こちらが水を向けるだけで、聞きたかったことをすらすらと話してくれた。

「それは大変結構でしたね」と、私は言った。「今後の経過もうまく運ぶように願っています……そこで、一つだけ確認させていただきたいことがあるのですが、よろしいでしょうか」

夫妻は満面の笑みを浮かべたまま、うなずいた。

「〈ミレニアム・ファイナンス〉という金融会社をご存じですか」

「ええ、名前は聞いたことがありますよ」と、女将が言った。

「若い女の子がテレビで宣伝をしているアレでしょう」と、夫も言った。「うちの板場《いたば》の若い者にも人気のある子だ」

「いまとなっては、これは私にもあまり根拠のある情報とは思えないのですが、念のためにうかがいます。そのミレニアム・ファイナンスから、お宅が料亭の増改築のために融資を受ける予定があるという話を耳にしたのですが、本当でしょうか」

夫妻は驚いた表情で顔を見合わせたあと、すぐに私に視線をもどした。

「とんでもありません」と、女将が言った。「そんなことは一切ありませんよ」

板前の夫は呆れ顔で言った。「増改築なんて馬鹿なことを誰がするもんですか。うちには増築するようなスペースはこれっぽっちもありゃしませんよ。ご覧になればおわかりでしょうが、うちは先代の女将以来ずーっと手をかけて守ってきたこの古い造作が、お客様に気に入っていただいているんです。わざわざお金を使って改築なんかしたって、お客様に叱《しか》られこそすれ、なんの御利益《ごりやく》もありゃしませんよ。タダでやってくれるったってお断わりでさァ」

「なるほど。先ほどの桂月楼とのお話し合いの経過とあわせて考えますと、〈ミレニアム〉からの融資の話があまり根拠がないことがよくわかりました。しかし、念のためにもう一度だけうかがいます。ミレニアム・ファイナンスとこちらには現在だけでなく、過去にも一切関係がないということで、かまいませんね？」

「もちろんです」と、女将が答え、「天に誓って」と、夫が言い添えた。

「そうですか。私にも十分に納得がいきました。この件についてはもう二度と口にすることはありませんから、どうか安心してください」

私は上衣のポケットからタバコを取り出した。二人にすすめると、女将は袂《たもと》から自分のタバコを取り出したが、火を点ける様子はなかった。夫は仕事の前は喫わないと、断わった。

「これはおとといのことですが、先ほどの話のミレニアム・ファイナンスの新宿支店で強盗事件があったのはご存じですか。幸い未遂に終わった事件ですが」

嘉納夫妻は話が急展開したので戸惑っていた。

「テレビのニュースで、そういう事件があったのは知っていたが――」夫が言った。「あれはそのプレミア何とかっていう店のことだったんですか」

「ミレニアムでしょう」と、女将が間違いを正した。

「そうです。強盗は未遂で、金は盗られずにすんだが、犯人のうちの一人が自首して、主犯の男が逃走しています。さらに、その新宿支店の支店長の行方がわかっていない。事件から二日経っても現われないところをみると、何らかの理由で身柄を拘束されている可能性もあります」

「ちょいと待ってください。私たちは、あなたはてっきり京都の桂月楼の方か、その関係者の方だろうと思っていたんですが――」

「違うんですか」と、女将があとをつづけて訊いた。

「そう思われてしまったのは、こちらの説明不足で、申し訳ありません」

夫が不安そうな顔で訊いた。「まさか、警察の方じゃないでしょうね？」

「いいえ、違います。もしそうであれば、こちらには多数の警察官が押しかけてきて、ミレニアム・ファイナンスとお宅を関連づけるものが何かあるかどうかを捜索しているはずです。さっきの私のようなソフトな態度とはほど遠い強引な取調べをしているでしょう」

「そんな無茶な」

「いや、心配はいりません。警察はいまのところ、先ほど話したお宅とミレニアム・ファイナンスとのあいだに融資の話があるという噂のことはまったく知りませんから。私もそのことを警察に教えるつもりはない」

「いったい誰がそんな根も葉もない嘘をついているんです」

「ミレニアム・ファイナンスの関係者の一人です。それ以上は答えられない。なぜなら、彼が私に調査の仕事を依頼した人物だからです」

私は上衣のポケットから、用意していた名刺を取り出して、応接テーブルの夫妻の前に置いた。夫が名刺を手に取り、二人で眼を通した。

「探偵なんですか、あんたは……まさか、最前からの話は、私たちからあわよくばお金でも巻きあげようって魂胆じゃないだろうね。ずいぶん昔の話だが、おれの知り合いの板前が女出入りのことで、ヤクザみたいな探偵にひどい目に遭わされたことがあるからね」

「あなた」と、女将が夫を制して言った。「うちはいま大事なときなんですから、そんなにこちらを怒らせるようなことを言っちゃ――」

「奥さん」と、私が嘉納淑子を制した。「どうぞ、ご心配なく。私はご主人の言われたような恐喝めいたことが目的でこちらにうかがったわけではありませんから。さっき言ったように、私には依頼人があって――嘘だとしか思えない融資の話をするような依頼人ですから、あまり信用できない人物とも言えるわけで、私は彼の依頼を断わることも考えていますが……しかし、それでは私の仕事にはならなくなる。そういうわけで、依頼された調査をすませることができれば、その探偵料を受け取ることができるのです。おわかりですか」

嘉納夫妻はうなずいた。

「もう一度言いますが、私は恐喝めいたことをするためにこちらにうかがったのではない。警察に嘘としか思えない噂話を通報するつもりもない。せっかく上首尾にすすんでいるお宅と桂月楼の商談に水を差すことなど、もちろん考えてはいない。いいですね。私は探偵として調査したいことがあって、それをお二人にお訊きしたいだけなのです」

二人は何を訊かれるのか不安そうではあったが、どうにか得心した様子で、いっしょにゆっくりと首を縦に振った。

水曜日に依頼人に会って以来、丸三日を無駄に費やしたあげく、私はようやく探偵の仕事に手を着けることができそうだった。

# 25

女将の嘉納淑子がテーブルに置いたタバコに手を伸ばしたので、私も自分のタバコをくわえ、双方のタバコに使い捨てのライターで火を点けてから、話しはじめた。

「依頼人は、〈ミレニアム・ファイナンス〉で融資が内定している、赤坂の料亭〈業平〉の女将である平岡静子さんの身辺調査をお願いします、と言ったのです」

また嘉納夫妻を困惑させることになった。

「だって、先代の女将だったわたしの姉は、今年の六月九日に亡くなっているんですよ」

「それがわかって、私も驚きました。しかし、驚いてばかりもいられないので、いろいろ推察してみたのです。たとえば、こちらの料亭や土地の権利書の名義はどうなっているのですか。あるいは、まだお姉さんの名義のままだとか」

「いいえ、今年の四月から、わたしたち夫婦二人の名義に、姉が自分で変更しています。姉はそういうことはきちんとしないとだめな性分でしたし、あとで思ったのは、その時分には自分の身体の具合から、そういう覚悟をしていたのかもしれません」

「となると、考えられるのは、もう一つの場合です。失礼だが、女将さんとお姉さんは姉妹ですから当然でしょうが、かなりよく似ておられるそうですね」

「ええ、顔立ちはそっくりだと言われていました。姉とわたしは四つ違いですが、姉のほうはいつまでも若々しくて、双子のようだと言うひともありましたよ。でも、姉はわたしなんかよりずっと綺麗な人で、妹の口から言うのもなんですが、きりっとして気品のある女性でしたから、女将としての器量の差は段違いでした。そんな姉に較べると、なにかとずぼらなわたしは張り合う気持にもなれないほどで、月とスッポンというのはわたしたちのことですよ」

嘉納淑子は半分も喫っていないタバコを灰皿で消したあと、夫の顔を見て付け加えた。

「この人の口癖は、こんなにそっくりなのに、こんなに違う姉妹もめずらしい――ですからね。悔しいけれど、姉と間違われて声をかけられたことなんか一度もありません」

板前の夫がかたわらで苦笑していた。

「ということは、姉妹のどちらともさほど親密ではない者が外見だけで判断したら、新しい女将になっているあなたをお姉さんと間違えて、平岡静子さんはまだ存命だと思ってしまうことはありえることではないですか」

「それは……あるかもしれませんね」

「ちょいと待ってもらいたい」と、夫が言った。「調査する相手は先代の女将なのかうちの淑子なのか、その依頼人に確認すればすぐわかることじゃないのかね？」

私はうなずいてから言った。「残念ながら、それができない状況にある」

「あんたの依頼人も行方不明ってわけ？……ということは、さっき行方がわからなくなっていると聞いた、何とかファイナンスの支店長というのが――」

「その話はそこまでにしておきましょう」と、私は夫の言葉をさえぎった。「申し訳ないが、依頼人が誰かということは口外できないのです。いずれにしても、依頼人がはっきりと名前を挙げたのは、お姉さんの平岡静子さんだったわけですから、私としては、お姉さんのことをお二人のご存じの範囲で、聞かせていただきたいのです」

嘉納夫妻は顔を見合わせたあとで、私にうなずいた。

「それはかまいませんよ」と、夫が二人の気持を代弁するように言った。「これにとっては、自慢の姉さんで、平穏な今日《こんにち》があるのも、先代のお蔭だし、私にとっちゃあ、板場の仕事ではこの上なしの理想的な女将さんだったし……照れくさい話だが、私たちがこうして夫婦でいられるのも、先代が縁結びの神様だったわけですからね。正直な話、私たち夫婦のふだんの会話の半分ぐらいは先代の思い出話と言っても過言じゃありませんから、それをあんたに聞いてもらうことは、嬉しくはあっても、困ることは何もありませんよ」

「そうですか。だとすれば、私も楽な気持で話がうかがえます」

「私はちょいと」と、夫がソファから腰を浮かして、言った。「きょうの予約客の支度のことで、板場に用事があるんですが、なに一〇分もすればもどってきます。それまで女将から話を聞いておいてください」

「忙しいときに、本当に申し訳ない」

嘉納淑子が応接室を出て行く夫を見送りながら、言った。「日曜日は予約客だけですから、忙しさも平日の半分以下で好都合でしたよ」

私は短くなったタバコを灰皿で消してから、女将のほうに向き直った。

「では平岡静子さんのことで少しお話をうかがいます。まず最初にお訊きしたいのは、こうして妹さん夫婦が料亭の跡を継がれているわけですが、お姉さん自身にご主人やお子さんはなかったのですか」

「姉は生涯独身でした。もちろん子供もおりませんでした」

「それは、こういう料亭の女将さんとしては普通のことなんですか。私は実はこういう本格的な料亭の敷居をまたいだのは初めてのことなので、何もわからないのですが」

「いいえ、たいていのお店では、ご主人がちゃんとお帳場《ちょうば》に坐っているというのが普通でしょうね。そうでなければ、ご夫婦ではない、所謂〝旦那〟に当たる人がいらっしゃるというのが相場だと思います」

「お姉さんにはそういう人もいなかったということですか」

「ありません。あれば、わたしたち夫婦がここでこんなことをしてはいられませんわね。でも、外部の方たちやお客さんたちは、姉にもそういう旦那さんがついているのではないかと思われていたかもしれません。とくに、姉がまだ若かった頃はそんなふうに思われていたでしょうね。姉が業平の女将になったのは三十歳のときだったそうですから。でも、姉にはそういう人が本当にいないということを皆さんが納得したのは、わたしたち夫婦が業平の跡を継ぐということが世間にも知れてからだったでしょうね」

「あなたがこちらでお姉さんを手伝うようになったのはいつからですか」

「七年か、いえ、八年前のことでしたね」

「それまでは？」

「平凡な勤め人の家庭の、平凡な主婦でしたよ。平凡な勤め人というのは、わたしの前の夫のことですけどね」

「板前の嘉納さんとは再婚ですか」

「ええ。前夫とのあいだの一人娘が結婚して、ウナギの人工孵化の研究をしている夫といっしょに研究所のあるカナダで暮らすようになった直後に、前の夫が急に病死してしまったので……わたしは一人だけ取り残されたような生活を半年ほどつづけていたんです。途方に暮れているわたしを見かねて、姉がここを手伝うようにすすめてくれたのが、八年ほど前のことになります。その後、嘉納とわたしが姉の仲立ちでいっしょになることになりましたが、去年の夏頃から、いずれはわたしたち夫婦に業平の跡を継がせるつもりだということを、わたしたちだけでなく周囲にも折にふれて口にするようになったんです。それからでしょう、姉が本当にこの店を一人で切りまわしてきたのだということを、誰もが得心することになったのは」

「なるほど。すると、この料亭はお姉さんが女手一つで築かれたということですか」

「いいえ、こんな老舗の店をそんなわけはありませんよ。こちらはもともと明治時代から何代もつづいた〈成田家《なりたや》〉という老舗の料亭だったんです。姉が二十歳のときにこちらに勤めるようになったのは、うちとは縁戚にあたる関係だったからでした。当時は、成田家のご主人はすでに亡くなられていて、奥さんの女将と、一人息子だった誠一郎《せいいちろう》さんがいらっしゃったんです。その女将の従妹《いとこ》にあたる人をわたしたちの父が後妻としてもらったので、誠一郎さんと姉やわたしは義理の〝またいとこ〟にあたるそうなんですがね。そんなことで、姉はこの成田家を手伝うようになったんですが、その女将さんや誠一郎さんに大変気に入られたそうです。そして姉が二十七歳のときに、女将さんが急に亡くなられたときは、すでに代わりの女将がつとまるようになっていたそうです。〈成田家〉を〈業平〉に改名して、正式に女将になったのは、それから三年ほどあとのことでしたけど」

「一人息子の誠一郎さんはすでにどなたかと結婚されていたのかな？」

嘉納淑子の表情が少し曇って、すぐには返答がなかった。

「そうでなければ、うかがった話からすると、誠一郎さんとお姉さんがいっしょになれば、料亭のほうも安泰のようだが」

「いえ、誠一郎さんは独身でした……飲食業では病気の話はつい口が重くなってしまいますが、誠一郎さんは当時はもう、難病と言われている〝筋萎縮症〟の病状がかなりすすんでいて、もう二度と健康な身体にはもどれないという気持から、十一歳も年下の姉との結婚を考えることはできなかったようです」

応接室の板戸が開いて、割烹着に着替えた夫の嘉納が板場からもどってきた。妻の淑子に、話をつづけるように身ぶりをすると、元のソファに腰をおろした。

「誠一郎さんは若い時分は日本画の道を志していた方で、将来も嘱望されるほどでしたから、もともと料亭の跡を継ぐ気持はなかったそうです。そして、病状がすすんで絵筆を取るのに支障が出るようになると、こんどは自分の死後に、姉が料亭を女将として切りまわすのに何一つ不自由がないように、すべてを処理しておくことに余命を使われたそうなんです。もちろん、わたしはそれを見聞きしたわけではなく、姉の話で聞かされたわけですけど」

「私はそれを身近で見ていましたよ」と、夫が言った。「当時は、私は二十歳そこそこで、私の叔父貴が成田家の板長をつとめていた時分のことでした。見習い板前ですが、叔父の言いつけで誠一郎さんの食事の担当を命じられましたよ。やはりご病気がありましたから、いろいろ制限があって、特別メニューですから気を遣いました。普通なら、老舗のお坊っちゃんには違いないので、私らのような高卒がやっとの職人からみると、家業そっちのけで絵の修業なんて、あんまり嬉しくないんだが、まもなく絵筆の修業も私らの包丁以上に厳しいものだってことがわかるようになりました。そんなことより、誠一郎さんの気性のさっぱりしているところ、お話を聞くのが面白くて楽しいこと、私ら若い者にも大変お優しいこと――」

夫の嘉納の声が少し詰まって、言葉が途切れた。割烹着の懐から手拭いを出すと、眼の辺りをぐいと一拭きして、つづけた。「私の思い出話はこれくらいにしときます。まもなく、病状がすすんで、絵筆を取られなくなってからの誠一郎さんの毎日は、おそばにいても二十歳そこそこの若造には何もかもは理解できてはいなかったんですが、叔父たちの話で補って申しますと、成田家のすべての誠一郎さんの財産を先代の女将の静子さんにお譲りになったってことです。その意向は誠一郎さんのお母さんが存命のときから決まっていた話だそうで、相続に有利なように、誠一郎さんと静子さんに結婚の話が持ちあがったらしいですが、誠一郎さんはそれをきっぱりと拒否なさったそうですよ。「病気のおれにも意地はある。こんな料亭ぐらいで、病気の夫を押し付けられたんじゃ引き合うもんか。それに結婚したあとおれはすぐに死んでしまうに決まっているのか？　もし万一おれのほうが長生きでもしちまったらどうなるんだ。そんなみっともない生き方は御免蒙《こうむ》ろう」と、お母さんに啖呵《たんか》をお切りになるのを、静子さんが静かに微笑《ほほえ》んで聞いておられた、ってのが叔父貴が酔っ払ったときの十八番《おはこ》だったね」

「その次に起こった話は――」と、妻の女将が引き取った。「誠一郎さんのお母さんが姉を自分の養女にしようということだったそうですが、これもだめだったそうです。それでは、結局世間は姉を誠一郎さんと結婚していたものとしか見ないだろうし、姉の経歴に傷がつくようなことは一切まかりならん、ということだったそうです」

「お姉さんの意向はどうだったんですか」と、私が訊いた。

「わたしも姉にそれをたずねてみましたよ。直接には一度も訊《き》かれたことはなかったそうです。でも、もしそんなことを訊かれたら、自分はこのうちには居られなくなったでしょう、と言ってました」

「結果として」と、嘉納が言った。「高い相続税を払うことになったわけですが、それは誠一郎さんが、料亭の跡を継がないのだから、財産分与してくれと要求して手にしたお金で、絵の勉強をはじめた頃から買い蒐《あつ》めていた日本画の所蔵品を売り払ってそれに充てたそうです。ちょうどバブルの最盛期だったこともあって、買ったときの十倍近い値段がついたので、税金の差額を埋めて余りがあったそうですよ。誠一郎さんは絵を描くだけでなく、相当な目利きでもあったそうですから」

「誠一郎さんが亡くなられたのは？」

「成田家が業平に改名して、すべてが先代の女将に受け継がれた三カ月ばかり後のことで、たしか晩春の頃だったでしょう。業平の名前も誠一郎さんの命名でした。成田家の〝なり〟と女将の名字の平岡の〝ひら〟を組み合わせて、そのままではちょいと不粋だからと〝伊勢物語〟の業平さんの字に変えたのだとうかがいましたよ」

「料亭の名前が変わった以外に、何か変わったことはありましたか」

「いや、何も。とくにこの料亭の家訓とも言える第一の心構えだけは、誠一郎さんから大事にしてほしいと、先代の女将も頼まれたそうですから」

「ほう、それはどういう？」

「誠一郎さんが、成田家の二代目に当たるお祖父《じい》さんから、子供の頃にいつも聞かされていたことらしいです。成田家はもともと武士の出で、武士の商法を逆手に取ったのが初代の成功につながったようですよ。ここ赤坂は議事堂も近い土地柄ですから、そんなことも気にしたんでしょうが、まず第一に政治家に諂《へつら》わざること、次に会社経営者に媚《こ》びざること――当時は貴族・華族に諂わざること、というのもあったそうですがね。最後に、自分のお金で飲食しない文化人にも媚びざること。とにかくお客様はすべて〝さん〟を付けるだけで平等に扱うことが、接客の原則になっています。初代か二代目の時代に、内務大臣の若槻禮次郎《わかつきれいじろう》を若槻先生と呼んで、馘《くび》になった従業員がいたというのが、成田家の歴史として有名な話ですからね。赤坂の料亭では、昔からそういう気風を受け継いでいるところが少なくないようです。そのほうがお客様からも末長く贔屓《ひいき》にしていただく秘訣《ひけつ》のようですね。たとえばの話、会社員のお客様が最初は〝さん付け〟で呼ばれていたのが、いつの間にか社長とか会長に変化するのはまだしも、退職したのにまだ社長・会長と呼ばれたり、元のさん付けにもどってしまうのは、あんまり気分の良いものじゃないはずです。それよりは、すべて〝さん〟で十分、ここは料亭ですからね。ちゃんとした大臣なら、ここでは〝さん付け〟で呼ばれるほうが嬉しそうな顔をしていますよ」

「なるほどね。そう言われるとそういうものかという気がするが、当今でもそれで大丈夫ですか」

「そこです。近頃はどうもそれが怪しくなってきている。昔からのお客様は大丈夫なんだが、残念ながら、そういう方たちは減っていくことはあっても、増えることはないですからね。お客様だけでなくて、こっちの態勢も、なるべく昔からの従業員を大事にしてはいるんですが、足りなくなれば新しく補充しなければならないでしょう。そういう新しいお客と従業員の接するところから、少しずつ業平に受け継がれてきた気風のようなものに変化が生じているような……残念なことに、それが営業成績のほうにも影響を――」

「あなた」と、嘉納淑子が夫をさえぎった。「わたしには営業成績のここ二年ほどの低迷の理由は、ちゃんとわかっているわ。わたしをかばってくれなくてもいいのよ。その理由は、一にも二にも姉からわたしに交代した女将の力量の違いで、その大きな差はどうしようもないものだと思うわ」

「いや、おまえはよく頑張っているし、おれが言うのもなんだが、先代がいた頃のおまえよりも、ずーっと立派につとめているじゃないか。それに、一部の常連さんを除けば、おまえを亡くなった先代に見間違えるお客さんだって少なくないし――」

「それとこれとは問題が違うと思うわ」と、嘉納淑子は微笑しながら言った。「要するに、この業平には姉がいなければ……つまり、もうあの業平とは違うということが、極端に言えば、初めてのお客さんにもきっとわかってしまうのよ」

「そんなことがあるわけないじゃないか。どうですか、探偵さん、あなたもここは初めてなわけだが、そんなことがわかりますか」

私は少し考えてから、言った。「もちろんわからないが、それは私が客ではないからだし、お姉さんの平岡静子さんに会ったことが一度もないからでしょう。お姉さんの写真を拝見できますか」

「ええ、住まいのほうへ行けば、すぐに見つかるでしょう」嘉納淑子が腰を浮かしかけた。

「ちょっと待ってください。もし良ければ、お亡くなりになった誠一郎さんの写真も拝見できるとありがたいのですが」

「ええ、姉の遺品のなかにあるはずですが、いますぐにと言われると……」

「いえ、急ぐわけではないので、先ほど渡した私の名刺にある西新宿の事務所宛に送っていただけませんか。返却しなければならないものはかならずお返しします。もちろんコピーでもかまいません」

嘉納淑子は諒承してくれた。

「料亭を京都の桂月楼に売却する気持になられたのは、いまのお話のような事情からですね」

「そうです」と、夫の嘉納が言った。「もともと、そういう場合の交渉相手に桂月楼を選んだのは先代の女将自身なんですよ。先代は誠一郎さんのお母さんが存命の頃に、半年のあいだ桂月楼で女将の見習い修業もされていて、桂月楼の現在の女将さんとは姉妹のように親しくされていましたからね。そして、いつかはこういう状況になることも先代は見越していたようで、そんなときは店をつづけるために決して無理はしないで、早めに手を打つようにと言い遺していましたから」

「わかりました。これで私の仕事だった平岡静子さんの身辺調査は十二分にできたと思います。同時に妹であるあなたのこともお訊ねできました。依頼人には、ここでおうかがいしたことをペラペラとしゃべるようなことはありませんので、どうぞご心配なく。もともと亡くなられた方の身辺調査をしろと言うような不審な依頼人でもありますし、相手が何のために何を知りたいのかを、十分確認した上で、こちらには絶対に迷惑のかからないような調査報告をしますので、安心してください」

嘉納夫婦は、肩の荷を降ろしたような顔でうなずいた。

「赤坂の料亭の伝説になっているそうですが、こちらに逃げこんだ強盗が食事をしたあとで、料金を払おうとしたのを先代の女将に断わられ、警察に自首したという話を聞いたのですが、それは本当なんですか」

「そんなこともご存じでしたか」と、嘉納が言った。「あれは先代が女将になってまもなくのことだから、かれこれ三十年ばかり昔のことですよ。だいぶ勇ましい話になって伝わっているようですが、あの強盗が自首したいちばんの理由はかなり重症の病気にかかっていたからで、たしか裁判が結審するかしないかのうちに、拘置所で亡くなったと聞いています」

「そうでしたか」

私はテーブルに置いていたタバコとライターを上衣のポケットにしまった。

「あの奥の壁にかけてある女性二人の絵は、お話の誠一郎さんがお描《か》きになったものですか」

「そうです」と、女将が答えた。「受付に、業平の案内状といっしょに、成田誠峯《せいほう》——というのが誠一郎さんの画家としての名前ですが、うちの各座敷に展示している絵を中心に紹介した小冊子が置いてあるので、どうぞお持ち帰りになってください」

「いただいていきます」私はソファから立ちあがって、自分のコートに手を伸ばした。「最後に一つだけおうかがいします。お姉さんが生涯独身で通されたのは、やはり誠一郎さんのことが理由だと考えられますか」

「姉はそれを認めることは決してありませんでした。だって、誠一郎さんは自分の死後、姉が幸せな一生を送ることをあれほど願っていたんですからね」

嘉納淑子はしばらく考えてから、言葉をついだ。「姉はそれを認めませんでしたが、姉と誠一郎さんを知っている者であれば、それ以外の理由は一つも思いうかびません」

私は嘉納夫妻に礼を言ってから、応接室をあとにした。受付で〝成田誠峯の作品〟と題した小冊子をもらって、業平の玄関を出た。駐車場に向かう私の足取りは軽いような重いような、どちらともつかないものだった。

嘉納夫妻との面談は危惧《きぐ》していたような支障もなくすすみ、彼らの話にも退屈することはなかった。依頼人の望月皓一に要求されている調査は、いくつかの事前情報の誤りがあったにもかかわらず、少なくとも最初の調査報告には十分なだけのものを手に入れることができていた。しかし、強盗事件や失踪事件に加えて、暴力団がその周辺に出没している現状につながるような手掛りは、どこにも見当たらないようだった。私はその欠片《かけら》さえ手に入れてはいなかった。

# 26

新宿へもどる途中で、日曜日にしてはあまり混んでいないファミリー・レストランを見つけて、夕食をすませることにした。注文したカレー・ライスがくるまで、〝成田誠峯の作品〟と題した小冊子にざっと眼を通した。

成田誠峯の作品はすべて女性を描いた日本画であることがわかった。解説の文中に、女優の田中絹代、山田五十鈴、原節子、高峰秀子の名前が並んでいるところをみると、〈業平〉の応接室の絵に描かれた二人の女が田中絹代と山田五十鈴に似ていると思ったのは間違いではなかったようだ。彼の作品は三十数点あるそうだが、その大きな特徴は、すべての絵がその四人の女優をモデルにして描かれていることだと紹介されていた。そうだとすると、期待していた女将の平岡静子を描いた絵はなさそうだった。成田誠峯＝誠一郎の写真も掲載されていなかった。

四人の女優の誰にも似ていないウェイトレスがカレー・ライスを運んできたので、小冊子を閉じた。業平での聞き込み調査の結果は、強盗事件や失踪事件とは何の関連もなさそうな現状では、肝腎の報告すべき相手が現われるまで、頭の中のファイルに挟んでしまっておくしかなかった。業平を訪問したあとでは、ファミリー・レストランのカレー・ライスはさぞまずかろうと覚悟していたが、空きっ腹には大変うまかった。美食などには生来縁がないのだった。

西新宿の事務所にもどったときは、五時半になるところだった。急速に気温が下がってきて、石油ストーブが必要な季節になっていた。私は上衣のポケットからタバコを出すと、一本抜き取ったが、火を点ける前に電話サービスの〈T・A・S〉に電話を入れた。

「留守中に三件の電話が入っています」男のオペレーターの声だった。「五時ちょうどに、〈一ツ橋〉のハギワラさんからです。伝言はありませんでした」

「わかった。それから？」

「五時十五分と、ちょっと前にニシゴリ様から、二回の電話がありました。こちらは大至急電話するようにとのことでした」

私は電話を切ると、火の点いていないタバコを灰皿に置いて、坂上から聞いていた萩原の携帯電話にかけた。

「沢崎だ」

「あ、どうも。坂上主任から話をうかがいました。お手伝いできることがあれば、何でもやります。これから、西新宿の事務所へ出かけてもかまいませんが」

「きょうは日曜日だぞ」

「えッ？　日曜日がどうかしましたか」

「日曜日は働かない日ではないのか」

「ああ、あれですか。どうもすいません。あれは会社向けの嘘なんです。でないと、日曜もちょくちょく出勤させられてひどい目に遭いそうですから。いや、全然嘘というわけでもないんです。うちの妻はクリスチャンですし、ぼくもほかに宗旨《しゅうし》があるわけじゃないのですが、どちらも日曜に教会に行くほどの信者ではありません」

「そうか、わかった」

萩原には好みの仕事とそうでない仕事では働き方に多少ムラがあることを、私は知っていた。だから、坂上主任から指示された仕事が好みではなさそうだったら、何もしないで遊んでいることをすすめようと思っていた。しかし、萩原の電話での口ぶりからすると、彼の協力を受け容れたほうが、坂上との無用な摩擦は避けられると判断した。

「最初に言っておくことがある。西新宿のおれの事務所には一歩も近づいてはいけない。

それから、おれに協力していることは誰にも気づかれないように注意してくれ。理由は、おれの調査にからんで、ある暴力団の連中が事務所のまわりをうろうろしているからだ」

「わかりました」萩原の声が硬くなった。

「それを聞いて、手伝うのが嫌になったら、そう言ってくれ」

「……いえ、大丈夫です。十分気をつけて行動します」

「そうしてもらいたい。メモを取ってくれ」

「どうぞ」

「〈新宿西口不動産〉に勤務している進藤由香里という女性をマークしてもらいたい」私は調査対象の外見の大まかな特徴と勤め先の住所を伝えた。「彼女の写真は持ち合わせていないので、まず本人を特定することがスタートだな」

「わかりました。なんとかなると思います」

私は若い探偵を育てることにほとんど関心はなかった。

「勤務先からわかるように、彼女の行動の大半は不動産の仕事がらみだろう。しかし、その部分には興味はないので、無駄はなるべく省いていい。たとえば、彼女の会っている相手が不動産関係者だとわかれば、それ以上の追及は無用だということだ。仕事以外の私的な知人とか、意外な人物との接触があれば、相手が何者なのか突きとめられるとありがたい。ということは、彼女を特定できたら、午前中は捨てて、午後から夜自宅にもどるまでがマークすべき時間帯になるかな」

「そうですね」

「基本的には、興信所でやる新入社員や花嫁候補の素行調査と同じ要領だ」

「わかりました。がんばってみます」

私は若い探偵を育てることに、まったく関心がないわけではなかった。

「一ッ橋に入って何年になる?」

「五年を過ぎたくらい、だと思います」

「それだけの経験があれば大丈夫だ。ただし、一ッ橋では二人以上の組みでの行動が大半だから、単独での調査は初めてだろう?」

「そうです」

「一人ではできないことは何もやる必要はないよ。月曜日から三日間、思うようにやってみるといい。木曜日以降にこちらから連絡する。給料は一ッ橋持ちだから、何の成果もなくても、おれに文句はない。それから、坂上には何も報告する必要はない。何か言ってきたら、おれが邪魔をするなと言っていたと応《こた》えればいい」

「わかりました」

私は電話を切った。進藤由香里の調査に何か期するところがあるわけではなかった。彼の調査ぶりによっては、興信所育ちの若者を〝同業者〟として当てにできるかどうかを見極める良い機会だと考えたのだった。

受話器をもどしたばかりの電話が鳴ったので、私は受話器を取った。

「錦織だ」

「電話をくれたそうだな」

「なぜすぐに電話をしない？」

「いま事務所にもどってきたところだ」

短い沈黙があった。

「田島が撃たれたんだ」

「何だって！」

私は灰皿に置いていたタバコを無意識で口へ運んだが、火が点いていないので、何の反応もなかった。

「横浜の〈鏑木興業〉の組事務所で、田島が撃たれた」

「彼の容態は？」

「命に別状はない。弾は田島の左腕の外側を貫通した」

「撃ったのは、自称河野という男か」

「そうだ。本名は金村瑛怡《かねむらえいじ》。十年以上前に〈清和会〉を破門になった暴力団員で、その後は清和会と敵対している鏑木組の周辺をうろうろしていた男だ」

　橋爪が私の事務所に現われた理由の一つと、彼が嘘をつけるときはいつでも嘘をつく男だということがこれで明々白々になった。

「おまえはどうして横浜に行かなかったんだ？」

「おれが行っていれば、おれのほうが撃たれる確率が高いからか」

「誰がそんなことを言った？」

「負傷したのは田島だけか」

　錦織はしばらく答えるのをためらってから、しぶしぶ口を開いた――と思ったが、そうではなかった。頂点に達している怒りを、腹立ちまぎれに私にぶつけたかったのだ。声がすわっていた。

「田島と四課の森脇《もりわき》という刑事が、鏑木組の幹部二人と話しているところに、金村瑛怡が飛びこんできたんだ。田島は顔を見た瞬間に、例の河野という俳優に似ていることに気づいた。そいつの左手がコートのポケットの中で妙な動きをするのを察知して、森脇刑事を突き飛ばしたが、その分だけ自分の反応が遅れたと言っている。悪いことに、金村は残っている弾で、鏑木組の幹部の槙野《まきの》を射殺し、もう一人に重傷を負わせた。もっと悪いことに、その直後に部屋に飛びこんできた鏑木の組員たちが、金村をドスでめった突きにしたあと、組員の一人が金村の拳銃を奪って、心臓に二発撃ちこんだ」

「ひどい話だな」聞いているだけで背筋が寒くなった。

「田島はおまえから、金村が左利きの可能性があると聞いていたそうだな。それがなかったら、森脇も自分もまともに弾を食らっていたかもしれないと言っている」

「あんたはおれに礼を言っているのか。文句を言っているようにしか聞こえないが」

「どっちでもない。左利きだと聞いていなかったら、田島は何の反応もせず、金村は刑事たちを素通りして、鏑木の幹部だけを撃ったかもしれん」

私は苦笑した。「おれもその可能性があると思っていたところだ」

「……だが、そうなっていたら、田島たちの刑事としてのメンツは丸潰れになっていただろう。鏑木の幹部と金村の死亡が、失態であることは免れないがな。とりあえず、おまえに感謝しているという田島からの伝言だけは伝えておく。さっきまで病院のベッドで寝ていた負傷者の言うことだからな。だが、おれはおまえに感謝なんかしていない」

「そんなことはどうでもいい。横浜での襲撃事件はどこまで公表された？」

「あんなに派手なドンパチがあった以上、隠しようがない。しかし、殺された金村が、新宿の強盗未遂事件の逃亡犯ということだけは、しばらくのあいだ〝部外秘〟だ。おまえもそのつもりでいろ」

「その後の捜査状況を教えてくれ。金村が鏑木の幹部の命を狙ったということは、〈ミレニアム〉の強盗が失敗に終わったのは、彼らのせいだと思っているということだろう？」

「ありえないことではないな」

「失敗の第一要因は、金庫を開けられる支店長の望月皓一がそこにいなかったからだ」

錦織の声に不快な響きが加わった。「やはりおまえの最大の関心は望月皓一のことか。正直に言ってしまえ。望月はおまえの依頼人だろう。あるいは、自分の仕事のために、一日も早く望月に会って、何かを聞き出したいか。そのどっちかだ」

「同じことを何度繰り返せば気がすむんだ？　そんなことより、誰が考えても、望月支店長の行方不明には鏑木組が関与しているという結論になるだろう」

「うるさい！　余計な指図は無用だ。とうに、神奈川県警とうちの捜査員を可能な限り動員して、鏑木興業に関係のある建物――神奈川県内で五ヵ所、都内で二ヵ所のすべてに捜査の手が入っている。必要があれば、鏑木の後ろ盾でもある関西の広域暴力団にも捜査の手を広げることになる」

「ということは、望月支店長はまだ見つかってはいないということだな」

「いれば、かならず見つける」

「鏑木組は何と言っているんだ？」

「フン、嘘に決まっているが、金村と接触があったのは、射殺された槙野という幹部だけで、自分たちには何もわからないの一点張りだ。それどころか、東大卒の弁護士がしゃしゃり出てきて、彼らは金村の拳銃による襲撃の被害者だと息まいているし、金村の殺害は警察官の人命救助のための正当防衛だと抜かしている」

「望月皓一が死体で発見されたら、鏑木組や弁護士の大法螺《おおぼら》がまかり通ることになるぞ」

錦織は言葉にならない怒声をもらしながら、いきなり電話を切った。私は指に挟んでいたタバコを口にくわえると、使い捨てのライターで火を点けた。ライターの炎に鉛の弾の煙硝《えんしょう》の匂いが混じっているような気がして、タバコの味はことのほかまずかった。

# 27

自分では気づかないうちに、疲労感が食べたこともない南洋の果物の果汁を絞った滓《おり》のように溜まっていた。歳のせいだとは思いたくなかった。探偵の仕事といえば人の行動を観察することと人の話に耳を傾けることだった。その二つがうまくバランスしていれば、探偵の心身への負担は少なくてすんだ。こんどの仕事はむやみに人の話を聞いてばかりいるようだった。それでも調査すべき事柄が少しずつでも明らかになっていけば、仕事は順調だと思えるはずだった。

料亭〈業平〉の女将の身辺調査は終わったも同然だったが、望月支店長の失踪につながるような手掛りは何も見つからなかった。先代の女将と彼女に全財産を贈った病身の画家のプラトニックな愛情物語をまともに受け取ったわけでもないが、ほぼ問わず語りに話してくれた妹夫婦の説明にはウラを取らなければ信用できないような疑問点は一つも見つからなかった。

小説に登場する探偵なら、調査の過程で降って湧いたように発生した新宿の強盗事件は大いに歓迎するかもしれないが、私は願い下げにしたかった。あの事件さえなければ、おそらく今頃は依頼人に会って、調査の結果を報告し、探偵料の前払い金の精算もすんでいるはずだった。これまでに使った経費が、まだ前払い金の半分にもなっていないのが、せめてものことだった。私は椅子から重い腰を上げて、家に帰ることにした。クリスチャンが日曜日に働かないのは、深遠なる信仰の問題ではなく、人間は週に一度くらいはきちんと休みを取るべきだという単純明快な道理であることがわかった。

事務所のドアにたどりつく直前に、また電話が鳴った。私は五秒間だけ電話を睨んでいたが、デスクにもどって、受話器を取った。

「〈清和会〉の橋爪だ」

私は受話器を耳から離して、また五秒間だけ睨んだ。受話器から、橋爪の喚く声が聞こえていた。結局は、受話器をもとの位置にもどした。

「三日後は火曜日だ」と、私は嚙みつくように言った。「火曜日にかけ直せ。そのとき、おまえと約束などをした憶えはないとはっきり言ってやるよ」

「待て、待て、待てよ。頼むから、待ってくれ。おれはどうしてもおまえに聞きたいことがあるんだ」

「何をだ？」

「おまえは〈ミレニアム・ファイナンス〉で起こった強盗事件のときに、現場にいたことがわかっているんだ」

「きのうおれが「河野という偽名を使っている男は、清和会の組員か」と訊いたとき、おまえは「そんな組員はいない」と答えたな」

「いねえから、いねえと答えたんだ」

「火曜日にかけ直せ。電話を切るぞ」

「ちょっと待て。わかったよ。そいつはたぶん、大昔にうちを破門になった野郎だ。だからもういまはいねえってことだ」

「名前は？」

「金村だ、金村——エイ何とかと言ったが、忘れた」

「もしおれがあの強盗事件の現場にいたとしたら、どうなんだ？」

「おまえは、警察が現場に到着したあと、〈ミレニアム〉の支店長室に入っていることもわかっているんだ。そこで見たことをすべて教えてくれ」

「ほう。おれは神出鬼没だな……それを誰に聞いた」

「そんなことはどうでもいい」

「よくない。きのう言った〝ある筋〟からだな」

「まあ、そういうことだ。だが、それ以上はしゃべるわけにはいかねえんだ」

「おまえがしゃべらなくても、推測はできる」

「だったらいいじゃないか」

「よくない。おまえは嘘をつく人間だし、隠し事をする人間だということがわかっている。話し合う相手が代わったら、おまえの知りたいことを話してもいいという気になるかもしれん」

「それはどういうことだ？」

「相良と電話を代われ」

「何だって⁉ 相良って、おまえがいつもバケモノ呼ばわりしている、あの相良のことか」

「そうだ」

「だって、おまえから見れば、おれも相良も、何というか――同類だとしか思っちゃいないだろう」

「自分を買いかぶるのもいい加減にしろ。相良は嘘をつかないし、隠し事もしない男だ」

「そんな馬鹿なことがあるか。おまえは相良のことをよく知らないだけだ。あいつだって、嘘もつけば、隠し事もするぞ」

「それはおまえにだろう。おれには嘘はつかない」

「おまえこそ、自分を買いかぶるにもほどがあるぜ」

「相良を通さなければ、おまえはおれから何も聞き出せない」

「しかし……相良はいまここにはいない」

「おれは急いではいない」

「ちょっと待て」橋爪が近くにいる誰かと話している声が聞こえていた。

それと同時に、事務所の階段を上がってくる足音も聞こえていた。足音が事務所のドアの前まで近づくと、ドアをノックする音がつづいた。

私は送話口をふさいで、「どうぞ」と答えた。

「いいか」橋爪が電話にもどって、言った。「三日の猶予をくれ」

ドアが開いて、海津一樹が事務所の中に入ってきた。電話中であることを知らせて、来客用の椅子に坐るように指差した。

「三日の猶予が好きなやつだな。相良はどうしたんだ？　東京にいないのか」

海津は着古した感じの紺のピー・コートの襟を倒して、臙脂色のマフラーをはずしてから、来客用の椅子に腰をおろした。

「いや、東京にはいる。早ければ、三日以内に相良からおまえの電話に連絡させる」

「いいだろう」

「その代わり、おれの訊きたいことは——いや、相良がおまえに訊くことにはきちんと答えろよ」

「その代わり、おれが相良に何かを訊いたら、知っていることは何でもきちんと答えていいと、相良に言っておくんだ」

橋爪は急に黙って、しばらく考えていた。「……しかし、そんなことをわざわざ言っておかなくったって——」

「いや、それが条件だ。おまえから「知っていることは何でも答えていい」と言われていなければ、相良とは一言も話さない」

「ちぇッ、面倒くせえ野郎だ。おまえの条件はわかった。相良からの連絡を待ってくれ……とにかく、おれの清和会でのメンツがかかっているんだ。よろしく頼むぜ」

「おまえのメンツなど、おれの知ったことか」

橋爪は唸るような声を残して、電話を切った。電話の切り方が錦織によく似ていたが、本人たちだけがそれを知らなかった。私は受話器をもどしてから、デスクの椅子に腰をおろした。

橋爪に毒づいているうちに、私の疲労感はどこかへ消え去っていた。私の神経も錦織や橋爪と大差ないのかもしれなかった。疲労感が消えたのは、来客用の椅子に坐っている若者のお蔭かもしれなかった。

海津はズックのショルダー・バッグから借りていた小型の懐中電灯を取り出して、デスクの上に置いた。

「事務所に近づいてはいけない、と言われたのはわかっているんですが」

「そうだったな。いまの電話も連中からだ」

「やはり、来てはいけなかったですか」

「きょうのところは大丈夫だろう。それに、あいつらの風向きにも変化があったようだ。きみが事務所へ来たのもそのせいだろう」

「夕方のテレビのニュースで、横浜で暴力団が襲撃された事件を見たんです。たしか、あのとき新宿署で会った、田島という刑事さんが銃で撃たれて負傷したと言っていたので、ひょっとしたら、あなたもその現場にいたんじゃないかと急に心配になって……死亡者も出たそうだし」

「田島警部補には誘われたが、こっちは別の用事があったので、捲きこまれずにすんだ」

「そうでしたか」

「おれの心配は無用だが、きみがこんどの一連の事件について見聞きして知っていること
に、夕方の横浜の事件を加えると、おれよりもはるかに心配すべき人物がいるのはわかる
な？」

「望月支店長でしょう」

「その通り。捜査本部でも、望月支店長は横浜のあの暴力団に監禁されている可能性が高いと判断して、関連のある建物すべてに厳重な手入れをしているようだ。それで望月支店長が無事保護されれば、言うことはない。強盗事件とそれに関連する一連の事件の解明はそれからだがね」

海津が心配そうに訊いた。「望月さんは、大丈夫でしょうか」

「残念だが、相当大丈夫じゃないな。強盗未遂のとき、〈ミレニアム〉にもどってこなかった理由が誰かに身柄を拘束されて、監禁されていたからだとすれば、はっきり言って、すでに殺されている可能性が高いのかもしれん」

「やはり、そうですか」海津は両肩を落としかけたが、言った。「でも、そうでなくて、危険を察知していち早く逃走した可能性は――」

「あるだろう。おれが考えていたのもそれだ。監禁されている望月支店長を探すのは、警察に任せるしかないが、逃走している望月支店長を探すことはおれたちにもできるかもし

れない。警察はもちろんその両方の可能性を追っているはずだが、夕方の襲撃事件で、一気に監禁の線に比重を移しているだろう。監禁のほうが急を要するからだ。しかし、逃走の線も安心はしていられない。逃走しているということは、追っかけて捕まえようとしている者がいるということだからな。どうだ、望月支店長をそういう連中からなんとか保護することができるとしたら、協力する気はあるか」

「もちろん、あります」海津の顔が少し明るくなった。

「彼の逃走先とか、隠れている場所とか、そういうところに思い当たるものはないか」

「急に言われると、なかなか思いつきませんが……ぼくは〈バンズ・イン・ビズ〉の仕事上のメモというか、日誌のようなものを会社と自宅の両方のパソコンに残しています。検索すれば、この三年間の望月支店長と接触があった日のすべてが記録されています。まえに望月支店長との個人的な付き合いのことを訊かれたとき、あまり多くないように答えたのを憶えていますが、仕事の上でなら百回とまではいかなくても、五十回以上は接触しているはずです。大半は業務内容についての記述ですが、ぼくはよく個人的な会話や、役に立ちそうな仕事以外の感想も付記していますから、読み直せば何かヒントになるものが見つかるかもしれません」

「そうか。きみに任せてしまったほうがいいようだが、おれの頭で思いついたことは言っておこう。たとえば、望月支店長が別荘を持っているとか、彼が利用できる誰かの別荘があるとか、あるいは趣味が海釣りで釣り船を持っているとか、釣り船を誰かと共同で持っているとか……いつかきみの仕事の説明で聞いた冬のスキー好きと夏のサーフィン好きをペアにして雇う話だが、そういう行楽地や観光地に、望月の持ち物ではなくても、〈ミレニアム〉が抵当流れで所有している土地建物があるとか、まァ、おれに思いつくのはそんなところかな」

「そうですね。少なくとも何かの糸口になるものは見つけられるような気がしてきました」

「頼む」私はデスクのタバコを一本取って、火を点けた。「頼みたいことがもう一つある」

「どうぞ」

「警察も夕方の事件が起こるまでは、いまのおれたちと同じように逃走のケースを調べていたはずだが、その情報源はおもに支店長の奥さんと、ミレニアムの同僚たちではないかと思う。きょうの午後、支店長夫人が新宿署の捜査課に呼ばれて、支店長の立ちまわり先を訊ねられていたようだった。あるいはすでに、支店長の二人の娘もその対象になっているかもしれない。しかし、もしそうでないとしたら、ひょっとして夫人の知らない支店長についての情報を娘たちが知っていることがないとは言い切れない」

海津はうなずいた。

「これから先の話は、若い娘二人をどんな危険にも捲きこまないという慎重さを大前提にしてのことになるが……きみは彼女たちとは面識がないと言っていたな」

「はい、直接会ったことは一度もありません。まえに、一度話したかと思いますが、望月支店長の中野のマンションに寄っていかないかと誘われたときに、ぼくの用事で辞退していなかったら、二人のお嬢さんに会えていたと思います。たしか下のお嬢さんの誕生日だということでしたから。でも、上のお嬢さんが大学生だった頃に、彼女の夏休みのアルバイトはいつもうちのバンズ・イン・ビズでお世話していました。もちろん望月さんに頼まれたからですが」

「きみのところの会員ではないのか」

「ではないです。彼女は名前を望月深夏《みか》といいますが、言ってみれば、特別会員以上の扱いでしたね……そうだ、すっかり忘れていたけれど、彼女は今年の春に大学を卒業して、これはお父さんが自分のコネを最大限に使って、丸の内の中堅どころの商事会社に入社しています。でも、そういう会社にそういう入り方をしたプレッシャーからだと思いますが、所謂《いわゆる》〝五月病〟も重症で、六月は体調も崩すし、夏になるとうちが世話していたアルバイトの楽しい思い出がよみがえる——そんな具合で毎週のように、何かいい仕事を世話してくださいっていう電話をもらいました。もちろんお父さんに内緒でしたが」

「興信所の依頼で、二十代の家出の理由でいちばん多いのもその口だったが、彼女は大丈夫だったのか」

「ええ。ぼくも板ばさみになってどうしようかと迷いながら、なるべく深夏さんが飛びつかないような仕事を紹介してお茶を濁すしかなかったんですが、幸いに夏の終り頃から、ようやく会社にも慣れてきたようで、うちへの電話もだんだん少なくなってきました。最後は、十月の半ばくらいに、やっぱり会社を辞めなくて良かったという電話をもらったんでした」

「では、彼女には好印象を与えているようだな」

「おそらく。最後の電話のとき、お父さんとの板ばさみで、転職しないような仕事をまわしていたと正直に話したら、パパのまわし者めと言ってケラケラ笑うと、どうもありがとうと言ってくれましたから」

「電話はまだつながるだろうな」

「おそらく。深夏さんには警察の監視も、望月さんを捕まえようとしている者の監視も、ありうるでしょうから、接触は電話だけに限ったほうがいいのではないですか」

「同感だな。もっと言えば、彼女は父親が行方不明になっている不安定な精神状態であることは間違いないから、父親を安全に探すためというきみの提案に協力する可能性もあるが、逆に即警察に通報されるというおそれもあるぞ」

「覚悟はしています。先にぼくの会社のパソコン日誌に眼を通して、何も収穫がなかったときに、深夏さんに連絡を取ることにします」

「そうしてくれ」

「わかりました。望月支店長の安否にかかわることですから、一刻も早く取りかかったほうがいいですね」

海津はピー・コートのポケットからマフラーを取り出して、すばやく首に巻きつけたが、言葉とは裏腹に椅子を立つのに逡巡《しゅんじゅん》しているようだった。

「何か、まだほかに訊いておくことがあるのか」

「ないわけではないんですが……こんなことは、望月支店長のことやこんどの事件全体がすっかり片付いてからでも遅くはないんです。では、帰ります」

海津はこんどは椅子から立ちあがると、事務所のドアへまっすぐ向かった。

「ちょっと待ってくれ」と、私が言った。

ドアの把手に手をかけたまま、海津が振り返った。

「一つだけ言っておくことがある。万一、おれに何かあったときは、いまおれに頼まれたことはすべて忘れてしまえ」

「何かあったときって、何があるんですか」海津の表情が硬くなった。

「言わなければ、わからないか」

「わかると思いますが、間違えたくないので、はっきり言ってください」

「そうか……たとえば、馬鹿な警察に捕まって留置場にほうりこまれたりとか」

「それだけですか」

「たとえば、馬鹿な暴力団に襲われて病院に担ぎこまれたりとか」

「たとえば、夕方の横浜の事件のように、誰かに拳銃で殺されたりとか、ですか」

「そんなことはないだろう」

海津はドアのそばを離れて、客用の椅子の近くまでもどってきた。

「沢崎さん、あなたは、昭和五十九年には、新宿区西落合《にしおちあい》三丁目にある伊達《だて》アパートに住んでいましたよね」

「そうだが、それが――」私は海津の生真面目な顔から眼を離すことができなかった。

海津の沈黙は永遠につづくかと思われた。

「あなたは、ぼくのお父さんじゃありませんか」

「何だと!?」私の声はかすれているようだった。いま聞いた言葉のせいで、耳のほうがおかしくなったのかもしれなかった。「冗談を言っているのか、おまえは」

「こんなことを冗談で言うやつがいると思いますか」真面目な顔を怒りがよぎった。

「しかし、おれは……」こんなときでも、頭が一瞬冷静になることに驚いた。「おれは、だいたい海津なんて名前の女に知り合いはないぞ」

海津の真面目な顔に哀しみが浮かんだ。

「海津というのは母の名前じゃありません。母は自分一人でぼくを育てていましたが、中学のときに交通事故で死んでからは祖父のうちで育てられたんです。祖父は小さな町の教育者で、父親のわからない子供を産んだ母を許さず、ぼくは、養子に出ていた母のすぐ上の兄夫婦の養子にされました。ところが子供のなかったその夫婦に子供ができると、中学生で素行不良のぼくは、こんどはいやいやながら引き取った祖父のうちで育てられたんです。海津はその母の兄の養子先の名前で、戸籍上は現在もそのままになっています。ぼくは上京して大学に入り、二十歳を過ぎてからは母の兄夫婦にも、祖父にも、一度もあったことがありません。祖母からの手紙だけはほうってはおけない気がして、数行の返事を書きます」

「薄情な家族の話はそれくらいにしてくれ。おまえの母親の名前は何だ?」

海津が苦笑して、真面目な表情が消えた。「母の名前を言わなきゃわからないほど、たくさんの女性と交渉があったんですか」

「いいか、これだけははっきり言えるぞ。おれみたいな探偵の子供を、勝手に一人で産んで育てようなどという奇特《きとく》な女とは付き合った憶えはない」

海津の顔に侮蔑の色が浮かんだ。「そんな不確かなことを堂々と高言できるのは、性的不能者か、無精子で生殖能力のない男か、パイプ・カットの手術をした男だけでしょう？　あなたはそのどれかですか」

私は一度深呼吸してから言った。「いますぐ、ここから出て行け！」

海津は私の言葉に従って、ドアから外に出た。ドアを閉めるときに、「頼まれたことはやります」と言う平静な声が聞こえた。私は何か怒鳴り返そうとしたが、声が出てこなかった。

海津の立ち去る足音が、いつまでも階段から聞こえてくるようだった。

# 28

水道の元栓を誰かが勝手に締めてしまった蛇口の水のように、私のまわりの動きがピタリと止まって、二日と半日が過ぎた。月曜日は、事務所の廊下の奥にある共同物置から石油ストーブを出してくると、ざっと掃除をして火を点けた。それだけで一日が終わり、一本の電話もかかってこなかった。

火曜日は、風邪《かぜ》をひきかけているように、身体がだるく軽い頭痛に悩まされた。ストーブを出すのが、一日遅かったようだ。午後三時には事務所をあとにして、新宿区の上落合にあるアパートに帰って寝てしまった。海津一樹が言った西落合の伊達アパートのあと、近間で二回引っ越したことになるが、どれも変わり映えのしない住まいだった。貸し主の事情でやむなく転居したのだが、日常生活に支障さえなければ、私はどんなところに住んでも気にならなかった。

風邪はひきそこなったので、水曜日には体調も恢復《かいふく》して爽快な気分だったが、そうなるとこんどは二日半もつづいた無為《むい》の時間にいらだちがつのってきた。依頼された調査についてはなんとか目鼻がついたのに、肝腎の依頼人と連絡をつける方法がないという間抜けな破目に陥ったのは初めてのことだった。前払いされた三十万円の探偵料金さえ受け取っていなかったら、依頼人が現われるまで気長に待っていればすむことだった。だが、その依頼人が現われない理由がわかりかけているだけに始末が悪かった。

二時になると、私は遅めの昼飯を食べるために事務所を出て、一時間足らずで事務所にもどってきた。相変わらず無言の行をつづけている電話を見ていると、電話が壊れているのではないかと気になりはじめて、受話器を取った。いつもの接続音が聞こえたので、ついでに電話サービスの〈T・A・S〉にかけた。

「渡辺探偵事務所の沢崎だが」

「あ、いま電話をしようとしていたところです」ハスキーな声の女性のオペレーターだった。「三十分ほど前に一件だけ、セイワカイのサガラ様から電話がありました。携帯電話の番号をうかがっていて、そちらに電話をかけてもらいたいということでした」

「わかった。番号を頼む」

彼女が電話番号を読みあげ、私はメモを取った。

「きょうは水曜日だから、夜勤の予定じゃなかったのか」

「そうですが、日勤に欠員があったので一時から出ていたんです」

「そうか。きょうの夜に電話をしようと思っていたんだが、伝言の相良という男との電話次第ではそうもいかなくなりそうだ」

「いつでもいいんですよ」

「もしよければ、いま関わっている仕事が終わってからにしたいのだが」

「もちろん」

「電話をかけたときに、ほかのオペレーターが出たらどうしようかと考えていた」

彼女が名前を名乗った。「電話番号も言いますか」

「頼む」

彼女が固定電話の番号を言い、私はメモを取った。

「いまの仕事はそんなに長くかからないはずだが、そうでないときは連絡する」

私は電話を切った。それから、相良の携帯電話の番号をダイヤルした。呼び出し音が十回以上鳴ってから、相手が出た。「誰だ?」

「沢崎だ」

「やっぱり、そうだったか」

「橋爪から話は聞いているか」

「聞いた」

「会って、話せるか」

「急ぐのか」

「早いほうがいい」

相良は少し考えているようだった。「四時に、西武新宿線の新井《あらい》薬師《やくし》の駅まで来てくれるか」

「行こう」

「一時間ぐらいで用はすむだろうな？」

「すませよう」

「わかった。改札のところで待ってるぜ」相良は電話を切った。

私は車ではなくて、西武新宿線の電車を使うことにして、すぐに事務所を出た。

四時五分前に、新井薬師駅の改札口を出ると、眼の前で相良が待っていた。白いマスクをはめていたが、顔が大きくて隠れている部分は少ないので、すぐにわかった。七、八年ぶりに会う相良は少し痩《や》せていて、短い髪に白いものが混じっていた。それでも身長百九十センチに近い巨漢であることには変わりはなかった。ベージュ色のトレンチ・コートの下に、黒いミズノのジャージの上下を着て、黒い古びたミズノのスニーカーを引っ掛けていた。

「近くの喫茶店でいいか」相良は返事も待たずに、先に立って歩きはじめた。

すぐに駅のそばの商店街に出て、三十メートルほど歩くと、パチンコ店の脇に二階へ上がる階段のある喫茶店があった。〈憩《いこ》い〉という看板が出ていた。相良はここだという身ぶりをすると、階段を昇っていくので、私はあとに従った。二階の踊り場にあるガラスの扉を開けて、私たちは喫茶店に入った。近頃では少なくなった純喫茶ふうの広い店内で、時間帯のせいか客はまばらだった。こんな店が成り立っているのも、一階にパチンコ店があるからかもしれなかった。相良はマスクをはずすと、客のいない左奥のコーナーを選んで、四人掛けの席に腰をおろした。私は向かいの椅子に坐った。

色の浅黒い三十前の蝶ネクタイの男が注文を取りにきて、水の入ったコップと灰皿をテーブルに置いた。相良への挨拶の仕方が顔見知りのような態度だった。言葉つきが日本人ではないようだった。私はコーヒーを注文し、相良がビールを注文すると、ウェイターは立ち去った。

「久しぶりだな」と、相良が言って、トレンチ・コートを脱いだ。

「おまえはいくつになった？」

「歳のことか」マスクをはずした顔には無精ひげが目立った。「四十六だよ。おまえだって五十を過ぎたんだろう？」

私はうなずいた。「おまえは、いま何をしているんだ？」

「別に変わりはないぜ。暴力団〈清和会〉の組員だってことを、忘れるはずはねえな」

「そうは見えないことは、自分でもわかっているだろう」

「なんに見える？」

「対立している暴力団の組長でも殺して逃亡中の犯人か――まァ、そんなところだ」

相良は笑った。「勘違いもいいところだぜ」

「さっきの怪しげなマスクは何だ？」

「風邪をひかねえための用心さ。おまえはおれに会えば、いつでも人間のクズ呼ばわりしなきゃすまねえやつだったが、おれはいまぐらい真っ当な生活をしているときはないんだぜ」

「そんなことが信用できるか。あの橋爪があいつらしくもない殊勝な態度で、おまえと話すようにつけた段取りに応じるためには、前提条件がある。おまえのその変わりようはいったいどういうわけなのか、おれにわかるように説明しろ」

相良は少し考えていた。ウェイターが現われて、それぞれの注文と伝票をテーブルに置いていった。私はコーヒーを飲み、相良は壜ビールをコップに注いで飲んだ。

「少しばかり長い話になるぜ」

「いいだろう」

「おまえは、笑わねえだろうな」

「笑われるような話なのか」

「そんなことはねえと思うが……うちの会長のことは知っているか」

「たしか、名前は清武惣吉《きよたけそうきち》とかいったな。もう七十過ぎの古狸だろう」

「二年前、おかみさんを亡くしたんだ」

「ほう」

「それに、一人息子の惣一郎さんは三代目を継げねえ身体だ。糖尿病がすすんで、脚が悪く、眼もこのままだと失明すると言われている」

「すると、跡目争いでもあるというのか」

「いや、それはない。むしろ四人の跡目候補の幹部たちがおたがいに牽制しながら、会長によく思われようと一所懸命に尽くしている恰好だから、清和会は至って安泰だ」

「その四人のなかに、橋爪は入っていないだろう」

「四人のうちの、そうだな、二人ばかりあの世に行ってしまえば、四番目の幹部にはなれそうだ」

「会長はどうなんだ？　この世をおさらばする気配はないのか」

「歳の割りには元気旺盛だと……誰もが思っている」

「そうじゃないのか」

「去年の秋、おれが車で送り迎えをしていたときのことだったが、関東連合の総会の帰りに、車の中で急に気分が悪くなったことがあった。会長はおれにそのことは誰にもしゃべるなとクギをさしたんだ。そして、おれひとりが会長のお供をして二つの病院で検診を受けることになった。とくに何の病気ということはなかったが、年齢相応の体力だから絶対無理をしないようにと、いくつか厳重に注意しなきゃならねえことを聞かされた。タバコは厳禁と言われたが、本数を一日三十本から半分の十五本に減らすのが関の山のようだ」

「橋爪がデュポンのライターで火を点けるタバコだろう」

「そんなことまで知ってるのか」

「先をつづけてくれ」

「去年の冬のことだが、おれのおふくろが脳梗塞《のうこうそく》で倒れたんだ」

「……そうなのか。歳はいくつだ？」

「会長より一つ年上の七十六だ。おふくろと言っても、本当は義理のおふくろだ。おれの実の母親の姉さんだから伯母にあたる人なんだ。おれが小学校の六年で、妹が二年生のときに、実の母はパートの勤め先の火事で死んだ。おれの親父《おやじ》はあまり腕の良くない配管職人で大酒飲みだった。死んだ母は愛嬌のある顔立ちだったが、後妻にきた伯母さんは、戦災で顔に火傷《やけど》を負ってお世辞にも器量のいいほうではなかったので、誰も貰い手がなかったそうだ。稼ぎの悪い親父は、新しいおふくろに二人の子供の面倒を看《み》させ、働かせるだけ働かせ、その上、酔っ払えば暴力までふるいやがった。それなのに、新しいおふくろは、おれと妹にはとても優しかった。もともと自分の妹の子供でもあるし、事故で死んだ実の母よりも、ずっと優しかったよ。おれは高校二年のとき不良仲間に入ってぐれていたんだが、このままの成績と素行では退学させられるのがわかったその日に、おふくろを撲《なぐ》っている親父を見つけたんだ。おれは親父のやつを、足腰が立たなくなるまでぶちのめしてやった。そして、学校をやめると、すぐにこの渡世に入ったんだ。親父をおとなしい酒飲みに変えて、妹を希望通りに短大に入れて卒業させ、義理のおふくろにお金の心配のない暮らしをしてもらうために、おれにできる稼業はこれしかなかったんだ。だから、おまえがおれのことを何度クズ呼ばわりしたって、おれは全然気にしなかった」

「気にすることはないが、おまえが人間のクズであることには変わりがない」

相良は苦笑した。「そんなことはどうでもいいが、おれはおふくろが脳梗塞で倒れたとき、会長に頼んだんだ。おふくろの介護をするために、ヒマをもらいたいと」

「会長の返事は？」

「わかった。しっかりおふくろの介護をして、しっかり勉強をしてこい。そして、おれに介護の必要ができたとき、こんどはおれの面倒を看《み》てくれ――と、そう言ったんだ。さっき話した通り、会長のまわりには、彼の面倒を看るような身内は誰もいねえわけだからな。そして、清和会の幹部たちにも、おれがおふくろの介護をする邪魔は一切ご法度《はっと》だと命じてくれたんだ」

「そういうことか」

「おれが会長に頼んだのはそれだけじゃねえんだ。会長の介護は万事おれに任せてくださ い。何の不満もないように完璧にお世話させていただきます。その代わり、会長の介護を勧めあげたあとは、どうかヤクザの足を洗わせてください――と、そう頼んだんだ。すると、会長はすぐに一筆書いてくれた上に、幹部たちにも念を押して、同意の連署をさせたんだ。相良は任俠道の手本だと言った」

「何が任俠道の手本だ。人間としては、ごく当たり前のことだろう」

「まァ、そう言うな。おまえにも経験があるのか」

「おれの両親は介護の要るような死に方をしなかったが、おれに探偵の仕事を教えてくれた渡辺の最期を看取るのに、五ヵ月かかった」

「そうだったな」相良が何かを思い出したように笑った。「おまえに渡辺の居所を教えられた橋爪が、奪われた一億の大金を取り返そうと西多摩の田舎町まで勇んででかけて、そこで渡辺の墓を見つけたときのツラを思い出したよ」

「そんなことより、おまえは会長の検診の結果も知っているし、おふくろさんの病状にも詳しいはずだな」

「そうだ」

「先に亡くなりそうなのはどっちだ？」

「それをおれに言わせるのか。人間のクズはおまえのほうだぜ。きのう橋爪に呼ばれて清和会の事務所に行ったとき、会長は相良に余計な仕事をさせるなと、橋爪を叱り飛ばしていた。そのときのタバコの喫い方を見ていると、とても一日十五本でおさまるような喫い方じゃなかったな。おれがそばに付いていないので、もとの三十本にもどってしまっているようだ……ところで、おまえはまだタバコを喫っているのか。喫っているなら、出せ」

私は上衣のポケットからタバコを取り出した。

「おふくろのそばでは喫えないからな」

私たちはタバコに火を点けて、二人で煙りを吐き、コーヒーとビールを飲んだ。

「おふくろさんの介護は大変なのか」

「おまえは、おれの身なりや無精ひげを見て言ってんだろう。介護と言ったって、十ヵ月もやっていれば、たいていのことには慣れてくる。清和会でやってきたことに較べれば、おれにとってはこの世でいちばん大事なおふくろの世話をしているんだから、屁《へ》でもねえよ。あとは体力だけの問題だ。おれは以前は自分の図体のでかいことが恥ずかしかったが、いまではこんな丈夫な身体に産んでくれた実のおふくろとクソ親父に感謝しているよ。この身なりや無精ひげは、清和会のみんなにおふくろの介護で大変だと思わせておくための、芝居だ。おまえが怪しいとからかったマスクは、おふくろに風邪をひかせないようにと医者に言われているので、本気で用心してるんだ」

「わかった。橋爪のことに話をもどそう。時間もだいぶ経ったようだから、単刀直入に訊くが、橋爪がおれから聞き出してくるように頼んだのは何だ。それをおれが知っていたら、答えてやるが、条件が一つだけある。橋爪がそれを知りたがる理由を、もしおまえが知っているなら、それを教えてもらおう。おまえがその理由を知らないなら、知らないと言えばいい。それで、どうだ？」

　相良は大きくうなずいた。「橋爪は、おまえから〈ミレニアム・ファイナンス〉の新宿支店の金庫に金がいくら入っていたかを聞いてこい、と言った」

「橋爪がそれを知りたがる理由は?」

「その理由を知っているのは、さっき言った四人の幹部と橋爪だけで、おれはそれを知らない——ということになっている」

「ということは、知っているのか」

「知っている」

「ほう」

「会長が二人だけのときに、おれに漏らしたんだ。おれは、幹部だけが知っておくべきことを、おれに話されては困りますと言ったんだが、会長は、もしも自分に万一のことがあったとき、幹部たちが清和会のためにならないような勝手な振る舞いをするようだったら、おまえがケジメをつけろと直筆のメモにして渡された」

「そこまで聞けば、だいたい想像がつく」私はタバコの火を灰皿で消した。「〈ミレニアム〉の新宿支店には、清和会の〝隠し金〟のようなものが預けてあるということだろう?」

「そうだ」

「それに橋爪も関わっているということだな?」

「はっきりしたことはおれにはわからねえ。四人の幹部のうち、三代目の候補として有力なのは、いちばん年長の樋口《ひぐち》といちばん若い根津《ねづ》だと言われている。樋口は自分の娘を会長の息子の惣一郎さんに嫁がせているし、根津はこの十年来清和会の〝金庫番〟をしている。まァ、おれに眼を掛けてくれた兄貴分の橋爪のことを悪くは言いたくねえが、本来なら樋口の子飼いの立場にあるのに、近頃はかなり根津に接近していて、清和会の〝経理部長〟とからかわれても、むしろ喜んでいるような始末だ。おそらく、おまえの推測は当たっているだろう」

「清和会がミレニアムに預けている隠し金の金額のことまで、会長から聞いているか」

相良はうなずいたが、その顔に初めて少し警戒するような表情が浮かんだ。

「ちょっと待て」私は上衣のポケットから手帳を取り出すと、書きこみのないページから二枚だけ破り取った。

「この一枚に、おれは橋爪が要求したミレニアム・ファイナンスの新宿支店の金庫にあった金の額を書く。ただし、ジュラルミン・ケース二つに入っていた札束をちらりと見ただけなので、おれには正確な金額まではわからない。だから、新宿署の刑事たちがおよそいくらぐらいあるだろうと話していた金額を書くことにする。おまえは、もう一枚に清和会の預け金の額を書いてくれ。それを交換することにしよう」

「……それなら、いいだろう」

　私は手帳に付属しているボールペンで、〝四億円から五億円に近い〟と書いてから、ボールペンを相良に渡した。相良はタバコの火を灰皿で消してから、手帳の紙に書きこんだ。私の紙を相良に渡して、相良の紙とボールペンを受け取った。相良は私の紙に眼を通すと、タバコのそばに置いた使い捨てのライターで火を点けて、灰皿に落とした。私は相良の紙に書かれた〝二億二千万円〟という金額を確認してから、灰皿で燃えている紙の上にのせた。

「今後はおれの事務所のまわりをうろつくなと、橋爪に伝えてくれ」

「いいだろう。だが、伝言を聞いた橋爪がどういう行動に出ることがあるか、おまえはとっくに承知しているよな」

　私はうなずいた。「橋爪の最近の運転手で、左手にだけドライヴ用の赤い革手袋をしている男は知っているか」

「いや、十カ月も離れていると、その辺の事情にはさっぱりだが、古株の連中は自分のことは棚に上げて、近頃の下っ端はどれも出来《でき》が悪いと嘆いているようだ」

「そうか……ところで、相良、おまえ自身はミレニアム・ファイナンスの誰かと会ったりしたことはなかったんだな」

「ねえな」

「では、新宿支店長の望月皓一という男は知らないだろうな」

「そいつが、おまえの探偵仕事に関わりがあるんだな。いや、答えなくていい」相良は少し考えてから、つづけた。「おれはおまえがどういう男か知っている、なんて言うつもりはねえが……おまえの探偵仕事は、少なくともあの会社の金庫の中身とは関係ねえはずだ。そうだな？」

「ない。清和会の隠し金にも何の興味もない」

相良はゆっくりうなずいた。「これはちょっと別の話になるが、あの会社は、カタカナのシャレた名前で合併する前は、十いくつもある町場の金融業者たちだったことは知ってるのか」

「関東一円の中ぐらいの高利貸しが二十以上集まってできた会社だと聞いた」

「その高利貸したちのうちの一つに、〈丸三《まるさん》金融〉というのがあったんだが、そこの番頭格だった女をおれは知っていた。たしか、バブルがはじけて十年ばかり経った頃のことで、うちでも貸し金の取立てのあくどい代行がかなりの収入源になっていた時代の話だ。この女はなかなか眼端《めはし》の利く女番頭で、本当に返済能力のないような連中には融通してはいなかった。しかも、相手の弱みまでしっかりつかんでいるので、たいていはおれにもつとまるような取立てばかりだった。おれがこの図体とツラを出せば、ほとんどは黙って返済してくれるし、めずらしくゴネるやつがいれば、その女からのネタを――たとえば、囲っている女のことや、土建屋たちの談合の噂などをチラリとほのめかせば、まず耳をそろえて金を並べてくれるって按配《あんばい》だったぜ」

「そんなやり手の番頭がいれば、ミレニアムに吸収されなくてもすみそうだな」

「途中までは合併話に参加していたが、結局丸三金融は撤退したんだ。女の話では、大手の銀行から出向してきた連中がほぼ経営の中枢を占めるということがわかって、丸三の社長も彼女もそれが気に入らなかったようだ」

「丸三金融というのはまだあるのか」

「いや、十年ばかり前に社長の三木という男が死んで、廃業した」

「その女は？」

「それからしばらくして、〈ミキムラ〉という貴金属の店を自分で開いた。社長の未亡人が後援してくれたらしい」

「聞き憶えのある名前だな」

「銀座と新宿と池袋に、三つの店舗を持っていると聞いている」

「新宿の店舗というのは、〈ミレニアム〉が入っているビルの同じ三階にあるやつか」

「そうらしいな」

相良はジャージのポケットからメモ紙を一枚出して、テーブルの上に差し出した。名刺のコピーの下に、携帯電話の番号らしき数字と、新宿百人町《ひゃくにんちょう》にある〈ダンディ〉という喫茶店の名前や住所が書き足してあった。

「店の名は〈美《み》き邑《むら》〉で、女社長は村上芙佐枝《むらかみふさえ》か。おまえとはどういう関係なのだ？　まさか――」

「そんなことはねえ。彼女には、十歳年下の弁護士の〝彼氏〟がついている。学生時代から面倒を看てきた男だそうだ。これまで何度か、弁護士では処理できない問題が起こったとき、昔馴染みのおれに出番がまわってきたんだ。まァ、そういう関係だ。清和会には知られていないおれの小遣い稼ぎだった」

「〈ミレニアム〉と〈美き邑〉が同じビルで隣り合っているのは、偶然か」

「それはどうだかわからねえ。少なくともきのうまでは、おれは彼女からミレニアムの話を聞いたことはなかった。それが、きのうの夜、橋爪と会ったあとのことだが、彼女から久しぶりに電話があったんだ。話の取っ掛かりは、ミレニアムの強盗事件の巻き添えで、新宿の店が二日も開店休業のような目に遭ったと愚痴っていた。それから、隣り同士の好奇心からか、何か目的があってのことかわからないような口調で、テレビや新聞のニュースによると支店長の行方がわからないらしいなどと、話していたんだ。しかし、彼女との長い付き合いから判断すると、何か目的があってのことだろう。そこで、おれは事件のことは何も知らねえが、おれの知っている男が事件の現場に居合わせたらしいと話すと、その男にぜひ会ってみたいという返事だった」

「なるほど。好奇心以上の関心がありそうだな」

「役に立つかどうかはわからねえが、無駄を承知なら、連絡を取ってみろ。さっきおまえからの電話のあとで、彼女に電話を入れたら、六時から八時までは、メモに書いてある新宿の喫茶店にいるということだった」

「わかった。行ってみよう」

「おまえが行くことを伝えておくか」

私はしばらく考えてから、答えた。「そうしてくれ」

「わかった。おれのほうの用事はこれでみんなすんだようだ」

私はテーブルのメモを上衣のポケットにしまった。「おれの用事もすんだ。おふくろさんが待っているだろう」

相良は腕時計で時間を確かめると、残っているビールをコップに注いで、ゆっくりと飲み干した。

「何かあれば、きょうの携帯にかけてくれ。あれはおふくろの電話だが、たいていおれが出る……沢崎、おまえに一つだけ頼みがあるんだが」

「何だ？」

「万一、おふくろが死んだら、おまえに電話してもいいか。おれは葬式のことは何をどうしたらいいのかまったくわからねえんだ」

「清和会は面倒を看ないのか」

「ほかの組のことは知らないが、清和会では昔から組員以外の葬儀には、組員は絶対に顔を出すことはない。出されては迷惑な場合もあるからだろう。もちろん必要があれば費用などの援助はするがね」

「わかった。連絡してくれ。おれも詳しいことは知らないが、渡辺が死んだときのことを思い出せば、なんとかなるだろう」

「ありがてえ」

「しかし、それ以外の連絡はお断わりだ」

「わかっている」

「ただし、会長が死んだあとなら、探偵に用があるときは電話してもいい」

相良は苦笑しながらうなずいた。「そうだな」

「もう一つだけ」私はテーブルの伝票をつかんでから、言った。「母親の話は聞いたが、おまえの言った〝クソ親父〟はもう死んだのか」

「いや、クソみたいな年金で、ちゃっかりと埼玉のみすぼらしい施設に入って、しぶとく生きてやがる。まあ、こっちには余計な負担が掛からないだけましだが」

「会っていないのか」

「ツラも見たくねえよ」

「そうか。だが、死んでしまってからは、悪態もつけなくなるぞ」

「だから、ツラを見ねえように気をつけながら、月に一度は施設を訪ねて、ワン・カップの酒なら毎晩呑めるくらいの小遣いは渡している。一ン日《ち》でも早くくたばるように毒を盛っているようで、いい気分だぜ」

「用心しないと、悪態も依存症になるぞ」

「それはおまえのことだ。先生が悪いので、こっちはまだ初心者だ」相良はジャージのポケットから携帯電話を取り出した。「忘れないうちに、おまえが行くことを彼女に伝えておこう」

「頼む」私は先に立って、喫茶店の出口に向かった。

# 29

私は西武新宿線で新宿までもどると、街の明かりが目立ちはじめた大ガードの下を西口に出て、小滝橋通りの混雑の中を北に向かった。風が少し冷たく感じられるようになった。知りつくしている領分にもどってきたので、目当ての〈ダンディ〉という喫茶店は百人町の所番地からすぐに見つかった。小滝橋通りに面してはいなかったが、大久保駅に突き当たる三つ目の脇道に入ると、店の看板が見える距離にあった。彩色ガラスの入った木製のドアを開けると、当世風のチェーン店とは違って、新井薬師の〈憩い〉という喫茶店よりもっと古風な店内が見渡せた。きょうは純喫茶巡りがつづくようだ。

室温が高いので、コートを脱ぎながら、近くに立っていた中年のウェイターに、私は声をかけた。

「村上さんという女性の客と待ち合わせなんだが」

「こちらへどうぞ」と、ウェイターが先に立って案内した。店内は半分ほどが客で埋まっていたが、そのほとんどが女性客で、またそのほとんどがタバコを喫っていた。近頃ではそれもあまりめずらしくない光景だった。店の真ん中を貫く通路を通って、右手のいちばん奥のボックスに、黒っぽい洒落《しゃれ》た身なりの女性が一人で腰をおろしていた。ウェイターは二人を引き合わせると、私のコーヒーの注文を訊いてから立ち去った。私は彼女が腰を浮かすのを制して、向かいのソファに坐った。

「沢崎です」

「村上と申します。お名刺を――」彼女は脇に置いたハンドバッグを引き寄せた。

「相良から名刺のコピーをもらっているので、結構です」

テーブルに眼をやると、彼女のタバコとライターのそばの灰皿はきれいなものに取り換えられているようだった。

「そうでしたか」村上芙佐枝は微笑《ほほえ》んでから言った。「相良のお兄《ニィ》さんから、沢崎さんには、気取ってもダメ、駆け引きはもっとダメ、嘘をついたら絶対ダメ、と念を押されています」

「そうお願いできれば、ありがたいですね。それから、もし良ければ、あなたが目顔で合図されていた、入口の近くのサングラスをかけたご婦人も同席してもらえれば、たぶん旧交を温められそうですが」

「まあ、何もかもお見通しですわね」彼女は立ちあがると、入口のほうに手を上げて、手招きした。

まもなく、腕いっぱいにコートとハンドバッグとタバコとライターとサングラスを抱えた四十がらみの派手な身なりの女が、私たちのボックスの横に立った。

「先日はどうも」彼女は村上芙佐枝の隣りに腰をおろした。「〈ミレニアム〉での強盗事件のときは、あなたや、あの若くてハンサムな青年のお蔭であまり怖い思いをしないですんで、助かりましたわ」

「あのときは、事件のせいで肝腎の用が足せなくて、また出直さなければならないと言っていたと思うが、大丈夫でしたか」

「えッ？　あれは――」彼女は口ごもって、隣りの年長の女にどう答えればいいのか助け船を求めているようだった。

「この人を紹介しておきます」と、村上芙佐枝が言った。「わたしの共同経営者の息子さんの同級生だった縁でお付き合いができて、仕事関係のことを少し手伝っていただいている、多岐川幸子《たきがわさちこ》さんです」

私たちは初対面ではないので、簡単な挨拶ですませた。

「あの日、多岐川さんは金を借りるためにミレニアムに行ったのではないとすると……考えられるのは、金を預けるために行ったということになりそうですね。ファイナンスでの用事と言えば、その二つに一つでしょう」

多岐川幸子はちょっと肩をすくめると、ほっとしたように笑顔になった。

「単刀直入にお話をすることにします」と、村上芙佐枝が言った。「相良のお兄さんの忠告にしたがって」

「そうしてください」と、私は言って、上衣のポケットからタバコとライターを出した。

多岐川幸子も私につられたように、バッグからのぞいていたロング・サイズのタバコのパッケージから一本抜き取ると、村上芙佐枝の許可を得るように示した。ヘビー・スモーカーであることは、事件の時も演技ではなかったと見える。年長の女は、自分の細身のライターですばやく火を点けてやると、私のほうに視線をもどした。何をどこまで話すか、決心がついたようだった。

「この際は〝節税〟ということにしておきましょう。節税で生じた金額を、〈美き邑〉の金庫にただ寝かせておくのも気が利かない話なので、望月支店長を通して、ミレニアムに預けるようになってから……そうですね、もう四年になりますか」

「彼が名古屋に転勤していた一年間を除いて、ですか」

「そうでした。よくご存じですわね」

ウェイターが来て、私の前にコーヒーを置き、多岐川幸子の前に元のテーブルから運んできた飲みかけの紅茶を置いていった。

「五年前にわたしたちの美き邑を新宿で開店したとき、たまたまそれがミレニアムの新宿支店の隣りだったことが、この話のはじまりでした。わたしの〈丸三金融〉の頃のことは、相良さんからお聞きになっているんでしたね。わたしは支店長が合併当時に顔を合わせたことのある望月さんだってことにすぐ気づいていたんですが、向こうはもうわたしのことなど忘れているだろうと思っていたら、彼のほうから声をかけられましてね。それで、まァ、お隣り同士の挨拶はするようになりました。ちょうどその頃、うちでは頭打ちになっていた売り上げを伸ばすには、節税以外には方策がないということになって、望月支店長に相談すると、向こうも結構ですと、こちらの希望通りの五分《ぶ》の手数料で引き受けていただくことになったんです。名古屋転勤の前には、七百万円ほどになっていた預け金はきちんと返金してもらいました。彼の転勤中は、なかなか都合の良い代わりの〝仮金庫〟は見つからなかったので、別の窓口を使って相場の一割五分の手数料を取られていたことになります。彼が転勤からもどってからは、関係が復活して、現在では預け金の額は、おそらく千三百万円ほどになっていたと思います」

村上芙佐枝は一息つくと、自分のタバコに手を伸ばして、火を点けた。

「事件の日、警察の調書を取られたあとで、私が支店長室のほうへ連れていかれたことは、多岐川さんから聞かれているんですね？」

二人の女は共通の電源につながっている機器のように、同時にうなずいた。

「わかりました」私はコーヒーを一口飲んでから、つづけた。「相良の紹介でこうして会っているわけだから、あなたたちが聞きたいことには答えましょう。そのあとで、私の質問に答えてもらわなければなりませんよ」

村上芙佐枝が代表して答えた。「相良さんから言われているので、わかっています」

「私の話すことは、警察でも厳重に部外秘として扱っていることです。それから、相良の〈清和会〉だけでなく、その対抗勢力の暴力団も関わっている、危険極まりない事件の可能性があります。ですから、私から聞いた話は決して他言しないと約束してもらいたい」

二人の女はまた同時にうなずいて、同時にタバコの火を灰皿で消した。多岐川幸子のタバコはフィルターの近くまで喫われていたので短く、村上芙佐枝のタバコはほとんど喫われていないように長かった。

「ミレニアムの金庫には、あるはずのない大金が入っていた。その額は、あなたの預け金のおよそ三十倍から四十倍近い大金です。ただし、その金額は私が数えたわけではなく、事件の捜査に当たっていた刑事の一人が目算した額です」

二人の女の頭の中の算盤《そろばん》か計算機がすばやく稼動しているようだった。

「四億円か、それ以上ってことね」村上芙佐枝がつぶやくような声で言った。顔には無くしていた大事なものを見つけたときのような表情が浮かびかけたが、すぐに消えた。

「で、その大金はどうなったんです？」

「あなたたちにとっては残念なことだろうが、警察が強盗未遂事件の証拠品として押収しました。ミレニアムの重役たちは、強盗は未遂だったのだからと、金庫を開けることには執拗に抵抗していましたが、そんなことが通るような相手ではなかった。開けてみると、一千万円程度が入っていると言っていた金庫から、説明できないような大金が出てきた。金庫を開けるのに抵抗したことが、二重に警察には疑惑の眼で見られることになったようです」

私がタバコをくわえると、多岐川幸子が私の使い捨てのライターで火をつけてくれた。

「あなたは、なんだか楽しそうだわね」

「楽しくはないが、悲しくもない。ただ、あのときの支店長室の様子を言うと、あんなに大勢の男たちが困っているのは壮観だった」

「警察の人たちは、ちっとも困ってないでしょう？」

「そうでもないのだ。強盗は未遂に終わって、犯人も自首しているという簡単な事件だったはずが、あの大金のせいで説明のつかない不可解な事件に一変してしまった」

村上芙佐枝の顔には、落胆の表情が浮かび、大きな溜め息がもれた。「その大金はきっと全額帳簿には載っていないお金でしょうから、かりに押収された金が警察からもどったとしても……税務署が黙ってはいないでしょうね」

「それでも……半分か、三分の二ぐらいは残らないのかしら」

私はタバコの灰を灰皿に落としてから、質問をはじめた。「美き邑のミレニアムへの預け金のことを知っているのは、望月支店長のほかには？」

「望月支店長だけです」

「預け金があることを証明するようなものは？」

「何もありません。だって、脱税の証拠――いえ、節税の証拠になるようなものは一切なしで、というのが双方合意の前提ですもの」

「美き邑のほうはどうです？」

「わたしと、共同経営者の三木夫人と、納金係の多岐川さんと、うちの顧問弁護士だけです。弁護士は、事件直後から「預け金はなかったものと思え」の一点張りです。「もともと税務署に払っておくべき金だったんだから、これ以上騒いで脱税の容疑まで受けるようなことは厳禁だ」と言っています」

「あの日、多岐川さんは入金すべき現金を所持していたわけだ？」

「そうなのよ。支店長がもどってこなくて、金庫が開かないと騒いでいたとき、あたしたちや従業員の身ぐるみ剝《は》がそうなんてことになったら、どうしようかと心配していたわ」

「警察の取調べのときは大丈夫だったのか。たしか、所持品の検査があったはずだが」

「ええ、そんなこともあろうかと、取り残された共犯者のおじさんが自首することにしたあと、警察の人たちがくる前に、トイレに入って、預け金は下着の中に隠しておいたのよ」

「それだけでも無事にすんだわけだ……やはり、お宅の弁護士の意見に従うのが、最善の方策だと言えそうですね。あとは、望月支店長が無事にもどって、あの強盗事件に何の関与もしていない潔白の立場だということにでもなれば、そのときに望月支店長に交渉する――それだけしか打つ手はないように思うが」

村上芙佐枝と多岐川幸子の考えも、そこに落ち着いたように見えた。

「望月さんは無事にもどってこられると思いますか」と、村上芙佐枝が訊いた。

私は首を左右に振った。「警察は悲観的な見方をしているようです。清和会に敵対する暴力団が、支店長を拉致しているおそれがあると見ているようで、東京と神奈川の彼らの関係する場所に一斉手入れをして捜索中らしいが、すでに三日も経っているのに何も結果は出ていない」

「もしかしたら」と、多岐川幸子が言った。「先に危険を察知して、自分から身を隠したってことはないのかしら」

「ありえないことではないが――」

二人の女はしばらく顔を見合わせていた。村上芙佐枝がゆっくりと私に視線をもどした。

「沢崎さん、あなたのお仕事は探偵さんだそうですね」

私はタバコの火を灰皿でゆっくりと消してから、うなずいた。

「あなたに調べていただきたいことがあるんですが」

私は彼女たちの簡単に諦めない執着心には敬意を表してもいいと思った。清和会の橋爪のような人種は、あの金庫に大金が保管されていることさえわかれば、それで自分の顔は立つと考えそうだが、彼女たちの金銭に対する執念はそんなことではおさまらないらしかった。

「私はいまのところ、ある依頼による調査をつづけています。その調査に抵触《ていしょく》しない限りでは、あなたがたの依頼を引き受けないこともないが、いったい何を調べたいのです？」

村上芙佐枝が口を開く前に、私はさえぎった。「ちょっと待ってください。この件は、お宅の顧問弁護士が承知しているのかどうかをうかがっておきたい」

「彼が反対していたら、引き受けてもらえないんですか」

「誰がそんなことを言いました？　彼が承知しているかどうかを知っておきたいだけです。引き受けるかどうかは、あなたの依頼の内容次第です」

「顧問弁護士は絶対に反対だと言っています。美き邑の節税対策をこれ以上宣伝してまわることはやめたほうがいい、と言っています。彼が承知したのは、相良さんに相談することだけでした。彼は世の中のことはほとんどすべて、誰よりも自分がいちばん立派に処理できると考えている自信過剰の人間ですけど、世の中にはほんの一部分だけ自分には手に負えない世界があって、それは相良のお兄さんに任せるしかないと考えているようです」

「相良には相談したんですね？」

「ええ」

「相良は何と答えました？」

「この話は、あなた以外には絶対に話さないほうがいいと」

私はうなずいた。「それは、望月支店長が危険を察知して、自分から身を隠している──その可能性についての情報ということですね」

「そのつもりなんですが、曖昧《あいまい》な点が多い話なので、わたしたちにも確信があるわけじゃありません。でも、あなたもありえないことじゃないとおっしゃったし、少しでも望月さんを見つける可能性があるんだったら――」

「わかりました。聞きましょう。しかし、その情報で望月支店長を見つけるのは、私より警察のほうがはるかに有力で早いと判断した場合は、もちろんあなたたちの名前は出しませんが、警察に通報することになりますよ」

「それで結構です」と、村上芙佐枝は言った。「今年の春先のことでしたが、昔の丸三金融時代に同じ職場にいた苫篠《とましの》さんというお年寄りから連絡があって、知り合いの夫婦が、池袋の西口でラーメン店を経営していたそうですが、奥さんが病気でラーメン店をたたんだそうなんです。しかも、その店舗のある地域が西口の再開発計画にかかりそうなので、土地の価格も跳ね上がりそうだという噂を頼りに廃業したそうですが、梅雨明けには再開発の計画が変更になり、最初に当てにしていた値段の半分にもならないというので、なんとかならないかという話でした。でも、丸三の亡くなった社長の〝教え〟にも、土地転がしに手を出すような金融業者は素人《しろうと》だ、土地はそこに自分の家を建てるとき以外は絶対に手を出すな――というのがあるので、わたしはお断わりしたんです。それでも再三泣きつかれたような恰好で、ちょうどそのときミレニアムの望月さんに会う機会があったので、相談してみると、できるだけのことはしてみようということなので、苫篠さんを紹介しました。だから、わたし自身はそのラーメン店が西口にあるということだけで、所番地も知らないまま、双方を紹介しただけなんです」

「ラーメン店の名前や住所がわかっていればね」と、多岐川幸子が付け加えた。

村上芙佐枝はうなずいてから、話をつづけた。「ところが、夏が過ぎても何の音沙汰もないので、まず苫篠さんに連絡を取ってみると、なんと夏の盛りに熱中症で急死されたということがわかったんです。それで、こんどは望月さんに連絡してみると、あの件はうちでは処理できなかったが、幸い知人のいる商事会社にまわしたら万事好都合にすすんで、売買契約もすでに完了しているという話なんです。うちへの手数料が遅くなって申し訳なかったと、先月の預け金を届けに行った多岐川さん経由で、十五万円の手数料を払ってもらいました」

村上芙佐枝はコップの水を一息に飲みほした。「それだけの話ではあるんですが、つい最近例の池袋西口の再開発計画で、変更前の案が復活してちょっとした騒ぎになっているという噂も聞いたので、なんとなく腑に落ちないところがあるんです。美き邑の池袋店は西口ですし、多岐川さんは住まいが豊島区の千早《ちはや》ですから、二人とも西口の駅周辺はよく歩くんですが、そこでたまたま、わたしが一度、多岐川さんは二度も、望月支店長を見かけたことがあるんです。ミレニアムの池袋支店の店舗は、東口のサンシャインシティの近くのビルの中にあるのに、ですよ」

「そういうことか」

「どうでしょう？」

「ほかには何か手掛りはありませんか」

「わたしも思い出そうとしたんですが、はっきりしているのはそれだけなんです。あまり役に立たないでしょうね」

「確かに」

「だめですか」

「手掛りとしてはいささか頼りないが……ひょっとすると望月支店長を保護できるかもしれないと考えると、無視できない情報だとは言えますね」

「では、調査してもらえますか」

二人の女は期待をこめた眼差しで私を見ていた。

「少し考えさせてください……警察に通報しても、いまはまだ暴力団への手入れが終了しているかどうかもわからないし、これだけの手掛りにどれだけの人員を割《さ》いてくれるかもわからない。そんなことに時間を費やすより、すぐにでも池袋の西口を車で走りまわったほうが、手っ取り早くて有効な手段かもしれない」

「マスコミの手を借りるって方法はないのかしら？」と、多岐川幸子が訊いた。

私はきっぱりと首を横に振った。「それでは、望月支店長を捕まえて、その口を封じたいと思っている人間がいるとしたら、彼らにも同じ情報が伝わることになる。相良が私以外の誰にも話してはいけないと言ったのは、そのおそれがあるからです」

二人の女はこの事件には金銭的な側面だけでないものがあることを思い出したようだった。私はテーブルに置いたタバコとライターを上衣のポケットにしまった。

「いまの時点では何も約束はできないが、とにかく、私でやれるだけのことはやってみます。ただし、今後はこの件に関して、お宅の顧問弁護士と、清和会の相良と、私の同意がないことには絶対に手を出さないと約束してください」

村上芙佐枝と多岐川幸子が本気でうなずくのを確認して、私は席を立った。

# 30

夕闇と街の明かりが競い合っているので、あるものが見えにくく、ないものが見えてしまうような時間だった。私は小滝橋通りに出ると、左に折れていったん新宿駅のほうへ向かった。誰かに尾行されている気配を感じたのは、そのときだった。心臓を一撃されるような瞬間を経験したのは数えきれないほどだが、どうしても慣れることはなかった。振返ると誰もいないことがあるのだが、きょうはそうではなかった。〈一ッ橋興信所〉の萩原が息を切らして小走りに近づいてきた。

「進藤由香里を尾行して、五時半頃に〈新宿西口不動産〉にもどったんです」

私は緊張していた神経を緩めた。

「彼女は残業をすませていたようです。六時に駐車場に現われると、同僚にこれから家へ帰ると話しながら、いつものように自分のスクーターで自宅のある高円寺《こうえんじ》に向かいました。それで、きょうの調査は終りにして、新宿駅に向かっていたら、あなたが小滝橋通りを歩いて行かれるのに気づいたんです」

「そうだったのか」

私たちは並んで歩きながら、話をつづけた。「すぐに声をかけようと思ったんですが、沢崎さんの向かっているのは渡辺探偵事務所のほうではないらしいので、声をかけるのはまずいかもしれないと判断しました。しばらくすると、百人町のあの喫茶店に入られたので、出てこられるのを待つことにしたんです」

「ずいぶん待たせてしまったな」

「大したことはありません。ちょうどあの横道を出る角に、硝子張りのコーヒー・スタンドがあったので、そこで待機していました」

「そうか。きょうで、約束の三日間は終了だが、彼女の調査はどうだった？」

「単独での調査は初めてだったので、思うようにいかなかったこともありましたが、なんとかやってみました。彼女がこの三日間で、完全に仕事上の関係ではない人物に接触したのは、全部で五名だと思います。どっちか見極めのつかなかった人物がほかに二名あります。その七名のうちで〝人定〟ができたのは、残念ながら三名だけです。ぼくひとりでは、彼女をほうっておいて、相手を尾行したほうがいいのかどうか、即断できませんでした」

「そうだな」

「でも、残りの四名のうちの二名は、早急に人定が必要であれば、あまり時間をかけずに調べをつけるだけの手掛りはつかんでいるつもりです。いずれにしても、七名全員の顔写真はケータイで撮影していますから、写りの良し悪しはあるかもしれませんが、見ていただくことはできます」

「そうか、それはおれにはできない芸当だったな」

「いま、ご覧になりますか」萩原は携帯電話を取り出そうと、コートの内ポケットに手を入れた。

「その写真は紙に焼いて見ることもできるのか」

「もちろんプリントできます」

「では、そうしてもらったほうがいいな」

「わかりました」

私たちは新宿大ガード西の交差点に近づいたので、少し手前で歩みを止めると、通行人の邪魔にならないように、左手の銀行らしいビルの側壁のほうに寄って、立ち話をつづけた。

「七名のうちの何名かは、たぶん学生時代からの友達という感じでした。女が四名で、男が三名でしたが、女のうちの二名は、きのうときょうの昼休みに会って楽しそうに食事をした相手です」

「なるほど。とくに目立った人物はいなかったか」

「男の一名がちょっと気になりました。きのうの夕方の六時過ぎに、新宿御苑の近くにある喫茶店で、進藤由香里に会った人物なんですが、彼女が封筒に入ったものを渡そうとしているのに、再三断わろうとするんです。たぶん封筒の中身はお金だろうと思いますが」

「険悪な雰囲気でもあったのか」

「いいえ、そんな状況ではなくて……彼女のほうは懸命に受け取ってもらおうとしているという感じで、相手の男は穏やかな顔で遠慮しているような感じですかね」

「そうか」

「かなり長いあいだ、押し問答を繰り返していたようですが、結局は相手の男が仕方がないという感じで受け取ることにしたようです」

進藤由香里が会っていたのは、ルポ・ライターの佐伯直樹のようだった。私の事務所のあるビルに住んでいる秋吉章治という写真家との連絡方法を調べてもらったことで、彼女がその謝礼を佐伯に渡していたのだろう。

「なかなかの観察眼だ。そこまで見ていれば十分だろう。その男はたぶん私の知っている人物で、封筒の受け渡しの理由もだいたい想像がつく」

「そうでしたか」萩原の顔に安堵の表情が浮かんだ。「三日間の彼女の調査では、いちばん気になっていた人物だったんです。でも、あなたのご存じの人物だったから良かったものの、やはりあのケースでは尾行の相手を切り替えるのが正解でしたね」

「そうかな。とにかく単独の調査では選択肢の一つを選ぶしかない。まずいのは、そんなことは考えもしなかったということだ」私は腕時計で時間を確かめた。七時を過ぎたところだった。

「これ以上きみを引き止めておくのも可哀相だな。携帯で撮影した写真に、それぞれの人物の簡単なメモをそえてくれれば――」

「いいえ、一ツ橋と同様の報告書を作成して、お渡しするつもりでしたが」

「あんな面倒臭いものは必要ないよ。きみはたしか、調査中はかなり詳細なメモを手帳に書きとめていたはずだな」

「そうですが」

「あれにはおれも眼を通したことがある。あれをコピーすれば十分だ。それぞれの写真にそれぞれのメモのコピーを添えてくれれば、一ツ橋の杓子定規な報告書より、実状がわかる血の通ったレポートになるよ。それを準備してもらおうか」

「本当にそれでよければ、あしたまでには作成できます。実を言うと、あさってには宇都宮から親父が上京するので、あしたのうちにすませておくほうが都合がいいんです」

「では、それをおれの事務所に郵送してもらうのがいちばん手間がかからないだろう」

「そうします」

「親父さんは幾つになる?」

「たぶん、五十三か四だと思います。沢崎さんと同じぐらいでしょう?」

私はうなずいた。「きみは幾つだ?」

「二十七歳です」

海津一樹と同じ年頃だとは思っていたが、萩原のほうがのんきな性分のせいか年下の感じがした。

「親父さんに会うのは楽しみだろう?」

「とんでもないです。親父は出張のついでにぼくに会って、ぼくの就職先のことで文句を言うつもりなんです」

「そうか。興信所の探偵をしていると聞いて、喜ぶ父親もいないだろう」

「うちの親父の場合はちょっと事情が違うんです。親父は大学は法科を出ているくせに、宇都宮の商事会社でずっと営業の仕事をしてきたんです。そのせいか、ぼくには大学の法科を出てから、司法試験にパスして、弁護士になるように期待をかけていたようです。とところが、ぼくはどっちかというと理科系の人間で、理学部を出たけれど、それで間に合うような就職口は何もなかった。やっと見つかったのが一ッ橋興信所だったんです。興信所の仕事はとくに法律と密接な関係があるわけでもないのに、親父に言わせると、おまえの就職は間違っているということになるんです。こっちは、せっかく仕事に慣れてきて、仕事の面白さもわかってきたというのに、法律のホの字も知らないやつがそんな仕事についても、どうせ長続きはしない、一日も早く転職しろって言うんですからね……まったくめちゃくちゃですよ」

「母親だって心配しているだろう?」

「それが違うんです。母はテレビのサスペンス・ドラマが大好きで、ぼくが興信所の探偵になると聞いたら、大喜びですよ。田舎に帰ると、どんな事件があった、どんな調査をした、どんな張り込みをしたって、根掘り葉掘り質問攻めにされます。それがまた親父の気に入らないんです。あんなドラマと現実の世の中とは何の関係もないと怒りだす始末です」

「困ったな……親父さんをかたくなにしているのは一種の疎外感のようなものだろう。理科系出身の探偵としては、法科卒の営業マンの苦労話や自慢話に耳を傾けてやったらどうだ。興信所員の手引書なんかより、よほどきみの役に立つかもしれないぞ。ただし、自慢話は話半分に聞いておいたほうがいいと思うが」

「そうですね……あ、すいません、あなたにこんな愚痴を聞いていただくような場合じゃなかったんだ。何かほかに、ぼくに手伝えることはありませんか」

「そのときは、連絡する」

「坂上主任に、何か伝えることはありませんか」

「あると思うか」と、私は反問した。

萩原は笑顔を浮かべて、首を横に振った。私たちは新宿大ガード西の交差点で別れて、萩原は新宿駅へ向かい、私は西新宿の自分の事務所に向かった。

# 31

事務所のドアの隙間に二つに折りたたんだノートの紙が挟まれていた。私はドアを開けて、事務所の明かりをつけてから、ノートに書かれた伝言に眼を通した。

電話をかけてください　この近くで待機しています　午後六時三十分　海津

デスクの電話の受話器を取って、海津一樹の携帯電話の番号をダイヤルした。

「ぼくです」

「おれだ」と、私は答えた。

「支店長のお嬢さんの深夏《みか》さんから、話を聞くことができたんですが、ちょっと気になる情報がありました」

「いま、どこにいる?」

「新宿タウン・ホテルの近くの喫茶店にいます」

「喫茶店ばかりで閉口している。こっちへ来られるか」

「すぐに行きます」電話は切れた。

私はデスクの椅子に腰をおろして、ゆっくりとタバコを喫った。一〇分も経たないうちに、ビルの階段を急ぎ足で上がってくる足音が聞こえた。事務所のドアは私が帰ってきたときのまま開いていたので、海津は事務所の中に入ってくると、依頼人用の椅子に坐った。きょうも紺のピー・コートにジーンズ、臙脂色のマフラーという恰好だった。

「きのうの夜、深夏さんに電話をかけて、お父さんの行方がわからなくなっていることで、ぼくも大変心配していると話してみました。お母さんの話や警察の捜査の話を聞いているので、彼女自身もただごとではないことはもうわかっているようでしたね」

「馬鹿な親を持つと、子供は苦労するな」

私の〝背後霊〟にでも注がれていた海津の視線が、一瞬私に移り、また元にもどった。

「それでも、なんとか無事に帰ってきてくれることを願っていると言うので、ぼくもその可能性がなくなったわけではないことを強調して、彼女との会話をつづけました」

海津は事務所の入口を振り返った。「ドアを閉めていいですか」

「話をつづけてくれ」私は立ちあがると、デスクを迂回して、入口のドアを閉めに行き、石油ストーブのところで立ち止まった。「寒くはないか」

「いや、大丈夫です。急いできたので、暑いくらいです」

私はデスクの椅子にもどった。

「そうだ、あなたから指示されていた、望月支店長の別荘や釣り船や〈ミレニアム〉の抵当流れの所有物件などについては、残念ながら、ぼくのパソコンの業務日誌からは何も見つけることはできませんでした。きのうとおとといの二日かけて、隅から隅まで眼を通してみましたが、手掛りになりそうなものは何もなかったんです。それと同じことを、こんどは深夏さんに訊ねてみました。父親が助かる可能性につながることなので、彼女が懸命に思い出そうとしているのも、考えてくれているのもわかりましたが、該当するようなものは何も思い浮かばないようでした」

「ちょっと待ってくれ……おれの指示のことなんだが、望月支店長が逃走している場合の隠れ場所としては、なんとなく東京を離れた遠方のようなイメージが強かったので、いま思うと、そんな例ばかりあげてしまったような気がする。〝灯台下《もと》暗し〟ということもあるな」

「そうなんですよね」海津が同意するような顔で言った。「支店長が隠れているような場所を、彼女から訊き出すのは無理かと諦めかけたとき、深夏さんがぽつりと言ったんです。

「だいたい父は年がら年中仕事で忙しい人で、家族でいっしょに東京を離れたこともないし、名古屋に転勤していたときも母以外は行ったことがない」と言うのです。そこでぼくも、あなたと同じように考えて、お父さんが隠れている可能性がある場所は、かならずしも遠方とは限らないし、ひとに知られてないようなところだったら、都内でもどんなに近いところでもありうると、彼女に話しました」

「どうだった？」

「彼女にしてみれば、話が漠然としすぎているだろうと思ったので、もっと限定して、お父さんと二人だけで行ったところはないのかと訊いてみたんです。すると、そんなところは一つもないと言いかけて、あッと声を上げたんです」

「池袋ではないか」

「えッ⁉　どうしてそれを知っているんですか」海津がいつの間にか私を直視していた。

「廃業したラーメン店だな」

「だそうですね」海津は透視術の詐欺師でも見ているような顔つきだった。

私は〈美き邑〉の村上芙佐枝と多岐川幸子から仕入れた情報の概略を、手短かに海津に話して聞かせた。透視術のショーはお開きになった。

「望月父娘《おやこ》が二人だけで、池袋の廃業したラーメン店にでかけたのはどういうわけなのか、聞かせてくれ」

「深夏さんが、今年の春にコネで入社した会社を、支店長には内緒で辞めたがっていた話はしましたよね。彼女に頼まれても、ぼくがあまりいい仕事を世話しなかったときのことです。彼女は支店長に、会社を辞めたいとは言い出せなかったが、大学時代の親友二人から誘われたので、いっしょに輸入雑貨のお洒落な店を経営してみたいという相談をしたことがあったそうです。親友の二人がそんな夢を持っているのを聞いていたので、会社を辞める口実にならないかと、思いついたらしい」

「父親は賛成しないだろう？」

「ええ、学校を出たばかりで、そんなことが簡単にできるはずがないと反対されたそうです。彼女が腹を立てて、十日ほど支店長と口をきかないでいると、少し風向きが変わってきたらしい。会社のほうはきちんと勤めた上で、収益のある副業として、専業で働く友達二人のバック・アップをするというかたちなら、支店長も多少の援助をしてもいいと言い出したそうです。でもそれでは、辞めてしまいたい会社から解放されるわけではないので、深夏さんとしては支店長の提案にイエスともノーとも答えられなかった。提案は宙ぶらりんになったままでしたが、父と娘のあいだでは時折りその話題は出ていたそうです」

「娘は相談相手を間違えたようだな。母親の望月夫人のほうだったら、彼女の味方になってくれそうだが」

「支店長のほうが先手を打ったようです。こんな話をお母さんにしたら、そんな店ならわたしがやりたいと言い出すに決まっているし、経済観念の乏しいあのお母さんにそんなことをさせたら、いずれは望月家は破産だって」

「そうか。おれたちと違って、思考回路の途中にちゃんと算盤が組みこまれているようだな」

「そんなある日、もう夏の終り頃のことだったそうですが、支店長が深夏さんの勤め先に電話をかけてきて、輸入雑貨の店にぴったりの店舗があるので、ちょっと下見に行ってみようと、誘われたと言うんです。彼女はその日は七時頃まで残業があったので、車に同乗して池袋の目的地に着いたのは九時前後のことだったようです」

「そうだとすると、少なくともその時期には、池袋の元ラーメン店は、望月支店長の自由になる物件だったことになるな」

「それから三カ月ちょっと経っていますが」

「美き邑の女社長の話とつきあわせると、いまもそこが望月支店長の所有物件である可能性がありそうだな。しかも、あまり周囲に知られていない物件だと言えるな。だが、肝腎なのは――」

「深夏さんから、その元ラーメン店の所在地をどれだけ正確に訊き出せるか、ですよね」

「そうだ」

「それがあまりうまくいかなかったんです。深夏さんは、夏の終りには会社を辞める気はなくなっていましたからね。元ラーメン店の所在地に着くまで、ほとんど上の空で支店長の車の助手席に坐っていたらしくて、どこをどう走ったかよく憶えていないんです。もともと池袋にはあまり詳しくないそうで、西口だったのか東口だったのかも特定できませんでした」

「西口であることに間違いなさそうだ。美き邑の女社長の情報だが」

「そうですか」海津の顔が急に明るくなり、上衣のポケットから携帯電話を取り出した。「東口を除外していいんだったら、ぼくがパソコンの〝検索地図〟で調べた元ラーメン店の候補地の数は、多く見積もっても三十件の半数以下に減ります」

「そこまで調べているのか」私はタバコを出して、火を点けた。「三十件は、どうして割り出したんだ?」

「深夏さんの記憶はかなり曖昧なので、少しリスクはありますが、それは勘弁してください。彼女の記憶では、元ラーメン店のある通りに車が入ったとき、洋風のレストランか喫茶店の前を左折して、その通りに入ったのを憶えているそうです。残業の前に軽食をとっていただけだったので、元ラーメン店の下見なんかするより、そのレストランに入って食事でもしたほうがましだと思ったと言っています」

「食い気のからんだ記憶なら、信憑性《しんぴょう》がありそうだ」

「それから、元ラーメン店の下見がすんだあと、その通りを直進して、信号のある交差点をまた左折した時、角にコンビニがあったと言うんです。残念ながらコンビニが何だったのかは憶えていないそうです。ひょっとしたら、缶ジュースの自動販売機のあるタバコ屋か雑貨店のようなものだったかもしれないそうですが。支店長がジュースでも飲みたくないかと訊いたときに、さっさと帰りたかったのでそう答えたら、中野にもどるまで二人とも不機嫌になってほとんど口をきかなかったと、言っていました」

「その通りはどれくらいの距離だろう？」

「彼女の話を参考にして、ぼくなりに距離を概算してみたんですが、レストランか喫茶店の角からコンビニまで、短くて五、六十メートル、長くて百メートルといったところかな。それを検索地図で調べてみると、池袋周辺でおよそ三十件が該当しそうなんです。それから、東口の分を除くと――」

海津は携帯電話を操作して、画面のデータをのぞきこんだ。「残りは十三件」

「元ラーメン店があるのは、通りのどっち側だろう？」

「助手席のある左側だそうです」

「元ラーメン店の外見は？」

「まず、前面はほぼグレーのシャッターだったそうです。元はラーメン店だったということがわかるようなものは何も残っていなかったと言っています。それから、その通り全体が薄暗くて、元ラーメン店も見にくいので、支店長が車のダッシュ・ボードから懐中電灯を取り出して、様子がわかるように照らしたりしたそうです。支店長は熱心にすすめてくれたそうですが、敷地が狭いとか、裏通りすぎるとか、通りが暗いとか、彼女のほうはあらを捜してダメ出しするのに懸命だったので、自分の記憶がどのくらい正確か、あまり自信がないと言っていました」

タバコの火はいつの間にか消えてしまっていた。「十三件か……」

「これを見てください」と言って、海津は上衣の内ポケットから折りたたんだ紙束を出した。それを広げながら、二枚のうちの一枚をデスクの上に載せた。「こっちが西口の地図の拡大コピーです。いま説明した十三件の通りにはすべて印がつけてあります」

「よく調べたな」

「パソコンの地図で〝ストリートビュー〟というのがあるのをご存じですか」

「雇われ仕事を頼まれる興信所のパソコンで、所員たちが操作しているのを横眼で見たことがあるようだが、おれは自分で使ったことはない」

「あれはリアル・タイムの画像ではなく、かなり以前の画像なので、ひょっとするとそのラーメン店がまだ営業中だった頃の画像が入っている可能性もないではありません。ところが、深夏さんはラーメン店の名前は聞いていないのです」

「女社長の情報でも、その名前は出なかった」

「そうですか。残念ですね」

「いや、おれたちの目的は、その元ラーメン店の場所を特定するだけではすまない。実際に池袋のその場所へ行って、そこに誰かいるかどうかを確認しなければ、目的は果たせないのだ。そのための下調べとしては十分だ」

「そうだとしたら、深夏さんの協力のお蔭です」

私はうなずいた。そして確かめておくべきことを訊いた。「父親についてのこの手掛りを、彼女はどうすると言っている？」

「あしたは、午後から会社の休みをとるそうです。それから新宿署に行って、ここまでの話を聞いてもらうと言っています」

「ということは、今夜のところは池袋で新宿署の連中と鉢合わせすることはないわけだな」

「そうです」海津は、少し考えてから言い足した。「深夏さんがぼくに嘘をついているとは思えませんから」

「新宿署へは同行しないのか」

「してくれと頼まれました」

「それがいいだろう」

「わかりました」

私は火の消えたタバコを灰皿にほうりこんだ。「あしたの午後まではたっぷり時間があるな」

# 32

池袋の西口にあたるエリアに私たちの車が着いたのは、午後九時を過ぎた頃だった。繁華な商業地で特定の店を捜すのには不向きな時間ではあるが、望月深夏が父親の車に同乗したときと同じ時間帯であることは好条件だった。彼女があの夜に眼にしたものが、私たちにも同じように見えるかもしれなかった。これはあくまで希望的観測にすぎなかった。

夕方と深夜のちょうど狭間《はざま》で、道路はそれほど混雑していなかった。助手席に坐っている海津が、地図と携帯電話のデータを巧みに使って誘導していたので、十三件の候補地を走りまわるのに要する時間は予想よりも短縮できそうだった。

元ラーメン店の所在地は池袋駅からどの程度の距離にあったのか、望月深夏の記憶がまるで残っていないことがわかったので、海津は念のために十三件の候補地には池袋駅からかなりの距離にあるものもリスト・アップしていた。

「だから、西武池袋線の南側の一件と、いま走っている山手通りの西側の二件の候補地は後まわしにしましょう」

車は椎名町《しいなまち》駅の東を通り過ぎて、西池袋の四丁目に入った。まもなく最初の一件目の通りに近づき、喫茶店のある角を左折して走ったが、五十メートルぐらい先の〈ローソン〉のコンビニまでのあいだにはシャッターをおろした建物はなかった。住宅のほかには酒屋とコイン・ランドリーがあるだけだった。

海津の誘導で二度右折したあとの二件目の通りには、銭湯と昔風の雑貨屋があるだけだった。その数分後に見つけた三件目の通りには、シャッターをおろした建物が二軒並んでいたので、私たちの期待はかなり大きくなった。しかし、一つは終業したあとの自転車店の店舗であることが、看板やシャッターに書かれた文字からわかった。そもそも、ラーメン店の店舗にしては大き過ぎた。その隣りのシャッターは適当な大きさだったが、もう何年も前から赤錆《あかさび》だらけになっているようで、これも該当しなかった。

西池袋三丁目にある四件目の通りで、ようやく手ごたえのあるシャッターを見つけて、私たちは車を停めた。池袋駅が近くなるにつれて、住宅の数が減少して、商店街の様相が濃くなっていた。私たちは車を降りて、シャッターの前に立った。ラーメン店独特の匂いが鼻をついた。気になるのは、シャッターの上部の収納ケースに〈中華そば 蘭々亭〉と書かれていて、望月深夏の記憶と違うところだった。気のない彼女が見落とした可能性はありそうだった。二人で確認する方法を考えていると、隣りにある荒物店から出てきた初老の男が私たちのほうに近づいてきた。両手で半紙大の白い紙を持っていた。

「蘭々亭のお客さんかい？」

「そうなんだが」と、私が応《こた》えた。

「残念だったね。きょうの午後の休憩時間に、オヤジ夫婦が車で接触事故をおこしちゃってさ。病院に通うのに事故ってちゃしょうがないけど。なに、二人とも軽傷だったんで、来週には店を開けられると言ってたからね。また来週来てやってよ。病院からの電話で、臨時休業の貼り紙を出しといてくれと頼まれたんだ」

荒物屋が臨時休業の貼り紙をシャッターの適当なところにセロ・テープで貼りつけるのを、海津が手伝うのを待った。

「オジさん、この近くに廃業したラーメン屋さんがなかったっけ？」

「今年の春か、それより前くらいなんだが」と、私が付け加えた。

「この近くって言われても、ちょっと思いつかないけどなァ。近頃は駅のまわりに、若者向けのラーメンだか何メンだかわからない、新奇な中華そば屋が次々と開店するからね。ここのオヤジなんかも売り上げは十年前の半分だと嘆いてるから、廃業するラーメン屋もきっとあるだろう。売り上げ半分ならまだましだ。うちなんか十年前の五分の一だ」

私たちは車にもどって、探索を再開した。西池袋二丁目の五件目と六件目の通りには、シャッターの下りた建物が一軒もなかった。池袋は近年新宿に肩を並べるほどの都市に変貌しつつあるというから、池袋駅に近づくほどシャッターが見つかる確率は低くなりそうで、悲観的な気分にならざるをえなかった。

ところが意外なことに、七件目の通りは駅にはもっと近くなったのに、車が擦れ違えないくらいの狭い道幅のせいか、薄暗くて寂《さび》れた裏通りだった。望月深夏が父親にダメ出しした言葉を思い出させせた。〈美き邑〉の村上芙佐枝が話していた西口の再開発計画に、入ったり漏れたりしそうな雰囲気もあった。入口の角にある小さなイタリア料理店は、店内に薄明かりが見えたが、九時半を過ぎたばかりなのに看板や入口の明かりはすでに消えていた。

一方通行の通りを二十メートルほど入ったところで、望月深夏が話したようなグレーの一枚シャッターをおろした建物が見つかった。少し手前で車を停めると、私はダッシュ・ボードから白い布製の手袋と懐中電灯を取り出した。手袋は上衣のポケットに押しこんだ。懐中電灯は長さ三十センチの黒いマグライトだった。私たちは車を降りた。

「裏通りで、暗くて、それに思っていたより敷地が狭いですよね」と、海津が低いが熱のこもった声で言った。

私はシャッターの右側にある幅五十センチほどのタイル貼りの壁のほうに近づいた。眼の高さより少し上に電気のメーターが設置してあったが、停止したままだった。電気のメーターを雨よけにしたつもりか、その下に葉書大のステッカーが貼ってあった。私は懐中電灯を点けて、ステッカーを照らした。海津もそばにきて、ステッカーを見た。

「〈要町《かなめちょう》駅前不動産〉ですか……」声の温度が下がった。

私は腕時計にちらっと眼を走らせてから言った。「不動産屋はたいがい宵《よい》っ張りだったな。電話してみるか」

すでにポケットから取り出した携帯電話を、海津が差し出した。私は首を横に振ると、ステッカーの電話番号の部分に懐中電灯の光を当てた。海津が番号をダイヤルした。しばらく待っていると、相手が出たようだった。

「もしもし、要町駅前不動産ですか……夜分遅くに申し訳ありませんが、いま、池袋二丁目にあるお宅の物件を拝見しているところなんですが……二丁目の、えーッと」海津はステッカーに手書きで記入してある番地と号数の数字を読みあげた。「ええ、そうです……」

相手は物件の確認をしているようで、しばらく待たされた。

「はい、そうです……」海津は相手の話を聞いていた。「そうですか……以前は、コイン

・ランドリーがあった店舗だったんですね」
海津は相手の話に辛抱強く耳を傾けていたが、がっかりしている表情は隠せなかった。私は電話を切る前に、電話の相手から何か少しでも役に立つような情報を訊きだす方法はないか思案をめぐらしていた。その様子を見ていた海津が、急に何か思いついたような表情を浮かべた。

「じゃあ、奥行きが一間半しかないって言うんですね」海津にしては精一杯不服そうな声に切り替えて、つづけた。「聞いていた話とちょっと違うなァ。以前はラーメン店があったと聞いてきたんですがね……えっ、この先を三十メートルほど池袋駅のほうへ行くと、そういう物件がある？……お宅の物件じゃないんですか……すいません、どうもご親切に……奥行きがない分だけ、こちらのほうが値段はお得なはずだってことですね。わかりました……比較検討した上で、またお電話させていただきます」

海津が電話を切って、ふたたび元気の恢復した笑顔を見せた。

「車はここに置いて行こう」

私は懐中電灯の明かりを消して、海津といっしょにその通りを先へ進んだ。

親切な不動産屋が教えてくれた物件は、一まわり大きい三間ほどの間口に、二枚の真っ黒なシャッターが下りていた。黒いペンキはそれほど古いものではないようだった。

「シャッターを正面から懐中電灯で照らしてみてください」と、海津が言って、店舗の左端のほうへ向かった。

私は海津の注文に応じて、懐中電灯を点けると、海津はシャッターに顔を近づけて、その表面を真横から見ていた。「やっぱりそうだ。黒いペンキは、シャッターの下半分にスプレーで書かれた落書きを消すために、上から塗り重ねたものですね。ここからだと光の反射具合で、下の落書きがかなりはっきり見えます」

「そのようだな。ここで見ても、ぼんやりとだが下の落書きがわかるぐらいだ」

「学生の頃、落書き消しのアルバイトをやったことがありますが、跡形がないように消すためには、落書きの部分をていねいに削り取っておかないと、こうなるんですよ。手間賃は二倍くらい取れるんですが、シャッターを傷つけないようにペンキを削り取る作業は、それでも引き合わないぐらい手が痛くなる厄介な作業でした」

「支店長の娘が見たときは、まだグレーのシャッターだった可能性があるな」

私は海津のそばに移動した。彼の背後のモルタル塗りの柱に、さっきと同じような電気のメーターが取り付けてあり、その下にさっきと同じように名刺より少し大きめのステッカーが貼ってあった。人間が考えることはだいたい同じだということだ。私がステッカーを懐中電灯で照らすと、海津が顔を近づけて読んだ。

「ＫＭ不動産か。電話番号は……ちょっと待ってください」彼はポケットから携帯電話を取り出すと、急いで操作した。それから、少し声をひそめて言った。「この電話番号は、望月支店長の支店長室直通の電話の番号とぴったり同じです」

「ＫＭというのは、望月支店長のイニシアルか」

海津は大きくうなずくと、感情を抑えた声で言った。「ここが探していた元ラーメン店の店舗であることに間違いないようですね」

「親切や根気が役に立つこともあるらしい」私は懐中電灯の光をステッカーの上の電気のメーターに移動させた。「しかも、電気のメーターがかすかに動いているようだ」

海津が緊張するのがわかった。腕時計に光を当てると、まもなく十時になるところだった。

「少し急いで行動したほうがいいだろう。この建物の中に誰かいるとしたら、もうこちらの動きに気づいているかもしれん。おまえはこっちの左側から、おれは向こうの右側から、建物を一まわりして、正面のシャッター以外に出入口があるかどうか確認しておこう」

「わかりました」海津はピー・コートの内ポケットから、銀色のペン・ライトを取り出した。

「明かりを交換しよう」

私たちはペン・ライトとマグライトの懐中電灯を取り換えた。

「これは相当な重量ですね」海津は電灯を持つ位置を変えて、二、三度振ってみた。

「いいか。万一のことがあっても、こいつを使うのは防御のためだ。間違っても、これでひとの頭をブン殴ったりしないように」

「万一の場合を考えると、あなたが持っていたほうがよくないですか」

私は少し考えてから、答えた。「そいつをおれが持っていると、どういうわけか、死体に出くわすことになるんだ。それだけは避けたい」

海津は私の言ったことが冗談なのか本気なのかわからずにいた。

「とにかく急ごう」と、私は静かな声で言った。

海津は建物の左側から、私は正面をまわって右側から、建物の裏手に向かった。

# 33

私は元ラーメン店だった建物の様子を調べながら、隣りの三階建の雑居ビルのあいだの狭い路地を通り抜けた。左に折れて、建物の裏に出ると、すぐそこに海津が来ていた。彼が持っている懐中電灯が、建物の裏側の左端にあるスティール製のドアを照らしていた。

「出入口はこれだけでした」

「おれのほうにもなかった」

ペン・ライトの明かりを向けると、店舗の裏には一間程度の空き地があるだけで、すぐ近くに二メートル以上の高さのブロック塀が迫っていた。薄暗いので断言はできないが、塀の向こうには鬱蒼《うっそう》とした木々が立ち並んでいるように見えた。池袋駅からの距離を考えると想像しにくいが、塀の向こうには相当な構えの屋敷でも建っているようだった。

「お寺か神社でもあるようですね」と、海津が言った。彼の推測のほうが的を射ていた。

私たちは元ラーメン店の裏口のスティールのドアに視線をもどした。私は上衣のポケットから手袋を出して、片方を左手にはめると、もう片方を海津に渡した。「何かに触るときは、手袋をはめた手にするんだ」

私はドアに近づくと、金属製のドアの把手を左手でつかんでまわした。把手は抵抗なくまわって、手前に引くとドアが開いた。それは歓迎してよい事態なのかどうか、わからなかった。海津も同感らしい顔つきだった。

「中の様子を確かめるまで、そこで待っていてくれ」

海津はしばらくためらったあと、うなずいてから、懐中電灯を差し出した。私もしばらくためらったあとで、ペン・ライトと交換した。

それから、私はスティールのドアを開けて、建物の中に侵入した。どこからか、小さな音で演歌調の音楽が聞こえてきた。あまりに小さな音量なので、建物の中で鳴っているのかどうかもわからなかった。私は左手の壁に沿って、建物の中を四、五メートル進んだ。懐中電灯の明かりがまっすぐ伸びて、建物の正面で見たシャッターの内側を、ガラス戸越しに照らしていた。色はやや茶色味を帯びたグレーだった。茶色いのはガラス戸のガラスの油汚れのせいかもしれなかった。

懐中電灯の明かりをゆっくり右に移動させると、ラーメン店の客のためのスペースと調理場のスペースが腰高のカウンターで仕切られているのがわかった。調理場の手前には、半間の木製の棚があったが、うっすらと積もった埃のほかには何も置かれていなかった。裏口のドアのほうへ少しもどると、私の立っている位置にパネル・ドアがあり、プラスチック製の〝お手洗い〟の表示板が貼りつけてあった。手洗いのドアから半間の壁を隔てて、もう一つパネル・ドアがあった。裏口のドアからすぐの位置である。私はそのパネル・ドアの前にもどった。同じプラスチック製の〝控室〟と〝関係者以外立ち入り禁止〟の二つの表示板が並べて貼りつけてあった。

私は把手をまわして、そのドアを開けた。演歌調の音楽が少しだけ大きく聞こえるようになった。しかしドアの向こうは真っ暗だった。懐中電灯の明かりで照らしながら、私は控室の中に踏みこんだ。そこは、およそ四畳半ほどの窓が一つもない部屋だった。すでに不動産屋かそれに近い者が扱っている廃業したラーメン店の裏の控室なのだから、ひとの生活の気配がなくても当然だった。しかし、外の電気のメーターが動いているということは、ブレーカーは落とされていないし、何らかの電気器具が作動しているはずだった。私は懐中電灯の明かりで室内を隅から隅まで照らしていった。

向かいの壁の上部に設置されているエア・コンはスイッチが入っていなかった。左手のテーブルの上に設置されている小型の古ぼけたテレビは、プラグの付いたコードをぐるぐる巻きにされているところをみると、電源に差しこまれてさえいなかった。

右手の壁際に五十センチぐらいの高さの大きな長方形の台が置かれていた。上部に畳のようなものが張ってあるところを見ると、その上に布団を敷けばベッドの代わりになりそうだった。しかし、いまは畳の上には何も置かれていなかった。いや、畳の隅に弁当箱ぐらいの黒い塊が置いてあった。その塊から黒い紐状のものが壁のほうへ伸びて、壁のコンセントにつながっていた。私は懐中電灯の明かりを黒い塊にもどした。それから、懐中電灯を消した。暗闇の中で、黒い塊のあったあたりに小さなグリーンの明かりが見えた。それで、黒い塊が小型のラジオであることがわかった。

さっきから聞こえていた演歌調の音楽の発信源は、そのラジオに間違いないだろう。私は確認するために、懐中電灯を点灯して畳張りの台のほうへ近づいた。私の靴の先が平べったい何かにちょっとつまずいた。明かりを向けると段ボールが床に敷かれているのがわかった。段ボールは畳張りの台の手前の床に、畳張りの台と同じくらいの広さに敷かれていた。その上に、薄汚れた毛布のようなものにくるまれた物体が転がっていた。物体はほぼ人間のかたちをしているようだった。

私の背後からの小さな光の輪が、周囲の壁にちらちらとうごめいた。忍ばせた足音といっしょに、海津が私のすぐ横に現われた。

「これは――まさか、本当に死体に出くわしたんじゃないでしょうね」

「死体は演歌を聴かないと思うが、どうだろうな」

「あなたの指示に反して、中へ入ってきたのは、人通りのほとんどない表の通りを、三度も行ったり来たりしている黒い革ジャンの男がいたからなんです」

「左手に赤い革手袋をした、眼つきの悪い三十代の男か」

「顔は遠くてよくわかりませんでしたが、赤い手袋と年恰好は間違いないようです」

「そうか。ゆっくりはしていられないようだな」

私は薄汚れた毛布の真ん中あたりを、足で蹴った。毛布の中身が少し動いた。こんどはたぶん脚だと思われるあたりを、もっと強く蹴った。

「大丈夫ですか。望月支店長じゃないんでしょうね?」

毛布の中身がゆっくりと上半身を起こした。毛布がめくれて、薄汚れた〝イーグルス〟の野球帽の下に、伸びて不潔そうな長髪と無精ひげを生やした四十歳前後の男が顔を出した。薄汚れたスエードのジャンパーの上に重ね着しているレイン・コートは、ジャンパーよりは汚れが目立たなかった。懐中電灯の明かりがまぶしくて、男は眼が開けられないという様子だった。

「どうも、すいません。疲れていて、寒かったので、ちょっとお邪魔していたんです」言葉に少し東北訛りがあるようだった。「頭がはっきりしたら、すぐ出て行きますから」

「おまえは浮浪者だな?」

「あの、ホームレスと言ってくれませんか」

「同じことだろう」

「それは、まァそうですが……」

「ラジオを消してくれ」

男は手を伸ばして、ラジオのスイッチを切った。

「どうやって、ここに入ったんだ?」

「それは——」男の開けた薄眼が右と左に泳いだ。「裏口が開いてましたから」

「いいか、嘘はつくな。おれたちはこの建物の所有者の知人というだけで、警察官ではない。正直に答えれば、警察には通報しないですむかもしれない」

「正直に言います。裏口の鍵が隠してある場所を知っていたので、それを使って入ったんです。申し訳ありません」

「名前は?」

男はわずかのあいだためらっていたが、観念したように答えた。「土門《どもん》です。〝つち〟に〝かど〟と書いて、土門です」

私は上衣の内ポケットから名刺を出しながら、言った。「身分を証明するものを何か持っているだろう。あんたたちの必需品のはずだ」

「更新していない免許証しかないですが」

「十分だよ」

土門がレイン・コートの下のジャンパーの内ポケットから免許証を出すのを待って、それを受け取り、写真が本人と一致することを確かめた。

「おれの名は沢崎」私は名刺を土門に渡した。

「私はかなり眼が悪いんです。〝ソコヒ〟を患っていて、右眼はもう失明寸前なんで、あなたの懐中電灯の強い光は痛いくらいなんです。申し訳ありませんが、部屋の明かりを点けてもらえませんか。あの入口の脇にスイッチがあります」

海津に合図をすると、彼は入口のほうへ向かった。

「あの、二つあるスイッチの下のほうだけにしてください」

海津が下のスイッチを入れると、天井の蛍光灯のうちの建物の裏側の蛍光灯だけが点灯した。浮浪者の視角に入らないほうの明かりだった。私たちは懐中電灯とペン・ライトを消した。

「控えてくれるか」私は土門の免許証を海津に渡した。

海津は携帯電話で免許証を撮影してから、持ち主に返した。

「免許証の住所には誰が住んでいる？」

「家内と二人の子供、それに家内の母親が同居しています」

「あとでおまえに連絡を取りたいことができたら、どうしたらいい。そんなこともないと思うが」

「ケータイは持っていますが」

私は海津と顔を見合わせて苦笑した。「〈ミレニアム〉の逃亡犯が言っていたことは本当だったな。いまどき携帯電話を持っていないのは、おれだけらしい」土門に視線をもどした。「携帯の番号を聞いておこう」

土門が海津に番号を教えて、海津が携帯電話を操作すると、しばらくして土門の身体のどこかで、電子音のメロディが鳴り出した。〝ゴッドファーザー〟のテーマではないかと思ったが、ラジオから流れていた演歌調の音楽を勘案すると、あまり自信はなかった。彼の耳には〝ゴッドファーザー〟のテーマは演歌に聞こえるのかもしれなかった。海津がもう一度操作すると、電子音は切れた。

「この建物にはかなり詳しいようだが、鍵の隠し場所はどうして知ったんだ？」

「たぶん……一カ月ばかり前だったと思います。隣りの三階建のビルの裏にある物置に潜りこんでいたときのことです。あのビルは日曜日は誰も来ないので、土曜の夜に裏の物置で寝泊りしても、大丈夫なんです。十時頃に眼が覚めたので、物置を出ようとしたら、この裏口に人影が見えたので、出るに出られず、開けかけた引き戸の隙間から様子をうかがったんです」

土門は首筋の痒《かゆ》いところを、無意識に私の名刺の角で掻いていた。

「そしたら、その男の人が、裏口の脇に掛けてある牛乳配達の函《はこ》の中から何かを取り出すのが見えました。その何かをちょっといじっていたら、いつの間にかドアの鍵のようなものを手に持っていて、裏口のドアをその鍵で開けて、中に入ったんです……ひょっとしたら、あなたがあのときの人だったんですか」

「いや、おれではないが、その鍵はこっちへ渡してもらおう」

男はレイン・コートの内ポケットから鍵を出すと、手袋をはめた私の左の掌に置いた。

首筋の痒みはおさまったらしく、鍵の代わりに私の名刺をポケットにしまった。

「そのあと一週間ばかり、この建物の様子をうかがって、ここにはめったに人は来ないことがわかったので、ある晩思いきって、裏口の牛乳函のふたを開けたんです。そしたら、びっくりしましたよ。中にはゴキブリが三匹も入っているじゃないですか。でも、落ち着いてよく見ると、動く様子は全然ないし、ゴム製のおもちゃのゴキブリだとわかったんです。鍵はその中の一匹の下に隠してありました」

土門は話好きな男のようだった。浮浪者以外の者と話す機会は少ないので、饒舌になっているのかもしれなかった。

「それからずっとここに寝泊りしていたのか」

「そんなことはないです。あの人が来た日曜日は鉢合わせする危険があるだろうと考えて、土曜日に泊ったことはありません。私たちにとっては、雨と風の心配のないこういうところは天国です。甘えていると、ほかでは寝られなくなってしまいますから、つづけては泊らないように気をつけているんです。それに、自分ではわかりませんが、私は相当臭いはずですから、あんまり調子に乗ると、あの人に気づかれるおそれがあります」

「それで、こんな床の上で寝ているのか」

「そうでもないです。習慣になると、この寝方のほうが楽なんです。あそこに押入れがあるでしょう。実はあの中に、布団が一式入っているのも知っているんですが、十年もこんな生活をつづけていると、布団にくるまって寝るのはちょっと怖いんです。ひょっとしたら二晩も三晩も寝続けて、起きられなくなるんじゃないかとね。布団が臭くなってバレる心配ももちろんあるし、まァ、ホームレスの無断宿泊の最低限の礼儀だとも」

海津が私と顔を見合わせて笑った。

「こんどは、いつからここに寝泊りしていたんだ？」

「今夜だけですよ。だって——」土門は言いかけて、口を噤《つぐ》んだ。

「だって、どうしたんだ」私は語気が強くならないように用心して、訊いた。

「自分のことならいくらでも話しますが、人のことをあんまりペラペラしゃべるのは……」

「いや、しゃべってもらうしかないな。嘘をつくのでなければ、あんたに迷惑がかかることはない」

「嘘はつきません。先週の金曜日からきのうの夜までは、あの人がずっとここで寝泊りしていたんですから」

私は海津と顔を見合わせた。彼の顔から笑みは消えていた。

「それは本当だな？」

「もちろんです。さっきも言ったように、土曜日の夜は泊らないことにしていたので、先週の金曜日の夜中の一時頃にここへきて、牛乳函の鍵を取り出そうとしたら、鍵がないことに気づいたんです。そして、いきなり建物の中でドアの開く音がしたり、人の動く音がしたので、こっちは腰を抜かしそうになりましたよ。よく見ると、裏口のドアの隙間から明かりも漏れているじゃありませんか。それから五日間は、隣りのビルの物置で寝たり、ほかへ行ったりしながら、いつになったら彼がいなくなるかと、待っていたんです……このところ夜はだいぶ冷えこんできましたし、あんなに何日も居つづけられると、無性にここで寝たくなるもんです」

「その男に会えば、顔はわかるな？」

「それは全然ダメです。自信を持ってダメです。私の眼が悪いのは最初から言ってるでしょう。近くにいてもよく見えないのに、あの人を見たのは隣りの物置からですからね。先週の金曜日以降、裏口から出入りするのを二、三度見かけましたが、そうだ、ハンチングを目深《まぶか》にかぶって、マスクまでしていましたよ」

「彼の体つきや服装は憶えているだろう？」

浮浪者は思い出しながら、男の体型を思いつくままに並べた。服装は紺色のバーバリふうのコートしか憶えていないと言った。

私は海津の意見を訊いてみた。「どうだ？」

「外見に矛盾するところはないですよね。この時季に支店長がそれ以外の色のコートを着ているのは、ぼくも見たことはないような気がします」

「そうだな」と、私は応《こた》えて、浮浪者に視線をもどした。「これはいちばん大事な質問だ。おまえがここでぐっすり寝ていたということは、彼が今夜はここにはもどってこないという確信があったからだな？」

「そうです。あの人はきょうの五時頃でしたが、大きなゴミ袋二つと書類鞄を抱えて出てくると、それをどこかに棄ててきたあと、二十分ぐらいでもどってきました。書類鞄もありませんでした。それからしばらくして、裏口に出てきたんですが、ドアの鍵を掛けたあと、最初は鍵をコートのポケットに入れて立ち去ろうとしたんです。私は五日も待ったのに、ここへはもう入れなくなるだろうと思って、ちょっとあわてました。ところが、路地の途中から引き返してくると、いつも通り鍵を牛乳函にもどして、それからほんとに立ち去ったんです。私は用心して、三時間ばかり時間を潰《つぶ》してから、ここに入ったんです。あのゴミ袋の中身は、あの人がここで五日間過ごしたときに溜まったゴミの類《たぐ》いじゃないかと思います。私だったら、今夜ここにもどってくるつもりなら、ゴミを棄てるのはあしたにします」

「一理はあるようだ。ここの様子は、先週の金曜日以前にあんたが寝泊りしたときと、何か変わっていたか」

「まったく変わっていませんでした。あの人が五日も寝泊りしていたのは夢じゃなかったのかと思うくらいに。電気のブレーカーも落としてありました」

「それを、おまえが元にもどしたのか」

「私はラジオを聞いているほうが、寝つくのが早いんです。念のために言っておきますが、ラジオと蛍光灯をちょっと点ける以外には、ほとんど電気は使っていません。それと、このラジオは私の持ち物です」

ラジオの外装の模造革がすっかり垢染《あかじ》みているのを見れば、わざわざ断わるまでもなかった。

「夕方の五時過ぎに、その男がこの建物を出て行ったときの様子はどうだった？」

「ちょっと驚きましたよ。あのときはマスクでなくて、サングラスを掛けていたのでわかったんですが、無精ひげは伸びているし、着ているものもよれよれになった感じで、こう言っては何ですが、私たちの仲間入りでもするつもりなのかと思ったくらいでした」

「その男の歩き方に特徴はなかったか。ちょっと少し足を引きずるとか」

「気づかなかったなァ、私のぼんやりした視力では」

「これが最後の質問だが、彼の行く先に心当たりはないか」

「いいえ、それはまったくわかりません」

海津は望月支店長のことがこれまで以上に心配になった顔つきだった。

「何かほかに、彼に訊いておきたいことはないか」

海津はしばらく考えてから、元気のない声で言った。「いや、何もありません」

「よろしければ、私はそろそろ失礼させてもらいます」土門は坐りづめだったせいか、よろよろと立ちあがった。「荷物をまとめるまで、五分ばかり待ってください」

「話を聞かせてもらったお礼に、今夜ぐらいは泊っていけと言いたいところだが、本当のところを言うと、この建物はいつ警察に踏みこまれてもおかしくない状況になりそうだ。そんなことに捲きこまれないうちに、ここを出たほうがいいな」

海津がすばやく私に合図をしてから、入口のほうを指差した。

「ちょっと待ちな。そうはいかないぜ」

映画のスクリーンの中でしか見たことがないような黒いアイ・パッチを右眼につけた男が、入口のところに立っていた。腰のあたりで構えている拳銃は、スクリーンの外でも何度かお眼にかかったことがあった。

# 34

拳銃を持ったアイ・パッチの侵入者と海津たちのあいだのスペースに、私は急いで移動した。

「勝手に動くな」と、侵入者が怒鳴った。「一発食らって、くたばりたいのか」

私は侵入者の銃口に背を向けていた。

「二人には申し訳ないことをした。池袋に着く頃から、黒いセダンがうしろから尾《つ》けてくるような気がしていたが、おれを尾行する車があるとしたら、それは十中八九警察の車だろうと考えたのが間違いだった」

「何をグダグダぬかしてるんだ。こっちを向いて、おとなしくしろ」

「まさか、あの車に乗っているのがこんなバカだとは思いもしなかった」

「何だと！」背後の男が二、三歩部屋の中に踏みこんでくる足音がした。

私はゆっくりと振り返ると、相手に見えるようにさらにゆっくりと懐中電灯を眼の前の床に置いた。アイ・パッチの男はそれを見て、少しだけ警戒を緩めたようだった。

「おまえが沢崎だな。フン、年甲斐もなく、口の減らない、向こう見ずな野郎だと聞いていたが、案外口ほどにもねえな」

「やはり〈清和会〉の橋爪の差し金か」

男の顔に浮かんだ動揺は〝イエス〟と答えたも同然だった。

「それで、何をどうしようというつもりなんだ？」

「うしろにいる男を引き渡せ」

「うしろにいるどっちの男だ？　手前にいる若いほうか」

「いや、違う。若いのはおまえといっしょに車でここへきたやつだ」

「では、向こうで毛布をたたもうとしているほうだな」

「そうだ」

「彼が誰か知っているのか」

「望月皓一……のはずだ。おまえたちが、遠くからわざわざ出かけてきて、こんな妙なところで会っているんだから、望月に違いないだろう」

「そんなことだろうと思った」私は浮浪者の土門を振り返って、訊いた。「おまえは望月皓一か」

「いいえ、違います。私は土門といいます。ホームレスの、いや、浮浪者の土門です」

「そんなはずはない。ちょっと待て」アイ・パッチの男は、空いている左手でコートのポケットから一枚の写真を取り出すと、開いている左の眼で浮浪者と写真を数回見較べた。別人であることがわかると、急に落ち着きをなくした。

「橋爪がおまえに命じたのは、おれを尾行して、その写真の男に会うことがあったら、かならず連れてこい、ということだろう？」

「……そうだ」さっきの威勢はどこかへ消えてなくなった。

「何の関係もない別の男を連れて帰ったら、取り返しのつかない失態になるぞ。橋爪とおれが交わした約束から考えると、望月を押さえられない限りは、尾行していることをおれには絶対に気づかれるな、と言われているだろう？」

「……そう言えば、そうだが」

「おまえの立場は相当に厄介だな。とにかく、その手の中の物騒なものは引っこめてもらおう。そんなものを振りまわしていいとは言われていないだろう？　望月皓一やおれたちを拳銃で撃ち殺していいような指示は出ていないはずだ。橋爪がいくら考えの足りない男でもだ。万一、拳銃が暴発して誰かに当たったりしたら、いったいどうするつもりだ？」

アイ・パッチの男はためらっていた。

「おれにいい考えがある。こうしたらどうだ。ここでの一幕はなかったことにして、浮浪者の土門はどこかで別のねぐらを探す。おれたち二人はここを出て、車で新宿へ向かう。おまえは、橋爪の指示通り、おれたちの尾行を再開する。そして、もしもおれたちが問題の望月皓一に接触することがあれば、そのときはもう一度先刻からの一幕を再現する……どうだ、この案は？」

アイ・パッチの男は考えていた。しかし、すぐに考えるのが面倒臭くなったように肩をすくめると、拳銃と望月の写真を黒っぽいハーフ・コートのポケットに押しこんだ。

「念のために言っておくが、土門に望月皓一の居場所を訊ねたが、何も知らないそうだ。だから、おれたちが新宿へ向かうのは、うちへ帰って寝るためだよ」

「ちょっと待て」アイ・パッチの男はコートの内ポケットから携帯電話を取り出した。

「車に残っている大場《おおば》に相談してから――」

「それはやめたほうがよくないか。大場というのは赤い革手袋をはめている橋爪の運転手だろう？」

「それも知っているのか」

「大場という男が反対したら、どうするつもりだ？」

アイ・パッチの男はまたためらっていた。暴力団にはすこぶるつきで不向きな男のようだ。

「おまえのミスは結局橋爪に知られることになるぞ。それに、コートの拳銃が赤い革手袋から渡されたものだったら、ミスの原因は赤い革手袋のせいだ。拳銃なんか持っていなかったら、もっと慎重に望月皓一がいるかどうかを確認してから行動していたはずだ」

アイ・パッチの男は、携帯電話を内ポケットにもどした。「わかった。おれは車にもどって、大場にはおまえたちがまもなく出てくると言っておく。あんまり、待たせるなよ」

アイ・パッチの男が部屋を立ち去ったあと、土門は畳張りの台の蔭に隠していた二つの大きな紙袋に毛布と床に敷いた段ボールとラジオを手際良く片付けた。私は懐中電灯を拾って点けると、二人が部屋を出るのを待ってから、部屋の明かりを消して、〝控室〟のドアを閉めた。土門が〝お手洗い〟とのあいだにある壁の上方に設置された配電盤のブレーカーを落とした。三人で建物を出ると、私が手袋をはめた左手で裏口の鍵を掛けたあと、鍵を土門に渡して、隠し場所の牛乳函にもどさせた。

「あんたは、隣りのビルの裏の物置でしばらく様子を見て、おれたちがみんな立ち去ったのを確認してから、どこへなりと消えてくれ」

海津が土門に訊いた。「うちへ帰るつもりはないんですか。奥さんや子供をほうっておいて、平気でいられるんですか」

「私が?……ああ、そういうことになるのか。つまり私が悪者になるんですね。でも、たぶん家内も子供も私には何の関心もなくなっているような気がして、私はうちへ帰れなくなったんじゃないかと――」

「いい加減なことを言わないでください。そんなバカなことはないでしょう」

海津は土門に背を向けると、表の通りに出る路地のほうへ足を運んだ。私もすぐに海津のあとを追った。

私たちが路地から表通りに出たところで、池袋の夜の〝第二幕〟がはじまった。路地の出口の両脇に身を隠していた男たちが、いきなり私と海津の脇腹に拳銃らしいものを突きつけてきた。さっきの拳銃は中型のリヴォルヴァーだったが、こんどは大型の自動拳銃だった。男たちは揃《そろ》いの紺色のジャンパーとズボンを身につけていた。短髪のいかつい顔つきから、はじめは警察官かと思ったが、すぐに戦闘服を着た暴力団員に訂正しなければならなかった。

眼の前に停車している黒いセダンの助手席にアイ・パッチの男が坐り、運転席に赤い革手袋の大場が坐っていたが、それぞれの開いている窓のそばに、二人の紺色の戦闘服の男が立っていて、拳銃を突きつけているようだった。一挺だけでも手を焼いたのに、四挺もあったのではもはやなすすべなどなかった。

海津と私の両脇にいる男たちは拳銃で私たちを誘導して、黒いセダンの数メートル後ろに停車している灰色の大型の四輪駆動車に向かわせた。四駆の後部座席のドアのところにくると、海津の脇にいた男が海津の胸のあたりに銃口を向けながら、少し距離を取って、海津と私のどちらでも狙える位置についた。私の脇にいた男が運転席のドアの横に移動して、低い声で言った。「ドアを開けて、二人とも車に乗れ」

海津が私の顔を見たので、そうするように促した。海津がドアを開けて先に乗り、私があとにつづいた。車内は暖房が効いていて快適だったが、気分は最悪だった。海津の脇にいた男が後部ドアのウィンドーをおろして、ドアを閉め、開いた窓越しに私たちに拳銃を向けた。私の脇にいた男が助手席のドアを開けて、車に乗りこむと、身体をひねって、私たちに拳銃を向けた。海津の脇にいた男が運転席のドアを開けて、車に乗りこんだ。私のそばのウィンドーが閉まり、ロックがかけられた。

フロント・ガラス越しに、前の黒いセダンのほうを見ると、二人の戦闘服の男たちもすでに車に乗りこんでいるようだった。

「行く先は、横浜の鏑木組か」と、私が訊いた。返事はなかった。「あそこは警察の監下にあるだろうから、まずいか」

年長らしい助手席の男が訊いた。「望月皓一はどこにいる?」

「知らんね……しまった、知っているようなふりをして、最寄りの警察署にでも誘導すればよかった」

「おまえは新宿の探偵だそうだな。清和会の片眼の男は、おまえがあそこにいた浮浪者から、望月の情報をいろいろ聞いているはずだと言っていたぞ」

「事件の担当の新宿署では、鏑木組が望月支店長の身柄を拘束しているとみているはずだ」

「もしそうだったら、なんで新宿の清和会のチンピラのあとを尾けたり、おまえたちみたいな正体不明のやつらを車に乗せたりしなきゃならないんだ?」

「いやだったら降ろしてくれ。おれたちは自分の車があるんだから。この先の――」

三十メートルほど前方に眼をこらして見たが、私の車がなかった。

「角を曲がったところに停めてある」

海津は私の言ったことが正しくないので、フロント・ガラス越しに車を探そうとした。私は左の肘で海津の腕をつついて押しとどめた。

「望月支店長の身柄は拘束していないと思わせたいので、清和会のチンピラのあとを尾けたり、おれたちみたいに何の関係もない者を車に乗せたりして、望月皓一を探しているふりをしている——ということも考えられる」

「うちの組はいまそんなに暇じゃないんだ。あと一分間だけ、考える時間をやろう。時間が切れたら、おれたちの決めたところへ向かうだけで、おまえたちには何の選択権もなしだ」

私はおよそ一分間待った。

「わかった。隣りのこの若者をいまここで解放してくれたら、おまえたちが会いたがっている男がいる可能性のある場所へ案内してやってもいい。あくまで、いるかもしれないという場所で、確信があるわけではないぞ」

助手席の男が運転席の男のほうを見て、私の提案を考えていた。だが、拳銃を持つ手はしっかりと私たちのほうへ向けられていた。

「あと一分間だけ、考える時間をやろう」私は助手席の男のセリフを真似て言った。「いや、おれは辛抱強い男なんだ。三分間だけ待とう。みんなでゆっくり相談してくれ」

「ふざけた野郎だ」

「兄貴」と、運転席の男が初めて口をきいた。「そいつは時間稼ぎをして、何かを待ってるんじゃないですか」

池袋の夜には〝第三幕〟があるとは知らなかった。そのとき前方から、黒い無灯の大きな車がこちらへ向かって走ってくるのが見えた。近づいてくるエンジンの音が大き過ぎるので、後ろを振り返ると、背後からも同じように大きな車が迫っていた。車の急ブレーキの音がして、それと同時にやけに明るい光が前後から襲いかかってきた。一瞬にして眼が眩《くら》んで、何も見えなくなった。

大音量のスピーカーがキーンという雑音を響かせた。「こちらは池袋警察署です。そこの灰色のレンジローヴァーと黒いクラウンの車内にいる者は、武器を置いてすぐに出てきなさい」

「頭を下げろ」私はとっさに、海津の首根っこをつかんで、座席の下のほうに押さえこむと、上からおおいかぶさった。

「こいつらを盾に一戦交えるか」助手席の男が何も見えない光の中で怒鳴った。

「そこまで身体《からだ》を張る義理はねえでしょう」運転席の男が応《こた》えた。

当世の暴力団はどこでも若い者のほうが常識をわきまえているようだった。

# 35

池袋警察署の駐車場で、私と海津は新宿署の覆面パトカーの後部座席に坐って、田島警部補が新宿署の捜査本部との連絡を終えるのを待っていた。パトカーの時計は十一時四十五分を指していた。

「〈鏑木組〉の四名は誘拐未遂と拳銃不法所持で、〈清和会〉の二名はその従犯の容疑で池袋署に逮捕されました。池袋と新宿の両署長の緊急連絡で、新宿署管轄の強盗未遂事件との関連が認められれば、いつでも彼らを新宿署に引き渡すということでした。沢崎たちは同事件の参考人であるということで、すでに引き取りが終了しました」

「わかった。沢崎を連れてすぐこっちへもどってこい」錦織警部の声だった。

「諒解」と、田島が応《こた》えて、無線を切った。

「おれの車はどうするんだ？」と、私は田島に訊いた。

「うちの署の者に運ばせる」田島は左腕の上腕部をゆっくりさすっていた。銃創《じゅうそう》が痛むのかもしれなかった。「あの車を見つけたので、あんたがいることがわかったんだ。キーがつけたままになっていたので、これは何かあるなと思った」

「取り忘れていただけだ」

「そうとは思えないが、まァ、いいだろう……清和会のクラウンの二人はあんたの車を尾けてきたのか」

「そうらしい」

「そのクラウンを鏑木組のレンジローヴァーの四人が尾けてきたんだな。おれたちは、そのレンジローヴァーを張っていたんだ」

「山手通りを北へ、四台の車が並んで無駄に走っている図は、環境問題の槍玉にあげられるな。仕上げはあの二台のドデカい車だが、あれはいったい何だ？」

「池袋署に応援を頼んだら、同期の四課の係長がいて、ちょうど〝四機〟の連中が奥多摩での訓練の帰りに立ち寄っているから、出動させようかと言ってくれたんだ」

「第四機動隊のことか」

「そうだ。呼んでみると、道路を封鎖するのにも、あの大型の投光機を眼眩《めくら》ましに使うのにも最適だった」

「何が最適だ。拳銃を持った馬鹿がゴロゴロしているところに、あんなバケモノみたいな車に挟み撃ちにされて、こっちは命が縮む思いだった」

「池袋の裏通りでいったい何をしていたのか、聞かせてもらおう」

私は長い時間タバコを喫っていないことに気づいて、上衣のポケットからタバコを取り出すと、一本抜き取ってくわえた。

「パトカーの中は禁煙です」と、運転席の刑事が言った。

「錦織が待っているのであれば、話は一度ですませたい。長い話になるのか、短い話ですむのか、おれにもよくわからん。錦織が何を訊きたいのか、それ次第だな。それからもう一つ、新宿署に同行するのには条件がある」私はくわえていたタバコを手にもどした。

「何だ？」

「おれの車を運転する警官に、海津が阿佐ヶ谷の住まいに帰るのに都合のいいところまで送らせてくれ」

「ぼくのことはかまわないでください。ぼくも新宿署まで同行します」

「おれがかまうんだ。きょうのおれたちの行動はまったくいっしょだったわけだから、すべておれが答えられる」

海津がうなずいたので、私は田島に言った。「おれの話に信用できないところがあるなら、日をあらためて彼に確認すればいいだろう。この条件を呑まなければ、錦織とおれの対話は、あんたがいつかも心配していたような〝こじれた間柄〟の不快な対話に終始することになるだろう」

「警察官を脅迫している」と、田島は言って、海津に視線を移した。「いつかの取調べのとき、きみには非常に好ましい印象を持ったから言うんだが、こんな男とはあまり接触しないようにしたほうがいいな」

田島警部補は無線機を使って、私の車に乗っているらしい警官を呼び出すと、ほぼ私の要求にそった指示を与えて、海津を迎えにくるように命じた。

そのやりとりのあいだに、私は海津だけに聞こえる声で言った。「行方不明の父親が無事である可能性がでてきたことを、娘に伝えておくのがおまえの役目だ」

まもなく、駐車場の屋根のないスペースに駐車していた〝四機〟の大型車の向こうから、私の車が走ってきて、こちらの覆面パトカーの鼻先で停車した。海津がパトカーを降りて、私の車の助手席に乗り換えると、すぐに駐車場の出口に向かった。

田島が無線機を取った。「新宿署の車輛二台は、これから署にもどる」

「諒解」という声が聞こえたすぐあとで、無線機の呼び出し音が鳴った。

「田島か」錦織の声だった。「さっきの交信のすぐあとに、蒲田《かまた》警察署から連絡が入った。〈ミレニアム・ファイナンス〉の新宿支店の支店長、望月皓一が出頭してきたとのことだ」

「ほんとですか⁉」

「かなり憔悴《しょうすい》しているらしいが、本人に間違いないそうだ」

「蒲田署とはどういうわけですか」

「おれにもわからん。出頭してきたのは、きょうの夕方頃だったそうだが、しばらくは体調が十分でなかったようで、警察医の診察を受けていたそうだ。〝職質〟に応じられるようになって、ようやく行方不明の手配人物であることがわかったということだ。本人の希望もあったので、すぐに新宿署に護送するとのことだ」

「わかりました」

「急いで、新宿署にもどれ」

「沢崎を連行中ですが」

「探偵の相手などしている暇はない。適当なところでほうり出してこい」

「しかし、沢崎の車をうちの刑事が運転して、すでに新宿署に向かっています」

「沢崎はそれに乗っているんじゃないのか」

「こっちの車です」

「馬鹿！　それを先に言え。沢崎はこの無線を聞いているんだな」

私は笑いをこらえていた。声を出さないでいるのが精一杯だった。

「聞いています」

「沢崎のやつ、笑っているだろう」

「いいえ――」田島が我慢できなくて、吹き出してしまった。

「笑っているじゃないか」

「いや、笑ったのは私です。すいません」

「馬鹿！……探偵、聞いての通りだ。新宿署に着いて、自分の車を受け取ったら、さっさと帰ってしまえ。その代わり、あしたの十時には出頭しろ。わかったな」無線はいきなり切れた。

「車を出してくれ」と、田島が運転席の刑事に言った。

覆面パトカーは池袋署の駐車場を出て、新宿に向かった。山手通りに入ってしばらくすると、雨が降り出した。上衣のポケットからライターを取り出すと、タバコをくわえなおして、火を点けた。

「パトカーの中は禁煙です」と、運転席の刑事がもう一度繰り返した。

「パトカーと同様に、税金で購入している防毒マスクでも着けたらどうだ？」

私は二、三服つづけてタバコを喫うと、ウィンドーを数センチだけおろして、タバコを窓の外に棄てた。

田島警部補がつぶやくように言った。「支店長の望月皓一が無事に出頭したとなると、この事件はどういうことになるんだ」

「お終《しま》いだろう」私はパトカーのウィンドーを元にもどした。

# 36

私は新宿署の捜査課の取調室で、田島警部補が部下に命じて取り寄せてくれたカツ丼を食べた。容疑者の自白を引き出すために映画やテレビ・ドラマに登場する店屋物のそれとは違って、石油を原料にした化学製品の容器ごと電子レンジで温めたコンビニのカツ丼弁当だった。腹が減っていれば喉を通らないものはなかった。食後は、お茶の紙コップを灰皿代わりにしてタバコを喫った。

腕時計を見ると、まもなく深夜の二時になるところだった。田島は取調室を出るとき、二時を過ぎたらきょうのところは引き揚げて、あした出直してくれと言った。タバコを紙コップの中にほうりこんで立ちあがろうとしたとき、取調室のドアが開いて、錦織警部が入ってきた。

「まだいたのか」と、錦織が疲れた声で言った。大きなあくびをしながら、机の向こうに腰をおろすと、いつもの古びたネクタイをぐいと緩めた。

「望月皓一の取調べはすんだのか」

「取調べだと？　おまえとは違って、望月は金融会社勤務のジェントルマンだぞ。こっちの訊ねることに、すらすらと何でもスムーズに答えてくれる」

「それが気に入らないと、顔に書いてある」

「フン、顔を洗ったら、帰って寝るか。しかも、田島の話では、おまえは望月に会って、一〇分間だけ話したいことがあるそうだな。〈ミレニアム〉の強盗未遂事件にはなんの関係もないことだと言っているそうだな」

「その通りだ」

「警察を何だと思っているんだ。最初から睨んでいたように、望月はおまえの依頼人だろう。でなければ、依頼人に頼まれたことで、会って話をしたい相手か、そのどっちかだ。警察は探偵の仕事の手伝いをするためにあるんじゃない」

「いつまで同じことを言っているつもりだ」

錦織はワイシャツの胸のポケットからタバコを出して、一本くわえた。上衣のポケットをあちこち探していたが、ライターが見つからないようだった。「火を貸せ」

私は使い捨てのライターを錦織に渡した。錦織はタバコに火を点けると、私が食べたカツ丼の弁当殻を引き寄せた。

「灰皿はこっちだ」私は紙コップの灰皿を、錦織のほうへ移動させた。「望月支店長が私の依頼人であるかどうかは答えるわけにはいかないが……望月皓一には一度だけ会ったことがある。それは認めよう」

錦織がタバコの煙りを大きく吐き出した。煙りの向こうの錦織の眼が細くなっていた。

「それは嘘じゃないだろうな」

「なぜ嘘をつかなきゃならない」

「これで望月が依頼人であることを認めたのも同然だな。宗旨変えしたのか。おまえは依頼人に関することは一切口外できないと、いつも偉そうに抜かしていたじゃないか。探偵に守秘義務などないくせに」

「そうだったか」

「望月皓一に会ったのはいつのことだ？」

「ミレニアムの事件が金曜日だったから、その二日前の水曜日のことだ」

「にもかかわらず、望月に会って話すことは、ミレニアムの強盗未遂事件にはなんの関係もないことだと言うのか」

「そうだ」

「望月に会って何を話すつもりなのか、訊いておこう」

「どうせ、二人だけにするつもりはないはずだ。立ち会っていれば、そのときにわかるだろう」

錦織は首を横に振りながら、タバコを紙コップにほうりこんだ。「うちへ帰って、さっさと寝てしまえ。おれの眼の前で、うろんな探偵稼業の店開きなどさせてたまるか」

「おれだって早く帰りたい」私は少し考えてから言った。「五分だけでいいから、望月皓一と話をさせてくれ。それと引き換えに、行方不明になっていた金曜日の夜からきょうの夕方までのあいだ、彼が寝泊りしていた場所に関する有力な手掛りを教えられるかもしれん」

錦織の顔つきが変わった。良いほうにではなかった。彼は私を睨んだまま立ちあがって、取調室の隅のテーブルに近づくと、置いてある電話機の受話器を取って、ボタンの一つを押した。

「おれだ。田島はまだ望月皓一の聴取中か……そうか、すぐにここへ来るように言ってくれ……それから、望月はそのまま残しておくように」

錦織が受話器をもどして、私の向かいの椅子にもどってきた。

「まずいことになったな。おまえはしばらく、うちには帰れそうもないぞ」

「どういうことだ?」

「望月皓一はミレニアムの事件のあった金曜日の午後四時頃に、数人の男たちにいきなり拘束されると、目隠しをされて、どこだか場所もわからないところに運ばれたそうだ。携帯電話は取りあげられると、眼の前で壊されて棄てられたそうだ。それから、きょうまで監禁されていたと、訴えている」

「……ほう」

「ほうだと？」

「ほかに言いようがあるか」

「望月が誘拐・監禁の被害者だというのが事実だとすると、おまえはその二日前から望月と接触があって、依頼人と探偵の関係か、おそらくそれ以上の関係にあったことになる。しかも強盗事件が発生したとき、おまえはその現場にいたんだぞ。さらに、望月が監禁されていたあいだに寝泊りしていた場所を知っているというんだな？　そんなおまえを、警察が黙ってほうっておけると思うのか」

「ほうっておいてもらいたいね。おれの知る限りでは、望月が寝泊りしていたと思われる場所には、彼が監禁されていた形跡などはまったくなかった」

取調室のドアをノックする音がして、田島警部補が入ってきた。

「望月が誘拐・監禁されていたと訴えているのは、嘘だというのか」

「それを判定するのはおれではなくて、あんたたち警察の仕事だ。望月とおれを会わせれば、そのための判断材料が増えることはあっても、減ることはないはずだ」

田島は錦織の脇に立っていたが、無意識に左の上腕部をさすろうとして思いとどまった。錦織に腕の傷痕が痛むことを知られたくなかったのだろう。休めと言われているのに、無理に勤務についているのかもしれなかった。

錦織は眉間に深いシワを刻んでじっと考えこんでいるので、田島の様子など眼中になかった。やおら私に視線をもどすと、意味不明な冷笑を浮かべた。それから、田島を振り向いて言った。「十五分後に、こいつを望月支店長の取調室に連れてこい」

錦織は立ちあがって、ドアのほうへ向かいかけたが、すぐに振り返った。

「十五分のあいだに、望月の前ではどんな些細《ささい》なことだろうと捜査妨害にあたる言動があったら、どういう目に遭うか、こいつによく言い聞かせておけ」

錦織は緩めたネクタイを元にもどして、部屋を出て行った。


池袋の元ラーメン店で土門という浮浪者から得た情報を、私は一〇分以上かけて田島警部補に話した。浮浪者を捕まえる手掛りは、海津一樹が控えていることも伝えた。それを錦織との取引材料にしたので、錦織への報告は私と望月皓一の面会が終わってからにしてくれと言った。田島はちょっと渋い顔をしたが、いやだとは言わなかった。十五分が経過するのを待って、私たちは部屋を出た。

望月皓一の取調室は、私がいた取調室からもっとも離れたところにあった。田島がドアをノックしてから、ドアを開けて先に入り、私はあとにつづいた。

照明を少し抑えた部屋の中央に机があり、その向こうの正面に無精ひげが伸びた望月支店長が憔悴した様子で坐っていた。錦織警部は望月の右横の椅子に坐って、望月の顔に視線を集中していた。

「沢崎、ここへきて坐れ」錦織は望月から視線をそらさずに、机のこちら側に置かれた椅子を指差した。

私は望月皓一と向き合って、腰をおろした。望月は私の顔を見ていたが何の反応も示さなかった。取調室の中に、六十秒ほどの沈黙が流れたが、それ以上はつづかなかった。

「望月さん、疲れているでしょうが、しっかりしてください。もう少しの辛抱です。あなたは、この男をご存じでしょう？」

望月はもう一度私の顔に視線を注いだが、ちょっと首をかしげただけだった。「ここの刑事さんではないんですか……私は初めて会うようですが」

「いや、これは探偵の沢崎という男です。あなたはミレニアムの強盗未遂事件の二日前の水曜日に、この男に会っているんじゃないですか」

望月はさらにもう一度私の顔を注視したが、反応は変化しなかった。

「もうそのへんでいいだろう」と、私は言った——望月支店長にではなく、錦織に。

「何がもういいんだ！」と、錦織が気色ばんだ声を出した。

「私の事務所を訪ねてきて、自分はミレニアム・ファイナンスの支店長の望月皓一だと名乗った男は、この望月さんとはまったく別人なのだ」

「何だと!?」錦織の声がさらに大きくなった。

錦織と交替して、こんどは私が望月支店長の顔を注視する番だった。彼はできるだけ平静を装っていたが、対面してからいまがもっとも表情に変化があった。

「この望月さんに会うのは初めてだ」と、私は言った。「もっとも、強盗事件のあと、あんたに支店長室に呼びつけられたとき、彼のデスクの上に置かれていた家族写真ではお眼にかかっているので、顔は知っている」

「そうだ。おまえは、あの家族写真の望月さんを見て、たしか——」

「この写真の支店長に会ったことがあるだろうとあんたが訊いたときは、ないと答えたはずだ」

錦織は反論できなかった。

「おれの依頼人が望月支店長の名前と職業を騙《かた》っていることがわかったのは、支店長室であの家族写真を見たときだったんだ」

「なぜそれを言わなかった」

「訊かれもしないことには答えようがない。訊かれたとしても、答えなくてすむことには答えない。探偵もその点では警官と同類で、あまり自慢にはならない」

錦織はかろうじて怒りを抑えて、訊いた。「その望月さんのニセモノは、おまえに何を依頼したんだ?」

私は首を横に振った。「その質問には答えられないが、少なくとも、あの強盗事件には何の関係もない調査だったということだけは断言していい」

望月の顔に微妙な反応があった。ニセモノの望月の依頼が何だったのかを推測しているような顔つきだった。

「そのニセモノが、本当は誰なのかわかっているのか」

「いい質問だ。それがわからないから、おれはこんな時間に、この部屋のこの椅子に坐っているんだ」

私は錦織のほうへ向けていた身体をもどして、望月皓一の正面に向けた。

「望月さん、あなたの名前を騙って、私の事務所を訪ねてきた人物に心当たりはありませんか」

「いえ、そんなことを急に訊かれても……そんなことをしそうな知り合いは誰も思い浮かびません。そんなことをしようと思えば、私を知っている者だったら誰でもできるわけでしょう？　そうなると、知人の数はとても数えきれないほどですから、私には見当もつきません」

私は、私の事務所を訪れたニセモノの望月皓一の年齢や特徴を簡潔に伝えた。

「……そう言われても、私の知人の大半はだいたいそんな年齢に近いですし……それに、私のほうでは名前も知らないような何者かが、私の名前を無断で借用したってこともありえないことではないでしょう？」

「確かにね。あなたは高校時代から膝の関節に持病があると聞いたが、その男もかすかに左足を引きずるようなところがありましたよ」

望月の表情がちょっと硬くなった。「嫌なやつですね。そんなところまで私に化けようとするなんて……そんな性質《たち》の悪い知人は一人もいません」

「その男があなたに出会ったのは、膝の治療をする病院だった可能性もありそうだが、あなたの行きつけの病院とか診療所を教えてもらえませんか」

「そんなものはないです。どうぞお調べになってください。膝の治療をしたのは高校時代のことで、それ以後は医者にかかったことはありませんからね」

「寒い季節には痛みがあったりするのではないですか」

「〝通販〟でよく効く痛み止めの薬を見つけたので、近頃はずっと楽になりました」

望月皓一はすでに私との会話を楽しんでいるように見えた。海津一樹のような若者たちを感心させたのは、こういう頭の働きや如才なさだったに違いない。私は上衣の内ポケットから手帳を出すと、挟んでいた名刺を取り出して望月に見せた。

「その男はあなたの名刺を渡してから、ミレニアムの名前が印刷された封筒に入っている現金で、探偵料を前払いしてくれましたよ」

望月は名刺を見ようともせず、苦笑した。「それは何の手掛りにもならないと思います。新宿支店長の私の名刺なら、すでに二千枚以上が人手に渡っているはずですから」

「裏に、あなたの中野のマンションの電話番号が手書きされていますよ。筆跡鑑定などするまでもなく、たぶんあなたが書かれたものでしょう。まさか、二千枚の名刺のすべてにマンションの電話番号を書いてはいないはずだ」

「それでも、十人に一人ぐらいの割合では書いていると思いますよ」

「すると二百人だな。だいぶ絞られてきた」

「でも、先ほども申しあげたように、その名刺が私の知らない人に渡っている可能性もありますからね。だれかれなしに、人の名前を騙ったという疑いをかけるお手伝いは、どうか勘弁してください。万一、誰かに間違った疑いをかけたりしたら、その人の口から、私が信用できない人間だということが業界中に広まってしまいますからね……ああ、それからミレニアムの封筒なら、うちのどの支店でもちょっと立ち寄れば、誰でも簡単に手に入れることができます」

私は名刺を手帳にもどして、内ポケットにしまった。望月の応対ぶりからは、かりに自分の名前を騙った男が何者であるかを推測できたとしても、口外するつもりはさらさらないように感じられた。それを口外しないことで、彼に何らかの利益が生ずる可能性があることは、十分に想像することができた。他人の名前を騙ってまで、探偵に調査を依頼しなければならないという事情は、よほど人に知られたくない事情だと考えるべきだった。場合によっては脅迫のネタになるはずだった。

私は最後の手段を使うことにした。「恩に着せるわけではないが、私はあなたからニセモノの望月皓一の正体を教えてもらえるだろうと考えて、事件以来行方不明になっていたあなたをなんとか探し出そうと奔走していたんですよ」

「それは申し訳ありませんでした。せっかくお会いできたのに、お役に立てなくて……こちらの警察の方にお聞きになればおわかりになりますが、あれからきょうまで、自分では自由に行動できないような状況に置かれていましたのでね」

「奔走しているあいだに、〈美き邑〉という貴金属店を経営している村上さんから、元ラーメン店だったという物件のことをうかがったり、その物件に一カ月ぐらい前から無断で寝泊りしていた浮浪者から、この四、五日間の様子を聞いたりしたんですがね」

望月皓一の顔色が変わるのがはっきりわかった。

「そんなことはどうでもいいことで、あなたの名前を騙った人物の名前さえ教えてもらえるなら、私はあなたに〝さよなら〟を言ったあとは、もう誰とも口をきかずに、この刑事さんの再三のすすめに従って、さっさとうちへ帰って、寝てしまうつもりなんですがね」

望月は思案していた。私が彼の〝秘密〟を警察以上に知っていることを理解し、それを交換条件にしようとしていることも理解して、思案をめぐらしているようだった。

「それはいったい何の話だ？」と、錦織が横から口を出した。

錦織の後方に立っている田島は苦笑していた。私が望月に出した交換条件は、いずれ田島の口から錦織に報告されるので、すでに無効になっていることを知っていたからだ。

望月皓一は意外に簡単に決断した。

「刑事さん、お願いします」彼は改まった口調で言った。「先ほど、家内が私の着替えを持ってきているとうかがいましたが、もしよければそれを受け取って、きょうのところは疲れてしまったので、休ませていただきたいんですが」

自分の眼の前から急に消えてなくなったかのように、望月は私を無視することにした。彼は誘拐・監禁の訴えが通らなかった場合は、かならずや安泰ではなくなる将来の生活のことを考えなければならないはずだった。新宿支店の強盗未遂事件に関して、何らかの罪で服役することになったり、ミレニアム・ファイナンスを馘《くび》になったりしたとき、手を伸ばせば届くところに〝金蔓《かねづる》〟があれば将来の生活にプラスになるにちがいなかった。ニセモノの望月の正体を自分だけが知っていることは、そういう将来の保障になると考えたとしても無理からぬことだった。それはすべて私の臆測にすぎなかったが、望月皓一の言動や、そぶりはそれにぴたりと符合していると思われた。

私は依頼人の本当の名前を訊きだすことにみごとに失敗して、もはや取り返しはつかなくなっていた。

# 37

望月皓一は要請した通りに今夜の尋問が終わると、監視の制服警官といっしょに取調室をあとにした。私には二度と視線をもどさなかった。

癇癪《かんしゃく》を起こす寸前になっていた錦織警部に、田島警部補が望月支店長と池袋の元ラーメン店の関連を説明し、私はそこで今夜起こったことのあらましを話した。それがすむと、田島は電話で海津一樹に連絡を取り、まだ起きていたという海津から浮浪者の土門についての情報を聴き取った。

「電話に出るか」と、田島が私に訊いた。

「早く寝るように伝えてくれ」

「聴こえた通りだ……それじゃ、ご協力どうもありがとう」田島が電話を切った。

私は望月支店長が新宿署での尋問にどういう供述をしていたのかを、錦織に訊いた。錦織の顔色をうかがいながら、答えたのはほとんど田島だった。

望月皓一の供述によれば、彼が誘拐・監禁状態から解放されたのは、多摩川大橋近くの川べりだった。目隠しをされた状態で車に乗せられて、一時間以上走ったあとで車から降ろされると、その車は神奈川方面に走り去った。望月は近くにいた通行人に蒲田駅が近いことを聞いて、蒲田署に出頭したと言っているそうだった。

その供述が事実だとすれば、望月がふたたび誘拐・監禁されるおそれはないことになるが、身辺保護と健康診断のために、今夜は隣接する〈東京医科大学病院〉に監視付きで入院させることになっていた。あしたから、供述の真偽と強盗未遂事件との関わりについて、本格的な取調べがはじまるということだった。

錦織が私のライターでタバコに火を点けてから、ライターを返した。うまそうに煙りを喫いこんだが、まずそうに煙りを吐き出した。

「これで事件の大筋は見えたな」と、錦織が言った。机の引き出しから、アルミ製の灰皿を取り出して、机の上に置いた。「〈ミレニアム〉のあの金庫の大金はいったい何だったんだ？」

「〈鏑木組〉の隠し金を預かっていたことはおそらく間違いないでしょう」と、田島が言った。

「ということは、〈清和会〉の隠し金もあったということだな」

「望月の中野のマンションのバス・ルームで心臓発作を起こした男は、関西の広域暴力団との関わりがあった男です。最近そこと鏑木組との関係は金銭問題で少しギクシャクしているという噂を耳にしますからね。鏑木組とは別口で、関西の広域暴力団の金がプールされていた可能性もあるかもしれません」

「だとすれば、その金は心臓発作の男から、望月があのマンションでじかに受け取っていたとみていいだろうな。二人が偶然の大家と間借り人とは考えられない」

「望月は不動産屋に紹介されただけで、関西の踊りの師匠だと思っていたと言っていますが、詳しく調べれば二人の関係は明らかになるはずです」

錦織は吐き棄てるように言った。「敵対している暴力団の金を双方から預かっているとは、二流の金融会社にしてはいい度胸だ」

「大谷といったか」と、私が田島に訊いた。「強盗のあと、本社の総務部長というのが現われて、金庫を開けるのにかなり抵抗していたようだが、ミレニアム自身の隠し金もあったのではないか」

「すべて帳簿には載せない裏金ばかりということだな」錦織はタバコを消してから、つづけた。「そのために、支店なんかにあんな大仰《おおぎょう》な仕掛けの金庫を造ったのか」

「行方不明の望月支店長の経歴などを調べるために、大手町のミレニアムの本社に行ったときのことですが、大谷とは別の重役からこんなことを耳にしました。ミレニアムは会社発足のときは、あの新宿支店に本社があったそうです。その後、業績を伸ばして上場企業にもなろうかというときに、一流金融会社の体裁にするために大手町に本社を移転させたんだそうです。あの金庫はそのときの名残りで、大きくて運び出すのも無理だったそうです。その指揮を執《と》ったのが総務部長の大谷だということでした」

「フン、運びこんだ金庫だから、運び出せないわけはないだろう。あいつらのことだ、最初から支店にあるあの金庫を帳簿に載せない金の隠し場所にするつもりだったんじゃないのか」

私は錦織に訊いた。「事件の当日の午前十一時に、ミレニアムの防犯カメラのスイッチが切られていた話をしていたな」

「望月と、本社のお偉方のおそらく大谷のほかに、社外の二人の来客があるという話だろう。そのとき、河野秋武に似ている金村瑛怡にやらせる強盗の、最終的な打ち合わせをしたということだろうな」

田島が少し考えてから言った。「社外の二人はミレニアムに隠し金を預ける鏑木組と清和会の担当者たちでしょう。鏑木組の担当者は金村に射殺された槙野という幹部だったかもしれないが、槙野と金村の両方が死んでしまったのでは、鏑木組は知らぬ存ぜぬで通すことになりそうですね。中野のマンションで心臓麻痺で死んだ関西の広域暴力団のパイプ役は、強盗の打ち合わせは望月に任せていたか、ひょっとしたら強盗の計画に加担していないか、そのどっちかでしょう……どれもこれも推測ばかりですがね」

「推測の山か」と、私が言った。「その前に、第一の疑問が置き去りになっていないか」

錦織がめずらしくうなずいた。「そいつらが強盗を計画しなければならない理由は何だ？」

「金は誰だって欲しいでしょう」と、田島が言った。「しかも、その金が帳簿にも記載されていない四億か五億の大金なら、ミレニアムとしてはまともに被害届も出さないかもしれない」

「被害額の多寡《たか》によって、警察の追及はきびしくなったり、やさしくなったりするのか」

「そんなことがあるか」と、錦織が言下に否定した。

「そうあってほしいものだ。少なくとも清和会や、関西の暴力団が血眼になって、金を取りもどそうとするのは間違いない。鏑木組の場合は、金村に強盗させることを組ぐるみで知っていた可能性があるから、犯人捜しに積極的ではないかもしれないが……」

私はタバコをくわえてから、つづけた。「こういう強盗事件では、普通はまず第一にミレニアムの内部に協力者がいる可能性を考えるだろう」

「強盗が未遂でなければ当然そうだな」と、田島が言った。「すると、金が欲しくて強盗を計画したのに、大谷も望月も、警察の捜査が打ち切りになり、暴力団が盗られた金を諦めるまで、せっかく手に入れた大金を使うこともできないわけか」

私はタバコに火を点けてから、言った。「ミレニアムの新宿支店にプールされている隠し金のすべてを、金村と共犯者に渡してしまうようなお人好しはいないだろうから、金庫の中の四、五億の金は金村たちだけの取り分だったということなのか」私はタバコの煙りを吐き出しながら、言い足した。「それにしては少し金額が大き過ぎないか」

錦織が私の顔を睨んで、もう一度訊いた。「それじゃ、あいつらが強盗を計画しなければならない理由は何だと言うんだ？」

「警察が担当している犯罪には、欲得だけで犯罪を犯す者がいくらでもいるだろう。近頃は、何の理由もなく犯罪を犯す者も増えているそうだな。しかし、探偵の仕事でおれが出会った犯罪者は、その前に犯した別の犯罪を隠すために、次の犯罪を犯してしまった者が非常に多い」

「強盗を企む前に何をやったんだ？」

「横領か」私はタバコの火を灰皿で消した。「ミレニアムの本社や暴力団の幹部から命じられて、ミレニアムの新宿支店に預けなければならない金の一部を、自分たちの懐に入れてしまっていたとしたら、どうだ？」

　錦織と田島は顔を見合わせた。

「ありそうなことだ」と、錦織が言った。「しかし、金村たちに金庫の金を強盗で奪わせて、そのネコババがごまかせるか」

「問題はそこだな。横領をごまかすために仕組んだ強盗だとしたら、犯人にはいろいろ注文をつけなくてはならないはずだ。あの強盗のときの、金村という男の独善的な言動や一癖ありそうな振る舞いは、おれもよく憶えている。望月としては、金村という男が自分たちの注文通りの強盗犯人になってくれるかどうか信用できなくなったんじゃないのか。結局、望月は強盗がミレニアムに侵入する時間には、そこに居合わせないことにした」

「望月がいなければ、金庫は開かない。金庫が開かなければ、強盗は未遂に終わって、金庫の中の隠し金はそのままだ。それでは、隠し金は減りはしないが、増えもしない。横領で開いた穴はそのままじゃないか」

　私はうなずいて、話をつづけた。「しかし、警察の捜査が入れば、金庫は開けられる。大谷のあのときの抵抗の仕方は、むしろ金庫の中身を見せたかったのかもしれない。そこにあるはずのない大金があれば、不審な証拠物件として、警察がいったん押収することになる」

「強盗計画の目的がますますわからない」と、田島が言った。「帳簿に載っていない金だということがわかれば、国税庁が黙ってはいないだろう。いずれ脱税した隠し金とみなされて、追徴金を取られることになる」

「金はもっと減ってしまうことになるぞ」と、錦織が言った。「それでいいのか」

「金庫の中には、これがうちの隠し金のすべてだと言わんばかりに、ジュラルミン・ケースが二つ鎮座していた。もしそれとは別に、事前にどこかへ移動させたジュラルミン・ケースがあと二つか三つ、あるいはそれ以上あったとしたら？」

錦織と田島がまた顔を見合わせた。

「五億だの十億だのという脱税の追徴金がいったいどれくらいになるのか、私には見当もつきませんが……」

「素人考えでも――」と、錦織が言った。「五億円の脱税の追徴金は、おそらくは十億円の脱税の追徴金の半分以下だろうな」

「その〝以下〟の差額で、存在しない帳簿にヤリクリをつけて、横領の穴を埋めようって魂胆だったんでしょうか……」

「沢崎。それが本当だとすると、あいつらは最初から強盗は未遂にするつもりで、こんな茶番劇を仕組んだうえに、おれたち警察にまで脱税の金を運ぶ役をやらせる計画を立てていたってことか」

「望月以外の連中のことは知らないが、少なくとも、望月という男はそれくらいの知恵がまわりそうだな」

「くそっ。あしたから、ギリギリ締めあげてやる！」

「証拠を見つけなければ、何も証明できない。いまのところは、ただの推測にすぎない」

「そんなことは、おまえに言われなくてもわかっている。いずれは〝四課〟や〝二課〟が協力して、暴力団の資金を根絶するよう手を打つことになるはずだ」

「遅ればせながら、来年そうそうには東京都でも〝暴力団排除条例〟を可決することになりそうだから、暴力団員は新たに銀行口座も開設できなくなりますよね」

錦織は首を横に振った。「そんなものはチンピラの生活を苦しくするだけだろう。こんどの事件のように、裏口から堂々と〝億〟のつく大金をジュラルミン・ケースに入れて持ちこむような連中と、それを金融業の一部にしているような奴らは、おれたちの手でなんとかするしかない」

取調室の壁の時計は三時半になろうとしていた。

「おれはもう用済みだな」と、私は言った。「あとはあんたたちで気のすむようにやってくれ。おれはもともと、人生の大半を自分のものではない金の勘定をして過ごしているようなジェントルマンたちに興味はないのだ」

「望月皓一の名前を騙ったおまえの依頼人がどこの何者なのか、望月に吐かせなくてもいいのか。さっきは黙っておまえたちの話を聞いていたが、望月はそいつが誰か知っているツラだったぞ」

「それを吐かせるのは、たぶん、横領の罪や残りの隠し金の在り処《あ》《か》を吐かせるよりもむずかしいだろう。望月皓一は自分の名前を騙った男の名前を、刑務所の中まで――いや、刑務所を出る日まで、自分だけの胸にしまっておく決心をしているだろう」

私は椅子から立ちあがった。「中野のマンションの心臓麻痺の男を加えても、いまのところ死人は暴力団関係者だけに限られている。今後の捜査の過程で、それ以上の犠牲が出ないように用心してくれよ」

「うるさい。おまえに言われなくても、そんなことはわかっている。こんどの事件のいちばんの被害者は、おまえの忠告を聞いたせいで、左腕を撃たれた田島だ」

私と田島は顔を見合わせて苦笑した。

「いや、私なんかより、金村にこの事件に引っ張りこまれた共犯の佐竹昭男がいちばんかわいそうですよ」

「彼はどうなるんだ?」と、私は田島に訊いた。

「強盗未遂の従犯だが、誰も傷つけてはいないし、自首しているし、凶器やガソリン缶は擬装だったし、それに初犯だから……裁判になれば、たぶん執行猶予つきの――」

「おれが不起訴にする」と、錦織が怒鳴った。「ジェントルマンの皮をかぶった金融業や暴力団のゴロツキどもに較べたら、赤ん坊のおケツみたいに真っ白だからな。沢崎、おまえよりも真っ白だ。留置場にほうりこまれないうちに、さっさと帰ってしまえ」

私は自分の車のキーを田島から受け取って、取調室から退散した。廊下にも、エレベーターにも、地下の駐車場にも人影はまったくなかった。

夜明け前の十一月の副都心の街には、冷たくて静かな風が流れていた。私は西新宿の事務所には寄らずに、まっすぐ上落合のアパートへ向かった。

とてつもなく長い一日だったが、正体不明の依頼人との距離はますます遠くなるばかりだった。

# 38

翌日の木曜日と翌々日の金曜日の二日間、私は自分のアパートでぼんやりと過ごした。何をする気もおこらなかった。囲碁の「大竹英雄《おおたけひでお》打碁選集」の第一巻を本棚で見つけると、濃いグリーンの函から出してページを繰った。天才的な棋士同士の精妙な技の応酬は私などの理解の埒外《らちがい》だったが、白石と黒石が盤上に描く千変万化の図形をながめているだけでも、気分が良くなってきた。

全五巻の選集に掲載されているのは大竹英雄という棋士の対局のごく一部なのだが、プロ棋士としての彼のすべての対局は然るべきところに保存されているはずだった。その生涯のすべての軌跡が寸分の誤りもなく残されている囲碁や将棋の仕事とは不思議なものであると思った。スポーツ選手の記録も正確に残されているが、あれはやはりその実戦を観て楽しむものだった。

棋士たちの対局は、かつては密室で催《もよお》されて一般の眼には触れないものだったが、近年はテレビなどでその様子を観戦できるようになった。しかし、対局している両者をいくら凝視したところで、一方が「負けました」と頭を下げない限り、私のような素人にはどちらが優勢であるのかも容易には判断できなかった。知性と感性の戦いのすべては盤上の〝烏鷺《うろ》〟の石だけが表現しているのだった。

比較するのも愚かなことだが、探偵稼業など憐れなもので、私のこれまでの仕事は私以外には誰も知ることがなかった。興信所に勤める探偵であれば、要求される報告書に仕事の概略は書きのこされているかもしれないが、この渡辺探偵事務所では、どこを探しても一枚の報告書も見つけることはできなかった。

私が関わった調査の依頼人や関係者たちは、私の仕事を記憶しているだろうか。たとえ記憶していたとしても、たいていは一日も早く忘れてしまいたいような不快な記憶であるに違いなかった。愚痴を言っているのではなく、私はそういう探偵の仕事をしているだけのことだった。あげくに、依頼人がどこの誰かもわからないような調査を引き受け、調査結果の報告さえできないような間の抜けた状況に陥っているのだった。ふと思いついたのだが、大竹英雄のような棋士は、かりに名前を隠した相手と対局することになっても、相手が一流のプロの棋士であれば、対局の半ばで誰と対局しているのかを言い当てられるのではないだろうか……。

普通の人間である私はそんな能力を持ち合わせていなかった。だから、三日目の土曜日の午後には、西新宿の事務所に出かけることにした。

事務所の駐車場に着くと、車のダッシュ・ボードから、料亭〈業平〉でもらった〝成田誠峯の作品〟と題した小冊子を取り出した。成田誠一郎の日本画家としての経歴と作品を紹介したもので、もらった当日にもざっと眼を通していた。一階の郵便受けで、〈一ッ橋興信所〉の萩原が郵送した週刊誌大の封筒を取り出して、二階の事務所へ向かった。

事務所に入ると、ブラインドを上げ、窓ガラスの一つを開けて、室内の空気を入れ替えた。晴天の秋日和なので、石油ストーブを点けなくても寒くなかった。デスクの椅子に坐ると、受話器を取って、電話サービスの〈T・A・S〉の番号をダイヤルした。出たのは男のオペレーターだった。

「渡辺探偵事務所の沢崎だ。なにか伝言はあるか」

「……はい。カイヅ様から、きのうの午後四時と、その前日の木曜日の三時に電話がありました。伝言は〝またかけなおします〟ということでした。以上です」

私は念を押して訊いた。「ほかにはないな？」

「ありません」と言う返事を聞いて、私は受話器をもどした。

あの日、望月皓一の名前を騙った依頼人は、《来週の土曜日には、電話をかけるか、こちらにきて、それまでの調査結果を聞かせてもらう》と約束し、事務所をあとにする直前には《来週の土曜日にまたお会いします》と言ったのだった。きょうがその来週の土曜日だった。

依頼人の言葉がすでに反故《ほご》同然になっていることは百も承知だった。だが、私は彼から三十万円の前払いの探偵料を受け取っていたので、探偵料と必要経費の精算の準備だけはしておかないわけにはいかなかった。上衣の内ポケットから手帳を取り出して、必要経費を計算し、探偵料金を加算した明細のメモを作った。あまり誠実とは言えない依頼人なので、ともすると必要経費を多めにしたくなるのを抑えなければならなかった。

一ッ橋興信所の坂上と萩原に、今回の仕事の収益の半分を渡すと約束したことを思い出したが、それを必要経費に計上するには、すでに手遅れだった。差し引き三万五千円の返済分を、概算してアパートから持ってきた現金から抜き取って、明細のメモといっしょに封筒に入れた。書きたくても書けないので、宛名は空欄のままの領収書も作成して、収入印紙を貼り、それも同封して、デスクの引き出しに入れた。萩原には申し訳ないが、あまりにも少ない金額にがっかりする坂上主任の顔を想像するのが、せめてもの慰めだった。

私はタバコに火を点けると、開けた窓のそばに立って、ゆっくりと喫った。喫い終えると、窓を閉めて、デスクにもどり、〝成田誠峯の作品〟と題した小冊子を手に取った。ホンモノの望月皓一から依頼人の名前を訊きだすことができなくなった以上、依頼人につながる手掛りのすべてをもう一度徹底的にチェックすることだけが、私に残された方法だった。

小冊子はA5サイズの十ページほどの質素なものだったが、料亭の雰囲気に合うように落ち着いた感じに作られていた。各ページの上段には、成田誠峯こと成田誠一郎の日本画の作品が一点ずつ掲載されていて、そのうちの一点は、業平の応接室の奥の砂壁に掛けられているのを観た二人の女の絵だった。ページの下段の紹介文はさほどの量ではないので、すぐに読み通すことができた。

成田誠一郎の日本画の作品は三十数点あるそうで、そのすべてが業平で所蔵され、順次店内に展示されていると書かれていた。その大きな特徴は、すべての絵が四人の女優――田中絹代、山田五十鈴、原節子、高峰秀子をモデルにして描かれていることだが、このあたりの説明は最初に眼を通したときに読んだことを憶えていた。一人だけを描いたもの、二人、三人と組み合わせたもの、そして四人が勢ぞろいしているものも数点あるそうだった。業平の応接室で、奥の砂壁に掛けられた絵に描かれた二人の女が、田中絹代と山田五十鈴に似ていると感じたことも思い出した。ところが、画家はその四人の女優には一度も会ったことがなく、モデルになってもらったこともないとのことだった。話が面白くなってきたので、私は集中して読みつづけた。

　成田誠一郎は病身だったので、外出することも外部との接触も非常に少なかったが、当時赤坂にあった二、三の映画館に出かけることだけは楽しみで、なかでも絵のモデルにした四人の女優の出演する映画は漏れなく鑑賞するようにしていたと書かれていた。しかし、彼の画風は彼女たちが映画の中で演じている場面を描くわけではなく、あたかも彼女たちが画家の前で和装や洋装の自然体でポーズを取っているかのように描かれているそうだった。動く被写体である映画や顔のアップのブロマイドとは異なる日本画独特の清澄なイメージのうちに、和装や洋装の彼女たちの魅力が再現されていると紹介されていた。絵の評判を伝え聞いて、四人の女優はすべて料亭の客として自分が描かれた作品を観るために訪れたそうだった。なかでも高峰秀子の感想がとても的確であり、秀逸であり、ユニークなので、ここに引用すると前置きがあった。

《あたしの感想は失礼なことを言うかもしれないけどさ、この絵のあたしは確かに、首から上はあたしだけど、首から下はみんな女将の静子さんだよね。あたしは日常の生活でも、映画に出演したときの演技でも、こんな優雅で、上品で、しかも颯爽とした立ち居振る舞いをしたことなんかないもの。でも悔しいからさ、将来然るべき役がきたときは、きょう誠峯先生の絵と静子さんのお手本でしっかり勉強させてもらったことを生かしてさ、決し

て負けないような立ち居振る舞いをしてみせるからね。日常生活では永久にダメだけどさ、ハハハ……》

ほかの三人の女優も、高峰秀子のように歯に衣を着せない言葉ではなかったが、ほとんど同じ趣旨の感想を述べているということだった。

小冊子の最終ページはもとは空白になっていたが、そこにページとほぼ同じサイズの紙が貼りつけてあり、長めの文章が印刷されていた。一読して、業平の女将の平岡静子への〝追悼文〟であることがわかった。故人を惜しむ文章にとくに変わったところはなく、小冊子の紹介文を書いたのと同じ人物が執筆したものだった。その追悼文の後半に、ちょっと気になることが書かれていた。

《私は成田誠峯画伯の晩年に、小・中学校の後輩として可愛がってもらっていた厚かましさから、四人の女優さんの作品がすばらしいのはもちろんだが、あなたは自分の身近に、四人の女優さんたちにもおとらないような素材があるのに、どうして業平の女将の静子さんを描かないのかと訊ねたことがありました。画伯はちょっと困ったような顔をしてから、私は彼女を大変尊敬しているんです、尊敬している人物を描くというのは大変むずかしいことですし、彼女にモデルになってくださいと頼むことさえできないんです、と言われた。それからちょっと明るい顔になって、もし私の腕前がもう数段上達したら頼んでみましょうかね、という答えでした。

その後、誠峯画伯は静子さんをモデルにした作品を描かれたのかもしれないが、静子さんはきっとそれをひとの眼に触れさせようとはなさらなかったでしょう。静子さんはまさにそういう人でした。業平の女将の平岡静子さんのご逝去は、本当に哀しくて寂しく、残念でなりません。でも、一縷《いちる》の希望はあるのです。静子さんが私たちの前からその姿を隠した代わりに、成田誠峯の描いた静子さんが私たちの前に登場してくれるのではないかと……》

私は読み違えたところがないか、追悼文にもう一度眼を通した。それから、料亭〈業平〉の電話番号を探して、受話器を取り、番号をダイヤルした。受付の女性が出たので、名前を名乗ってから女将を呼んでもらった。電話の内線を切り換える音がして、女将の嘉納淑子に代わった。

私は先日の訪問のお礼を言ってから、本題に入った。

「あの日、誠一郎さんの作品を紹介した〝成田誠峯の作品〟を玄関の受付でいただいて帰って、いま読み終えたところですが、お姉さんの追悼文に書かれていることが気になって、お電話しました。誠一郎さんがお姉さんをモデルにして描いた作品があるようなことが書いてありましたが、実際はどうだったんですか」

「ああ、あれでしょう。わたしたちも大変気になって、業平の隅から隅まで探してみましたが、見つかりませんでした。おそらく誠一郎さんは姉の絵は描かなかったんじゃないでしょうか。描こうとしても、たぶんあの姉はお断わりしたんだという気がしますよ」

「そうですか」

「ただ、うちのひとが、誠一郎さんが亡くなられる前に、一度だけ誠一郎さんの画室で、姉を描いた絵を見たことがあると言うんです。でも、これはあんまり当てにはならないと思います」

「どうしてですか」

「あの人は、いまでこそテレビなんかよく観たりしてますが、当時は板前の修業がとっても厳しい時期でしたから、映画なんかほとんど観る暇はなかったらしいんですよ。ですから歳の割りには、田中絹代と山田五十鈴を混同してしまうくらいですからね。それに姉の顔は、似ているとまでは言いませんが、山田五十鈴さんを優しくしたような、原節子さんを少しほっそりさせたようなところもありましたから、きっとお二人のどちらかの絵を見間違えてるんじゃないでしょうか」

「なるほどね」

「あ、うっかり忘れるところでした。頼まれていた姉と誠一郎さんの写真をきのうお送りしましたよ。誠一郎さんの写真は若い頃のものしかなくて、あまり保存が良くありませんけど」

「それはどうも、お手数をかけました」

「そう言えば、〝成田誠峯の作品〟を作るときに、誠一郎さんの写真を掲載したほうがいいのではないかという話がありましたが、姉があまりいい写真がないし、誠一郎さんは画家なんだから写真よりも作品を一枚でも多く載せるようにしようって決めたのを思い出しました」

「そうでしたか。またお訊ねしたいことができたら、連絡させてもらいます」

「いつでも、どうぞ」

電話を切って、タバコに手を伸ばそうとすると、電話が鳴ったので、伸ばした手が曲線《カーブ》を描いて受話器を取った。

「佐伯直樹です」

「ああ、きみか。沢崎だ」

「誰か電話をお待ちでしたか」

「そうでもあるような、ないような。秋吉章治探しの謝礼はもらっといてくれよ」

「先手を取られましたね。きょうの午前中に小切手が郵送されてきました」

「そうか。〈新宿西口不動産〉の進藤という娘は会いに行かなかったんだな」

「本人はそうしたいと言ってましたが、そんな必要はないと言ったので、郵送することにしたんでしょう。金額が大きくて驚いてますよ」

「驚くことはないさ。それだけ困っていたってことだから」

「では、そうしておきます。その代わり、この金で一杯——いや、飯でも食いましょう」

「それもいいが、中学生になったという息子に会いたいね」

「えっ？　あなたは子供嫌いだと思ってましたが」

「そうか。子供はたぶん子供嫌いの大人にも会ったほうがいい」

佐伯はちょっと笑った。「そうかもしれないですね」

「おしゃべりなスポーツマンを叱《しか》る本が出たら、連絡してくれ。その頃には、こっちの仕事も片付いているはずだ」

「わかりました」と答えながら、佐伯が笑っていた。

「どうしたんだ？」

「いえ、うちの息子があなたと話しているところを想像したら、何だか面白そうで……」

「そんなに出来《でき》のいい息子なのか」

「いいえ、違います。そんなに出来が悪いんですよ」

「どういうことなんだ？　出来の悪い息子とおれが話しているのが面白いなんて」

「そうですね……よく考えたら、出来が悪いのは父親のぼくのほうでした。ぼくは息子と衝突して困惑すると、あなたならきっとこうも言い、ああもするだろうって……」

「馬鹿なことをしたものだな」

「そうでした。そんなことはやめます。息子に会ってください」

「面白そうだ」

私たちは電話を切った。タバコに手を伸ばそうとすると、こんどは事務所のドアをノックする音が聞こえた。私は「どうぞ」と答えて、こんどは無事にタバコを手にした。

海津一樹がドアを開けて、事務所に入ってきた。天気のせいか、〈ミレニアム・ファイナンス〉の強盗未遂事件の日と同じ厚手のグレーのブレザーにジーンズという服装だった。ズックのショルダー・バッグも肩にかけていた。

「きのうとおととい、電話をくれたそうだな」

私が来客用の椅子を指差すと、海津はショルダー・バッグを足許に置いて、腰をおろした。

「二日とも、うちでぼんやりしていたんだ」

「池袋の夜のことは、あとからだんだんショックが大きくなってきて、気持が落ち着きませんでした。気分を変えて、来年三月には辞める〈バンズ・イン・ビズ〉の整理に早めに取りかかろうとしたんですが、そっちも何から手をつけたらいいのか……」

私はタバコに火を点けてから、訊いた。「あの翌日、望月支店長の娘と連絡は取ったのか」

「ええ。お父さんが警察に出頭して無事だということがわかったので、ほっとしているようでした。あの晩はお母さんが付き添って、近くの病院に検査入院したそうで、お母さんから連絡があれば自分も会いに行けるだろうと言っていました。少し落ち着いた頃に連絡すると言って、電話を切りました。新宿署で、あなたは望月支店長に会えたんですか」

「会った」私はタバコの煙りを吐き出した。

「彼は大丈夫でしたか」

「身体のことなら大丈夫だろう。しかし、相当面倒な立場にいるようだな。彼は蒲田署に出頭したとき、ミレニアムの事件の前にいきなり数人の男たちに拘束されると、どこかわからないところに連れ去られて、ずっと監禁されていたと供述しているんだ」

「……でも、それは池袋の元ラーメン店での行動と完全に矛盾することになりますね」

「浮浪者の土門の話が本当だとしたらだ。彼の話が本当でも、あそこに五、六日寝泊りしていた男が望月皓一だったという確証は、いまのところ何もない」

「それはそうですが……」

「おまえは、望月支店長があの強盗未遂事件に無関係だったり、単なる被害者だったとは考えにくくなっているんだな？」

「……そうだと思います。望月支店長とぼくの関係は、彼の仕事上の地位や能力が、ぼくたちのバンズ・イン・ビズを運営する方針とうまく嚙み合ったことで、いろいろお世話になっていたわけです。ぼくは彼の仕事の能力を大変尊敬してもいました。でも、彼が人間的にどういう人なのかはあまり考えたこともなかったし、何もわかっていませんでした。いま思うと、そういう私的なことには影響されないのが、この社会での人との付き合い方であり、暗黙のルールであると、一人前の事業家ぶって考えていたようです。それがこんなことになって、黒いのか白いのかどちらにもとれるような彼のイメージを眼《ま》の当たりにすると、何の判断もできないような始末です」

「その判断はいずれ警察がつけるだろう」

「あなたは探偵としての眼で望月支店長を見ていたわけだから、ぼくよりも正確な判断ができたのではないですか」

「どんな眼で見ようと、おれは新宿署で初めて望月皓一に会ったんだ」

「えッ？　それはどういうことですか」

「これは他言無用にしてもらうが、先週の水曜日に、ここへ訪ねてきた依頼人は、ミレニアム・ファイナンスの新宿支店長の望月皓一と名乗ったが、実際は望月支店長の名前を騙っていたんだ。金曜日の夕方、どうしてもその依頼人と相談しなければならないことができたので、私は新宿支店に出かけた。そこで、あの事件が起こったというわけだ」

「では、新宿署で望月支店長に会ったときは、驚いたでしょう？」

「そうでもないな。あの事件がおさまって調書を取られたあと、新宿署の捜査員に呼ばれて支店長室に入ったが、そこでデスクの上の望月の家族写真を見たときに、おれの依頼人は望月皓一の名前を騙っている別人であることがわかった」

「それなのに、そのことはずっと黙っていたんですか」

「おれの仕事では、依頼人の秘密はめったに口外できないのだ。だからおまえにも他言無用だと言っておいた。それでも、新宿署の捜査員二人と、おまえと、それからホンモノの望月皓一には口外してしまったわけで、探偵としては忸怩《じくじ》たる思いなんだ。言い訳をさせてもらえば、そもそも依頼人が他人の名前を拝借したりしなければ、おれはミレニアムの新宿支店などに一歩も近づかずにすんだわけだから、責任の一端は依頼人にもある」

「では、あなたが望月支店長の行方を追っていたのは、つまり――」

「そうだ。彼に会って、彼の名前を騙った依頼人がいったい誰なのか、それを訊きだすためだ」

「訊きだせたんですか」

私は首を横に振った。「知らないはずはないのに、言おうとしない。おれの見たところ、何か魂胆があるようだ」

海津は不安げな表情を浮かべた。望月に対する不信感がさらに大きくなったからだろう。

「あなたの依頼人が望月支店長の名前を借りたりしなければ……ぼくは新宿支店であなたに会うことはなかったわけですね」

「おれがいなくても、おまえがいれば強盗未遂事件の結末は同じだったよ」

「でも、事件の翌日に中野の望月支店長のマンションの前であなたに再会することがなかったら、ぼくはこの事件に捲きこまれて、うまく切り抜けることはできなかったはずです」

「そうかもしれないな」私はタバコの火を灰皿で消した。「それに、おまえの父親ではないかと脅されて、動揺することもなかったわけだ」

海津の表情が変わった。「動揺なんかしなかったでしょう?」

「動揺もしたし、腹も立てた。そして、おまえをここから追い出した」

「でも、自分の子供だとは思わなかったでしょう?」

「いや」私はゆっくりと首を横に振った。「おまえは、おれが探偵だということを忘れている。あるいは、探偵がどういうものか理解していないのだ。おれは動揺もしたし、腹も立てていたが、その一方で、おまえがおれのことを父親ではないかと訊きただしている根拠は、おれが昭和五十九年に新宿区西落合三丁目にある伊達アパートに住んでいたことだけなのだ、と考えていた」

私はデスクの上にある一ツ橋興信所の萩原が郵送してきた封筒を、海津のほうに押しやった。

「その封筒を開けて、中身に眼を通すんだ」

海津一樹は訝《いぶか》しげな顔を私に向けたまま、封筒を手に取った。

# 39

海津一樹はわずかのあいだにいくつか歳を重ねたように見えた。それまで装っていた若さを脱ぎすてたというのではなかった。そんなありきたりの処世術など彼には縁のないものだった。最初から彼に備わっていたいっぱしの人格を私が見損なっていただけのことだった。

彼は萩原が送ってきた封筒の中身に眼を通していたが、そのうちに数枚の写真の中の一枚に眼が釘付けになった。

「携帯電話で撮った写真ですね。暗くて写りがあまり良くないから、これはぼくじゃないと主張すれば通らなくはなさそうだが……認めます。これはぼくです」

「あの日、おまえは当時のおれの住所を、母親から聞いて知っているように思わせたが、それ以外に知る方法がないわけではない。おれのような暮らしぶりの男の二十年以上も昔の正確な住所は、そう簡単にはわからないものだが、方法はある」

海津は覚悟を決めたように言った。「〈新宿西口不動産〉の進藤さんから、あなたの二十五年前の住所を教えてもらいました。ここにある数枚の写真からすると、あなたはぼくではなくて、進藤さんの身辺を調査させていたわけですか」

「彼女の身辺を調査させたのは、一連の事件と直接には関係のない、まったく別の理由からだった。その報告書におまえが登場するなど予想もしていなかった」

「彼女の名誉のために言っておきますが、この写真に写っている封筒は、ぼくがあなたの例の住所を調べてくれと頼んだときに渡していた謝礼を、今週の初めに彼女に呼び出されて、彼女がぼくに突き返しているときのものです」

「わかっている。そのあいだに、進藤由香里のおれに対する評価は、このビルの立ち退き問題でゴネ得をねらって反対している厄介な借家人から、連絡のつかない隣りの借家人の所在を調べ出してくれた親切なオジさんに変化したんだろう」

海津はうなずいてから、言った。「不動産屋には、そこが契約している借家人の住所が記録されているだろうと見当をつけました。ここの駐車場で、新宿西口不動産の名前の入った車と彼女を見かけたので、ぼくは駅の近くにある事務所を訪ねたんです。実は、あそこの人事課の課長もぼくは知っていたので、すぐに彼女を紹介してもらいました。彼女に会って、このビルの立ち退きの話を聞くと、二件の借家人との話し合いが難航していることがわかりました。そこでぼくは、あなたのあの時期の住所がわかれば、あなたをここから立ち退かせるのに十分なあなたの弱みを――公《おおやけ》になると警察の手が伸びるような弱点を突きとめて、教えることができるはずだと持ちかけたんです」

「悪いやつだ」

「ぼくの話に乗ったことを、彼女はいまでは大変後悔しています。謝礼を返しただけでなく、あなたの住所を悪用するようなことがあったら、彼女は内部情報を漏らしたことを告白しなければならない事態になっても、ぼくの不正行為を追及すると言いました。仕方がないので、話を少し脚色して、ぼくの友人があなたのことを自分の父親ではないかと疑っているので、あの時期の住所を調べてもらったんだということにしました。幸い、あの住所のお蔭でそうではないことがはっきりわかったので、彼女にもあなたにも今後一切迷惑をかけることはないと誓って、納得してもらいました」

「ますます悪いやつだ」

海津は申し訳なさそうに頭を下げた。顔を上げると、いままでになく硬い表情が浮かんでいた。「もっとほかにも、あなたはぼくに訊きただしたいことがありそうですね」

「ある」私はタバコに火を点けて、椅子から立ちあがると、背後の窓ガラスを少し開けてから、椅子にもどった。

「探偵として訊きたいことが、いくつかある」私は自分の考えていることを順番に秤《はかり》にかけながら、タバコの煙りを少しずつ吐き出した。「だが、それはどれも大したことではない。探偵は依頼人のために仕事をしているのだが、さっきも話したように、依頼人が望月の名を騙っていたので、おれは仕事の結果を報告する相手の名前も所在もわかっていない状況だからだ。それよりも、〈ミレニアム〉の新宿支店で最初に出会ってから、さほど日にちも経っていないのに、おまえとは不思議な時間を過ごしてきた。だから、探偵としてではなく、おまえに訊きたいことが一つだけある」

海津が少し身構えるような反応をみせた。

「答えたくなければ、答えなくてもいいんだ。そのときは黙ってここから立ち去ればいい」

海津はもっと身体を硬くしたようだった。

「おまえはなぜ、おれのことを父親ではないかと訊いたりしたんだ？」

海津の顔から表情が消えた。そして、ゆっくりと椅子から立ちあがった。

「父親ではないかと訊いたあの日の様子や、父親でないことが明らかになったきょうの様子から考えると、おまえが父親ではないかと訊いたのは……おれが最初ではないな」

海津は足許のショルダー・バッグを手に取ると、ドアのほうへ向かった。

「おれを最後にするつもりはないか」

　海津の足が止まって振り返ると、ゆっくりと来客用の椅子にもどってきて、腰をおろした。

「ぼくの退屈で長い話はもう聞き飽きているでしょう？」

「長いが、退屈はしなかったぜ」

「ぼくのつまらない話を面白がるのは、あなたくらいですよ」彼はしばらく話の糸口を探していた。

「ぼくが父親を知らない母子家庭に生まれて、中学一年のときに母が交通事故で死んだあとは、祖父母のうちで育てられた話はしましたよね」

「いったん母親の兄夫婦の養子になり、その夫婦に子供ができたので、また祖父のうちに引き取られた」

「そうです。よく憶えていますね。祖父は小さな町の教育者で、父親のわからない子供を産んだ母を許さなかったことも話しましたか」

「聞いた」

「これから話すことは誰にも話したことはないと思います……母は祖父たちに、ぼくの父親との約束をこんなふうに話していたんです。ぼくの父親は妻子のある男なのだが、ぼくが高校に入る年になるまでには、いまの不本意な生活をかならずきれいに清算する。そして、母とぼくのもとへもどってきて、かならず三人で暮らせるようにすると。よその家庭を壊すような母の不始末に、祖父はもう一度怒りをあらたにしたようです。しかし、母にそう言われれば、結局はそうなることを願ってそのときがくるのを待つほかはなかったでしょう」

「母親の交通事故は、おまえの中学の一年のときと言ったか」

「そうです。事故はバスと大型のタンクローリーの衝突事故で、七人も死者の出るようなものだったから、新聞でもテレビでも詳しく報道されました。母の死亡も写真入りで報道されたのに、一言の連絡もしてこない父親がどんな人間かわかったと、祖父が口汚く罵っていたのを、ぼくはよく憶えています。そして、ぼくが高校に入ってからも、父親からは何の連絡もありませんでした」

「おまえの母親は、そういう万一の場合のことは考えていなかったのだろうか。そんなこともあろうかと父親の名前や連絡先を書き遺してはいなかったのか」

「母の葬式のあとだったか、一周忌のあとだったか、祖父と祖母が、二、三日がかりで、母の持ち物をすべて調べたことがありましたが、何も……」

「おまえは探さなかったか」

「大学に入るために上京する直前に、だいぶ少なくなっていた母の荷物に隅から隅まで眼を通しましたが、何も見つかりませんでした。そのときにふと思ったのですが、父親についての母の話は、当時の祖父や幼かったぼくの気持を鎮めるためにつくったもので、母は最初から自分一人の手でぼくを育てるつもりだったのではないかと……そうでなければ、あんまり母が可哀相ですからね」

「そうか」

「上京してからのぼくは、こんなふうに考えるようになっていました。本当の父親が、ぼくに会おうともしないような男なら、ぼくには自分の前に現われるそれ相当の年齢の男たちは、すべてぼくの父親だとみなす権利がある、とね」

私は笑った。

「ここは笑うところじゃないと思いますが」と言って、海津も笑っていた。

「おまえが言うと、それを誰も否定はできないが、だからと言って肯定するわけにもいかないとんだ屁理屈だな」

「でも、この屁理屈はあなたに対してはあまりうまくいきませんでしたが、それ以外ではほぼ百パーセントの成功率なんですよ」

「どういうことだ?」

「ぼくがこの屁理屈というか、権利を行使した相手はすべて〈バンズ・イン・ビズ〉の仕事で接触する人たちに限られています。そう言えば、ぼくの父親の年齢に相当するような人たちのうちで、仕事とは何の関係もないのに近づきになったのは、あなたが初めてだと思います。それはともかく、ぼくは仕事で出会った五十歳前後の相手に接するときは、まず第一に相手に父親に対するような視線を注ぎます。それから父親に接するときのような言葉遣いをするように心がけます」

「それはつまり、敬愛する父親に対する視線や言葉遣いという意味だな」

「えっ？　それはどういうことですか」

「世の中には、親と不仲な子供もいれば、親を軽蔑したり、嫌ったりしている子供もいるだろう？」

「なるほど、そうか。もちろんぼくの場合、親を尊敬もし愛してもいる子供の態度です。そして、そういうぼくの接し方を不快に思うような相手は一人もいませんでした。あとは、相手との仕事での関係の進捗の度合いにもよりますが、「あなたのような人が父親だったたら良かったのに」というようなことを口にすれば、かならず「きみの父親は？」という質問が返ってきます。そのときは父親を知らないぼくの身の上を、相手に応じて多少アレンジしてぶつければ、たいていは同情的な気持がわくようです。中には、もうすっかり父親代わりになったような接し方をする人も少なくありません」

「本当か。誰もがそういう反応をするとは思えないのだが」

「ぼくもそう思っていましたが、よく考えてみると彼らがどうしてそういう反応をするのか推測することはできます。望月支店長の場合がまさにそうでしたが、お嬢さんしか子供がいない父親は、ぼくのことを〝こんな息子がいたら良かったのに〟という眼で見ますし、現に望月支店長は口にも出して言われたことがあります。子供が欲しかったのにできなかった人も同じです。では、息子がいる父親はどうかというと、さっきあなたも言われたように、不仲な息子や自分を嫌っている息子がいる父親は、やっぱり〝こんな息子がいたら良かったのに〟という眼でぼくを見るようになります。言い訳に聞こえるかもしれませんが、ぼくの屁理屈の権利行使は、むしろ彼らに孝行息子の身代わりを提供していたようなもので、決して彼らを傷つけるようなことはしてこなかったと思います」

海津は自分の言い分にはあまり説得力がないことを知っていた。

「問題があるのは、父親たちよりも、おまえ自身だということはわかっているだろうな。おまえは誰が見ても、十人のうち十人すべてが口をそろえて言うような好青年だ。ミレニアムの強盗の主犯の男が、おまえのことをハンサム・ボーイと呼んだのを思い出した。ハンサムという言葉も近頃ではあまり聞かなくなったが、強盗にしては言いえて妙だと思ったよ。単に容貌のことだけを言っているのではなくて、おまえの全身から発散されているものがそうだ。言葉遣いも、考え方も、おまえの内に秘められているものがそもそもハンサムなのだろう。それが父親たちに〝こんな息子がいたら良かったのに〟と感じさせるのだ。あえて言わせてもらうが、父親もいなくて、母親とは中学のときに死別しているというのに、よくそこまでハンサムな青年に育ったとね。いや、もしかすると、そういう境遇だからこそ、そういう青年に育ったのか」

「本当は自分でもなぜそうなったのかわかっているんですよ。ぼくは、もしも自分の父親に会うことがあったら、彼の子供たちを差しおいて、〝こんな息子がいたら良かったのに〟と言わせたくて、ずっと生きてきたんだろうなと」

「それがわかっていれば、おれには何も言うことはない。結局、おまえの前に現われるそれ相当の年齢の男たちを自分の父親だとみなす権利を行使してみたところで、傷つくのはおまえのほうだ。本当の父親に会ったときでなければ、その権利は有効ではないということだ。これからはもう〝父親たらし〟のような真似はやめることだな」

「やめるもなにも、二度とできなくなってしまいましたよ。あなたに会ってからは」

「おれがどういう関係があるんだ？」

「ぼくは、さっき話したような仕事の関係の人たちに〝こんな父親がいたら良かったのに〝と思ったことは一度もありませんでした。しかし、あの晩、あなたに「ぼくの父ではありませんか」と言ったときは、〝こんな父親がいたら良かったのに〟と思っていたんです」

「何を言っているんだ」

「いえ、これはあなたをほめようとしているわけではないので安心してください。なぜぼくが〝こんな父親がいたら良かったのに〟と思ったのか、それはあなたがぼくの父親ではないからなんです。いや、ぼくの父親ではない人はいくらでもいますから、それでは理由にならないな。たぶん、あなたはぼくの父親だったら言うだろうことを決して言わないし、ぼくの父親だったら言わないだろうことはかならず言うからです」

「そういうことか。これから発言には気をつけることにしよう」

「気をつけてもだめですよ」海津は少し考えてから、言い足した。「もう一つ理由があります。それはたぶん、あなたが探偵だということに関係があるような気がするんですが……よく知りもしない仕事のことを軽々しく云々するのはよくないことだと思うので、控えます」

「そうしてくれ」

「来年の三月でバンズ・イン・ビズの仕事が終われば、父親タイプの人たちとの接触もほとんどなくなるはずですから、彼らをたらしている暇なんかなくなるでしょう。それに、お話した高校中退の彼女のこともあります。彼女との将来をまじめに考えれば、いずれはぼく自身が父親になることに気づいたんです。こんな〝父子ゲーム〟のようなことにかまけている余裕もなくなるでしょう」

「彼女にはまだ本当のことを話していないのか」

「あなたがぼくに、こんどは探偵として訊きたいことを訊いたあとで、ここから無事に帰ることができたら、ぼくがどういう人間か、ありのままを彼女に打ち明けられると思います」

私は微笑しながら言った。「覚悟はいいな」

# 40

午後四時を過ぎて、事務所のなかは少し寒くなってきたので、私は開けていた窓を閉めて、海津に石油ストーブの火を点けてもらった。

「自分の父親ではないかと訊いた相手はいったい何人ぐらいいるんだ？」

「十人以上……十五、六人くらいだと思います。いや、ちゃんと数えていたので、たぶん十六人で間違いないと思います」

「望月支店長にも訊いたことがあるんだな」

「あります」

「そうか。おれのように動揺したり、腹を立てたりした者もいるだろう？」

「あなたがそうだったということには賛成できませんが、いちばん最初に訊いた相手は確かにそうでした。二人目からは同じ過ちは犯しませんでした。よく考えれば、その相手とぼくが父子ではないことがわかるような間違った情報をかならず入れておくようにしたからです。だから初めに驚くことはあっても、自分はそんな町には行ったことはないとか、その町にいたのはそれより二年前のことだとか、情報の食い違いで、ぼくの父親だという疑いは晴れるようにしたんです。それで相手の気持はすぐにほぐれます。〝この青年は自分のことを父親ではないかと思ってくれたのか〟――そんなふうに相手が好感を持ってくれたかどうかは、その後の仕事での関係が好転するかどうかではっきりわかります。二人目からはすべてうまくいくようになりました。さっきは百パーセントと言いましたが、正確には九十パーセントぐらいの成功率ですね」

「最後の十六人目がおれだったとすると、先週の水曜日にこの事務所を訪ねてきて、望月皓一の名前を騙ったおれの依頼人は十五人目ということになるな」

海津の表情が変わった。「やはり、そう思っていたんですね」

「違うのか」

「違います」

「どう違うんだ？」

「彼には一度だけ会ったことはあります。でもそれだけです。彼にはぼくの父親ではないかと言ってはいません」

「一度会ったことはあるんだな？」

海津はうなずいた。

「それは望月皓一の仲介だな?」海津がもう一度うなずくのを見て、私は言った。「彼に会ったときのことを詳しく話してくれ」

「あれは先々週の金曜日だったと思います。金曜日の夕方は西新橋の交差点の近くにある障害者のための福祉施設へ出かけることがあるんです。彼女とときどきそこで会うことにしているからです。その日、望月支店長から急に連絡があって、ちょっと相談したいことがあるので、新橋駅の近くのサイプレス・ビルまで来てくれということでした。ビルの二階にある〈アルル〉というレストランで五時に会う約束をしました。彼女との約束は六時だったので、その点を確かめると、時間はそんなにかからないから大丈夫だということでした」

「そのレストランで依頼人に会ったのか」

「あれで会ったことになるのかどうかわかりませんが、彼がそのレストランで望月さんと向かい合って坐っていたことは確かです。レストランに着いて、店の係りに望月さんの名前を告げると、すぐに案内してくれました。店の中ほどにいた望月さんのほうもぼくに気づいて、席を立つと、ぼくを迎えるように近づいてきました。そして案内係を帰すと、いきなりぼくに謝るんです。急に大事なお客さんに会うことになったので、ぼくとの約束は次の機会に延期させてくれというわけです。ぼくのほうも、新橋までの地下鉄が信号機の故障とかで、約束の五時にちょっと遅れていたのですが、遅刻の詫《わ》びを言うこともなく、六時には遅れずに福祉施設へ行けると思ったので、約束が反故になったことはあまり気になりませんでした」

「望月はおまえを依頼人に紹介しなかったのか」

「そうなんですが、望月さんは約束を延期してくれと言いながら、ぼくの肩に手を置いて、相席している彼にぼくを紹介しそうな感じでした。ぼくもその気で、挨拶をしようかどうしようかと思っているうちに、肩をポンと叩かれて「それじゃ、また」と言われたんです。ぼくとしては拍子抜けのような、適当に追い払われたような恰好だったんです」

「おまえが挨拶しようかどうか迷っているとき、おれの依頼人はどうしていた？」

「ぼくのほうを見ていました」

「それをどう思った？」

「その場では、相席の人のなんというか、とても品のある紳士ぶりに、ぼくなんかが紹介されないのも当然だなと思ったり、望月さん本人を含めて、彼の周辺ではあんな雰囲気の人物にはこれまで一人も会ったことがないなと思ったり……」

レストランで望月が相席していた人物が海津に与えた印象は、私が先週の水曜日に依頼人から受けた印象とほぼ同じものだった。

「でも、レストランを出て、福祉施設まで歩いているうちに、いろんな疑念がわいてきました。彼女と会っているあいだは少し気分がまぎれていたのですが、その夜ひとりになってみると、ぼくに注がれていた彼の視線がぼくの脳裏から離れなくなっていました」

「おまえの疑念は、つまるところ望月がおまえの十八番《おはこ》を逆用したのではないかということだな」

「十八番だなんて、あなたは本当にひとを不快にさせるのが——」

「おれの十八番のようだな。しかし、レストランで会った紳士の名前は、おまえは聞いていないのだな」

「そうです」

「その紳士がおれの依頼人であることを、おまえがなぜ知っているのか、その理由《わけ》を訊いておこう」

海津は足許に置いていたショルダー・バッグから飲料水の半リットルのボトルを取り出して、キャップの封を開けた。「水は要りませんか」

「おれは聞き役だから、おまえの半分もしゃべってはいない」

海津はボトルの水を二口ほど飲んでから、ボトルをデスクの上に置くと、話をつづけた。

「先週の水曜日に、彼女から前日に頼まれていたものを福祉施設へ届けたんです。レストランで顔を合わせた人物がどうしても気になるので、届け物の用がすんだら〈アルル〉というレストランのあるサイプレス・ビルへ行ってみるつもりでした。おそらく望月さんのほうが、相手の都合のいい場所に新宿から出向いているだろうと考えたので、ひょっとしたらあの人にもう一度会う可能性があるかもしれないと思ったんです。あのビルに着いたときはそんな考えは甘かったことに気づきました。ビルの一階の玄関にあるテナントを表示したパネルを見ただけで、その数の多さに呆然となりました。そもそも、あの人がサイプレス・ビルに関係がある人かどうかもわからない。〈アルル〉というレストランに行っても、入口から中をのぞいただけで、五日も前のお客のことを店の誰にどう聞けば、こちらの聞きたい答えが返ってくるのか見当もつかない……ぼくは途方にくれてしまいました」

「探偵の苦労の一端を学んだな」

「それでもせっかくここまで来たのだからと、二階から三階や四階へ上がってみたり、うろうろしていたら、まさかと思うようなことが起こったんです。三階の紳士用品の店が並んでいる奥に、小さな画廊があるんですが、そこからあの人が出てくるのに気づいたんです。ぼくはちょうどむこうの横顔が眼に入るような位置にいたので、こちらの顔を見られずにすみました。考えこんでいるような様子で、周囲のことにはあまり関心のないような歩き方でした」

「彼を尾行したのか」

「そうです。数日前に、風邪気味で喉が痛くなったときに使ったマスクがバッグの中に入っていたので、それを取り出してつけました。急に雨に降られたときにかぶるニットの帽子も入っていたのですが、帽子にマスクではかえって怪しまれそうでやめました」

「探偵の素質はあるようだ」

「彼は電車で新橋から新宿まで移動し、西口に出ました」

「それから、おれの事務所のあるこの老朽ビルまで、おまえを案内した」

「そういうことです。あのときビルの中で明かりが点いていたのは、窓ガラスに〈渡辺探偵事務所〉と書かれているこの部屋だけでした。まもなく、窓ガラスに人影のようなものが動くのが見えたり、かすかな話し声も聞こえたので、彼の目的地はここだったのだと見当がつきました」

「依頼人がいるあいだ、ずっと建物の外で見張っていたのか」

「そうです」

「彼が出てきたのは、三十分後か」

「いえ、四十分を少し過ぎたくらいでした。彼は青梅街道に出ると、タクシーを捕まえようとしているようでした。あのときはなかなかタクシーが通らないので、彼が最初に来たタクシーに乗ってしまうと、あとを尾《つ》けるのは無理かもしれないと思いました。それで、偶然お見かけしたのでと言って、思い切って彼に話しかけてみようかとも考えました。このまま、どこの誰かもわからずに終わったら、あの日以来のもやもやした気分はもっとひどくなるだろうと思いました。でも、五日前にほんのちょっと会っただけの紳士に声をかける勇気はなかなか出てきません」

「おまえの疑念を確かめるのには、彼に話しかけて反応をみるのがいちばんいい方法だったかもしれないな」

もちろん、望月本人に問いただすのが、いちばん手っ取り早い方法なのだが、それが不首尾に終わりそうなことは、私が新宿署の取調室で実証したばかりだった。

「ぼくもそう思って、隠れていたビルの蔭から一歩彼のほうへ踏み出そうとしたとき、彼のちょっとした行動が眼に入ったんです。上衣のポケットから出した手帳の一ページを破り取っているような様子で、それを丸めると、自分の足許に捨てたんです。風のない夜だったので、丸めたものは彼の足許にとどまっているようでしたが、それに気をとられていたほんの数秒のあいだに、彼がタクシーを止めて、声をかける暇もないうちに乗りこむと、タクシーは新宿大ガードの方へ走り去ってしまったんです。案の定、次のタクシーはなかなか現われず、ぼくの尾行はそれで終わってしまいました」

「丸めた手帳のページには何が書いてあった？」

「〈一ッ橋興信所〉の名前と住所と電話番号が書かれていました。それと、あなたの名刺がいっしょに丸められていました」

「そうか……依頼人はそういうものが、身内や周囲の誰かの眼に触れることは避けたかったのかもしれないな。それから、どうした？」

「ここへもどってきました」

「そうか。あの依頼人が何のためにここへ来たのか、探偵に交渉すれば、教えてもらえるかもしれないと考えたな。なぜそのドアをノックしなかった？」

「事務所の窓の明かりはもう消えていて、ちょうどあなたがビルの階段を下りてくるところでした。入口の電灯であなたの顔がはっきり見えました。ぼくはとっさに前の通りを素通りして、あなたの注意を惹《ひ》かないように気をつけました。それから、あなたの車が通りに出てきて走り去るのを見送っただけです……あのとき、あなたを呼び止めていたら、事情は違っていたでしょうか」

「違うところもあるだろう。しかし、おれはおまえの訊きたいことには何も答えなかっただろうし、おれがおまえに訊くことにおまえは何も答えられなかったはずだ。あの依頼人が誰だかわからないことにかわりはなさそうだ」

「そうですね」

「その翌日、一ッ橋興信所におれの身上調査を依頼したのも、おまえだったんだな」

「そうです。手に入れた手帳のメモを頼りに、あの日午前十時頃から午後の三時頃まで、興信所の出入口の見える喫茶店でずっと見張っていました。手帳のメモは捨てられたわけだから、あの人が興信所を訪ねる可能性はあまりないと思いましたが、最後に残った手掛りですから」

「では、一時過ぎの交代で、おれが興信所にもどったのも知っているな」

「ええ。それを見たときに、どうにも探しようのないあの人よりも、あなたのほうに関心が移ってきたんです。名刺は捨てられていたけれど、あの人の相談をあなたは受けて、何かを調査する可能性はあるわけですから、あなたがどんな探偵なのか急に気になってきたんです」

「それが身上調査の依頼になるわけだな。〈一ッ橋〉に電話をかけてきたのは若い女だと聞いているが、まさか、あの彼女にそんなことはさせていないだろうな」

「とんでもないです。あれは〈バンズ・イン・ビズ〉の同僚というか、社会学科で学生の就職状況についての研究をしていた創立以来の仲間です。会社にもどって彼女に頼んだら、推理小説ファンの彼女は面白がって協力してくれました」

「望月皓一の名前を使ったのは？」

「偽名にしようかと思いましたが、あまりそういうことには慣れていないし、身上調査の費用の振り込みなどで不都合が起こってもまずいので、望月さんの名前を借用しました。ぼくを疑心暗鬼な気持にさせている、そもそもの原因は望月さんの新橋のレストランでの不審な行動にあるわけですから、なんだか彼に責任をとってもらいたいような心理が働いたんだと思います」

「依頼人が望月の名前を借りたのも似たような心理かもしれないな」

「そうでしょうか」

「電話をかけた女性に、自分の叔母が関西で、沢崎という探偵に大変世話になったことがあるが、その沢崎なのかと訊かせているが、そのときすでに一ツ橋のデータで、二十数年前のおれの住所がわかれば手に入れようとしていたな」

「すいません。それもわかっているんですか」

「ということは、〈ミレニアム〉の新宿支店の強盗事件でおまえに会ったとき、おまえはすでにおれの名前も仕事も知っていて、おれの二十数年前の住所を知りたがっていたということになるわけだな」

「もう一つバレないうちに話しておきますが、ミレニアムの新宿支店でいっしょになる前に、ぼくはあなたを――」

「どこからか尾行していたな」

「あなたの事務所に行ってみようとしていたら、あなたが西新宿の裏通りを歩いてくるところを見かけたんです。それで、そのままあなたのあとをついて行きました」

「でなければ、あの日のあの時間に新宿支店でいっしょになるのは偶然すぎる。それにしても注意力の散漫な探偵だな」

「あのときは、あなたがミレニアムの新宿支店に近づくにつれて、だんだん怖くなってきたのを憶えています。あなたの依頼人が望月さんの名前を騙っていることなど知りませんでしたから、あなたを新宿支店に結びつけるものは、ぼく以外に何もないと思って、ぼくのことを何か勘づかれたのではないかと……ビルのエレベーターの前で、タバコを喫っているあなたにぶつかりそうになったときは、思わず声を上げてしまいそうでしたよ」

「あのときは、閉店時間までに支店にもどると思っていた依頼人を見逃すまいと、それだけに集中していたのだ。おれより年長の男以外には注意など向けていなかった」

「ぼくはいまさら逃げ出してもしょうがないので、先に支店に行って、あなたがミレニアムに何の用があるのか確かめようと思いました」

「そして、二人組の強盗の登場か」

海津が思い出すような顔つきで言った。「あなたに言っておきたかったことが、これでやっと言えます。強盗事件のときのぼくの思い切った行動は、名前も職業も知っているあなたがいたからできた行動なんです。それに、あの興信所の身上調査の回答もありました。あなたのことを何も知らなかったら、たぶんぼくは支店の片隅でおとなしくしていたはずです」

「〈一ッ橋〉の担当者は何と答えたんだ？」

「あなたほど頼りになる探偵はめったにいない、良くも悪くも」

「悪くもは余計だ」

ビルの階段を駈けあがり、二階の廊下を走ってくる足音がして、入口のドアをノックする音が聞こえた。腕時計を見ると、午後の五時半になるところだった。さすがの私ももはや依頼人が約束を果たしにきたと考えることはできなかった。

ドアの向こうから「宅配便です」という声が聞こえた。

# 41

宅配便は料亭〈業平〉の女将の嘉納淑子からの荷物だった。平岡静子と成田誠一郎の写真を送るための荷物にしては大き過ぎる段ボール箱だった。開けてみると、二つのタッパーウェアに詰められた漬物が、密封用のビニール袋につつんで容れられていた。

葉書の入るような横広の封筒に二人の写真と手紙が入っていた。急いで手紙に眼を通すと、先代の女将のことを久しぶりに長い時間話したこともあって、京都の〈桂月楼〉からすすめられたように、先方の援助を受けながら、なるべく昔通りの業平の〝のれん〟を守っていけるように、夫婦でがんばってみようと決心したことが書かれていた。送った漬物は料亭で出している長野産の特製で、そんな気持にさせてもらったお礼ということだった。

便箋一枚に描かれた浴衣姿の女性の夕涼みふうの鉛筆画が、手紙といっしょに入っていた。それは成田誠一郎が描いた先代の日本画の作品は絶対に観たことがあると主張する主人の嘉納が描いたものだそうだった。上手な絵ではなく、顔にも目鼻などは描きこまれていないが、浴衣姿で正座していることや、左手に団扇を持っていることなどはよくわかる絵だった。

　もちろん平岡静子と成田誠一郎の二枚の写真も同封されていた。

「この写真を見てくれ」私は成田誠一郎の写真を海津に渡した。

海津は写真を見た。「まさか、これはあなたの依頼人の写真じゃないですよね。でも、顔かたちもそうですが、それ以上に品格があって優しそうな雰囲気がとても似ています。ちょっと不健康そうな感じと、ぼさぼさの髪型を除いたら、あの人か、あの人の弟さんのような――」

「四十歳になる前に亡くなっている人物だから、依頼人よりは若く見えるだろう」

「モノクロ写真がセピア色に古びているところは、たぶん十年や二十年ではきかないぐらい昔の写真ですね」

「そうだろう。おれの依頼人を新橋のビルで見つけたとき、彼はそのビルの三階にある小さな画廊から出てきたと言ったな」

「そうだったと思っています。その瞬間、心臓が飛び出すほどびっくりしましたから、勘違いをしていないとは断言できませんが、おそらく間違いないと思います」

海津は成田誠一郎の写真をデスクの上に置いた。

「では、その画廊を調べてみただろう？」

「はい、調べました。〈バンズ・イン・ビズ〉の会員のための雇用先の拡充のためにいろんな業種の会社を訪問していたときの要領を思い出して、今週の火曜日にその画廊を訪ねました。〈勅使河原《てしがわら》画廊〉というのが、画廊の名前なんですが、四十代半ばの社長の名前はただの河原さんでした。名刺を渡すときに照れくさそうに、若気の至りでこんなたいそうな名前をつけて後悔しているが、本名に変えるにはいろいろ面倒があって今日にいたっているとのことでした。画廊の従業員は、社長の義理の弟さん以外は女性が二名だけでした。給料が安いので、女性従業員があまり長つづきしないので、そのときはぜひうちに相談したいと言っていました。ちょっと思いついて、自分も将来はこんな画廊を開く夢があるということにして、たとえば画家や美術関係の先生とか、弁護士さんなどを雇っておかないといけないんじゃないですかと訊ねてみました。すると、うちのような小さな画廊でそんなことをしていたらひと月も経営が立ちゆきませんと言われました。そこでもう一押しして、先週の水曜日にお宅の前を通ったとき、名前がすっと出てこないんですが、あの何とかいう有名な先生がここから出ていかれるのをお見かけしたような気がするんですがと訊くと、それはきっとその方によく似たお客さんだったんでしょうと、あっさりしたものでした」

海津はデスクに置いた飲料水のボトルを取って、水を飲んだ。

「なるほど。依頼人は画廊の絵を観にきた客だったということだろうな」

「ぼくはこの画廊に期待していたので、かなり気落ちしてしまいました」

「依頼人のことがかなり気になるようだな」

「望月さんがぼくを彼に会わせたことには何か理由があると確信しています。そのあと、彼は探偵事務所を訪ねて、何かを相談しなければならないようなことを、望月さんに言われた可能性があると思いました。いや、彼の依頼がどういうものだったかを、あなたにうかがってはいけないことはわかっています。でも、さっきあなたが言われたように、ぼくの十八番《おはこ》を逆用されて、「あの若者があなたのことをまだ見ぬ父親ではないだろうかと言ってるんですが」というようなことだったのではないかと、とても気になっているんです」

「おれとは違って、そういう気にさせられる紳士だったわけだ」

「また、そんな皮肉を」

「いや、おれも同感だから言ったんだ。依頼人の依頼の内容は話せないが、少なくとも、ある女性に父親のいないおまえくらいの子供があるかどうかを調べてくれ、というものではなかった」

「そうですか」海津の顔が少し明るくなった。

「喜ぶのはまだ早い。依頼人から頼まれた調査をきちんと、遺漏なく完了した場合は、ある女性に父親のいない子供がいれば、当然それも報告することになるような依頼ではあった」

「やはり、そうだったんですね」海津の表情はまた逆戻りした。「それで、そのある女性にそういう子供はあったんでしょうか」

「おまえは本当に余計なところに頭がまわるやつだな。いや、なかったよ」

「……あの人だったら、きっとそうでしょうね……ということは、そんなことでは何の責任も負う必要のない人に、ぼくはそういう心配をさせたことになるんだ」

「馬鹿なことを言うな。もしそうだとしても、それは望月のせいで、おまえも彼の被害者であるだけだ」

「でも、ぼくさえあんなことを十八番にしていなければ……」海津は深い溜め息といっしょに、言葉をつづけた。「強盗事件のあと、ぼくは事件に関することを耳にするたびに、誰かが捕まったとか、誰かが亡くなったとか――それはひょっとしたら、望月さんがぼくをあの人に会わせたことが、おおもとの原因になったのではないだろうかと、それが気掛りでしょうがなかったんです」

「そんな心配は無用にするんだ。あの事件は、金の亡者や暴力団の脳足りンどもがうまく立ちまわるつもりで、悪あがきをしただけの茶番劇だったようだ。おまえにもおれの依頼人にも何の関係もないことだ」

そのとき、私の頭の中でそれまでは漠然としていた考えが、ある意味をもった形になっていくような気がした。

「この絵を観てくれ」私は業平の板前の嘉納が描いた便箋の絵を、海津に渡した。

海津は最初のうちは漫然とその絵をながめていたが、少しずつ眼の焦点が合ってきた。

「あなたも、勅使河原画廊へ行かれたんですね」

「その絵のような日本画が、あの画廊にあるということだな？」

「ありました。もっと大きくて、もっと美しい作品でしたが……たしか、画廊のいちばん奥のあまり目立たないところに飾ってありました。画廊の社長が電話中で、面会する前に事務所の外で五分ほど待たされたとき、その絵に気づいてぼんやりと観ていました。これはあなたが描かれたわけじゃないんですか」

「違う」

「でも、この絵は画廊にあったあの作品を写し取ったものに間違いないですよ」

私はもう一枚の平岡静子の写真を海津に渡した。

「……あの作品のモデルになっているのは、たぶんこの女性だろうと思います」

私の頭の中の考えは、一つの結論に導かれた。

「依頼人は、先週の水曜日もその絵を観るためにあの画廊に行ったんだ」

当然のことながら、海津には私の話の筋道がよくのみこめないでいた。私は差し障りのない範囲で、画廊の日本画の作品が、おそらくは二十年以上前にモデルの女性から依頼人の手に渡り、それがなんらかの理由で画廊に展示されることになり、依頼人はその作品を観るために画廊を訪れた――という仮定の話をした。

「画廊に問い合わせてみましょう」海津は写真と絵をデスクの上にもどしながら言った。

「そうすれば、あの絵を展示させている人物の名前がわかるのではないですか」

「それはだめだ」と、私は強い口調で言った。「もしも、依頼人と画廊とのあいだで何か特別な相談ができているとしたら、画廊に問い合わせたとたんに依頼人は画廊には近づかなくなり、作品もどこかへ消えてしまうおそれがある」

「そうか……そうですね。では、依頼人の彼がもう一度あの作品を観るために画廊を訪れるのを待つしかないということですね」

「そうだな。しかし、彼がこの次に画廊を訪れるのは一週間先になるか、ひと月先になるか、あるいは一年先になるか」

「あしたかもしれないし、きょうかもしれませんよ」

私は苦笑した。「おまえの考えは何かとロマンチックにできている。早くも依頼人と日本画のモデルとの関係に想像をたくましくしていないか」

「勝手な想像は控えることにします。ひと月は無理かもしれませんが、一週間や十日なら大丈夫だと思います。画廊を見張る役目は、ぼくにぜひやらせてください。こういうのも張り込みというんですか」

「依頼人が訪れそうな時間帯はわかるな。しかし、ずっと画廊の中に居つづけるわけにはいかないぞ。それでは画廊の者に不審に思われて、それが依頼人に伝えられるかもしれない」

「わかっています。画廊の前に喫茶店があるし、近くに並んでいる紳士用品の店にアルバイトで勤める手もあります。ほかにどんな方法を使ってでも、誰にも怪しまれないようにあの人を捕まえてみせます。それができたら、すぐにあなたに連絡します」

私は少し考えてから言った。「いや、おれに連絡する必要はない。望月が彼に何をしたかがおまえの想像通りだったら、おまえのやるべきことは、それが濡れ衣であることを相手が納得するようにきちんと説明することだ」

「そうですね。そして、彼がどこの誰なのかが確認できたら、それをあなたに報告すればいいんですね」

「おまえは、彼がどこの誰なのかを知る必要があるのか」

「えッ？……ああ、そうか。ぼくは、彼がぼくのことを誤解していたら、それを修正してもらいたいだけでした。ぼくにとっては、彼の名前はどうでもいいんです」

「おれにとっても、彼の名前はどうでもいいんだ」

私はデスクの引き出しを開けて、準備していた探偵料の残金や明細書などの入った封筒を取り出すと、それが何であるかを説明して、海津に手渡した。

「依頼人に会うことができたら、これを渡してもらいたい。そして依頼した調査の報告がまだ必要であるなら、いつでも報告すると伝えてくれ」

「でも……それでいいんですか」

「よくないか」

「いや……なんだか、いいようですね」

「おまえの素人探偵は、せいぜい一週間が限度だと思う。絶対に無理はするな」

「わかりました。ぼくのあの人に対する用件は少しばかり気が重かったんですが、あなたのあの人に対する用件はなんだかわくわくするような気分ですね」

「頼みごとをするのに注文をつけるのはなんだが、彼と別れるときは、おまえは好青年のまで、彼は紳士のままで〝さよなら〟が言えるようにしてもらいたい」

海津は黙ってうなずいた。私はタバコをくわえて、火を点けた。

「彼が現われなくてもいちいち連絡を入れる必要はない。そんなことより、彼女に本当のことを話してからでなくては、ここへの出入りは禁止だ」

海津は快活に笑って、うなずいた。ショルダー・バッグを肩にかけると、デスクに置いた飲料水のボトルに手を伸ばした。

「それは置いていけ。おれもしゃべりすぎて、すっかり喉が渇いた。その代わり、宅配便の箱の中の漬物を持っていってくれ。外食ばかりのおれには〝猫に鰹節《かつぶし》〟だ。いや〝猫に小判〟か。おまえだって似たようなものだから、おまえの彼女にもらってもらおう」

海津は漬物をショルダー・バッグに移すと、私の吐いたタバコの煙りを二つに分けながら、これまでにはなかったような爽快な足取りで事務所を出て行った。

# 42

翌週の月曜日には、電話による新しい依頼人ができたので、大田区の南馬込《みなみまごめ》にある建築資材置き場に出かけた。この二ヵ月ほど、ひんぴんと資材が盗まれると言うので、その日の夕方から張り込んでいると、午後七時を過ぎてあたりが暗くなった頃、早速犯人がトラックを乗りつけて犯行におよんだ。〝泥棒を捕らえてみれば我が子〟を地で行くお粗末な話で、警察沙汰にはしたくないという経営者、すなわち父親の懇願にはさからえず、早々に引き揚げてきた。

翌日の火曜日には、また電話による新しい依頼人ができたので、文京区の駒込《こまごめ》にある女性専用のアパートに出かけた。この二ヵ月ほど、ひんぴんと郵便受けに一万円札が一枚だけ入った封筒が投げこまれて、気持が悪いと言うので、その日の午後から張り込んでいると、早速不審者が現われて犯行——というか、謎の行動におよんだ。こちらは捕らえてみれば、娘が一人暮らしをすることに猛反対の父親の仕業で、警察に通報するという娘をなだめすかすと、早々に引き揚げてきた。

最近の親子関係に何が起きているのかわからないが、雇われの身としては規定の探偵料を払ってもらえば別に異存はなかった。

翌日の水曜日には新しい依頼人はできなかったが、夕方の六時過ぎに古い依頼人からの電話がかかってきた。

「私は先々週の水曜日に、あなたの事務所をお訪ねした者です」

「ああ、あなたですか」相手の声で誰なのかすぐにわかった。

「お恥ずかしい話ですが、あのときは望月皓一と嘘の名前を名乗って、あなたに大変な迷惑をかけたことを、心からお詫びします」

「新橋の画廊で、私の知人に会われたんですね」

「ええ、きょうお会いしました。大変申し遅れましたが、私の本当の名前は――」

「ちょっと待ってくれませんか。あなたの名前よりも先に、私がうかがいたいのは、私の知人は自分では知らずに望月皓一の――これはホンモノの望月氏のことですが、彼のせいであなたに迷惑をかけることになったのではないかという懸念を抱いて、その後の二週間を過ごしていたのですが、彼の懸念は解消したんでしょうか」

「解消されたと思います。彼が想像していた通り、望月皓一は新橋のレストランで、私に彼と対面させたあとで、「あの青年が自分はあなたの認知されていない子供だと主張しているのだが、それは本当だろうか」と訊いてきたんです。私にとっては寝耳に水のような話だったので、即座に否定しました。彼は望月との約束であのレストランに出かけたが、その場で約束は延期と言われたので帰ったが、私に会ったのは後にも先にも新橋のレストランが初めてだったので、望月に「あなたの認知されていない子供だ」と言ったことなど絶対にありません、と話してくれました。望月という男が私に近づこうとしていた目的の裏には何かありそうだと、私はかねてから警戒もしていたところなので、望月の不審で中傷的な言動に関しては、「あなたが潔白であることを信じます」と答えました。それを聞くと、彼は自分の用件はこれですみましたと言って、あなたから預かってきた封筒を渡してくれたんです。そのとき初めて、あの画廊で彼が私の前に現われたのは、あなたの配慮によるものだと気づいて、私は愕然としました」

「どうやら、私の知人は自分の名前を名乗らなかったようですね」

「もちろん、私は訊ねました。しかし、彼は「ぼくの潔白は証明できましたが、あなたにとっては不愉快な嘘につながる相手でしょうから、名前は勘弁してください」と言って、教えてくれませんでした。どうしても知りたいということであれば、理由を言って、あなたから聞いてくれと」

「失礼なやつだ。では、あなたの名前も訊かずじまいですね」

「そうです。お恥ずかしい話ですが、それは実はあとで気づいたんです。失礼なのは私のほうですよ。年甲斐もなく、自分は名乗らないで、彼の名前を訊こうとしたわけですから……そして、それ以上に恥ずかしいのは、望月などの名前を騙って、あなたの依頼人になったことです」

「一概にそうは言えない。あなたに自分の本当の名前を名乗れないようにさせたのは、私という探偵の責任でもある。その意味では、あなたと私は五分と五分です。探偵である私は状況次第で、一日のうちに二度だろうと三度だろうと、でたらめな偽名を使ってもいっこうに平気な人種なんです。あなたのように謝罪ばかりされると、それは取りも直さず私自身が非難されているような気分になります」

「そんなふうに言われると、私には一言もありませんが……」

「あなたの依頼に関しては、私はむしろ自慢に思っていることがあるくらいです。私は偽名で依頼を受けたにもかかわらず、前払いしてもらった探偵料金の範囲内できちんと仕事をすませ、あなたが連絡すると約束された先週の土曜日には、私の知人が渡した明細書と残金まできちんと用意していた。そして、要点が曖昧な依頼にもかかわらず、あなたが本当に知りたかったことをきちんと答えられる調査報告の手はずも整っていたんです。こんな仕事ぶりを自慢したい気持はあっても、無用な謝罪を繰り返し聞かされる気分ではないということです」

「もし良ければ、これからすぐにあなたの事務所にうかがって、直接お詫びを言わなければ――」

「あ、い、いや、あなたの気がすまない」

「……なんということだろう。いつから私はこんな横柄な人間になってしまったのか……私はあなたに初めてお会いしたときから、こんな人間でしたか」

「そんなことはありません。あのときは、この事務所に初めて紳士が訪れたと思ったものです。〝紳士〟などという言葉は私の辞書からはとうに消えてなくなっていた言葉でしたが、それが復活したような想いでした。あなたはきっと依頼人ではないだろうと勝手に推測したくらいでしたよ。探偵が必要な事態が生じたとしても、あなたはたいていのことは自分で解決できる人に見えましたからね。しかし残念ながら、あなたは普通の依頼人だったことがわかり、依頼された調査も金融会社の身元調査の焼き直しみたいな内容でがっかりしてしまいました。いや、いまはそれはあなたの苦肉の策で、本当は料亭〈業平〉の女将だった平岡静子さんに父親のいない子供がいるかどうかを調べてもらいたかったのだということがわかっています」

電話が長くなり、受話器を持つ手が疲れてきたので、私は左手に持ち替えた。

「そういうことで、急いで肝腎の調査結果をお知らせしましょう。平岡静子さんは一生を独身で通した赤坂の老舗の料亭の女将で、彼女にはそういう子供はいません」

「……そうでしたか」

「ところで、あなたは平岡静子さんは今年の六月に亡くなっていることはご存じでしたか」

「何ですって!?……ちょっと待ってください」声が詰まってあえぐような音につづいて、先方の電話が何かにぶつかったような音が響いた。

「……すいません、すぐにかけ直しますから」電話がいきなり切れた。

私はタバコを喫いながら待つことにした。七分三十秒が過ぎて、名前を知らない依頼人からの電話はあれで終りかと思いかけたとき、呼び出し音が鳴った。受話器を取ったあと、この電話機には受話器を取らずに会話ができる方法があることを思い出したので、私は電話機を引き寄せると、切り替えボタンを押してから、受話器をもどした。

「もしもし……どうも失礼しました。まさか、あなたから静子さんの訃報を聞くことになるなどとは、思ってもいなかったものですから、すっかり取り乱してしまいました……あなたはもう、静子さんと私のことはほぼご推察のことと思っていますが……いや、ちょっと待ってください。たしか、あれは……今年の七夕のときのテレビ番組だったと思いますが、赤坂の昔風の町並みと最新のオフィス街を対照的に紹介しているなかで、静子さんの姿をほんのちょっとでしたが、二十数年ぶりにお見かけしたはずですが」

「それは、静子さんの跡を継いで業平の女将になった、妹の淑子さんだと思います。二人はとても顔立ちが似ているそうです」

私は業平の女将の代替わりの経緯を簡潔に伝えた。

「では、やはり静子さんはもうこの世にはおられないのですね」

「あなたからの依頼の調査に手をつけるとすぐにそれがわかったので、私は平岡静子さんの身辺調査を継続すべきかどうかを確認するために、あなたに会う必要があると考えざるをえませんでした。無用の連絡は取らないように言われていたのはわかっていましたが、あなたに会えば相談する方法はあるだろうと、〈ミレニアム〉の新宿支店に出向いたのです。そこであの強盗事件に捲きこまれてしまった」

「私のついた嘘のために、とんだご迷惑をおかけしましたね。会社の事情など作り事を並べたのは、嘘がバレないようにという浅知恵からでした。それが、あなたを危険なところに――」

「それはかまわないのです。あの事件は何の危険もない金融会社の金庫の中身をめぐる茶番劇でしたからね。ただ、あの事件のニュースをお聞きになったあとで、私に一報しようという気持にはならなかったのですか」

「その気持はありました。いや、あなたの事務所にお邪魔していたときから、あなたには偽名など使わず、本当のことを正直に話すべきだと、何度も考え直そうとしたんですが……」

「私の事務所でのことは五分五分だと申しあげたはずです。この事務所の窓からあなたに声をかけた私の昔のパートナーの渡辺との話を聞いているとき、私はあなたの依頼に一種の違和感を感じていて、もう一押しすべきだと思いながら、それを怠った。渡辺だったら、あなたから正直な依頼を引き出すために、もう一押しすることができたでしょう。私は渡辺ではないので、それができなかった……しかし、事件のニュースのあとは少し事情が違う。一報しようという気持にはなりませんでしたか」

「その気持はありましたが、ニュースで望月が行方不明になっているということを知ると――」

「あなたのついた嘘はバレずにすむかもしれないと思いましたか」

電話の相手は無言だった。

「そして、望月が強盗事件との関わりで殺されているようなことがあれば、探偵は依頼人がいなくなったんだから、前払い金の三十万円をありがたく頂戴して、あなたのことはすぐに忘れてしまうだろうと思いませんでしたか」

「ひどいことを言われる」

「実際には、強盗事件が終わってすぐに、私は捜査にあたった刑事から支店長のデスクの上に置かれていた望月皓一の家族写真を見せられたので、あなたが望月皓一ではないことはそのときにわかったのです」

「……そうでしたか」

「自分の依頼人が本当は誰なのか、それを知る方法は、名前を騙られた望月皓一本人に訊くのが、もっとも近道だろうと考えて、警察が追っているのとは全然違う目的で、望月支店長の行方を捜すことになりました。あなたが望月の名前を借りたのは、望月の周辺にいる誰もがあなたを知っているような関係にはないからに違いないと思ったのですが？」

「そうでした。望月皓一と知り合ったのは、一年半ほど前のことで、私が通っている膝の治療の専門医の医院の控室で会ったのが最初でした。彼は名古屋からの転勤で東京にもどったばかりとかで、またこの医院に通えるようになったと言っていました。彼とは膝の病歴がかなり近かったせいもあり、〝同病相憐れむ〟ということもあり、診察がすんだあとで、お茶を飲みに行くようなことがはじまり、少しずつ仕事の話もするようになりました。

ただ、おたがいに月に一度の検診と治療なのに、同じ日に医院で顔を合わせることが重なるので、不審に思って医院の婦長さんに訊いてみると、彼が私の翌月の検診予定を聞いたうえで、自分の予定を合わせていることがわかったのです。それからは少し用心するようになりました。そのときの婦長の話では、望月は担当の医師とは学生の頃からの親友ということでカルテもなく、本当はうちの患者さんとは言えないのだということでした」

新宿署で面会した望月皓一が、簡単には病院の名前を突きとめられることはないと見込んだのはそういうわけだった。

「それでも、これといって迷惑をこうむることは何もなかったので、病院での知人として安心しかけていたところに、彼から「あなたの名誉に関わる重大なご相談がある」という電話をもらって、新橋のレストランでの会食の約束をさせられたわけでした」

「一週間前の夕方、望月皓一が警察に出頭したことはご存じですね」

「ええ。その翌日の新聞の報道だったと思いますが、それを知りました」

「私はその夜、望月皓一に面会しました。警察は、私が依頼人の名前を教えてもらうために望月に会いたがっているなどとは夢にも思っていなかった。彼らとしては、どうみてもミレニアムの強盗未遂事件に関わりがあるとしか思えない支店長と、事件の現場に居合わせた怪しげな探偵を面会させれば、事件の手掛りが何かつかめるかもしれないと判断して、面会を許可したようです」

「そうだとすると、やはり、私のことは望月から……」

「違います。望月皓一は自分の名前を騙るような人物にはまったく心当たりがないと言っています。あなたの年齢や外見の特徴、それから左足をかすかに引きずるような、でもスムーズな歩き方をされることを話し、裏に中野のマンションの電話番号が手書きされているミレニアム・ファイナンスの新宿支店長の名刺を差し出したことも話しましたが、それでも望月は誰だかわからないと答えたんです」

「それはおかしいですね。私にそっくりな男が彼のまわりに十人も、二十人もいるというのならともかく、いや、かりにそうだとしても、二十人の名前を挙げれば私の名前がその中にかならずあるはずです。望月が私の名前を明らかにしなかったのは、故意に隠そうとしているとしか考えられません」

「私も同感です。私は最後に奥の手を使って、望月を揺さぶってみました。彼は行方不明だった五日間は何者かに誘拐・監禁されていたと主張していたのですが、私はその反証となるような彼の隠れ家の存在をほのめかして、それを警察にバラさないことを交換条件に、彼の名前を騙った人物の名前を明かすように迫ったのです。それでもだめでした。ということは、望月はミレニアムでの事件で無罪放免になる可能性が低いことをすでに予測していて、そうなれば法的に束縛される身になることも、金融関係の仕事を失うことも覚悟しなければならないと考えているようです。これは明らかに私の失態ですが、あなたの名前を望月から訊きだそうとしたために、あなたには偽名を使って探偵に調査を依頼しなければならないような〝秘密〟があるらしいということを、望月に教えることになってしまった」

「それはあなたの失態ではありません。すべて私がまいた種です」

「望月の魂胆は、おそらくは自分が出所した後の生活のために、あなたの秘密を脅迫のネタに使おうと企んでいるのだと思うのです。脅迫者の考えることはよくわからないが、平岡静子という女性に子供がいないことは確実でも、平岡静子さんの存在そのものが脅迫のネタになると考えるかもしれない……そこで、あなたにうかがいたいのですが、逮捕された望月があなたを脅迫して、利用しようとすれば、あなたは彼の立場を有利にできるような法的な大きな影響力を持っている人物ですか。私はそんなふうにはお見受けしなかったが」

「いやいや、そんな力などまったくありません。望月の目当ては、おそらく私の経済力だと思います」

「やはりそうですか。望月皓一は外見は温和ですし、順境にいるときは、金融関係の仕事で相当な腕をふるえる男のようですが、逆境におかれると、それに倍するような悪辣《あくらつ》な手段も辞さないタイプのようです。どうか十分気をつけてください。依頼人の利益を守るべき探偵の仕事としては中途半端なことになってしまいましたが、もしも将来、私たちが危惧《きぐ》しているような行動に望月が出たとき、私でお役に立つようなことがあれば、こんどは実名でも匿名のままでもかまいませんから、連絡してください。偽名だけはお断わりですが」

快活な笑い声が短く響いた。「あなたに再会できるなら、望月に脅迫されてみたいようなものだが、実はもうその心配はないように手段を講じています」

「ほう、それは？」

「私の経済力のことですが、この二十数年のあいだに、五つの会社の会長や社長と、三つの組織の理事長を務めるようになり、そのほかにも四つの研究所の顧問を務めるようになっていましたが、この数日間でそれらすべてを辞職しました」

「それは大変なことだが……そんな必要がありましたか」

「それらの退職年限はすべて五十五歳に規定されているのです。いや、日本企業の老害を痛感している私自身が規定した年限なのですが、私は来年の三月には満五十五歳になるので、あと四ヵ月経てば自動的に退職です。ただ、重役や理事全員の賛成があれば、満六十歳まで延長できる補則があるので、それを適用すべきだという重役や理事がいろいろ策動しているような気配でしたが、それにはっきり回答したような形での辞職でした。私はこの数年間で、私がいなくなってもどの会社も、組織も、研究所も十分に経営が立ちゆくように手を打ってきました。そのすべてから身を退くのが私の数年来の希望だったからです。先ほど、四つの研究所と申しましたが、もう一つ私の関わっている研究所があって、そこでは私は三人の〝無給〟の研究員の一人にすぎませんから、かりに私がどんな不祥事に関わろうと、何の問題もありません。そこでの研究こそが、私の二十数年来の最大の関心事で、この二十数年間も、社長や理事長や顧問などで消費される私の時間の、残りの五パーセントほどをかけてどうにかつづけてきた私の夢の研究なのです。ほかのすべてから身を退いた私の、今後の〝生き甲斐〟でもあります。その研究というのは——あ、いや、それはやめておきます。それを口にすると、そこから私の名前がたどれるようなこともあるかもしれないので、あなたにはきっと迷惑ですね」

「そういうことにしておきましょう」と、私は苦笑しながら言った。「あなたの仕事に関しては心配がなくなったことはよくわかりました。念のためにうかがいますが、あなたの家族はどうですか」

「今夜、家内と三人の子供たちに話をするつもりです。信用してもらえるかどうかわかりませんが、それがすんだら、こんどはあなたの事務所をお訪ねするつもりでいました。しかし、これがいちばん勇気の要ることでしたから、本当に実行できたかどうか自信がないのです……だから、新橋の画廊であの青年に会って、あなたの話が出たときは愕然としながらも、少しだけ肩の荷が下りたような気持でした」

「わかりました。電話をいただいたので、あなたを依頼人にした私の探偵としての仕事はこれで終了ということのようです……うかがいたいことが一つだけ残っているのだが、これはあなたの私事《わたくしごと》にわたることなので、探偵の仕事とはどうも言いにくい」

名前を知らない依頼人は、少し考えてから言った。

「平岡静子さんを描いた作品が、なぜ新橋のあの画廊にあるのかということですね」

# 43

これほど長い電話は初めてだったが、私は気にしないことにした。なにしろ電話料金を払う相手は電話会社だって買えそうな人物なのだ。名前はわからないが、私より五歳ほど年長であることはわかった。体力の差はあまり変わりがないこともわかった。

「長々とお話をさせてもらっていますが、受話器を持つ手がお疲れではありませんか」

「途中から、電話機の外部スピーカーとマイクに切り替えたので大丈夫です」

「そうでしたか。では、私も失礼して」電話の機能を切り替えるような音がすると、相手の声は少し小さくなったが、むしろ明瞭で聞き取りやすくなった。

「私が赤坂の〈業平〉という店を客として訪ねたのは、いまから二十四年前の初夏のことでした。先ほどお話した三人の無給の研究員のうちの一人が料亭などにも通じている男で、当時は二年先輩の学友でした。彼の生家は、祖父の代までは日本橋の呉服屋だったのですが、店をたたんだ父親は有名デパートの重役におさまり、彼はその三男坊でした。その彼が私を業平へ連れていってくれたわけですが、食事のあとでひどい口論になってしまった。私はその先輩とともに、同じ研究の道をまっすぐ進むべきか、研究の道はしばらく措いて、まずは身の立つような道を選ぶべきかという、人生の最初の岐路に立っていました。大学院を卒業したあと、三年ほど大学に残り、その後ある私設の研究所で三年ほど過ごしたあとの三十歳のときのことでした。会食の約束をしたときは、先輩は身の立つ道を選ぶべきだ、その前祝いだと主張し、私は反対に先輩とともに研究の道を進むつもりだと高言して、その会合になったのです。しかし、二人でしたたかに呑んで、すっかり酩酊状態になる頃には、先輩も私も肚の底にある本心がストレートに出てしまって、おたがいにさっきまでとは反対の道を選ぶべきだと主張するようになったんです。口論からつかみ合い寸前の状態になったとき、板場の男衆《おとこしゅう》が現われて一喝されてしまいました」

当時はまだ見習いだった嘉納ではなく、彼の叔父の板長だったらそれくらいの対処はお手の物だったに違いない。

「私は恥ずかしさに堪えられなくて、座敷を飛び出すと、そのまま逃げ帰るつもりで闇雲に料亭の玄関に向かったんですが、どこをどう歩いたのかわからなくなりました。静かで薄暗い場所に迷いこんだあたりで、三段くらいの階段に足を取られて昏倒《こんとう》してしまいました。私がいちばん恥ずかしかったのは、先輩と同じ研究の道に進むような口ぶりをしていながら、とうに身の立つ道を選んでいる自分がわかっていたからでした」

「三十歳であれば、身の立つ道を恥じるような年齢とも思えないが」

「それはその通りですが、その道は私には相当な決心が必要な道だったのです。二十七歳のときから勤めていた私設の研究所で出会った五つ年下の大変真面目な女性と、私は親しい間柄になっていたのですが、まだ結婚を考えるほどの相手ではありませんでした。その研究所の顧問の一人が有力な実業家で、われわれに研究の資金を提供し、代わりにわれわれは研究の成果を提出して、相互に扶助し合う関係にありました。私はその人物に眼をかけられるようになり、たいそう気に入られてもいたようです。まもなくその有力な実業家と、私が研究所で親しくなっていた女性が、父と娘であることがわかりました。二年ほど経ってからのことですが、その父親から「私の娘を妻に迎えて、生涯不幸にしないだけの覚悟があるなら、私の所持しているすべての財産は自由に使い果たしてもかまわない」という申し出があったんです。しかもその財産というのが、生半可なことでは蕩尽《とうじん》することもできないような莫大なものでした」

「娘さんの意向はどうだったんですか」

「研究所での二年ほどの付き合いから、私に好意をもってくれていることは感じられました。父親の話で、彼女には学生時代に付き合っていたのに登山で事故死した恋人とのあいだに子供が一人あることを聞きました。彼女はその子を親類の子だと称して、ときどき研究所に同伴することがあったので、私もよく知っていて仲良くしている子でした。当時はまだ三歳の〝ダウン症〟の男の子でしたが、とても利発でかわいかった。父親からの申し出があってから、彼女の気持を確認すると、「父の財産もあることだし、この子と二人だけで生きていくことはできなくはないと思うが、できることなら自分に夫があればいいと思うし、それ以上にこの子のために父親がほしい」と言っていました」

「身の立つ道というのがそういう道なら、それほど恥じることはなさそうですが」

「その道を選ぶ決心をしていたくせに、酒に酔っ払って、まだ迷っている自分が情けなかったのだと思います」

「業平のどこかで昏倒したところまでうかがった」

「そうです。眼が覚めると、女将の平岡静子さんの私室と思われる部屋で、彼女に介抱されていました。もっと酒を呑みたいと言ったが、水しか飲ましてもらえませんでした。軽い夜食を作ってもらったり、お茶をいただいたり……そうしながら、私は自分の身の上を一所懸命になって話しつづけたようです。少し気分が良くなったかと思うと、またひどい吐き気に襲われたり……正直なところを話せば、私も三十歳の男です。眼の前に、美人画から抜け出したような、少し年上のように見える優しい女性がいるのに、性的な欲望がわいてこないわけがありません。ましてや、この女性と深い関係になることになれば、資産家の父娘の申し出は受けようにも受ける資格がなくなってしまう。そうなれば、ただの薄給の研究者の生活をおくることにはなるが、先輩の学友たちとともに、本来は自分にもっともふさわしい道を選ぶことができる……私はそんな思いに駆られて、女将の厚意を踏みにじるような衝動的な行為におよんでしまったのです。不思議なのは、彼女があまり抵抗する様子もなかったことでした。そのことにも頭が混乱するし、自分の身体は深酒のせいで、疲労困憊《こんぱい》しているし、私は本当は何をしたのかはっきり憶えていないのですが――いえ、何をしたと言われても否定するつもりはまったくありません。最後は意識をなくしたようにだらしなく眠りこんでしまって、朝の七時に眼が覚めると、女将の静子さんの部屋でひとりきりでぽつんと横になっていました。枕元には、会食の部屋に置き忘れていた私の荷物までがきちんと並べてありました……私のようなつまらない男を、どうしてあんなに優しく扱っていただいたのか、いまでもまるでわけがわからないのです」

望月皓一が脅迫のネタになりそうな罠を依頼人に仕掛けようとしたことはわかっていた。しかし、依頼人がその真偽を確認するために、私の探偵事務所を訪問しなければならなかった理由はこれではっきりした。

「あなたは成田誠一郎という日本画の画家のことはご存じないのですか」

「いえ、存じません。美術に興味がないわけではありませんが、どちらかというと日本画のことには不案内のほうです。もしかしたら……新橋の画廊の平岡静子さんを描いた絵はその方の作品だったのですか。あの絵には署名はありませんでしたが」

「そうです」

私は〈業平〉で嘉納淑子夫妻から聞いた、料亭の本来の後継者だった成田誠一郎と女将の平岡静子の関係をなるべく簡潔に話してきかせた。成田誠一郎が平岡静子にとってどういう人であったかはできるだけ詳しく伝えた。

「私はその誠一郎さんの三十歳前後の頃の写真を見たのですが、顔かたちといい、その雰囲気といい、そっくりと言っていいほどあなたに似ている」

「……そういうことですか。もし、そういう人の身代わりになったのだとしたら、あの夜の私のだらしない行いに対して、静子さんが優しかった理由がわかるような気がします。そうですか。そういうことだったんですね」

依頼人の言葉はしばらくのあいだ途切れた。やがて、もとのしっかりした口調にもどって、話をつづけた。「翌朝、私が起きて身じまいをすませたところに、静子さんが朝食を持ってこられた。何事もなかったような、凛《りん》とした料亭の女将の居ずまいで、「あなたはどちらの道を選んでもかまわないと思いますが、選んだ以上は道は一つしかありませんよ」と言われた。酔っ払いの話をちゃんと聞いてもらったことがわかる口ぶりでした。そして「あなたはここへは二度と来てはいけません」と、きっぱりとした声で宣告されました。「食事をすませたら、玄関から堂々とお帰りになってください。履物は玄関にそろえてあります。八時までならうちの誰にも顔を合わせずに外へ出られます」……私は返す言葉もありませんでした。いまの私には彼女の気持が少しはわかるような気がします。しかし、その朝の私はまるで迷いこんだ犬ころが追い立てられるような気分だったと思います。彼女が退室したあと、部屋の片隅にある小棚の生け花の蔭にそっと置かれていた、彼女を描いた絵を額縁からはずしたんです。そして、前夜に会食した先輩の学友が、研究所の彼女と私の婚約が間近だと聞いて記念にくれたパウル・クレーの版画の複製の収納バッグに忍ばせて、持ち帰ってしまったんです」

「あれは盗んだものですか」

「そうです。馬鹿なことをしたものです。私はあの絵を持ち帰れば、きっともう一度彼女に会う機会ができるとでも考えたのでしょう。しかし、何の連絡もありませんでした。料亭の玄関では、名前と住所を記帳した憶えがあるし、そうでなくても先輩の学友に聞けばすぐにわかるはずなのに、一切何の連絡もありませんでした。彼女にまた会えるかもしれないという希望は、それから日が経つにつれてしぼんでいきましたが、その代わり、いつでも彼女の面影に接することができるという喜びは残ったわけです。あの絵が手許にあったお蔭で、私は「二度と来るな」という彼女の言葉に従うことができたのだと思います」

「しかし、結婚をしたあとは、手許に置いておくわけにはいかなくなった」

「そういうことです。信用のできる弁護士に頼んで、あの画廊に匿名で絵を委託し、そこに常設するという条件であの壁一面の賃貸料を毎年払ってきました。年間契約なのでそれほどの金額ではありませんでした」

「気が向けばいつでも女将の面影に接することができるわけだ」

「週に一、二度」

「二十数年間ですか。画廊の者に不審には思われませんでしたか」

「画廊には、弁護士が余計な詮索をすれば即契約は終了と言ってあるようです。土曜・日曜をはずせば、ほかの客と会うこともほとんどありません」

「あの絵はまだ手許に置いておく必要がありますか」

「静子さんが亡くなられたのであれば、私の業平への出入禁止も解けたことになりますか。あそこでときどき拝見することはできるでしょうか」

「できると思います」

「では、近日中にお返しすることにします」

「最後に、ご家族のことをお訊ねしてもいいですか」

「どうぞ」

「奥さんはお元気ですか」

「大変元気にしています」

「ダウン症の息子さんも？」

「そうです。私が顧問をしていると言った研究所の一つで、副所長をしています。こんど私が辞表を出すまでは、所長以下誰も私が顧問をしていることを知らなかったので、私の引きでその地位にいるわけではないのですよ」

「子供は三人と聞きましたが、あとの二人はあなたの実のお子さんですか」

「いいえ、家内は長男を産んだあと、子供のできない身体になっていることがわかっていました。長女は家内の遠縁の女の子を養子にしました。次男は施設にいた孤児を養子にもらいました。たぶん父親のほうがアフリカ系のアメリカ人だったようで、運動が得意な我が家の元気印のホープです。家内はときどき私に「どこかよそで自分の子供をつくってきなさい」と冗談を言うことがありますが、家内と三人の子供に、今夜この話を打ち明けたら、少なくとも家内は、新橋の画廊で会った彼が、私の子供でなかったことをとても残念がるでしょうね」

「彼の名前と住所に興味がおありですか」

「教えていただけるのであれば、ぜひ」

私は海津一樹と名前を知らない依頼人との交流は、少なくとも探偵などとの交流よりも有意義だろうと考えた。

「彼はいま、恋人のために、ある理由から月々六、七十万円の確実な収入を来年の三月で捨てようとしている馬鹿な男なのです。あなたとはだいぶスケールが違いますがね。私はそんなことをするよりも、恋人に本当のことを打ち明けるようにすすめているのですが、どちらを選ぶかは彼次第です。その判断に影響がないように、来年の三月を過ぎてからしか連絡しないと約束してもらえるなら、彼の連絡先を教えましょう」

「わかりました。きっと、そうします。ただ、これは私の提案ですが、もしよければ、ここで私の名前と連絡先をあなたに聞いていただいて、彼の恋人や収入のことが解決したときに、彼にはあなたから私に連絡を取るようすすめていただくわけにはいきませんか」

「その話ですか。あなたはどうして私などに自分の名前を知らせたいのです？」

「それは……いますぐはともかくとしても、いつの日か、あなたの友人の一人に加えてもらえるようになるかもしれない」

「あなたは私が探偵であることを忘れていませんか。私には友人など一人もいません。それはたぶん、私がもし探偵でなければ、私のような男とは決して友人になりたくないからです」

「それは……つまり、あなたは探偵なので、私のような男とは友人になりたくないということですか」

「その通りです」

しばらく沈黙があった。私は海津一樹の名前と携帯電話の番号を告げてから、電話を切った。それが名前のない依頼人と交わした最後の会話になった。世の中に電話などというものがなかったら、彼はまっすぐ私の事務所を訪れていただろうか。いや、彼ならきっと意を尽くした手紙をしたためるほうを選んでいただろう。いずれにしても、彼に会ったのは初対面のあの日が最初で最後だった。

# 44

三月の初旬にしてはまだ肌寒い日だった。私は〈新宿西口不動産〉の進藤由香里が斡旋してくれた、西新宿の四階建の築十数年のビルの二階に引っ越したばかりだった。以前の老朽ビルはここから百メートルほど離れたところにあったが、正月明けにたった三日で跡形もない更地《さらち》と化していた。私は新しくなった〈渡辺探偵事務所〉の窓ガラス越しに、階下の駐車場のあたりをながめていた。以前の駐車場周辺とどこが違うのか思い出せないくらい、変わり映えのしない景色だった。

頼みもしないのに、進藤女史がインターネットの案内欄に事務所の移転を掲載してくれたせいで、数人の知人が、事務所の新規開店祝いに立ち寄ってくれた。

きのうはルポ・ライターの佐伯直樹が現われて、春休みになったら息子を連れてくると約束して帰っていった。そのあと〈T・A・S〉のハスキーな声のオペレーターが勤務の前に立ち寄って、私の眼には塵《ちり》一つない新事務所の掃除に十五分ほどかけてから、仕事にでかけていった。

きょうは午後になってすぐ、〈一ッ橋興信所〉の萩原が都庁での書類調べの帰りだと言って、顔を出した。以前の事務所には入ったことがないのに、ずいぶんきれいになったとお世辞を言って帰っていった。二時過ぎに、〈清和会〉のカードをリボンにつけた鉢植えの西洋ランが配達されてきた。返送させたかったが、配送会社や花屋に迷惑をかけても仕方がないので受け取った。ビルの裏にあるという大型のゴミ箱を調べておくのにちょうどいいと考えると、一階の裏口まで運んで、ゴミ箱に棄てた。花に罪はなくても、私のところにきたのが不運なのだった。

依頼人はまだ一人も訪ねてこなかった。

午後の二時半頃、デスクの上の電話が鳴った。デスクや電話だけでなく、呼び出し音も元の事務所から運んできたように聞こえた。

「海津です。大変ご無沙汰しました。ひょっとすると、そちらは新しい事務所ですか」

「そうだ。いったいどうしていたんだ。恋人との仲がどうかしたのか」

「いえ、そんなことはありません。あなたの忠告に従って何もかも打ち明けたら、丸一日は口をきいてくれませんでしたが、それだけですみました」

「そうか。例の依頼人にはすぐに画廊で会えたようだな」

「そうです。連絡があったんですね」

「会いたいという電話がかかってきたが、その電話ですべてすませた」

「依頼人の名前は？」

「おまえと同じく、訊かずじまいだ」

海津は小さく笑って言った。「あれから……もう四カ月ですか」

「なぜ顔を出さなかったんだ？」

「実は、あなたに一つ嘘をついていたことがあるので、それがどうしても気になりはじめて……」

海津が言いよどんでいるので、私は当て推量で言った。

「自分の父親がどこの誰なのか、わかっていたのか」

「知っていたんですか」

「四カ月も音信不通にする理由は、それぐらいしか思いつかない。それに、母親が万一の場合を考えて、それを書いておかなかったはずはないと考えただけだ」

「そうですね。一年ほど前のことですが、自分の本棚を整理して、ドストエフスキーの『カラマーゾフの兄弟』を手にしたとき、母に「いちばん好きな本は何？」と訊かれたことを思い出したんです。急にピンとくるものがあって、文庫本のページを繰ってみると、最終巻の最後のページに母のメモが挟まっていました。母は好きな本は何度でも繰り返して読む人でしたが、ぼくは好きだと思っても一度読む習慣しかなかったのが間違いでした」

「メモに書かれていたのは父親の身許だけか」

「いいえ。母の願いが書き添えてありました。『あなたの父親は別に家庭のある人で、あなたが生まれることを聞いただけで私から離れて行った人だが、それを承知で私はあなたを産んで育てる決心をしたのだから、できることなら父親に会おうという気持にならないでほしい』と書かれていました」

「そうか」

「一年前にそれを知ったときは、父親が誰かわからなければ、それに近い年齢の男はすべて父親の代わりだというぼくの持論が消滅してしまうので、メモはなかったことにしてしまった……でも、そんな嘘をついたままでは、あなたに会うのが苦しくなってきたんです。それを告白してしまったら、所在がわかった父親に会うのか、会わないのか、悩んでいる自分をあなたにさらすことになってしまう。そんな悩みはあなたにだろうと、ほかの誰にだろうと相談なんかできないことはわかっているんです。父親に会うのか、会わないのか、自分でさっさと決めてしまえばいいのだが、それがなかなか決められない。そんなことをしているうちに、時間だけが過ぎてしまった……」

「彼女には相談しなかったのか」

「しましたが、ぼくやぼくの母を棄てた人のことは冷静な判断ができないと言っていました。ぼくが会おうと言えば、賛成するし、会わないと言えば、こんどはそれに賛成するというふうで……」

「母親の忠告に従うべきだな。おまえは母親の願い通り、父親がいなくても、母親の急死にもかかわらず、自分の二本の足でちゃんと立てる人間に育っているだろう」

「そんな自信はありませんが、ぼくなりに気持の整理がついて、父親のことがようやく頭から離れると、はっと気づいて、こんどはあなたに連絡もしないでいるのは犬畜生にも劣る振る舞いだと――」

「おいおい、少し言葉に気をつけてくれ。まるで三文時代劇だ」

「いえ、三文メロドラマなんです。そんなときに、突然父親からの手紙が届いたんです」

「ほう」

「田舎の祖母が、祖父に内緒で転送してくれた手紙でした。それから、電話でも二、三度父親と言葉を交わしました。ぼくにとっては、気持の落ち着いてきたときに連絡してきた父親に感謝したいぐらいでした。ぼくの応対が穏やかなせいか、申し訳なさそうに話す父親が頼りなく感じてしまいました」

「歳はいくつだ?」

「五十八歳だと言っていました。ぼくが生まれるときは三十三歳だったそうです。言葉の端々から、いまの家庭や仕事に何か物足りないものを感じているようでした」

「いつか、会うつもりなのか」

「きょう、これから会うことになっています。東京の世田谷区に住まいがあるそうですが、東京で会っても、時間が気になったり、人眼を気にしたりでは、落ち着いて話し合えないだろう、と言っていました。彼の工場の一つが仙台の郊外の古泉《こいずみ》にあって、そこから近い厳浜《いっきはま》というところに、彼の別荘があるんです。漁師町から少し離れている静かな別荘で、一晩ゆっくりこれまでのことを聞きたいし、話したいと言っていました」

「そんなところにいるのか」

「ここから五十メートルほど向こうに見えている別荘が、彼のものらしいです。彼がどんな父親であったとしても、自分の父親で、それ以上でも以下でもない。何も期待していないので、失望することも何もない。彼がぼくに何かを期待していて、それに応《こた》えられるなら、そうするし、何も期待していなければ、こちらも同様です……だいたいそんな心境で、彼に会ってきます」

「わかった。東京に帰ってきたら、また会おう」

「こんなにさっぱりした明るい気持で父親に会えるのは、あなたに――」

海津の携帯電話の音声が急に途切れがちになった。

「……もしも、あなたに出会う……父親から連絡が……考えると、ぞっとします……ひどい父親だったのに、運のいい……母の一生が………と、考えると……神様は不公平……」

電話の音声はそこでぷつんと切れて、断続的な電子音だけが鳴っていた。私は受話器をもどして、タバコに火を点けた。タバコの煙りを吐きだしたとき、いきなり事務所全体が激しい音を立てて揺れはじめた。

強い地震だった。これまでに東京で経験したことがないような激しい揺れ方だった。耐震用のストーブのくせに、水平に小刻みに動いているだけで火が消えないので、私は消火ボタンを蹴飛ばして消さなければならなかった。一瞬弱まったように感じた揺れが、ふたたび強くなって建物が壊れるのではないかという恐怖に襲われた。それから少しずつ弱まって、やがて嘘のように揺れが止まった。不気味な地震の音と入れ違いに、ビル周辺のざわめきの音が聞こえてきた。かつて〈渡辺探偵事務所〉があった老朽ビルは、取り壊されていなかったら、きっと崩壊していたに違いないと思った。それくらい大きな地震だった。

五十年以上も生きていると、驚くようなことはもうないだろうと考えるものだが、それは間違っていた。探偵稼業のせいで死の危険に瀕《ひん》したこともあるにはあったが、地の底からの大いなる暴力が相手では減らず口を叩くことさえできなかった。かすかに震えている指に挟まっていたタバコをくわえなおして、ゆっくりと煙りを喫いこんだ。私はどうやらまだ生きているようだった。

菅野圀彦編集長の霊に捧ぐ

これまでに著者が発表したすべての小説と
本書の第3章から第7章までを
作品と編集の責任者として
優しくて厳しい眼で見守っていただいた

# 著者あとがき

原　尞

最新長篇『それまでの明日』の文庫化にあたって、恒例になっている探偵・沢崎の短いエピソードを仕入れようと接触を試みたのだが、《自分の始末は自分でつけろ》という伝言が返ってきた。そう言われると、今回ばかりは読者に対してもそうすべきだという気がしてきた。それにしても、執筆の過程などを細々と説明しても退屈なだけかもしれないので、どうか本作読了後しばらく間をおいてから、読んでいただきたい。

前作の『愚か者死すべし』を刊行したのは二〇〇四年の十一月のことだった。二〇一八年三月刊行の『それまでの明日』（単行本）までに、十三年四カ月という長い時間が経過してしまった。五十代の終盤から七十二歳までの時間は、信じられないほどに加速していったので、本人にとってはやや実感が希薄なのだ。これはその弁明ではない。十三年以上もの長きにわたって一つの小説を書き続けることが、どんなに愉しかったかという報告である。

すでにそれまでの私のすべての著作の最終的な編集責任者だった菅野圀彦編集長が、『愚か者死すべし』からは直接の担当を引き受けてくださることになった。その最初の打ち合せのときのことである。これまでの三作の長篇『そして夜は甦る』『私が殺した少女』『さらば長き眠り』で、私はハードボイルド探偵小説に複雑な謎解きの要素を加味した小説をすでに十二分に書き尽くした思いがあり、第四長篇からは私なりにハードボイルドの真髄と言えるものに挑戦したいという希望をお伝えした。菅野さんからは《それを待っていた》と言わんばかりの快諾をいただいたのだった。しかし、それはまるで自分の身体の半分を使わずに綱渡りに挑戦するような、予想以上に容易ならぬ作業で、九年という時間を経なければ成就できなかった。とは言うものの、流布しているミステリのお約束から解放されて、いかに面白い小説を愉しく書くかという新たな目標を獲得していく日々だった。それらは菅野さんと私が交わした対話（面談、電話、書簡）に裏打ちされながら生成されていったもので、私の〝第二期〟のスタートとなったのである。

二〇〇五年には、菅野さんは『愚か者死すべし』の刊行後の販促活動にも同行していただき、それまでの全エッセイを『ミステリオーソ』と『ハードボイルド』の二分冊にする文庫化も担当していただき、横浜での山野辺進さんの映画絵画展をご一緒したり、菅野さんが編集された『ミステリの名書き出し１００選』の序文を執筆したり、大先輩の小鷹信光さんをご紹介していただいたりと、まさに至福の時間を過ごしながら、次なる第五長篇の本作の執筆に取りかかったのだった。

その発端となったのはギャビン・ライアルのマクシム少佐シリーズの最終作『砂漠の標的』である。ライアルはロス・トーマスと並んで、レイモンド・チャンドラー以後のミステリ作家では最も好きな作家である。ただし、私が採用したアイデアはその主要なストーリーとは直接にはあまり関係がないものである。沙漠で頓挫している〝戦車〟を救出するために、上官であるマクシムは戦車についてはまったく知識がないにもかかわらず指揮を執らなければならなくなる——その指揮ぶりが、むしろ敏腕さを存分に発揮してきた政局裏面でのいつもの大活躍以上にマクシム少佐の魅力を感得させることだった。

私の新作へのアイデアは次のようなものだった。ある場面で、沢崎をいつものような彼らしさをまったく発揮できない境遇、あるいは窮地に近い状態に置きたい。しかも、そこでは沢崎ではない別の登場人物が、沢崎のお株を奪うような活躍をする……ただし、その何もできないでいる沢崎のわずかばかりの言動が、むしろいつものマイペースの沢崎以上に面白い！

本作の第6章から第9章にかけての、〈ミレニアム・ファイナンス〉の新宿支店での一幕がそれにあたる。

私が小説を書くときの〝テーマ〟は大体こういう簡明なものである。処女作では、ハードボイルドの私立探偵の主人公を一人称で書こう。第二長篇では〝誘拐もの〟にしよう。短篇小説を書くときは、子供たちをメインの登場人物にしよう。それが私の小説の〝テーマ〟であり、そのほかに天下国家を云々したり、人間の存在そのものに迫ろうとしたり、時局・時勢の問題を剔出《てきしゅつ》しようというようなことにはあまり関心がない。そういうものは小説が書かれる前から旗印のように押し立てるものではなく、書き上げられたときにその小説のどこかに潜んでいたり、慧眼の読者の前に滲み出てくればいいのではないだろうか。

ところで、本作『それまでの明日』の巻末に掲げた菅野編集長への献辞をもう一度ご覧いただきたい。そこに〝第3章から第7章まで〟という奇妙な表現があることに気づかれたと思う。ひらたく言えば、当時菅野さんに読んでいただいた本作の冒頭は、実は第3章の赤坂三分坂からほど近い交番のシーンから始まっていた、ということである。いったいなぜか。

私の書いた小説は、すべて探偵・沢崎を主人公にしたミステリのみである。数えてみたわけではないが、おそらくほとんどと言っていいくらい、依頼人が沢崎に調査を依頼する場面が、冒頭かその近くに置かれることになる。あの当時、私はそれを月並みであるとか常套的であると思う以上に、〝もったいない〟と感じた記憶がある。それよりも、小説の冒頭から、探偵・沢崎は依頼された調査のためにあちこちと動きまわっていて、その行動と会った人物との会話から、彼が何を依頼されたのかが浮かび上がってくるような手法をとれば、それだけで冒頭の五、六章が、謎めいていて読み飛ばせない緊張感に包まれるのではないかと。依頼人との面談や電話での一、二章で済んでしまう月並みで常套的なシーンで片付けるのは、もったいないと考えたのである。月並みにしないために、思いっきり突飛な調査や、思いっきり不自然な調査や、あるいは逆に思いっきり日常茶飯な出来事の依頼を採用する作風もあるようだが、沢崎シリーズの長篇ではそれは許されないだろう。そこで、その依頼の場面をカットすれば、たとえ金融会社の支店長からの、料亭の女将に対する身辺調査というありふれた依頼であっても、冒頭からの五、六章ぐらいを《沢崎はいったいどういう調査を引き受けているんだろう？》という謎めいた進行で小説を書き進められると、企んだわけであった。もっとも、そこでもすぐに調査すべき女将はすでにもう死んでいるらしいという、意外な情報を出して、沢崎と読者を驚かせ、興味を倍加させようとしている。

菅野さんとの共同作業では、その第3章から第7章まででではなく、実はさらに十章分ぐらいまで書き進んでいた。

二〇〇七年一月、早川書房の早川浩社長より電話をいただくことになった。菅野さんが体調を崩されて、予定に入っていた佐賀県の鳥栖にある拙宅訪問が中止になり、病気療養のために、私の編集担当も辞されるとの連絡であった。その夜、菅野さんからも直接に電話をいただいた。昨日、病院の検査結果が出て、肺癌だったと！　しかもやや進行しており、手術は不可能で、化学療法を受けることになるとのことだった。心配していた一番大変な結果をうかがって、驚きもし、ショックを受けた。私も同じ喫煙者であり、同じ銘柄の両切りのピース党でもあるからだった。電話のあいだずっと苦しそうに咳き込まれていたので、もっと長く、いろいろなことをお聞きしたり話したりしたかったが、そうはできなかった。退職して顧問になる前は会社で定期検診を受けていたのが、この三年間それをしなかったため、早期発見にいたらずに残念だったとおっしゃっておられた。私の担当を代わるのは残念だが、できる限りのことはしたいとおっしゃっていただいた。私もそれをお願いし、なおいっそう頑張って、一日も早く書き上げたいとお応えした。

確かに、私の執筆状況に変化があらわれた。口に出して言えることではないが、私は菅野さんのご存命のうちに、いや、菅野さんが健康を取りもどされるときまでに、この小説を書き上げようと焦りに焦っていたのだと思う。早く書き上げよう、早く終わろうと筆を進めていたのだが――そんな小説の書き方があるはずがない。いや、そういう技術や作法があるのかも知れないが、私のどこを探してもそんなものは見つからなかった。見つかるくらいなら、『さらば長き眠り』に五年、『愚か者死すべし』に九年もの時間を費やしたりするはずがないのだ……。

その年の十一月十六日、菅野さんの退職後は、執筆以外の早川書房との事務的なことのすべてを担当していた千田宏之さんから電話があり、菅野さんがお亡くなりになったという知らせを聞いて、たいへん驚いた。同十八日の池袋西教会での菅野さんの葬儀に参列し、ご遺族の方々にお悔やみを申し上げ、教会の外で山野辺進さんや小鷹信光さんたちと一緒に、お見送りをすることになった（その小鷹さんも八年後の二〇一五年の十二月にご逝去された。お約束していた本作をご霊前に届けることしかできなかったのが申し訳なく、慙愧に堪えない）。

後任の担当編集者になった千田さんとの打ち合せで、私が最初にしたことは、二十数章まで書き進んでいた原稿のうち、菅野さんが闘病生活に入られて、担当を辞されたあとに書いた第8章以降を〝封印〟することだった。出来が悪いかどうかは、私には判らない。その部分は、菅野さんは担当を辞されているのに、菅野さんのために急いで書いた、いわば菅野さんにまず読んでもらうべきなのに、菅野さんが眼を通すことはありえない文章なので、封印するしかない存在なのだ。

　ここで急いで付け加えるが、私のように遅筆な作家はせっかく書いたもののうちでも、抛棄《ほうき》してしまう分量が山ほどあるのではないかと想像されるかも知れない。そんなことはなくて、私がこれまでに抛棄したのはある一つの章を、それよりもっと面白い章にできるという代案が浮かんだ場合と、そもそも不必要な章を書いていて、それを除去すべきときしかない。今回のように十数章分の文章を、一挙に〝封印〟してしまうことなど、初めての体験である。その理由を問われるなら——私はこれまですべての小説を愉しみながら面白く書いてきたが、哀しい気持であわてて書き綴った文章は、読者に読んでもらう目的を失っていたと考えるからである。

　そして千田さんがやってきた。まず最初に取り組んだのは、本作の依頼人のある〝秘密〟についてである。最初のうちはその〝秘密〟を採用するかしないか曖昧に書き進めていたのだが、採用することが明確になったことである。本作を読了された読者にはすでにお判りのはずだが、依頼人のその〝秘密〟のためにも、依頼人を冒頭で登場させないほうがよいだろうと考えていたのだが、あるとき、いや、これはその〝秘密〟があるからこそ、冒頭にこの依頼人を登場させるべきだと、突然閃いたのである。絶滅危惧種である紳士・望月皓一の登場である。この最初の場面を書き加えているときの、私ほど幸せで愉しげに小説を書いている人間はいないはずだ。しかも筆は走って、《依頼人の望月皓一に会ったのは、その日が最初だった。そして、それが最後になった》——などと書き足してしまうのである。これで読者は、きっとこの人物は物語の途中で死んでしまうか、殺されたりするのだろうか、と考えるだろう。なぜなら、私自身も、望月皓一は死ぬか、殺されるか、これを書いた時点では、知らないのだから。

えッ、そんなことがあるのか、という読者もおられるだろうが、そんなことがあるんです。だから、書き進むのが、愉しくてしょうがない。でも、この人物が死んだり殺されたりしないで、主人公とまた会うことになったら、どうするんだ? まァ、そうなったら《そして、それが最後になった》という部分をそっと消してしまうだけのことである。でも、そうならないように、書いたほうが面白そうである。そうならないように、わくわくしながら書き進んでいくのが、私の小説の書き方なのかもしれない。

東日本大震災が発生したのは、二〇一一年三月のことだった。本作の執筆を始めてから七年がすでに経過していた。この震災は二十一世紀の日本の最大の災害として時代を劃するような大事件だったことは確かである。それはそうなのだが、九州の一隅に住む私にとっては、震災の被害の甚大さはすべて、ニュース・報道によって知らされたことだった。日本気象協会の資料によれば、近隣の町が震度1となっているが、鳥栖市の記載はない。

九州での比較的に小さな地震のときも、前述の町が震度1あるいは2のときに、鳥栖は漏れていることがたびたびで、友人とのあいだでも鳥栖の地震計は少し怪しくないかとか、鳥栖は岩盤がやや強固らしいとか、いい加減な会話を交わすことになっている。東日本大震災では、鳥栖はほとんど揺れなかったが、福岡県西方沖地震のときに二回、さらに熊本地震のときも二回、震度5弱の地震に見舞われたので、そのときの足のすくむような恐怖は今でも忘れられないし、その後の数カ月は大型の車両が家の前を通過して地響きがするだけで恐怖が再発するほどだった。とは言っても、東日本大震災のあの津波の恐ろしさは桁違いだし、福島の原発事故の不気味さもまた較べようもない。九州の地震では被害はなくても、原発は近隣のあちこちにゴロゴロ存在しているのだから、あの震災がこの国に提起した様々な問題は、今世紀最大で最悪のものであるだろう。と同時に、震災そのものを自分の小説で扱うような資格や技量は、私にはまったくないというのが実感だった。

ところが、先述の日本気象協会の資料によると、東京の新宿区の震度は5弱だったと記載されていた。ということは、そのとき渡辺探偵事務所に沢崎がいたとすると、地震の揺れ方は私が九州の自分の住居で四回も体験した揺れと恐怖にほぼ近いものだったことになる……。

執筆から十年が経過した頃のことだが、本作の第6章で、沢崎よりも目立って活躍することを条件に初登場した海津一樹という若者は、私のイメージの中で、日一日と存在感を増していった。考えてみれば、私は処女作以来、つねに沢崎に対抗しうる副主人公のような登場人物を、小説の力学的なバランスからも描出すべきだと腐心してきたのだが、これはなかなかむずかしいことで、そのつもりで人物を設定しても、思うようには成功することができないでいた。それに準じるぐらいの人物は幾人か登場させてきたとは思うが、海津一樹は彼らを超える存在になろうとしているように思われた。その理由はよくわからないが、おそらくはそれまでの副主人公が比較的に沢崎の年齢に近いか、年下でも世代的に近かったりしたからではないだろうか。言うなれば、沢崎の同世代か弟に相当するような間柄だったためではないだろうか。そういう関係では、私自身はそう考えてはいないのだが、社会的な地位や人格などの世間的な相場は、どうしても探偵稼業である沢崎の低位置は免れないことになるだろう。だからこそ、どうしても沢崎の優位を示したくなり、それが結果的に副主人公の魅力をそいでしまうことになったのかもしれない。

沢崎の年齢は、思うところがあって、シリーズ第二期の『愚か者死すべし』から、従来の時の流れに応じて年齢を加算してゆくことをやめ、五十代の始めで留めることにした。まだ老探偵を描くつもりがなかっただけの理由である。沢崎の五十二、三歳と海津一樹の二十五歳は、どう見積もっても父と子の年齢差に相当しているだろう。そう言えば、本作以前の作品では、二十五歳の若者はたいていは未熟な人間として描いてきたような反省がある。私自身の感覚にそういう捉え方があったのかも知れない。海津一樹の人物像も初登場から前半にかけては、若者のもつ未熟さがあわせて表現されている。しかし、海津一樹が実は沢崎に負けないだけの人間としての存在感を持っていることは、中盤の展開では明らかだと、作者の私は手応えを感じている。さらに後半になると、親子の関係という永遠不滅のテーマに向かって、大きく物語が動き出すことになる。そして、その頃から、海津一樹が筆を休めている私に囁きかけるようになった。

《本作でのぼくの立場はよく理解できました。でも、ぼくが再び登場する続篇が書かれるんでしょうね？》

本作のラストは、ある目的のために、仙台の郊外からほど近い浜辺にいる海津一樹から沢崎にかかってきた電話である。会話の途中で、音声が途切れがちになり切れてしまう。その直後に、引越したばかりの渡辺探偵事務所を、私もよく知っている震度5弱の強烈な揺れが襲う。

正確な時期は、編集担当者の千田さんに調べてもらえばわかるはずだが、私は『それまでの明日』を執筆していた終盤には、同時に並行してその続篇の物語を構想し、執筆を開始していたことになる。遅筆の私がそんなことをしていたら、ますます『それまでの明日』の原稿の末尾に〝終〟の文字を入れるのが遅延してしまうと思っても、動き始めた物語は誰にも止められなかった。本作の『それまでの明日』という題名と、続篇の『それからの昨日』という仮題を、千田さんと一緒に選んだ日のことは明瞭に記憶に残っている。

十三年と四ヵ月のあいだ愉しみながら書き上げた本作では、大震災以前のこの国とそこで生きた人々を描き、そしてその続篇では大震災以後のこの国とそこで生きる人々を描く――これが連作長篇の構想の一つである。レイモンド・チャンドラーの没年である七十歳を超えてしまった私が、五十歳を超えた探偵と二十五歳の若者を主人公にして、新たな物語をいまも書き続けている。不思議なことだが、私の眼前や胸中を通り過ぎていった数限りない人たちを、その在りし日の姿で書き遺していく営みが、こんなに面白くて愉しいことに私は気づきはじめたらしい。

二〇二〇年八月

# 原　尞　著作リスト

〈私立探偵・沢崎シリーズ〉

**長篇**

『そして夜は甦る』（一九八八年四月）ハヤカワ文庫ＪＡ５０１
『私が殺した少女』（一九八九年十月）ハヤカワ文庫ＪＡ５４６
『さらば長き眠り』（一九九五年一月）ハヤカワ文庫ＪＡ６５４
『愚か者死すべし』（二〇〇四年十一月）ハヤカワ文庫ＪＡ９１２
『それまでの明日』（二〇一八年三月）ハヤカワ文庫ＪＡ１４４６　本書

**短篇集**

『天使たちの探偵』（一九九〇年四月）ハヤカワ文庫ＪＡ５７６

**エッセイ集**

『ミステリオーソ』（二〇〇五年四月）ハヤカワ文庫ＪＡ７９３
『ハードボイルド』（二〇〇五年四月）ハヤカワ文庫ＪＡ７９４

＊一九九五年六月刊のエッセイ集『ミステリオーソ』を文庫化にあたり再編集し二分冊した。